ROBERT SEETHALER

Die weiteren Aussichten

GW00630998

GOLDMANN
Lesen erleben

Buch

Inmitten der Provinzleere, am Rande einer kaum frequentierten Land-
straße, führt Herbert Szevko gemeinsam mit seiner resoluten Mut-
ter und unter Beobachtung des kleinen Zierfisches Georg eine alte
Tankstelle. Es passiert nicht viel, die Tage fließen einförmig und öde
dahin. Bis im Hitzeflimmern der Straße eine lebenshungrige junge
Frau auf einem Fahrrad auftaucht. Sie heißt Hilde, spricht wenig, hat
eine Stelle als Putzfrau im dörflichen Hallenbad und lächelt sich in
Herberts Herz.
Das Leben auf der Tankstelle und der dörfliche Alltag geraten aus den
Fugen. Denn kaum sieht Herbert Hilde vorbeiradeln, bricht er von zu
Hause auf und läuft ihr hinterher. Bis ins Schwimmbad folgt er ihr,
ihre Arbeitsstelle, wo sich der Nichtschwimmer Herbert in Unterho-
se vom Fünfmeterbrett stürzt, um seiner Angebeteten zu imponieren.
Dass diese ihn dann retten und verarzten muss, hatte er nicht einge-
plant. Aber als sie ihn dann anlächelt, ist alle Schmach vergessen ...
Und so ziehen die beiden zusammen los über die Landstraßen der
Provinz, ein ungleiches, rührendes Paar auf einem alten Klappfahrrad.
Zwei Menschen, die gemeinsam aus dem dörflichen Alltag und der
Enge der Provinz auszubrechen versuchen, Abenteuer der verschie-
densten Art erleben und sich dabei – trotz aller kleinen und großen
Probleme – auf das größte Abenteuer von allen einlassen: die Liebe.

Weitere Informationen zu Robert Seethaler
sowie zu den lieferbaren Titeln des Autors
finden Sie am Ende des Buches

Robert Seethaler

Die weiteren Aussichten

Roman

GOLDMANN

Der Goldmann Verlag weist ausdrücklich darauf hin, dass im Text enthaltene externe Links vom Verlag nur bis zum Zeitpunkt der Buchveröffentlichung eingesehen werden konnten. Auf spätere Veränderungen hat der Verlag keinerlei Einfluss. Eine Haftung des Verlags für externe Links ist stets ausgeschlossen.

Verlagsgruppe Random House FSC® N001967

7. Auflage
Taschenbuchausgabe April 2010
Wilhelm Goldmann Verlag, München,
in der Verlagsgruppe Random House GmbH
Copyright © 2008 by Kein & Aber AG Zürich
Alle Reche vorbehalten
Umschlaggestaltung: UNO Werbeagentur, München
Umschlagmotiv: Gerhard Glück
mb · Herstellung: Str.
Satz: DTP Service Apel, Hannover
Druck und Bindung: GGP Media GmbH, Pößneck
Made in Germany
ISBN 978-3-442-47172-0

www.goldmann-verlag.de

BILLIG TANKEN

Herbert Szevko steht nackt und gekrümmt da und schaut in ein kleines rundes Aquarium hinein. Grünlich spiegeln sich die Wellen in seinem Gesicht. Schön ist Herbert nicht. Aber lang. Schon damals im Kindergarten hat seine gelbe Pudelhaube bei Ausflügen in den Wald, in den Zoo, ins Heimatkundemuseum oder sonst wohin die anderen gelben Pudelhauben um eine Kopflänge überragt. Wie eine genetisch missratene, überlange gelbe Blume im Beet der Gutgewachsenen hat er ausgesehen. Sozusagen über das Normale hinausgeschossen. Und vielleicht hat ihm deshalb keines von den anderen Kindern die Hand geben wollen beim zweireihigen Marschieren durch den Straßenverkehr. Trotz der ganzen pädagogischen Einwirkungen verschiedener Kindergartentanten. Wo nämlich die Normalität beleidigt ist, kann die Pädagogik einpacken. Und deshalb, und weil in Herberts Kindergartengruppe eine ungerade Anzahl von Kindern war, und vielleicht auch weil Herberts Handflächen meistens glitschig verschwitzt waren vor lauter innerer Unruhe, deshalb also ist der kleine, viel zu große Herbert damals immer alleine hinter der Gruppe hermarschiert.

Aber das ist vorbei. An solche Sachen denkt Herbert Szevko jetzt nicht, während er nackt und gekrümmt vor dem kleinen runden Aquarium steht. Dämmerig ist es im Zimmer. So früh morgens schwächelt sich noch wenig Licht durch das einzige Fenster herein. Ein Bett, ein Stuhl, eine Kommode, ein Schrank, ein paar Regale, eine Lampe, das Aquarium, das grünliche Schimmern und Herbert.

Siebenundzwanzig Jahre alt ist Herbert jetzt. Und eben wirklich nicht schön. Die Füße groß und schmal, die Beine gazellenhaft lang und dünn, die Knie spitz, das Glied kurz, der Bauch flach, die Brust flach, beide fein kräuselig behaart, die Schultern hoch, schnurschlanke Arme, große, knöchelige Hände.

Der Hals fügt sich auch stimmig ins Gesamtbild hinein. Es gibt Vögel, die haben solche Hälse. Die stehen in irgendwelchen Steppen oder salzigen Seen herum und sind der natürlichen Auslese wahrscheinlich auch nur durch einen blöden Zufall entkommen.

Herberts Kopf ist ein bisschen ausgebeult. Das Kinn eine Kante, der Mund klein und geschwungen, die Nase schief, Ohren sind noch nie aufgefallen, gibt es aber auch. Die Haare haben sich weit nach hinten verzogen, in den letzten Jahren von der Stirn verdrängt. Das einzig Schöne, das einzig wirklich Schöne an Herbert sind seine Augen. Hellblau sind die, glänzend, glatt und groß. Fast schon zu groß. Aber eben nur fast.

Im Aquarium sind weiße Kieselsteine, ein kleines hölzernes Schiffswrack und ein Fisch. Der Fisch heißt Georg. Vor ein paar Jahren hat Herbert den so getauft, als die Pubertät in ihm noch herumgewühlt hat. In einem kleinen Anfall von Einsamkeit hat er ihn damals einem Schulkollegen abgebettet. Offiziell ist Georg ein Zierfisch. Wobei: Wo da eigentlich die Zierde sein soll, müsste man sich einmal von einem inspirierten Zoofachgeschäftverkäufer erklären lassen. Auch Georg ist nämlich nicht schön. Klein und rund und gelb, mit einem blässlichen Streifen an der Seite. Ob er sich etwas denkt, während er da jetzt zu dem nackten und gebückten Herbert über ihm hochschaut, lässt sich schwer sagen.

Jedenfalls schauen sich Herbert und Georg eine Weile so an. Und dann, ganz plötzlich, hebt Herbert eine Hand, lässt sie mit spitzen Fingern kreisen und verstreut ein bräunliches Pulver über den grünlichen Wasserspiegel. Wie brauner Schnee sinkt es langsam auf den Grund. Den Fisch Georg interessiert das nicht. Noch nicht.

So hat Herbert also seinem Fisch das Frühstück bereitet, hat sich ohne modische Überlegungen, wahrscheinlich ohne überhaupt irgendwas zu überlegen, angezogen, Socken, Schuhe, Hemd und kurze Hose, ist aus seinem Zimmer hinaus und die schmalen Treppen hinunter gelaufen, schnell vorbei an den vielen alten Wandfotos, und ist dann rechts abgebogen, in den Wohnraum hinein. Und da sitzt er jetzt, am kleinen Tisch, und schaut zu, wie sich die Sahne im Kaffee verflöckelt. Und noch jemand sitzt am Tisch. Ihm gegenüber nämlich. Das ist Herberts Mutter.

Frau Szevko hat ihre bunten Jahre schon lange hinter sich gelassen. Jetzt ist sie alt. Herbert ist ihr spät noch passiert, praktisch in letzter Sekunde vor Torschluss, ein Unfall, ein Ausrutscher, wie Frau Szevko selbst immer wieder erzählt, an der Kasse vom Supermarkt, im Wartezimmer beim Zahnarzt oder sonst wo. Wein und Schnaps waren damals auch im Spiel. Aber das erzählt sie nicht. Alt ist sie jetzt also und sieht auch so aus. Der Körper klein und ausgemergelt, der Rücken verbogen, die Haut ledrig, die Hände fleckig, die bräunlichen Haare angegraut, das Gesicht vom Leben zerwühlt, alles matt und schattig. Nur die Augen leuchten noch, hellblau, glänzend, glatt und fast ein bisschen zu groß.

»Wie geht es dem Fisch heute?«, fragt die Mutter.

»Schlechte Laune hat er«, sagt Herbert und klopft vorsichtig am Frühstücksei herum. Damit nichts passiert.

»Fische haben keine Launen«, sagt die Mutter.

»Wieso willst du dann wissen, wie es ihm geht?«, fragt Herbert.

»Gesundheitlich halt«, sagt die Mutter.

»Aha«, sagt Herbert.

Das Ei ist jetzt oben offen. Gerade groß genug für Herberts kleinen Löffel ist die Öffnung. Zart platzt das Eiweiß. Darunter glänzt es schon orangefarben. Wie künstlich nachgefärbt sieht der Eidotter aus, denkt sich Herbert und schiebt das Löffelchen in den Mund. Der Mutter fällt jetzt auch nichts mehr ein. Ganz langsam lässt sie den Kopf sinken und schaut wieder in ihren Kaffee hinein. Herbert auch. So geht das schon seit Jahren mit den beiden. Reden irgendetwas, ein paar Sätze, ein paar Worte, und dann schauen sie in ihre Kaffeetassen hinein. Früher war da bei Herbert noch Kakao drinnen. So viele Jahre geht das schon.

Irgendwann aber haben Frau Szevko und Herbert dann fertig gefrühstückt und sich fertig ausgeschwiegen, sind gleichzeitig und abrupt aufgestanden, in ihre rotgelben Arbeitskittel geschlüpft und durch die hintere Tür aus dem Haus gegangen.

Und so marschieren sie jetzt durch den kleinen Garten, die Mutter voran, Herbert hintennach. Ein bisschen heller ist es schon, aber immer noch hat das Tageslicht keine richtige Kraft. Der kleine Garten hat eigentlich alles, was ein Garten so braucht, für den Erholungswert und die Nahversorgung. Ein bisschen Platz, zwei Campingliegen, einen Zaun, ein paar Hecken, ein paar Beete, Gemüse, Geranien, einen winzigen kreisrunden Teich mit zwei Seerosen und einer Plastikwassermühle. Durch ein niedriges Gartentürchen hindurch gehen Herbert und die Mutter, einmal um die Ecke, den Zaun entlang, an der Mauer entlang, am Haus entlang, über die große rissige Betonfläche. Die Mutter steigt über eine ölige Pfütze, Herbert steigt hinein. Und weiter gehen sie, an den beiden Müllcontainern, am Saugautomat und an der kleinen Werkstatt vorbei. Vor der Waschanlage bleiben sie stehen. Die Mutter hat die Schlüssel. Sperrt auf. Legt den Hebel um. Drückt die Knöpfe, den roten, den schwarzen, den grünen. So. Betriebsbereit. Herbert steht dahinter und schaut zu. Ob denn heute, am Montag, jemand kommen wird zur Autowäsche, ob denn in der ganzen Woche jemand kommen wird, denkt sich Herbert, jetzt im Frühling sind die Autos ja nicht mehr so anfällig für den Dreck, und außerdem gibt es ja anderswo, hat man schon gehört, viel größere, buntere, leistungsfähigere und insgesamt sowieso beeindruckendere Waschanlagen, ganze Waschstraßen, vielleicht mittlerweile sogar schon ganze Waschstädte oder Waschlandschaften, weil eines ist klar: Autos sind den Menschen wichtig. Wichtiger als vieles andere im Leben, wichtiger zum Beispiel als gesunde Ernährung. Oder soziale Verantwortlichkeiten. Oder die eigenen Kinder. Früher haben die Autos einen Kratzer gehabt, heutzutage haben sie Wunden. So ungefähr denkt sich Herbert allerhand zusammen, während er da an der Waschanlageneingangstür steht.

Die Mutter ist pragmatischer veranlagt. Die ist inzwischen schon hinübergegangen, unter dem Tankstellenvordach hindurch, an den drei Zapfsäulen vorbei, hat den Verkaufsraum aufgesperrt und ist drinnen verschwunden. Gleich darauf ist dann das Licht angegangen überall an der Tankstelle. Das Licht an der Verkaufsraumdecke, das unter dem Tankstellenvordach, das an den Zapfsäulen und vor allem das Licht an den Benzinpreistafeln, die hoch oben und weit sichtbar an dem langen Tankstellenmast hängen, Diesel, Super, Normal, Bleifrei. Noch ein Stück weiter oben, auf der Mastspitze, ist ein Schild befestigt. Bei dem hat es nicht mehr für eine ordentliche Beleuchtung gereicht. Eine einzelne Glühbirne hängt am unteren Schilderrand und glimmert zart die Buchstaben an. *Billig tanken bei Szevkos* steht da. Das hintere »s« von den *Szevkos* ist ein bisschen schief und sieht überhaupt ganz anders als die anderen aus. Das muss irgendwann irgendjemand im Nachhinein da oben dazuplatziert haben.

Und so ist also die kleine Tankstelle mit dem kleinen Haus und dem noch kleineren Garten auch an diesem frühen

Morgen wieder aufgewacht. Oben zerrinnt der Nachthimmel, ganz langsam ist es heller geworden. Kein Tag noch, aber fast. Die ganzen Tankstellenlichter, die großen und die kleinen, die glitzernden und die verstaubten, sehen gar nicht echt aus. Wie auf einem Bild von so einem amerikanischen Maler, der zum Beispiel im Frühling in Unterhose und mit einem verdrehten Hut auf dem Kopf in seinem weißen Atelier über irgendwelchen Dächern sitzt und dunkelbunte Freiheitsfantasien auf riesige Leinwände spachtelt.

In der einen Richtung verliert sich die Straße im Dunkelviolett, immer der Nacht hinterher. Ein Kirchturm lugt mit seinem Kirchturmspitzenuhrenauge über einen Hügel. Als ob der herüberschauen wollte, herüber zur kleinen Tankstelle und noch weiter hinaus, der Sonne entgegen. Die nämlich geht jetzt auf, dort ganz weit hinten, wo in der anderen Richtung die Straße im gelben Dunst verschwindet. Ein paar vereinzelte Dächer blitzen schon auf, und die Sonne ist rot, und der gelbe Dunst wird weiß, und es flimmert.

Und das ist jetzt wiederum eines von diesen Beispielen, wegen denen sich sogar die ernstesten und wichtigsten Kulturkritiker ihre faltig gereiften Köpfe an der Frage zermartern können: Ist das jetzt kitschig oder schön? Man weiß es nicht.

DAS BLAUE FAHRRAD

Herbert weiß das schon gar nicht. Aber der interessiert sich im Moment auch nicht für solche kulturkritischen Überlegungen. Dem sind irgendwann seine Waschanlagenfantasien weggeglitten, eine Weile ist er noch so leer vor sich hin schauend dagestanden, dann aber ist er seiner Mutter hinterher, hinüber und in den Verkaufsraum hinein gegangen. Einen zweiten Morgenkaffee hat er sich gemacht, hat genau hingehört, wie es drinnen in der kleinen Maschine dunkel blubbert, hat sich dann den heißen Becher hinter der Klappe hervorgeholt, einen winzigen, vorsichtigen Schluck genommen und gleich darauf angewidert sein Gesicht verzogen. Mit den Kaffeetrinkern ist es ja so: Entweder du bist einer oder nicht. Herbert ist keiner. Obwohl er jetzt schon seit einigen Jahren mit ziemlicher Regelmäßigkeit fast jeden Morgen um die selbe Uhrzeit, nämlich um fünf nach sechs, mit dem heißen Becher in der Hand vor der Kaffeemaschine steht und sein Gesicht angewidert verzieht. Nur insgesamt zwei Mal hat er das frühe Aufstehen und den Tankstellendienstbeginn versäumt. Einmal war er krank. Und einmal war er verliebt. Aber das ist ja meistens dasselbe.

Den Kaffee hat Herbert ausgetrunken. Jetzt steht er neben der Mutter an einem Regal und ordnet die Zeitschriften. Durch die hohen Scheiben glitzert die Morgensonne herein. Der Verkaufsraum schaut aus, wie ein Verkaufsraum eben so ausschaut. Regale und Ständer mit allerhand Sachen, da die essbaren, dort die ungenießbaren, Motoröle,

Starterkabel, Schlüsselanhänger und so. Eine große Kühlwand für die Biere. Dosen und Tuben und Päckchen und Tüten, alles, was man so braucht als Proviant oder als Geschenk. Oder um den schreienden Kindern das Maul zu stopfen. Und dann gibt es noch eine Kasse und eine kleine Bar mit drei Hockern, zwei Zapfhähnen und einem Würstchenwarmhaltebehälter. Zwei Würste liegen da drinnen. Langsam rinnt das Würstchenwasser an der heißen Scheibe herunter. Sicher ist sicher. Manche Leute haben nämlich schon am frühen Vormittag einen ungesunden Appetit.

Obwohl eigentlich sowieso nicht viel zu erwarten ist. Das Tankstellengeschäft hat bessere Zeiten gesehen. Viel bessere. Die Leute tanken lieber in Polen. Oder in noch viel dubioseren Ländern. Oder sie saugen in nächtlicher Heimlichkeit dem Nachbarn mit dünnen Schläuchen das Benzin aus dem Mercedes. Weil: Die große Freiheit auf vier Rädern ist das eine – der Benzinpreis ist das andere. Und *Billig tanken bei Szevkos* ist auch kein Werbeslogan mit Zugkraft mehr. Billig ist nämlich heutzutage ohnehin fast alles und ziemlich jeder.

Und deswegen stehen Herbert und seine Mutter jetzt eher unaufgeregt nebeneinander am Regal und ordnen die Zeitschriften. Flink sind die Handgriffe, eingeübt und abgestimmt, als ob sich da ein geschickter Choreograf was ausgedacht hätte. Da muss nichts mehr geredet werden. Da versteht sich sowieso alles von selbst. Die Zeitungen ganz nach oben, kurz die Überschriften überfliegen, immer dasselbe, ewig das Gleiche, die Eselsohren mit einer beiläufigen Bewegung geradeknicken, dann die Wochenblätter, hauptsächlich für die Frauen, für die alten, für die jungen, für die ganz jungen und natürlich auch für die Mädchen, Pferde, Ohrringe, Menstruation und so, dann schon die Monatszeitschriften, die mit Anspruch und die ohne, Fernsehen, Autos, nackte Weiber, und ganz unten die Comics, mit eingeschweißten Plastikspielsachen, weil nämlich die Zeichnungen alleine den überfluteten Kinderhirnen schon lange nicht mehr genügen.

»So. Ich gehe die Blumen gießen«, sagt Herbert und stopft das letzte Heftchen an seinen Platz.

»Das sind keine Blumen, das sind Krüppel«, sagt die Mutter.

»Das macht nichts«, sagt Herbert. »Natur ist Natur.«

Mit der Natur hat Herbert den schmalen Grünstreifen zwischen Tankstelle und Straße gemeint. Da drauf, am Fuß des hohen Mastes mit den Benzinpreistafeln und dem Billig tanken bei Szevkos-Schild, steht er jetzt, eine Gießkanne in der Hand, und beträufelt ein paar winzige weiße Blumen. Vielleicht sind diese Blumen ja wirklich Krüppel, denkt sich Herbert, aber leben tun sie. Trotz den Abgasen und dem ganzen anderen unsichtbaren Dreck in der Luft. Winzig, schief, verbogen und verstaubt stehen sie da. Aber innen drinnen, so stellt sich Herbert vor, pulsiert der Blumensaft. Das Leben lässt sich eben nicht so leicht aufhalten, das pulsiert sich überall durch, sogar an so einem staubüberzogenen Tankstellengrünstreifen am Landstraßenrand.

In einem kleinen Anfall von Übermut beginnt Herbert die Gießkanne immer schneller und wilder hin und her zu schwenken. Glitzernd überschlagen sich die Tropfen in der Luft. Schön ist das. Natürlich hätte er auch den Schlauch nehmen können. Den rotweiß gestreiften Schlauch, der zusammengerollt neben dem Kundentoiletteneingang an der Wand hängt. Damit hätte er das ganze Gras mitsamt Blumen und Unkraut ordentlich und druckvoll einwässern können. Aber er hat sich nun einmal für die Gießkanne entschieden. Herbert entscheidet sich immer für die Gießkanne. Die Ökonomie beim Arbeiten ist ihm nämlich scheißegal. Das Einzige, was zählt, sind die in der Sonne herumtollenden Tropfen. Und nichts anderes.

Im Flimmern der Straße, weit weg noch, regt sich etwas. Etwas blitzt auf. Etwas Blaues. Zu niedrig für einen Traktor, zu schmal für das erste Auto des Tages, sogar zu klein für ein Motorrad. Blitzt blau auf, wackelt hin und her, löst sich aus dem Flimmern und nimmt Gestalt an. Ein blaues Fahrrad ist das. Und darauf ein Mensch mit hellbraunen Haaren. Ganz fest kneift Herbert die Augen zusammen. Nur selten kommen an der Tankstelle Fahrräder vorbei. Manchmal, am Wochenende, verirren sich ein paar dickliche Rennfahrer mit Ansprüchen, aber ohne Kondition. Die strampeln dann schweißnass in ihren eng anliegenden und papageienbunten Anzügen an der Tankstelle vorbei und schauen ernst unter ihren noch bunteren Helmen hervor. Manchmal bleibt einer stehen, steigt keuchend ab, lehnt das federleichte Rennrad an eine Zapfsäule und wankt mit breitem Gang in den Verkaufsraum hinein, ein Wasser, ein Bier vielleicht, ein Würstchen sogar. Oder den Toilettenschlüssel. Und dann steigt er wieder auf und fährt weiter, immer dem Traum von der besseren Figur hinterher.

Aber dieses blaue Fahrrad ist anders. Langsamer. Und kleiner. Ein Klapprad ist das. Eines, wie es früher jedes Kind gehabt hat. Auch Herbert. Nur war Herbert sogar als Kind schon zu lang für ein solches Klapprad. Wie ein Weberknecht hat er ausgesehen, als er damit von der Tankstelle auf der Straße über den Hügel am Kirchturm vorbei und zur Schule gefahren ist. Vor der Schule haben die kleinen Mädchen gekichert und die kleinen Buben gebrüllt vor Lachen. Jeden Morgen ist das so gegangen. Weil die Menschen im Grunde genommen ja recht einfach zu unterhalten sind. Der kleine Herbert hat jedenfalls immer so getan, als würden ihn das Gekicher und das Gebrülle gar nichts angehen, hat sein Klapprad neben all die anderen Klappräder gestellt und ist durch das hohe Tor in die Schule hineinmarschiert, der vormittäglichen Hölle entgegen.

Auf der Landstraße kommt das blaue Klapprad näher. Und jetzt sieht Herbert auch, dass hinten ein Wägelchen befestigt ist. Das schlingert und wackelt leicht hin und her. Beladen ist es auch, allerhand Zeugs türmt sich da auf, verborgen unter einer braunen Wolldecke.

Der Mensch auf dem Klapprad ist eine Frau, so viel kann Herbert jetzt schon erkennen, eine junge Frau. Die hellbraunen Haare sind kurz und stehen irgendwie vom Kopf ab, so, wie es ihnen oder dem leichten Fahrtwind gerade passt. Frisur gibt es keine. Wahrscheinlich hat sich da irgendein unlustiger Friseur schon frühmorgens übergebührlich mit einem dickflüssigen Likör oder einem promillehaltigen Haarwässerchen aus seinem Spiegelschrank beschäftigt. Dabei ist ihm dann vielleicht der Blick für die Symmetrie und auch sonst für alles andere abhanden gekommen. Anders ist so ein Haarschnitt eigentlich nicht erklärbar. Einen gelben Pullover trägt die Frau, trotz der morgendlich aufblühenden Hitze, und darunter eine kurze, hellblaue Hose, ähnlich wie die von Herbert. Die Beine allerdings haben mit seinen Beinen keine Ähnlichkeit. Während nämlich Herberts Beine lang und fadendünn aus seiner kurzen Hose heraushängen, sind die Beine der Frau von gesunder Rundlichkeit. Überhaupt ist diese ganze junge Frau ziemlich rund. Oder dick. Das ist eine Frage der Betrachtungsweise. Gott sei Dank, denkt sich Herbert, hat sie keinen bunten Rennanzug an.

Die Beine also rund und glatt und weiß. Die kurze, hellblaue Hose ein bisschen zu eng. Eigentlich sogar viel zu eng. Ganz genau sieht Herbert, wie sich der Stoff in die pralle Oberschenkelrundlichkeit hineindrückt. Fest und schnell strampeln die Beine an Herbert im Grünstreifen vorbei. Fast hätte er wegen diesem prallen Gestrampel das Gesicht von der jungen Frau verpasst. Aber eben nur fast. Jetzt schaut er doch noch hoch. Sieht die roten schweißglänzenden Backen, die kleine runde Nase, den leicht geöffneten Mund, die Sommersprossen überall; er sieht die hohe Stirn, und die kleinen Ohren sieht er auch. Die braunen kurzen Haare hat er ja schon von weitem gesehen. Die interessieren ihn jetzt gar nicht mehr. Die Augen von dieser jungen Frau interessieren ihn. Die sind groß und hell, nicht blau, nicht grau und auch nicht grün. Irgendwie ist da von allem etwas drinnen in diesen Augen. Einmal hat Herbert im Vormittagsprogramm einen Dokumentarfilm über das Kaspische Meer gesehen. Oder die Nordsee. Oder den Baikalsee. Das ist ja jetzt eigentlich auch egal. Der Film war sowieso stinklangweilig. Aber dieser See oder dieses Meer hat genau so eine Farbe gehabt. Genau so eine Farbe wie die Augen der jungen Frau. Tief soll dieser See oder dieses Meer angeblich sein, sehr tief, unermesslich tief, mit allerhand Vulkanen und Gasen und seltsamen gläsernen Lebewesen, die da unten in der Dunkelheit herumtorkeln. Daran erinnert sich Herbert jetzt. Und er schaut. Und die junge Frau schaut. Und die Zeit ist weg. Und alles andere rundherum auch.

KOPFGEWITTER

Aber dann war es aus. Die junge Frau ist vorbeigestrampelt. Dort vorne wackelt sie jetzt schon die Straße hoch. Das Wägelchen schlingert hin und her. Ein Zipfel von der braunen Decke steht hinten ab und flattert leicht. Das Fahrrad ist blau, der Pullover gelb, die Haare braun, die Beine weiß. Und jetzt ist sie weg. Hinter der Hügelkuppe verschwunden. Noch immer steht Herbert recht unmotiviert im Grünstreifen herum, mit der Gießkanne in der Hand. Da hat ihn was erwischt. Irgendwas hat ihn da erwischt. Was das aber jetzt genau sein soll, das kann Herbert nicht sagen. Einmal schaut er noch zur Hügelkuppe. Die liegt da wie immer. Das goldene Kreuz auf der Kirchturmspitze ist gerade noch so winzig glitzernd erkennbar, darüber der Himmel und keine Wolken. Zwei kleine Vögel wirbeln in wildem Streit umeinander. Die werden schon wissen, worum es geht. Dann sind die auch weg. So schnell wird es nicht mehr regnen, hat der Wetterbericht im Radio gemeint. Lange nicht mehr. Eine ungewöhnliche Frühsommerhitze, hat die sonore Wetterberichtsstimme gesagt, aber endlich ist es jetzt vorbei mit den Anoraks, den Stiefeln, den Handschuhen und den Hauben.

Herbert legt den Kopf in den Nacken und schaut hoch. Hitzehell ist der Himmel. Irgendwie verschwommen, denkt er sich, irgendwie flimmerig oder so. Ein besserer Ausdruck fällt ihm jetzt nicht ein. Aber die beiden kleinen Vögel fallen ihm ein, die eben noch da oben umeinander herumgewirbelt sind. Warum eigentlich klein, denkt sich Herbert, warum eigentlich sind diese Vögel klein? Jetzt, wenn er die Augen schließt und sich diese Vögel vorstellt, auf seiner inneren Himmelsleinwand, dann sind sie groß, riesige schwarze Vögel sind das auf einmal. Drehen sich umeinander, immer schneller, immer enger, und dann wiederum ist da nur mehr ein einzelner schwarzer Vogel und dann nur mehr ein einziger schwarzer Fleck oder ein Wirbel oder ein Kreisel oder so etwas.

Herbert reißt die Augen weit auf. Er weiß schon, was jetzt ist. Das kennt er doch. Das war doch schon einmal da. Genau so war das alles schon einmal da. Der Himmel, die Vögel, das blaue Fahrrad, die weißen Beine, die Kirchturmspitze, das goldene Blitzen vom kleinen Kreuz. Und der Geruch. Ein seltsamer Geruch liegt ihm in der Nase. Unbeschreiblich. Und ein seltsamer Geschmack auf der Zunge. Aber er kennt das ja. Genau so hat er das alles schon gesehen, gerochen, geschmeckt und gefühlt.

In Herbert beginnt sich etwas zu bewegen. Als ob sich

tief drinnen in ihm etwas lösen würde, so fühlt sich das an. Und dann beginnt es zu kreisen, in Herbert und um Herbert herum. Ganz leicht fühlt er sich auf einmal. Ganz leicht, aber nicht gut, gar nicht gut, so wie er sich dreht unter dem Himmel, so wie sich der Himmel dreht über ihm. So wie sich alles dreht in, über und unter ihm. Und auf einmal ist die Angst da. Im Bauch sitzt die, ganz klein zuerst, aber schnell wird die größer und weiter und noch etwas größer und noch etwas weiter. Und heißer. Und dann steigt die Angst hoch, breitet sich in der schmalen Brust aus, fährt in den Rücken hinein, in den Nacken, füllt den Hals, den Mund, die Augenhöhlen, und dann füllt sie den ganzen Herbert.

Und jetzt beginnt er zu zucken. Das rechte Lid zuerst, dann die Wange, dann der rechte Mundwinkel, dann das Kinn. Seine ganze rechte Gesichtshälfte zuckt und zittert und bibbert. Komisch sieht das aus, lustig vielleicht sogar. Aber Herbert findet das gar nicht lustig. Niemand findet das lustig. Weil es ja auch niemand sieht. Die Straße ist leer. Kein Auto, kein Traktor, kein Moped, kein Fahrrad. Niemand sieht Herberts zuckende rechte Gesichtshälfte, niemand sieht, wie sich seine Finger fest um den knackenden Gießkannengriff krampfen; niemand sieht, wie er den linken Arm in die Höhe reißt, dazu einen steifen Ausfallschritt macht, wie ihm ein Knie einknickt, wie er plötzlich umkippt, wie sich das Gesichtszucken ausbreitet, über den Hals, über die Schultern, die Arme, den Oberkörper, das Becken und in die Beine hinein, und wie er sich im Gras herumwirft, sich bockt und windet und dreht. Das alles sieht niemand. Nicht einmal die beiden Vögel, die jetzt wieder hoch oben im Himmel herumtanzen. Aber wahrscheinlich interessieren sich die sowieso für ganz andere Dinge.

Und auch die Mutter hat zuerst nichts gesehen. Immer noch ist sie am Zeitschriftenregal gestanden, mit dem Rücken zum Schaufenster, aber dann war auf einmal irgendetwas komisch. Irgendetwas hat sie gespürt, und dann hat sie etwas gewusst. So ist das nämlich mit den Frauen, insbesondere mit den Müttern: Die brauchen oft gar nicht hinzuschauen, um etwas zu verstehen. Ob das jetzt die Hormone sind oder der Instinkt oder irgendetwas anderes, lässt sich nicht sagen. Jedenfalls hat die Mutter sich umgedreht und durch die große Scheibe hindurch zum Grünstreifen hinausgeschaut. Den Herbert hat sie natürlich gleich gesehen, wie sich der zuckend und verkrümmt im Gras herumgewälzt und die Gießkanne immer wieder rhythmisch in die Erde hineingedroschen hat. Und da ist sie losgerannt. Aus dem Verkaufsraum hinaus, unter dem Tankstellendach hindurch, an den Zapfsäulen vorbei und zum Grünstreifen ist sie hingerannt. Mit kleinen Schritten, aber schnell. Und während die Mutter so gerannt ist, hat sie in die rotgelbe Kittelaußentasche gegriffen und ein Paar zu einem Knödel zusammengeknotete Socken herausgeholt. Weiße Tennissocken mit einem roten und einem blauen Ringel. Damit ist die Mutter im Grünstreifen angekommen, ist ein paar Mal um den zuckenden Herbert im Gras herumgelaufen, ist geschickt den steifen Schlägen mit der Gießkanne ausgewichen, hat genau geschaut, hat lauernd und mit einer gehörigen Spannung im Kreuz den richtigen Augenblick abgewartet und sich dann mit Schwung auf ihren Sohn geworfen.

Wie zwei seltsame Ringer von sehr ungleichen Ausma-
ßen haben die beiden ausgesehen, wie sie sich im Gras
gewälzt haben. Aber eines ist jetzt auch wieder einmal
bemerkenswert: wie sich die Mütterlichkeit über alle na-
turbedingten Kräfteverhältnisse einfach so hinwegsetzen
kann! Gegen die Mütterlichkeit ist ja sogar die Männlichkeit nur ein schwächliches Aufbegehren. Und deswegen
hat es die kleine und alte Frau Szevko dann auch irgendwie geschafft, ihren langen und jungen Sohn mit aller Gewalt in die Erde hineinzudrücken, mit einer Hand seinen
wild hin und her schlagenden Kopf zu packen, ihm mit
der anderen Hand das Tennissockenknödel fest zwischen
die Zähne zu drücken und sich schließlich mit einer kräftig federnden Bewegung abzustoßen und seitwärts in Sicherheit zu rollen.

Und so sitzt Frau Szevko jetzt in sicherer Entfernung
im Gras und keucht und schaut. Ihrem Sohn schaut sie
zu, wie er sich in die Tennissocken verbeißt, wie ihm die
vom Blut rosigen Speichelbläschen auf dem Kinn zerplatzen, wie er zuckt, wie er sich wälzt, windet, krümmt und
streckt, wie er sich immer wieder aufbäumt und immer
wieder mit dem steifen Arm die Gießkanne in die Erde
hineindrischt. Ganz genau schaut sich Frau Szevko das alles an. Eine Weile wird das so gehen. Neu ist das nicht.
Schön auch nicht. Und jetzt schaut sie hoch zu den Ben-
zinpreisschildern und noch höher in den Himmel hinauf.
Aber da oben ist es im Moment auch nicht viel schöner.

DIE SCHÖNSTEN BILDER
BRAUCHEN KEINEN BLICK

Der Fisch Georg führt eigentlich ein recht beschauliches Leben in seinem kleinen runden Aquarium. Schwimmt hin und her, dreht sich im Kreis, lässt sich auf den kieseligen Grund sinken, hängt manchmal am kleinen hölzernen Schiffswrack herum, trudelt hoch an die Oberfläche, fächelt mit der Schwanzflosse herum, macht ein paar Luftblasen oder steht einfach reglos da, die Schnauze ans Glas gepresst, und schaut ins Zimmer hinaus.

Auch im Zimmer ist selten viel los. Das Einzige, was sich da manchmal bewegt, sind die Sonnenstrahlen, die sich durchs Fenster hereinlehnen, sich als helle Rechtecke auf den Boden, auf das Bett, auf den Stuhl, auf den Schrank, im Winter auch auf die Wand legen und langsam durch den Raum wandern. Heute aber sind die Vorhänge zugezogen. Schummrig ist es, nur die grünlichen Wellenspiegelungen plätschern lautlos überall im Zimmer herum. Im Bett liegt Herbert. Es geht ihm besser. Viel besser. Sogar die Zunge tut nicht mehr weh. Ein bisschen aufgebissen nur. Das verheilt. Vor fast zwei Tagen hat er draußen im Grünstreifen irgendwann aufgehört zu zucken und um sich zu schlagen und ist langsam ruhiger geworden. Die Mutter war da, wie immer. Die hat ihm das nasse Tennissockenknödel aus dem Mund gezogen, hat ihm aufgeholfen, hat ihn gestützt und irgendwie ins Haus, ins Zimmer, ins Bett gebracht. Sie hat ihn zugedeckt, hat sich an den Bettrand gesetzt, seine Hand gehalten und ihn angeschaut mit so einer Liebe im Blick. Herbert hat sie dafür gehasst. Aber gesagt hat er nichts. Wahrscheinlich hätte er sowieso nichts sagen können, wegen den Zungenschmerzen und all den anderen Beschwerden. Und bald ist er eingeschlafen.

Jetzt, zwei Tage später, wacht Herbert wieder auf. Was dazwischen passiert ist, weiß er nicht und will er gar nicht wissen. Wie oft die Mutter im Zimmer gewesen ist zum Beispiel, mit welchen hilfsbereiten Absichten und mit welchen Schüsseln oder so. Schnell schüttelt Herbert derartige Gedanken wieder in seine tiefsten Hirnrinden zurück und macht etwas Angenehmerem Platz. Den Körpergefühlen zum Beispiel. Eines nämlich weiß Herbert: Danach ist es immer schön. Alles ist ganz anders, weich und warm fühlt sich alles an, die Füße nicht mehr so eisig wie sonst meistens. Das Kreuz nicht mehr so verzogen, die Kiefer locker, die Schultern befreit, im Kopf eine helle Leichtigkeit und im Glied eine wohlige Festigkeit.

Immer nach einem Anfall und dem darauf folgenden Erholungstiefschlaf regt es sich da unten besonders vielversprechend. Nicht so verzagt wie sonst jeden Morgen. Die tägliche Morgenfestigkeit in der Unterhose ist der Alltag. Die erste Festigkeit nach einem Anfall ist da schon ein ganz anderes Kaliber. Die ist nicht nur blasenbedingt, die muss man sich nicht herbeiwünschen oder mühsam herbeifantasieren. Und wenn sie einmal da ist, muss man auch nicht krampfhaft versuchen, sie zu erhalten. Das alles weiß Herbert schon. Das alles hat er ja schon oft erlebt, seitdem ihm unten Haare und oben seltsame Träume gewachsen sind. Angenehm liegt das in der Hand, warm und hart und zart pulsierend. Und auch die andere Hand hat was zu tun. Auf dem Bauch liegt die, ganz langsam kraulen sich die Finger durch die Bauchhärchen. Kurz zieht sich alles zusammen, dann entspannt es sich wieder. Herbert schnauft. Fast lacht er. Warm ist die Hand, warm ist der Bauch darunter, warm ist alles da unten. Schön ist das.

Herbert schließt die Augen. Mit der Wärme im Bauch und der Hitze im Kopf kommen die Bilder. Die Bilder, die er so oft schon gesehen hat, die aus den Sexheftchen im Verkaufsraum, die aus den Modejournalen, aus den Comics oder auch die aus manchen Fernsehsendungen. Bilder, wo sich zum Beispiel diverse Frauen in engen Lederanzügen und einer möglichst großen Pistole in der Hand über den Boden wälzen und sich trotzdem die Frisur nicht zerstören.

Herberts Hände wissen von alleine, was sie zu tun haben. Da muss das Hirn gar nicht mehr mitarbeiten. Die eine Hand liegt gut. Die Finger der anderen umschließen die pulsierende Wölbung jetzt ein bisschen fester. Die Bewegungen werden schneller. Ganz schnell und aus dem Handgelenk heraus. Da passt alles. Auf seine Hände kann Herbert sich verlassen in solchen Momenten und sich einfach seinen Bildern widmen. Ein rotglänzender Fingernagel am Finger einer zarten Frauenhand tastet sich langsam an einer Strumpfnaht entlang, hoch geht es, Unterschenkel, Knie, Oberschenkelaußenseite, Oberschenkelinnenseite, noch ein Stückchen höher und wieder zurück. Und wieder hoch. Herbert macht ein Geräusch und legt den Kopf zur Seite. Die Strumpfnaht verformt sich. Heller wird sie und breiter und noch breiter und noch heller. Eine Straße ist das jetzt. Und ganz weit vorne auf dieser Straße löst sich etwas aus dem Sommerflimmern. Etwas

Blaues blitzt auf. Ein Fahrrad. Ein blaues Klappfahrrad wackelt auf der Straße, die eben noch eine Strumpfnaht war, näher. Auf dem Fahrrad sitzt jemand. Braune Haare sieht Herbert, einen gelben Pullover, eine hellblaue, kurze Hose und zwei pralle, weiße Schenkel. Ganz genau sieht er, wie sich der Hosenstoff da oben hineindrückt und einen rundlichen Wulst hervorpresst, ganz genau sieht er, wie sich beim Strampeln die Schenkelinnenseiten am Fahrradsitz reiben und wie die Schenkelaußenseiten in der ungewöhnlichen Frühsommerhitze glänzen, ganz genau sieht er die runden, von der Sonne schon ein bisschen rosigen Knie, auf und nieder, auf und nieder.

Das alles und noch viel mehr sieht Herbert mit geschlossenen Augen. Die schönsten Bilder brauchen nämlich keinen Blick.

Die weniger schönen aber schon. Deswegen sieht er jetzt nicht, wie die Zimmertür aufgeht. Und er sieht auch nicht, dass seine Mutter mitten im Zimmer steht. Nur ein kleines helles Klimpern dringt zu ihm durch. Das will nicht so recht passen zu den Bildern von rosigen Knien und weißen Wülsten. Noch einmal klimpert es. Und plötzlich ist Herbert alles klar. Etwas Heißes fährt ihm ins Herz. Und etwas saugt ihm das Wohlige aus dem Bauch und die Festigkeit aus dem Glied. Das ist die Scham.

Herbert öffnet die Augen. Die Mutter steht da und rührt sich nicht. Wie eingefroren. Er blinzelt. Dann streckt er sich, räkelt sich und gähnt. Und gleich noch einmal gähnt er. Herbert kann auf einmal gar nicht mehr aufhören zu gähnen, sich zu strecken und zu räkeln. Vielleicht will er sich eine Gemütlichkeit herbeiräkeln. Oder sich selbst irgendwohin. Die Mutter schaut. Ein Tablett hat sie in den Händen. Daher also das Klimpern. Ein Teelöffel, eine Untertasse, eine Kanne, Kekse, Kuchen und so. Herbert versucht ein bisschen zu lächeln. Möglichst verschlafen soll das aussehen. Aber die Mutter hat schon verstanden. Die taut jetzt auf und beginnt auch zu lächeln. Natürlich: Herbert ist eben erst aufgewacht. Was soll denn sonst gewesen sein? Nichts. Ein bisschen hat er sich eben bewegt im Schlaf, hat sich aus seinen Träumen herausgezuckt. So wird das gewesen sein. So war das. Was anderes hat die Mutter nicht gesehen. Was soll sie denn auch schon anderes gesehen haben? Natürlich nichts.

»Guten Morgen!«, sagt die Mutter.
»Wie spät ist es denn?«, fragt Herbert.
»Zwei Uhr nachmittags«, sagt die Mutter.
»Aha«, sagt Herbert.
»Ja«, sagt die Mutter.
»So was«, sagt Herbert.
»Na ja«, sagt die Mutter.

Und so ist Herbert aus seiner zweitägigen Erholungswärme wieder zurück ins Leben gefallen. Die Mutter hat ihm das Tablett neben das Bett auf das Nachtkästchen gestellt, hat sich über ihn gebeugt und ihm mit zwei Fingern langsam ein paar Haarsträhnen aus der Stirn gewischt. Herbert hat ihr in die Augen geschaut. Und in dem ganzen Hellblau hat er sich kurz selbst erkannt. Wo er herkommt. Wo er ist. Und wo alles hingehen wird. Nirgendwohin nämlich. Und da hat er wieder weggeschaut, zur Tapete hin.

Die Mutter hat sich die Schürze glatt gestrichen und ist gegangen. Herbert ist eine Weile einfach so liegen geblieben. Die Festigkeit zwischen den Beinen war nur mehr eine Erinnerung. Und dann war auch die weg. Alles im Herbert war weg. Da war nichts mehr. Ruhig war es jetzt wieder im Zimmer. Nur im Aquarium hat es leise geplätschert. Georg hat sich auf den Grund trudeln lassen. Und ist wieder hochgestiegen. Einmal ist er hin und einmal ist er her geschwommen, dann hat er sich mit der Schnauze an die Scheibe gehängt und hat gar nichts mehr gemacht. Ja, hat sich Herbert gedacht, so ist das Leben. Genau so.

Und plötzlich war es ihm zu eng. Im Haus, im Zimmer, im Bett, in seinem Pyjamaleibchen und in ihm selber. Alles war ihm auf einmal zu eng. In seinem verkrampften Kiefer hat es geknackst. Ganz leise nur. Aber Herbert hat es gehört. Und komisch: Dieses leise Kieferknacksen ist ihm wie ein Startschuss vorgekommen. Mit einer überraschenden Geschwindigkeit hat er daraufhin seinen langen Körper aus dem Bett geschleudert und ist ein bisschen wankend, aber doch ziemlich aufrecht mitten im Zimmer gestanden, das Kinn höher als sonst. Etwas hat unter seinen Haarspitzen gekribbelt. Und etwas hat geglänzt in seinem Blick. Stärker noch als sonst. Das war die Entschlossenheit.

DAS DORF

Und die Entschlossenheit ist auch geblieben. Die sitzt Herbert jetzt immer noch im Gesicht, während er die Straße entlang marschiert mit langen, energischen Schritten.

Die Mutter hat schon komisch geschaut, als er einfach so aus dem Haus gerannt ist, ohne ein Wort zu sagen. Aber schließlich ist er ja niemandem Rechenschaft schuldig. Niemandem und für nichts! Die Zeiten von irgendwelchen Rechenschaften sind endgültig vorbei. Die Tankstelle mitsamt Haus, Zimmer, Bett und Mutter liegt schon ein paar hundert Meter hinter ihm. Überhaupt liegt eigentlich alles hinter ihm, denkt sich Herbert, alles und jedes, vorbei und vergessen, jetzt wird nur mehr nach vorne geschaut, neue Zeiten, ein neues Leben, es geht voran! Dort vorn zum Beispiel, dort nähert sich schon die Hügelkuppe, hinter der vor zwei Tagen das blaue Fahrrad mit dem wackeligen Anhängerwägelchen und der prallen jungen Frau verschwunden ist. Schon ist die Zeit zu erkennen auf der Kirchturmspitzenuhr, halb drei am Nachmittag, die beste Tageszeit, um sein Leben zu ändern, denkt sich Herbert. Weit kann man von der Hügelkuppe in alle Richtungen schauen. Die Straße, hinten die Tankstelle, vorne das Dorf, rundherum die Landschaft. Mit Feldern, Wiesen, Kühen, Hochspannungsleitungen und so. Früher ist Herbert auch immer über diese Hügelkuppe gelaufen, fast jeden Tag, fast immer widerwillig und gezwungen. Zur Schule nämlich. Und noch viel früher in den Kindergarten. Aber da hat er noch gelbe Pudelhauben getragen und ist an der Mutterhand gegangen. Fast hätte Herbert laut aufgelacht bei diesem Gedanken. Vorbei! Alles vorbei. Weit ist die Aussicht, weit ist die Zukunft, und weit ist Herberts Herz. Tief atmet er die frühe Sommerluft ein. Warm ist die und würzig und leicht. Und auf einmal gibt er sich einen Ruck und rennt los. Mit dem eigenen Lebenshunger rennt Herbert um die Wette, den Hügel hinunter und auf das Dorf zu.

Im Dorf ist nicht viel los. Wie meistens eigentlich. In den späten Siebzigerjahren sind einmal verschiedene Männer mit Anzügen, Hüten und wichtigen Gesichtern am Marktplatz auf und ab gegangen. Dabei haben sie pausenlos riesige Pläne auseinander- und wieder zusammengefaltet, recht wild herumgestikuliert und von irgendwelchen Infrastrukturen geredet. Die Pensionisten auf der Holzbank neben dem kleinen Brunnen haben sich gewundert, nichts verstanden und sich bald wieder für die Tauben zu ihren Füßen und für ihre Krankheiten interessiert. Ein paar Wochen später sind dann die Baumaschinen gekommen. Und noch ein paar Wochen später waren die Holzbank, der kleine Brunnen und die Pensionisten verschwunden. Eigentlich war der ganze Marktplatz weg. Stattdessen war ein riesiges Loch da. In dem haben zwei Bagger und viele Arbeiter herumrumort. Eine Tiefgarage wird das, hat es geheißen, mit Hochgarage darüber. Überhaupt war von großen Veränderungen die Rede. Wegen dem Wirtschaftswachstum nämlich. Gar nicht mehr aufzuhalten war diese Wirtschaft ja damals, nach allen Richtungen ist die gewachsen, geradezu eine Wirtschaftswucherung war das. Viele Leute sind ganz blöd geworden im Kopf wegen den vielen schönen und aufregenden Aussichten. Die meisten eigentlich. Ein paar nicht. Das waren die Männer in den Anzügen, mit den Hüten, den Plänen und den wichtigen Gesichtern. Die, die sich das ausgedacht haben mit der neuen Straße. Nicht irgendeine Straße, nein, eine Achse haben sich diese Männer ausgedacht, eine zwischen irgendwelchen Himmelsrichtungen, eine, die auf einen Schlag alle möglichen Städte und Staaten in halb Europa miteinander verbinden sollte. Und an dieser Straße eben das Dorf. Entwicklungsgebiet, Industriestandort, Verkehrsknotenpunkt mit Naherholungswert und allem Drum und Dran. Was kann man da noch mehr wollen? Eigentlich nichts.

Und darum also hat es damals auch nicht allzu lange gedauert, und das alte Dorf war nicht mehr wiederzuerkennen. Sozusagen fortentwickelt. Das neue Dorf sieht anders aus. Der Marktplatz hat jetzt eine Tief- und eine Hochgarage, Betonbänke und Betonschüsseln mit Geranien. Das Wirtshaus hat Sonnenschirme, eine Reklametafel, orangefarbene Plastikstühle vor dem Eingang und allerhand bunte Getränke auf der Karte. Der Lebensmittelladen hat sich vergrößert, das Gemeindeamt auch, an einer Ecke steht ein silbriges Toilettenhäuschen, an einer anderen Ecke steht, wie aus der Zeit gefallen, der riesige Glaskasten vom neu errichteten Hallenbad. Zu den übriggebliebenen alten Wohn- und Bauernhäusern sind neue dazugekommen. Die stehen in langen Reihen eng nebeneinander, und eines sieht aus wie das andere, die Dächer rot wie die Backen der Gartenzwerge, die Hecken akkurat frisiert. So nahe können Romantik und Depression beieinanderliegen.

Vielleicht ist das Wirtschaftswachstum in den damaligen Jahren aber irgendwie am Dorf vorbeigerauscht, vielleicht hat es auch nie eines gegeben. Man weiß es nicht so genau. Jedenfalls waren die wichtigen Herren mit den Hüten und den Plänen auf einmal weg. Mitsamt dem damaligen Bürgermeister. Irgendwann hat ihn nachts ein schlafloser Dörfler in seinem neuen, sehr flachen und sehr rot glänzenden Wagen davonrauschen gesehen. Und zwar auf der alten Straße. Die neue ist nämlich doch nicht gebaut worden. Und von Entwicklungsgebieten, Industriestandorten, Verkehrsknotenpunkten und Naherholungswerten war auch bald keine Rede mehr.

Und weil ein neues Gesicht noch lange kein neues Herz macht, ist der dörfliche Herzschlag der gleiche geblieben, trotz dem ganzen Beton und Glas. Das Dorf suhlt sich wieder in seiner eigenen Ruhe und Beschaulichkeit.

Als letzte, weithin sichtbare Erinnerung an die Zeiten vor den späten Siebzigern steht die kleine Kirche mit dem spitzen Kirchturm da. Die Uhr zeigt fünf nach halb drei. Darüber sitzt auf einem kleinen Vorsprung eine Taube. Die interessiert sich nicht für die Uhrzeit. Die interessiert sich überhaupt für recht wenig. Die putzt sich die Federn und sonst nichts. Und dass jetzt gerade weit unter ihr ein langer und dünner Mensch an der Kirche vorbei und auf den Marktplatz zurennt, das ist dieser Taube sowieso scheißegal.

Den paar verdrückten Pensionisten, die auf einer der Betonbänke dicht nebeneinander aufgereiht sitzen, aber nicht. Geradezu alarmiert sind die. Herausgerüttelt aus lustvollen Jugenderinnerungen oder noch lustvolleren Krankheitsfantasien. Herausgerissen aus heiseren Debatten. Weil da jemand angerannt kommt, sich viel zu schräg in die Kurve legt, ins Rutschen gerät, ins Straucheln, ins Stolpern, ins Stürzen, schließlich die letzten Meter auf der fein bekieselten Betonfläche entlangschlittert und genau vor der Pensionistenbank liegen bleibt.

»Das ist doch der Szevko-Bub. Mein Gott, ist der groß geworden!«, sagt einer von den Pensionisten. Und da hat er recht.

Herbert liegt da und nickt.

»Guten Tag!«, sagt er. »Haben Sie eine Frau gesehen?« Dabei rappelt er sich möglichst unauffällig auf und tut so, als ob nichts passiert wäre. Die Schürfwunde an der Hüfte wird er sich später anschauen. »Eine Frau auf einem blauen Fahrrad mit Anhänger?«

Da schauen die Pensionisten. Schauen Herbert an, schauen an ihm vorbei oder durch ihn hindurch. Ab einem gewissen Alter ist das so eine Sache mit der Blickgenauigkeit. Ein paar von ihnen haben die Frage verstanden. Langsam schütteln sie ihre grauen Köpfe. Einer schüttelt sowieso immer den Kopf, Tag und Nacht. Der zählt nicht. Ein anderer schläft. Einer aber, einer der ganz außen sitzt, hebt langsam den gichtigen Zeigefinger und sagt:

»Im Bad! Im Bad, mein Junge!« Der Gichtfinger zeichnet eine kleine Figur in die Luft. Kaum zu verstehen war das krächzende Stimmchen, die Stimmbänder zerkratzt vom langen Leben. Aber Herbert hat genau aufgepasst.

»Danke«, sagt er. »Vielen Dank!« Und dann rennt er wieder los. Zum Bad.

Vom Marktplatz herunter und um die nächste Ecke rennt Herbert. Und komisch: Jetzt erst fällt ihm auf, dass er gar nicht sagen könnte, wer jetzt eigentlich von diesen Pensionisten ein Mann und wer eine Frau gewesen ist. Vielleicht spielt das ja irgendwann auch keine Rolle mehr, denkt er sich und rennt weiter, mit brennender Lunge und fliegenden Beinen.

Am Wirtshaus rennt er vorbei, am Toilettenhäuschen, am Lebensmittelladen, am Kindergarten. Da drinnen, auf der Kindergartentoilette, hat es den kleinen Herbert vor vielen Jahren das allererste Mal umgeschmissen, daran erinnert er sich jetzt. Der erste Anfall. Die Kindergartentante hat den kleinen Herbert irgendwann vermisst, gesucht und im Bubenklo gefunden. Auf dem gekachelten Boden ist er zuckend in seiner eigenen Pfütze gelegen. Die Tante hat zu schreien begonnen und angeblich erst drei Stunden später und nach einem Beruhigungsschnaps wieder aufgehört. Ein Doktor ist gekommen. Und der Kindergartenhausmeister. Einer von den beiden hat Herbert dann nach Hause gebracht. Zwei Tage lang ist er in seinem Zimmer im Bett gelegen. Zwei Tage ist seine Mutter bei ihm am Bettrand gesessen. Dann ist der kleine Herbert mit einer aufgebissenen Zunge aufgewacht, hat in die großen, glänzend hellblauen Mutteraugen über ihm geschaut und hat sich das erste Mal in seinem Leben geschämt. Die Zungenschmerzen sind wieder weggegangen. Die Scham nicht mehr.

Das alles fällt Herbert jetzt wieder ein. Neben dem Kindergarten steht die Schule. Dazu will ihm aber lieber nichts einfallen. Schnell geht es weiter. Herbert keucht, der Schweiß steht ihm auf der Stirn, im Nacken, überall eigentlich, drinnen klopft dunkel das Herz. Aber unangenehm ist das nicht. Da tut sich was.

Am Zaun geht es entlang, vorbei an der Polizeistube, vorbei am Dorfjugendklub, einmal noch um die Ecke und aus. Herbert bleibt stehen. Das Hallenbad steht vor ihm. Groß, hoch, quadratisch und gläsern. Vielleicht hat sich ja damals in den späten Siebzigerjahren irgendein vom Ehrgeiz befreiter Architekt von einem schlauen Glasermeister bestechen lassen. Jetzt steht das Bad jedenfalls da, mitten im Dorf. Der Bürgermeister und der Bademeister sind ganz stolz darauf. Obwohl sich eigentlich jeden Tag nur wirklich sehr wenige Dörfler ins Bad hineinverirren und die Erhaltungskosten das halbe Dorfvermögen auffressen. Der Abriss und die Entsorgung wären aber angeblich noch viel teurer. Also bleibt der Kasten eben einfach stehen.

Schon oft hat Herbert das Hallenbad von außen gesehen, drinnen war er nie. Vom Schwimmunterricht, überhaupt vom ganzen Sportunterricht befreit, der arme Bub, wegen dieser schlimmen Anfälle. Im Geheimen hat der kleine Herbert sich aber gefreut. Während die anderen wie Idioten im Kreis geschwommen sind, ist er irgendwo im Dorf an irgendeiner Ecke gesessen und hat sich interessante Sachen zusammenfantasiert. Oder er war bei der Mutter zuhause an der Tankstelle und hat was Gutes gegessen und später in die schillernden Benzinpfützen hineingeschaut.

Jetzt schaut er an der gläsernen Fassade hoch. Hoch wie eine Kathedrale, denkt er sich, eine, in der sogar der Papst Geburtstag feiern könnte, wenn er wollte. Herbert lehnt seine Stirn an das Glas. Glatt ist das, trocken, aber nicht kühl bei der Hitze, von ganz feinem Straßenstaub überzogen. Was so eine Stirn alles spüren kann, wenn es darauf ankommt.

Im Bad ist nicht viel los. Keine Schulklassen schwimmen und spritzen und schreien herum. Keine Jugendlichen gehen möglichst aufrecht hin und her und versuchen sich gegenseitig unauffällig unter die Badesachen und hinter die Stirnen zu schauen. Keine Sportler ziehen, vom Ehrgeiz zerfressen, ihre einsamen Runden. Nur zwei ältliche Damen plätschern mit komischen Arm- und Beinbewegungen in der Beckenmitte umeinander herum. Wie zwei Kröten, nur mit bunten Badehauben auf den Köpfen, so sieht das aus. Oder, wenn man ein bisschen kurzsichtig wäre, wie zwei bunte Bälle, die auf der Wasseroberfläche im leichten Wind vor sich hin treiben. Herbert aber ist nicht kurzsichtig, der sieht alles ganz genau. Zum Beispiel sieht er, wie die Blüten an den Badehauben zart wackeln, rosig die einen, gelblich die anderen, ganz genau sieht er auch die dazu passenden Badeanzüge unter der Wasseroberfläche herüberschimmern, er sieht die vielen weißen Plastikliegen, die da am Beckenrand aufgereiht stehen, zwei davon mit Handtüchern belegt. Die Plastikstühle sieht er auch, gleich neben dem Plastiktisch, auf dem zwei halbleere Gläser mit Orangensaft stehen. Der wird den beiden bunten Kröten später noch schmecken, wahrscheinlich. Herbert sieht die rechteckigen Leuchten an der Hallenbaddecke, eine flimmert, die anderen nicht, er sieht die Kacheln an den Wänden, grünlich und bläulich, mit weißen Schiffchen da und dort. Hoch oben in der Kachelwand sieht er das kleine Fenster, hinter dem oft der Bademeister sitzt, in seinem Bademeisterdienstraum, und die Geschehnisse im Becken beobachtet. Herbert sieht auch den Sprungturm, fünf Meter hoch, mit silbriger Leiter, den Rettungsring an der Wand, den Plastikliegenstapel im einen Eck, die große, unförmig verbogene Gummipflanze in dem anderen. Und er sieht die junge Frau, die bei der Pflanze steht und mit einem Tuch an den riesigen Gummiblättern herumwischt.

Der gelbe Pullover ist weg, die kurze, hellblaue Hose auch. Stattdessen hat die Frau jetzt einen weißen Kittel, weiße Socken und weiße Sandalen an. Die Haare aber sind die gleichen geblieben, kurz, braun und ohne Frisur. Und die Schenkel sowieso. Wobei: Jetzt gerade kann Herbert eigentlich nur mehr die Waden sehen. Fast noch weißer als Kittel, Socken und Sandalen sind die. Weiß, glatt, rund und prall.

Die junge Frau stockt in ihren Bewegungen und hört schließlich auf, die Gummipflanzenblätter abzuwischen. Ein Eimer steht neben ihr, da schmeißt sie das Putztuch hinein. Eine Weile passiert nichts. Nur die runden Schultern heben und senken sich langsam unter dem weißen Kittelstoff. Aber dann, ganz plötzlich, dreht sie sich um und schaut diesem jungen Mann, der dort hinten, dort draußen mit seiner hohen Stirn an der Scheibe lehnt, genau ins Gesicht. Den kennt sie. Den hat sie schon gesehen. Und jetzt lächelt sie.

DER VORRAUM ZUR EWIGKEIT

Mitten in Herberts Herz hat sie sich hineingelächelt. Oder in den Bauch. Ohne ein Medizinstudium lässt sich das wahrscheinlich auch nicht so genau auseinanderhalten. Jedenfalls hat sie sich irgendwo in Herbert hineingelächelt, und auf einmal ist ihm heiß geworden. Und da hat er gewusst, was zu tun ist. Mit der Stirn hat er sich von der Glasscheibe abgestoßen und ist mit großen Schritten die paar Meter zum Hallenbadeingang hinübergegangen.

Und jetzt steht er vor einem kleinen Kasten, auch aus Glas, mit Guckloch und Kassenbrett und einem Schild mit Badezeiten und Eintrittspreisen. Da drinnen sitzt Frau Horvath. Die kennt Herbert noch aus früheren Zeiten, als sie noch mit dem Volksschullehrer Herrn Horvath verheiratet war und ihm in der Zehnuhrpause den Tee und Brote mit komisch riechenden Aufstrichen in die Schule nachgetragen hat. Irgendwann ist Herr Horvath dann aber nicht mehr in die Schule gekommen. Drei Wochen später war er tot, und in der Gemeindezeitung ist ein schöner Artikel mitsamt schwarzgerändertem Inserat gestanden. Die Herzverfettung soll schuld gewesen sein, haben ein paar Leute im Dorf gesagt. Andere haben eher auf Frau Horvath getippt. Jedenfalls war niemand sehr traurig. Weil das Leben weitergehen muss und Herr Horvath sowieso ein Arschloch war. Frau Horvath hat sich dann eine Arbeit suchen müssen. Ein halbes Jahr ist sie zwei Mal die Woche im Gemeindeamt gesessen und dem Bürgermeister auf die Nerven gegangen. Als dann ganz plötzlich und aus irgend-

welchen Gründen die Hallenbadkassiererinnenstelle frei-
geworden ist, war der Bürgermeister sogar noch froher als
Frau Horvath. Die hat dann mit wenig Ambitionen, aber
festem Gehalt die Stelle angetreten und sitzt seitdem im
Hallenbadeingangsbereich und schminkt sich.

Und das mit dem Schminken kann man schon ernst nehmen. Den ganzen Tag nämlich fährt Frau Horvath sich mit
allerhand Pinseln, Tupfern, Schwämmchen und anderen
Sachen im Gesicht herum. Und weil so etwas nicht spur-
los an einem vorübergehen kann, muss man eines schon
auch einmal mit einer gewissen Bewunderung bemerkt
und festgestellt haben: So viele unterschiedliche Farben
haben wahrscheinlich noch nie in ein einziges Gesicht
hineingepasst.

Jetzt gerade malt sie sich mit einem feinen Pinselchen
allerhand Regenbogenbuntes auf das rechte Augenlid.
Langsam und konzentriert macht sie das. Da kann man
keine Störung brauchen. Da muss die Hand ruhig sein.
Und der Geist sowieso. Sonst wird das nichts. Und deswegen ist es natürlich nur verständlich, dass ihre eigentlich recht neutrale Laune sofort ins Ungute hinunterge-
kippt ist, als auf einmal dieser lange junge Mann durch
das Hallenbadeingangstor herein- und aufs Kassiererinnen-
kästchen zuspaziert gekommen ist. Ein Badegast ist nämlich das Allerletzte, was Frau Horvath gerade gebrauchen
hat können!

»Guten Tag, ich möchte bitte baden!«, sagt Herbert und
schaut durchs Guckloch zur Frau Horvath hinein. Frau
Horvath nickt langsam.

»Jetzt?«, fragt sie und legt unauffällig das Pinselchen weg.

»Jetzt«, sagt Herbert.

»Gut«, sagt Frau Horvath, »siebenfünfzig für den halben Tag.«

»Das macht nichts«, sagt Herbert und legt einen Schein auf das Kassenbrett.

Frau Horvath schiebt ihm das Wechselgeld, ein kleines Kärtchen und ein Schlüsselchen mit Plastikband entgegen. Dabei zieht sie die Mundwinkel kurz und schief auseinander. Ein kundenfreundliches Lächeln soll das sein.

»Danke schön!«, sagt Herbert, nimmt die Sachen und geht.

Und als Frau Horvath ihn so gehen sieht, als sie sieht, wie er das Kärtchen in die Automatik steckt, wie er sich durchs Kundendrehkreuz drückt, sich an den bunten Wegbeschreibungen zu orientieren versucht, sich dabei die Hose hinten hochzieht und wie er dann weitergehen will, die Treppen zu den Umkleidekabinen hoch, als sie das alles so beobachtet aus ihrem Glaskästchen heraus, da fällt es ihr plötzlich wieder ein.

»Du bist doch der …«, und jetzt erhebt sich ihre sowieso schon stechend helle Stimme in noch seltenere Höhen, »… der Epileptiker?!«

Herbert bleibt auf der Treppe stehen und dreht sich um.

»Ja«, sagt er und hört seine eigene Stimme irgendwo unter der hohen Glasdecke verhallen.

Ein paar Tage nachdem es den kleinen Herbert damals auf der Kindergartentoilette zum ersten Mal umgeschmissen hatte, ist er neben seiner Mutter im Doktorzimmer gesessen. Dort hat er das Wort zum ersten Mal gehört. Epilepsie. Verstanden hat er nichts. Ist einfach nur so dagesessen und hat seinen Beinen beim Baumeln zugeschaut. Der Doktor hat mit seinen zarten Händen immer wieder sinnlos allerhand Papiere auf dem Schreibtisch hin und her geschoben und versucht, den fragenden Blicken der Mutter auszuweichen.

»So ist das eben!«, hat er gesagt. »Epileptische Anfälle kommen einfach, da kann man nichts machen. Aber oft …«, hat er gesagt, sich ein bisschen nach vorne gebeugt und so viel warmen Trost wie möglich in seine Stimme gelegt, »… oft sind sie aber auch einfach so wieder weg!« Die Mutter hat sich aber nicht trösten lassen wollen. Die hat die Luft angehalten, ganz rot ist sie geworden im Gesicht, hat aber bald doch wieder atmen müssen und zu weinen angefangen. Und dann ist sie aufgestanden, hat mit ihrer kleinen Faust auf den Schreibtisch gehauen und dem Doktor ins Gesicht geschrien:

»Und wie jetzt weiter, Sie Arschloch?!«

Der Doktor hat kurz geblinzelt.

»Ja, gnädige Frau, ich verstehe Ihre Erregung«, hat er gesagt, »aber das kann man nicht so ohne weiteres sagen. Vielleicht war es ja nur ein Anfall. Ein einziger. Vielleicht aber auch nicht. Das muss abgewartet werden!« Die Mutter ist zitternd dagestanden, hat sich geschämt und wieder einigermaßen beruhigt.

»Entschuldigung«, hat sie gesagt, mit ein paar fahrigen Bewegungen ihren Rock glatt gestrichen, sich wieder hingesetzt und am Doktor vorbeigeschaut. Hinter ihm an der Wand hat nämlich ein Bild gehangen, eine Landschaft mit

Seen und Bergen und Hirschen und so. Dort hat sich die Mutter hingeschaut.

»Das ist wie beim Wetter«, hat der Doktor gesagt, »der Sommer kommt, das weiß man. Der Winter auch, das ist klar. Es wird regnen, sehr wahrscheinlich. Aber ein Gewitter …«, hat er gesagt, »… ein Gewitter lässt sich nicht so einfach vorhersagen!«

Kurz war der Mutter so, als ob sich der eine Hirsch im Bild ein bisschen bewegt hätte. Aber das war natürlich Blödsinn.

»Eine Epilepsie ist wie ein Gewitter«, hat der Doktor gesagt, »ein Gewitter im Kopf.«

Das hat der kleine Herbert gehört. Da hat er aufgehört, seinen Beinen beim Baumeln zuzuschauen, und stattdessen zu lachen begonnen. Laut hat er gelacht. Weil er sich nämlich vorgestellt hat, wie sich in seinem Kopf kleine dunkle Wolken zusammenbrauen, wie es unter der Schädeldecke zu tröpfeln, zu regnen und zu schütten anfängt. Wie es leise grummelt, dann lauter donnert und schließlich blitzt. Überall in seinem Kopf hat er winzige Blitze herumsausen gesehen. Ein Gewitter in seinem Kopf. Das hat ihm gefallen.

Der Mutter nicht. Die hat nicht gewusst, was los ist, und hat ihrem Sohn eine ordentliche Tachtel auf den Hinterkopf gegeben. Der kleine Herbert hat aufgehört zu lachen, die Mutter hat wieder zu weinen begonnen, und der Doktor hat seine Papiere auf dem Schreibtisch hin und her geschoben. So war das.

Das alles fällt Herbert jetzt wieder ein, während er so auf der Hallenbadtreppe steht und dem Nachhall seiner Stimme zuhört. »Ja.«

»Aha«, sagt Frau Horvath, »na dann versauen Sie halt nichts, da drinnen im Beckenbereich!«

»Nein, mach ich nicht«, sagt Herbert, dreht sich um und geht endgültig und schnell die letzten Stufen hoch. Eine Weile schaut ihm Frau Horvath noch hinterher. Bis er dort oben ums Eck verschwunden ist. Dann seufzt sie leise, gähnt laut, kratzt sich im Nacken ein kleines Jucken weg, lehnt sich im Stuhl zurück und greift zum Pinselchen. Im Gesicht gibt es heute nämlich noch einiges zu tun.

In der Umkleidekabine hat sich Herbert erst einmal auf die hölzerne Bank gesetzt, hat sich die vielen orangefarbenen Blechkästchen an den Wänden angesehen und nachgedacht. Ob er überhaupt schwimmen kann zum Beispiel. Als ganz kleines Kind ist er immer mit der Mutter in der Badewanne gesessen, natürlich war da kein Platz für richtige Schwimmübungen. Aber im Laufe der Zeit sind dann ein paar spätnachmittägliche Ausflüge zum Teich dazugekommen. Die meiste Zeit sind die Mutter und der kleine Herbert nebeneinander regungslos im Gras gelegen und haben dem Sommer zugehört, ein paar Mal aber sind sie doch ins Wasser gegangen, die Mutter mit Würde, der kleine Herbert mit vorsichtigen Schrittchen und leuchtenden Schwimmflügeln an den dünnen Oberarmen. Dort, im algenverschlierten Teichwasser, muss es irgendwann wohl auch zu recht brauchbaren Schwimmbewegungen gekommen sein. Jedenfalls ist der kleine Herbert damals schon bald stolz und in mütterlicher Blickreichweite am Ufer hin und her geschwommen. Ob zu diesem Zeitpunkt aber die Schwimmflügel noch eine Rolle gespielt haben, lässt sich nicht sagen. Kurze Zeit darauf, nach dem ersten Anfall im

Kindergartenklo, war es sowieso aus mit dem Schwimmen und mit der Unbeschwertheit.

Für Herbert in der Umkleidekabine waren diese Erinnerungen jetzt erst einmal ausreichend. »Wird schon gehen!«, hat er gesagt. Und zwar laut und zu sich selber. Komisch hat sich seine Stimme dabei angehört, so alleine zwischen den vielen Kacheln und dem ganzen orangefarbenen Blech. »Wird schon gehen!«

Gleich darauf sind ihm aber ganz andere Gedanken ins Hirn gesickert. Gedanken, die sich mit der Bademode heutzutage beschäftigt haben. Die Bademode heutzutage, hat sich Herbert gedacht, ist ja im Grunde genommen fast genau dieselbe wie die Bademode vor ungefähr zehn oder vielleicht sogar dreißig Jahren. Zumindest für Männer. Da können sich nämlich die ganzen Badehosenmodedesigner noch so verwegene Farbabenteuer durch die parfümierten Köpfe irren lassen: Badehose ist Badehose.

Das war zwar so, würde auch sicher so bleiben, hat Herbert aber in dem Moment nicht weitergebracht. Weil er keine Badehose mitgehabt hat. Bei seinem lebenslustigen Aufbruch von der Tankstelle hat er ja nicht wissen können, dass er sich gleich im Hallenbad herumtreiben wird. Und einfach so auf Verdacht stecken die wenigsten Leute eine Badehose ein, wenn sie außer Haus gehen. Jedenfalls ist Herbert jetzt in der Umkleidekabine auf der Holzbank gesessen und hat sich dahingehend allerhand unangenehme Gedanken gemacht.

TURM UND ENGEL

Aber einfach so wieder gehen ist natürlich auch nicht mehr in Frage gekommen. Da ist Herbert der Stolz im Weg gestanden. Und mit dem Stolz ist es ja bekanntlich so: Wenn sich der erst einmal aufgeblasen hat zu voller Größe, können sich die Vernunft und die Einsicht gleich verabschieden und Hand in Hand nach Hause gehen. Deswegen hat Herbert also aufgehört mit dem Denken, ist tatkräftig aufgestanden, hat sich ausgezogen bis auf die Unterhose, hat sich statt einem Badetuch sein Hemd um die Hüfte gebunden und ist mit hoch erhobenem Kopf aus der Umkleidekabine hinaus, durch den Duschraum hindurch und in den Schwimmbeckenraum hineinmarschiert. Möglichst lässig ist er dann am Beckenrand entlanggeschlendert, hat sich in der Nähe des Sprungturmes auf eine der weißen Plastikliegen gesetzt und ist schließlich langsam mit einem im ganzen Raum hörbaren, ziemlich lebensschweren Seufzer nach hinten gekippt.

Und so liegt er jetzt da und schaut und gähnt ein bisschen und tut ganz normal. Ein scharfer Geruch hängt in der feuchten, warmen Luft. Eigentlich ein Wunder, denkt sich Herbert, dass bei dem ganzen Chlor die Badegäste überhaupt noch eine Überlebenschance haben. Die beiden bunten Kröten tummeln sich noch immer in der Beckenmitte herum, stecken die Blütenköpfe zusammen und schauen zu diesem jungen Mann hinüber, der sich dort drüben mit einem um die Hüfte geknoteten Hemd auf einer Badeliege ausgestreckt hat. Das kümmert Herbert nicht. Der interessiert sich jetzt nicht für Kröten oder Blüten oder alte Weiber. Der interessiert sich für etwas ganz anderes. Für die junge Frau im weißen Kittel nämlich, die dort hinten, auf der anderen Beckenseite im Halleneck neben der verbogenen Gummipflanze, mit einem Mob am Boden herumwischt. Eine Reinigungskraft also, denkt sich Herbert, macht nichts. Im Gegenteil. Warum nicht? Und da hat er recht.

Sehr beschäftigt ist die junge Frau, wischt und wischt und schaut nicht her. Nicht einmal unauffällig. Das würde Herbert sehen. Der nämlich schaut die ganze Zeit unauffällig hinüber. Sieht, wie sich diese junge Frau mit dem Mob Kachel für Kachel an der Wand entlangarbeitet. Gibt ja sicher genug Dreck in so einem Bad, denkt sich Herbert, was die Leute so mitbringen, von draußen oder von zuhause. Da kann man praktisch endlos wischen.

Den Kröten reicht es. Die haben sich zum Beckenrand hingeplanscht und steigen jetzt langsam an der kleinen Leiter hoch und aus dem Wasser heraus. So etwas muss man auch nicht gesehen haben. Herbert schließt die Augen. Einen Plan will er sich überlegen. Natürlich ist er nicht zum ersten Mal in seinem Leben ins Hallenbad gegangen, nur um jetzt einfach so untätig herumzuliegen. Herbert ist gekommen, um zu erobern.

Also macht er die Augen wieder auf. Die junge Frau drüben hat ihm den Rücken zugekehrt, wischt und schaut nicht. Die Kröten haben sich in Badetücher gewickelt und zu ihren Orangensäften an den Tisch gesetzt. Da sitzen sie jetzt, tropfen noch ein bisschen, haben Lesebrillen auf und blättern in Journalen. Die Luft ist warm und feucht, die Leuchte an der Decke flimmert leicht, das Chlor stinkt, irgendwo macht irgendein Motor irgendwelche Geräusche, eine Kröte hüstelt, die andere blättert, die junge Frau wischt. Der Vorraum zur Ewigkeit, denkt sich Herbert. Und dann fällt sein Blick auf den Sprungturm. Und da ist alles klar.

Herbert steht auf. Und zwar schwungvoll. Wenn die Entschlossenheit in einem wühlt, ist nämlich oft sogar die Schwerkraft kein Thema mehr. Mit einer runden Bewegung öffnet er den Ärmelknoten vor dem Bauch und lässt sein Hemd auf die Liege gleiten. Fast ein bisschen verächtlich. Und dann geht er los. Dass er statt einer gehörigen Badehose seine Unterhose anhat, stört Herbert nicht. Vielleicht hat er es aber einfach vergessen. Das ist jetzt auch egal. Herbert interessiert sich jetzt nicht für solche Dinge. Er interessiert sich einzig und alleine für den Sprungturm. Und für die Aufmerksamkeit, die er, so denkt er sich, je nachdem mit einem eleganten oder einem gewagten Sprung ins Wasser bei der Reinigungskraft erringen wird können.

Und da ist er schon, steigt die Leiter hoch, spürt das kühle, gerippte Metall unter den Fußsohlen und die Kraft der Hoffnung zwischen den Rippen. Noch nie hat sich Herberts eigentlich recht verdrückter Brustkorb so groß, so weit und so frei angefühlt. Jeder Atemzug ein Wachstumsschub. Vorbei geht es am Einmeterbrett, vorbei auch am Dreimeterbrett und weiter und höher und aus.

In den frühen Siebzigerjahren sind ja die diversen Wirtschaftsprognosen den Dörflern von den geschäftigen Männern mit Hut geradezu euphorisch um die Ohren gebrüllt worden. Für ein Zehnmeterbrett haben diese Prognosen aber dann doch nicht ausgereicht.

Jetzt, so viele Jahre später, ist Herbert darüber eigentlich ganz froh. Der steht nämlich mittlerweile ganz oben am Turm, krampft die Finger um die Geländerstangen und schaut auf das hellgrüne Fünfmeterbrett, das da vor ihm in den Raum hineinragt. Noch ist nichts passiert, denkt er sich, noch könnte er möglichst unauffällig oder auch möglichst auffällig, dafür aber wie selbstverständlich und mit gelangweilter Miene wieder hinuntersteigen und es sich auf der weißen Plastikliege gemütlich machen. Aber auf einmal, während Herbert da oben am Geländer hängt und so vor sich hindenkt, auf einmal ist der Stolz wieder da. Und weil der Stolz bekanntlich wenig nachdenkt, eigentlich meistens sogar ganz ohne Hirn auskommt, schaut der auch nicht zurück. Und Herbert schon gar nicht. Das ist vorbei, denkt er sich. Dann löst er den Fingerkrampf am Geländer und geht los.

Entfernung ist relativ. Den Computern heutzutage sind zum Beispiel die Kilometer zwischen Afrika und, sagen wir, Finnland ziemlich egal; Wüste und Eismeer sind für die praktisch Nachbarn. Für Herbert Szevko aber wiederum sind die zwei Meter Brettlänge, die da jetzt vor ihm liegen, eine fast unendlich weite Wegstrecke. Kalt ist ihm. Macht er eben einen kleinen Schritt. Gänsehaut an den Oberarmen. Noch ein kleiner Schritt. Gänsehaut jetzt überall. Noch ein Schritt. Plötzlich spürt Herbert die Schürfwunde an der Hüfte. Die brennt, rosig, wahrscheinlich weithin sichtbar, zwei Fingerbreit unterhalb der weißen Unterhose. Vielleicht war das mit der Unterhose übrigens sowieso nicht die beste Lösung. Noch ein Schrittchen. Weil der Unterhosengummi schon so ausgeleiert ist. Eigentlich sogar sehr ausgeleiert. Überhaupt ist die ganze Unterhose nicht mehr so richtig in Form. Einen winzigen Schritt noch. Herbert hört diesen Hallenbadmotor dröhnen, außerdem hört er es rauschen, vielleicht irgendwo in der Wand aus irgendwelchen Röhren. Oder nur in den eigenen Ohren, das lässt sich schwer sagen. Ein Schrittchen noch. Und das Herz. Das hört Herbert jetzt auch. Das rennt da drinnen mit sich selber um die Wette. Ein letzter Schritt links. Das Brett wackelt. Oder zittert. Vielleicht ist das Brett aber auch aus Beton und das Wackeln nur eine Einbildung. Jedenfalls wackelt und zittert Herbert. Trotzdem ein letzter, tastender, halber Schritt rechts. Und aus.

Herbert spürt, wie sich die Sprungbrettkante in die vorderen Fußballen hineindrückt. Und plötzlich spürt er auch die Zugluft zwischen den Zehen.

Tief atmet er ein. Tief, aber doch auch ein bisschen gehalten und vorsichtig. Damit nichts passiert. Und dann schaut er sich um. Komisch, wie klein so ein Schwimmbecken im Grunde genommen ist. Ein paar Kacheln am Schwimmbeckenboden sind ausgebrochen, schwarze Quadrate liegen stattdessen da und dort herum. An der Wasseroberfläche kringeln sich ein paar verlorene Sonnenstrahlen und blitzen ihm genau in die Augen. Auch an den hohen, grünlichen und bläulichen Wänden schaukeln sich die hellen Sonnenflecken träge hin und her. Die beiden

Krötendamen sitzen am Tisch, haben immer noch die Blütenhauben auf und blättern in ihren Zeitschriften herum. Die Gläser vor ihnen sind leer. Die junge Frau im weißen Kittel hat mittlerweile den Mob gegen die Wand gelehnt und wischt mit einem Schwamm an den Kacheln herum. Bei denen mit den weißen Schiffchen macht sie das besonders gründlich und gewissenhaft. Ganz nah beugt sie sich hin und wischt und reibt. Natürlich, denkt sich Herbert, das ist ja auch ihre Arbeit und, denkt er sich weiter, natürlich hat sie da keinen Blick für irgendeinen dahergelaufenen Badegast in ausgeleierter Unterhose und mit Sprungambitionen, natürlich nicht. Und dann räuspert er sich ziemlich laut, geht ein bisschen in die Knie und streckt die Arme in die Höhe. Wie eine Übung soll das aussehen, eine Sprung- oder Turnübung oder so. Geschickt und sportlich jedenfalls. Aber niemand schaut. Die Kröten nicht und die junge Frau sowieso nicht.

Herbert schaut zur Decke hoch. Dreckig ist die, da kommt keine Reinigungskraft hin. Ganz genau sieht er, wie da oben der Lurch aus Staub und Spinnweben sanft zittert in der leichten Zugluft. Auch Herbert zittert. Kalt ist ihm. Ganz fein gepunktet ist sein dünner Körper. Tief unten glitzert das Wasser, und von noch tiefer unten starren die schwarzen Quadrate zu ihm hoch. Der Stolz ist weg. Der hat sich gemeinsam mit der Körperwärme unbemerkt verabschiedet. Herberts Unterlippe bibbert ein bisschen. Einmal schaut er noch zur jungen Frau, sieht, wie sie nicht schaut. Dann dreht er sich um und geht.

Oder will gehen. Weil oft ist es ja so: Genau dann, wenn du am allerwenigsten damit rechnest oder wenn du sogar mit überhaupt gar nichts mehr rechnest, genau dann steht plötzlich das Schicksal vor dir, spuckt dir vor die Füße und schaut breit lachend zu, wie es dich zerlegt.

Zum Beispiel jetzt: Ob dieser feuchte Fleck am Sprungbrett wirklich die Spucke vom Schicksal ist oder doch nur eine kleine Kondenswasserpfütze, lässt sich natürlich schwer sagen. Jedenfalls aber steigt Herbert da hinein, rutscht aus, greift um sich, versucht sich sinnlos irgendwo an der Luft festzuhalten, reißt ein Bein hoch, knickt mit dem anderen ein, macht eine unfreiwillige Pirouette und stürzt vom Brett. Unglücklicherweise stürzt er aber nicht einfach so daran vorbei, sondern kracht mit dem Hinterkopf noch ordentlich an die Brettkante. Wie ein heller Blitz nur aus Schmerz, so fühlt sich das an. Die Sturzluft ist kalt. Die Haare flattern. Der Deckendreck entfernt sich. Dann klatscht es laut, der Bauch brennt, alles ist ganz dunkel, es sprudelt, alles ist ganz hell, es rauscht, alles ist grünlich gekachelt, es gurgelt, die Augen brennen, ein schwarzes Quadrat taucht auf, knapp vor dem Gesicht, Luftblasen tollen herum, alles dreht sich, und von hoch oben her kommt ein weißer Engel mit weit ausgebreiteten Flügeln auf Herbert zugeflogen.

Das war nämlich so: Fast alle im Hallenbad haben den ungesunden Kracher von Herberts Hinterkopf auf der Brettkante gehört. Nur Frau Horvath und der Bademeister nicht. Frau Horvath war zu weit weg und zu beschäftigt; der Bademeister war in seinem Bademeisterkämmerchen, und zu besoffen. Alle anderen aber haben gar nicht vorbeihören können am Kracher. Die Kröten sind zusammengezuckt, haben aufgehört in ihren Journalen zu blättern,

haben sich recht pikiert umgeschaut und sich nicht ausgekannt. Die junge Reinigungskraft ist auch zusammengezuckt. Aber ausgekannt hat sie sich sofort. Hat gleich gesehen, dass das dieser junge lange Mann ist, der da wahrscheinlich gerade mit seinem Kopf die Brettkante touchiert
hat, jetzt ziemlich verdreht vom Fünfmeterbrett herunter-
fällt, mit dem Bauch voran ins Wasser platscht und nicht
mehr auftaucht. Und da hat sie gar nicht lange weiter her-
umüberlegt, hat stattdessen ihren Putzschwamm ins Eck
geschmissen, ist losgerannt und schließlich mitsamt ihrer kompletten Berufsbekleidung und einem energischen
Gesichtsausdruck ins Wasser geköpfelt. Weil dabei wegen
der unvorhergesehenen Bauchspannung alle drei vorderen
Knöpfe abgesprungen sind, hat sich der Kittel weit geöffnet und ist links und rechts neben der prallen Frau da-
hergeflattert. Wie weit ausgebreitete weiße Flügel hat das
ausgesehen, von unten, vom Schwimmbeckenboden aus,
betrachtet, wie ein weißer Engel.

Darum war Herbert auch gar nicht verwundert, als dieser
Engel plötzlich in einem dumpf klatschenden Schwall von
weißer Gischt und wild wirbelnden Blasen verschwunden,
gleich darauf aber wieder erschienen und auf ihn zugeflogen gekommen ist. Ein bisschen hat Herbert sogar lächeln müssen, als dieser Engel dann ganz nah bei ihm war
und ihm pausbäckig direkt ins Gesicht geschaut hat. Braune Haare hat der gehabt, braune Haare ohne Frisur. Wie
Algen sind die um den runden Kopf herumgeschwebt.
Wegen dem Lächeln hat Herbert dann nicht aufgepasst
und ordentlich Wasser geschluckt, ganz genau hat er dem
scharfen Chlor nachgeschmeckt. Er hat dann husten müs-

sen, etwas hat gestochen in der Brust, das hat kurz wehgetan, dann war alles angenehm, und er hat noch bemerkt, wie ihn der Engel an den Haaren packt, an den Schultern, an der Unterhose oder sonst wo, und dann war alles schwarz, und Herbert war weg.

Am Beckenrand ist er wieder zu sich gekommen. Und da liegt er jetzt, auf dem Rücken, und keucht und tropft und blinzelt sich ganz langsam in die Wirklichkeit zurück. Sehen tut er noch nichts, außer eine unangenehm grelle Deckenleuchtenhelligkeit. Aber spüren tut er schon was. Schlecht ist ihm ein bisschen. Und die Bauchhaut brennt, als ob jemand darauf ein Lagerfeuer angerichtet hätte. Sonst ist eigentlich wieder alles in Ordnung. Herbert ist wieder bei sich angekommen. Und jetzt sieht er auch wieder was. Das Gesicht von der jungen Frau nämlich. Das hängt da knapp über dem seinen und schaut ihn an. Rund, rosig, mit Sommersprossen und klatschnassen braunen Haaren rundherum. Vor zwei Tagen, im mittäglichen Sonnenlicht auf der Landstraße, waren ihre Augen noch hell und voller Farben, jetzt nicht mehr, denkt er sich, komisch, aber jetzt, hier im Hallenbadlicht, sind diese Augen braun.

»Guten Tag, ich heiße Herbert Szevko!«, sagt Herbert. Dabei rinnt ihm ein bisschen Chlorwasser aus dem Mund. Aber das ist ihm jetzt egal. Der jungen Frau auch.

»Guten Tag, ich heiße Hilde Matusovsky!«, sagt sie. Ganz langsam sagt sie das, als ob sie jedes einzelne Wort gerade neu erfinden müsste, in dem Moment.

»Nie zuvor«, sagt Herbert nach einer kleinen Pause, »bin ich im Hallenbad gewesen, und im Übrigen muss ich zugeben, dass ich heute auch nicht zum Schwimmen gekommen bin, sondern ausschließlich und ganz alleine wegen Ihnen …« Ein bisschen muss er sich über seine eigene etwas gestelzte Ausdrucksweise wundern. Aber dann nimmt er die einfach so als naturgegeben und dazugehörig hin.

»Aha«, sagt Hilde, streicht sich mit einer Hand eine dünne Haarsträhne aus der Stirn und zupft mit der anderen am nassen Kittel herum, der wie eine zweite Haut am prallen Körper klebt.

»Ich möchte Sie nämlich fragen«, sagt Herbert »ob Sie mich begleiten wollen, irgendwohin, ganz gleich wohin, nur einfach so, ohne großartige Absichten, praktisch nur zum Vergnügen und zum Kennenlernen!«

»Aha«, sagt Hilde noch einmal. Wirklich sehr braune Augen hat sie, denkt sich Herbert, mit etwas Dunkelgrün drinnen, sehr braun, sehr dunkelgrün und sehr groß sind diese Augen von dieser Hilde, wie ein Waldsee, denkt er sich, einer, in dem die ganzen Moose und Baumrinden und Buschborken langsam im Blätterdachdunkel vermodern.

»Ja«, sagt Herbert, »vielleicht … vielleicht hätten Sie ja einen Vorschlag?«

Hilde nickt bedächtig und schaut und nickt gleich noch einmal bedächtig hinterher.

»Nächsten Sonntag …«, sagt sie, »hab ich gelesen oder vielleicht auch gehört, nächsten Sonntag, da gibt es das große Schlachtsaufest auf der Kirchwiese. Mit Musik und Lotterie und allem Drum und Dran. Das wäre doch was, oder?« Ganz langsam muss sich da jedes einzelne Wort aus Hildes Mund ins Freie hinausbemühen, eins nach dem anderen, wirklich sehr langsam. Aber Herbert hat alles genau gehört und verstanden. Und jetzt lächelt er.

»Ja!«, sagt er. »Das wäre doch was …!«
Und damit war Herbert verabredet.

DER BUB

Den Sonntag kann man eigentlich komplett vergessen, ge-
schäftsmäßig. Berufsverkehr gibt es keinen; die Pendler liegen in ihren Liegestühlen oder auf ihren Frauen herum;
die Bauern sitzen missmutig in der Kirche oder froh im
Wirtshaus; und Ausflügler kommen sowieso selten vorbei,
auf ihrer ewigen Suche nach Bergen und Seen und Fami-
lienglück. Nur die bunten Radfahrer absolvieren ihr sonn-
tägliches Pensum. Von Zeit zu Zeit keucht sich einer einsam die Landstraße entlang.

Die Tankstelle hat trotzdem auf. Weil das schon immer so
gewesen ist. Und weil Frau Szevko sowieso nichts anderes
zu tun haben will. Deswegen also sitzt sie auch jetzt gerade wie jeden Sonntag auf einem kleinen Höckerchen unter dem Tankstellenvordach, hat die Hände im Schoß, döst,
schaut und denkt an allerhand. An die Hitze zum Beispiel,
ungewöhnlich ist die, so früh in diesem Sommer. Nichts für
eine alte Frau. Und sicher auch nichts für eine junge, denkt
sich Frau Szevko, so eine Hitze ist überhaupt nichts für
Frauen. Oder für Menschen im Allgemeinen. Obwohl vielleicht andererseits der Jugend die Hitze doch nicht gar so
viel ausmacht, denkt sie sich, die Jugend hat ja im Gegenteil und eigentlich die Hitze geradezu für sich gepachtet,
die trägt das Hitzige ja geradezu mit sich herum, im Her-

zen oder sonst wo, irgendwo in sich drinnen, die Jugend. Bei diesen Gedanken wird Frau Szevko plötzlich ganz schwer. Und es entkommt ihr ein Seufzer. Und dann gleich noch einer, ein bisschen tiefer sogar noch als der erste. Und auf einmal spürt sie ihr eigenes Herz, wie das da drinnen schlägt in der dürren, alten Brust. Eine Weile hört sie dem zu. Noch, denkt sie sich, noch schlägt das, noch spür ich das. Und jetzt tut ihr was weh. Irgendwo darunter, unter dem Herzschlag sitzt der Schmerz und sticht um sich. Aber den kennt Frau Szevko schon, lange schon kennt sie den, diesen immer wiederkehrenden Gast. Da muss man keine Angst haben, da kann man in die Kitteltasche hineingreifen und das kleine Döschen mit den winzigen, hellgrünen Tabletten herausholen. Und dann kann man sich eine von den Tabletten mit spitzen Fingern in den Mund schieben, ein bisschen Spucke zusammensammeln, schlucken und die Augen zumachen. Und dann kann man warten. Bald wird die Angst weg sein. Und der Schmerz. So leicht geht das.

Und so sitzt die alte Frau Szevko im Tankstellenvordachschatten, versucht in ihre Brust hineinzuhorchen und wartet auf die innere Ruhe.

Aber wie es eben so ist: Genau in dem Moment geht mit einem leisen »Bling« die gläserne Tür vom Verkaufsraum auf, und etwas passiert. Mit Frau Szevko nämlich. Etwas Unangenehmes. Etwas Beängstigendes. Sie kneift die Augen zu, reißt sie wieder auf, kneift sie wieder zu. Und jetzt beginnt sie zu zittern und zu schwitzen, und das Herz macht einen hohen Hüpfer in den Hals hinein. Dort steckt es jetzt. Überhaupt macht die ganze Frau Szevko einen Hüpfer. Fast hätte es sie vom kleinen Höckerchen geschmissen. Weil nämlich durch die gläserne Verkaufs-raumtür der verstorbene Herr Szevko ins Freie tritt.

Das ist natürlich Blödsinn. Das darf es gar nicht geben, und das kann es gar nicht geben, und das weiß sie eigentlich auch. Also ruckelt sie ihren Hintern vorsichtig wieder auf dem Höckerchen zurecht und macht langsam die Augen auf. Und gleich rutscht auch das Herz wieder an seinen ursprünglichen Platz zurück. Aus dem Verkaufsraum ist natürlich nicht der verstorbene Herr Szevko herausgekommen, der liegt lange schon dort, wo er hingehört, und hat keine Sorgen mehr. Aus dem Verkaufsraum ist der Herbert herausgekommen. Aber ungewohnt schaut er aus. Sehr ungewohnt und sehr seltsam.

Herbert hat sich nämlich irgendwas in die Haare geschmiert und sie zusätzlich noch akkurat und waagerecht zu einem nie da gewesenen Scheitel gekämmt. Wie eine verbeulte Diskokugel glänzt Herberts Kopf im Tageslicht. Außerdem hat er ein weißes Hemd, eine sehr breite, dunkelgrüne Krawatte und einen schwarzen Anzug an. Das Hemd ist in Ordnung, und die Krawatte wird vielleicht irgendwann wieder modern. Aber der Anzug hat seine besten Zeiten ein für alle Mal hinter sich gelassen. Der ist zu kurz, glänzt hie und da speckig und ist an verschiedenen exponierten Stellen abgewetzt oder vielleicht sogar geradezu ausgefranst. Und jetzt, wo die Mutter ihre Sitzposition und ihren Schreck wieder einigermaßen unter Kontrolle hat, jetzt wird ihr auch klar, wie die kurze, aber aufregende Verwechslung eigentlich möglich hat sein können. Dieser Anzug ist nämlich der Hochzeitsanzug vom seligen Herrn Szevko.

»Der gehört dem Papa«, sagt die Mutter und meint den Anzug.

»Der braucht ihn aber nicht mehr«, sagt Herbert und steckt die Hände demonstrativ besitzergreifend in die Hosentaschen.

»Ach so«, sagt die Mutter.

»Ja«, sagt Herbert.

Die Mutter seufzt und wippt mit dem Höckerchen und seufzt gleich noch einmal hinterher. Eine Weile ist es still unter dem Tankstellenvordach. Nur aus der Waschanlage klackert irgendetwas leise herüber.

»Wo gehst du denn überhaupt hin?«, fragt die Mutter. Obwohl sie es weiß. Herbert hat ihr ja schon vor ein paar Tagen während des gemeinsamen Staubwischens am Motorölregal vom Schwimmbad und von der Reinigungskraft Hilde erzählt. Fast alles hat er der Mutter erzählt. Nur die Sache mit der Unterhose und den Sturz vom Fünfmeterbrett hat er ausgelassen. Aber sonst alles. Besonders lange hat er von dieser Hilde erzählt. Davon, wie er die zum ersten Mal gesehen hat, wie die auf ihrem blauen Klapprad an der Tankstelle vorbeigestrampelt ist und wie ihre Schenkel geglänzt haben in der Sonne. Von den kurzen braunen Haaren hat er erzählt, von den vielen Sommersprossen, der runden Nase, der hohen Stirn und von den Augen. Die sollen angeblich ausgesehen haben wie Teiche oder Seen oder Meere, diese Augen, wie irgendetwas mit Wasser halt. Und dass Herbert eine Verabredung mit dieser Hilde hat, das hat er auch erzählt. Am Sonntag, zum Schlachtsaufest auf der Kirchwiese. Herbert hat gar nicht mehr aufhören können mit dem Erzählen. Und sein Gesicht hat so komisch geleuchtet dabei. Da hat die Mutter verstanden, hat schlechte Laune bekommen, hat versehentlich eine Flasche mit Motoröl auf den Boden geschmissen und ist ins Haus gegangen. Zum Ausruhen, hat sie gesagt. In Wirklichkeit ist sie auf dem Klo gesessen und hat geweint. Jedenfalls haben die beiden seitdem nichts mehr miteinander gesprochen. Außer vielleicht Grüß Gott und Gute Nacht.

Und heute also ist Sonntag, und Herbert steht da, bereit zu allem Möglichen, im alten Hochzeitsanzug seines Vaters, mit glänzendem Kopf und einer Erwartungsfreude im Gesicht, die in der Mutter eine Erinnerung an längst verschüttete Tage weckt. Eine kleine Erinnerung zwar nur, winzig eigentlich und diffus, vielleicht auch eher nur ein Gefühl, eine kleine, winzige Gefühlserinnerung. Aber immerhin, etwas bewegt sich, etwas tut sich da, tief drinnen im Kopf von der Mutter. Früher nämlich, damals irgendwann, da hat sie ja auch was erwartet, vom Leben, vom Herrn Szevko, von der Tankstelle oder vom Herbert. Das war doch was. Das war gar nicht so wenig. Jetzt ist das meiste weg. Weggebröckelt mit den Jahren. Kaum noch was übrig von der Erwartung, denkt sich die Mutter, kaum noch was übrig vom Leben. Und auf einmal kriegt sie was Feuchtes in die Augen und hört auf mit dem Denken. Und dann macht sie etwas. Etwas Seltsames macht sie da. Das hat sie sich nicht ausgedacht. Das macht sie einfach so, praktisch vom Instinkt geritten. Wirklich seltsam ist das. Die Mutter springt nämlich plötzlich vom Höckerchen hoch und auf ihren Sohn zu, schnappt ihn beim speckigen Kragen und zieht ihn zu sich herunter und an sich heran. So hält sie ihn fest und schaut ihn an. Und auf einmal beginnt sie, an ihm zu riechen. Am Hals zuerst, dann im Nacken, an den Haaren, an den Ohren, an der Stirn und an den Augen. Immer fester packt sie sich den Herbert zurecht, Schultern, Arme, Kopf, Wangen, überall bohrt die Mutter ihre Nase hinein, riecht, schnüffelt und schnauft. Herbert ist das unangenehm, der versucht, sich zu wehren, versucht, die Mutter wegzudrücken, sich ihren Griffen zu entwinden, so gut es geht. Aber die Mutter will ihn nicht loslassen, die will ihn nicht hergeben, ihn nicht verlieren. Zumindest will sie seinen Geruch nicht verlieren. Den will sie in sich aufnehmen, so tief wie möglich, und behalten, damit sie etwas hat von ihrem Sohn, damit sie wenigstens irgendetwas hat.

»Du bist doch mein Bub …«, sagt sie und wühlt sich mit ihrem Gesicht in Herberts Haare hinein. »Du bist doch mein Bub, oder?«

»Ja«, sagt Herbert und versucht seinen Kopf irgendwo zwischen den Schultern verschwinden zu lassen. »Klar bin ich das, Mama!« Wirklich sehr unangenehm ist ihm das alles jetzt.

»Und das bleibst du auch!«, sagt die Mutter. »Immer bleibst du das. Versprich mir das. Wir gehören doch zusammen, oder?«

»Ja, Mama!«, sagt Herbert. »Wir gehören zusammen. Versprochen!« Und jetzt endlich, gibt er sich einen Ruck, innerlich wie äußerlich, reißt sich los von der Mutter mitsamt ihren Gefühlen und tritt zurück, weg, in Sicherheit, ein paar große Schritte gleich. Die Mutter lässt ihre Arme sinken. Herbert auch. So stehen sie jetzt da und schauen auf den Boden hinunter. Das Öl und das Benzin vieler Jahre haben sich da hineingefressen in den Beton. Aber das ist jetzt auch egal.

»Na gut«, sagt Herbert, »dann geh ich jetzt.«

»Ja«, sagt die Mutter, »dann gehst du jetzt.«

Und weil damit eigentlich wirklich alles gesagt ist, dreht sich Herbert um und geht. Kurz bleibt die Mutter noch stehen. Dann tun ihr die Beine weh und was anderes auch noch, und sie setzt sich wieder auf ihr Höckerchen. Ziemlich lange schaut sie zu, wie Herbert auf der Landstraße immer kleiner wird, wie er einmal kurz stehen bleibt, sich bückt, wahrscheinlich um sich die Schuhe ordentlich zuzubinden, so genau kann die Mutter das nicht erkennen, aber was soll er denn sonst da machen, wie er sich gleich wieder aufrichtet und das Kreuz durchstreckt, wie er dann zügig bergauf läuft und schließlich hinter der Hügelkuppe knapp neben der Kirchturmspitze abtaucht. Ein letztes Mal glänzt sein Kopf noch zur Mutter herüber, dann ist er weg. Die Mutter atmet tief ein und noch tiefer aus. Dann schließt sie die Augen. Der Sonntag ist noch lang.

DAS GROSSE SCHLACHTSAUFEST

Das große Schlachtsaufest ist nicht irgendein Fest. Das große Schlachtsaufest ist das größte und schönste und bekannteste Fest in der ganzen Gegend. Eigentlich ist es auch das einzige.

Außer Weihnachten und Ostern, aber die zählen ja eher zu den Familienpflichtprogrammen.

Das große Schlachtsaufest hat seine Ursprünge angeblich in Zeiten gehabt, als das Dorf noch kein Dorf war, son-

dern eine Ansammlung von ein paar dreckigen Bauern-
höfen mit einer wackeligen Holzkirche. Das waren noch
dunkle Zeiten damals. Da hat es Seuchen gegeben und
keine Apotheken, harte Winter und keinen Straßenräum-
dienst, schlechtes Essen und kein Spülklo, die Frauen waren ungefähr so viel wert wie das Vieh im Stall und die
Kinder noch weniger. Der Bauer hat das Sagen gehabt, auf
dem Feld, im Haushalt auf dem Tisch und im Bett. Dafür
ist er meistens früh gestorben, wegen dem Schnaps, der
harten Feldarbeit und dem allgemeinen Kräfteverschleiß.
Die Frauen und die Kinder haben dann weitergelebt, haben über den Bauern nur Gutes geredet und insgeheim
auf sein Grab gespuckt. Solche Zeiten waren das. Jedenfalls hat damals jeder Bauer einmal im Jahr seine größte
und fetteste Sau geschlachtet. Dazu hat er die anderen
Kollegen zu sich auf den Hof geladen. Um vier Uhr morgens waren alle da, schweigsam sind sie im Kreis herumgestanden und haben den ersten Schnaps des Tages gekippt.
Die kleinen Gläser sind fast verschwunden in den riesigen
Bauernpranken. Der Schnaps war selbst gebrannt, heutzutage hätte man damit vielleicht Industriefliesen gerei-
nigt oder im Museum seltene Organwucherungen darin
aufbewahrt. Aber den Bauern damals hat er nichts ausgemacht. Noch nicht. Nicht einen Millimeter haben sich
die kantigen Gesichter verzogen beim Trinken. Der Sau
hat man dann einen Strick um ein Hinterbein gebunden
und hat sie aus dem Stall heraus und auf den Hof gezogen.
Das Quieken war in der ganzen Gegend zu hören. Wer so
was einmal gehört hat, vergisst das nicht mehr. Die Frau
in der Küche hat kurz aufgehört, die Töpfe mit dem heißen Wasser herzurichten, hat zum hölzernen Jesus an der

Wand hochgeschaut, hat sich bekreuzigt und geseufzt, die Kinder sind im Bett gelegen, mit den Köpfen unter den Kissen, und haben geheult. So laut war das Quieken von der Sau. Aber genützt hat es ihr nichts. Der Bauer nämlich hat schon einen riesigen Holzschlägel in der Hand gehabt. Und den hat er der Sau zielgenau über die Stirn gezogen. Da hat es laut geknackst im Schweineschädel, die Sau ist ins Torkeln gekommen, der ganze große, fette Körper hat gezuckt und so komisch gezittert, dann waren die Augen ganz weiß, dann ganz rosig, die Beine sind eingeknickt, zuerst die Vorderbeine, gleich darauf die Hinterbeine, und dann war es aus mit der Sau, und sie ist dagelegen, auf dem Hofpflaster, umringt von den schweren Männerstiefeln. Und der zweite Schnaps war dran. Der hat jetzt schon besser geschmeckt als der erste. Der Bauer hat dann die Sau angestochen, ein anderer hat das Blut in einem Eimer aufgefangen, wieder ein anderer hat da drinnen herumgerührt, pausenlos und kraftvoll, damit nichts fest wird oder Bröckchen macht, nur so wird das nämlich eine richtig gute Blutwurst geben. Dann haben alle angepackt, haben den schweren Körper hochgehoben und in einen großen Holztrog gelegt. Die Bauernfrau ist mit dem kochend heißen Wasser gekommen, immer wieder hat sie die Sau damit übergossen und der Bauer hat begonnen, mit einem Draht den Dreck, die Haare und die Borsten herunterzuschaben. Die Borsten und Fetzen und Reste an den unzugänglichen Stellen, in den Falten, Ritzen und Spalten hat er dann mit einem heißen Eisen weggesengt. Bald war die Sau rosig und glatt und hat geglänzt in der aufgehenden Morgensonne wie ein neugeborenes Bauernkind. Das war die Zeit für den dritten Schnaps. Danach haben wieder alle angepackt und die Sau an den Hinterbeinen am Türstock zum Stall angenagelt. Da ist sie jetzt kopfüber gehangen und hat vor sich hin getropft. Der vierte Schnaps hat wirklich schon sehr gut geschmeckt, viel besser als die anderen zuvor. Die Kinder sind mittlerweile auch im Hof herumgestanden. Äußerlich haben sie sich über das Hängeschwein am Türstock kaputtgelacht, innerlich hat ihnen gegraust. Die toten Schweineaugen haben sich noch die nächsten paar Jahre in die Kinderträume hineingeschaut. Der Bauer hat jetzt mit dem Aufschlitzen begonnen, das Gedärm, den Magen, die Schweineblase, das Schwabbelige, das Schwarze, das Gelbe, das Bläuliche, diese ganzen Sachen hat er rausgeholt aus der Sau. Der Hund ist wie verrückt im Kreis herum gesprungen aus aufgeregter Vorfreude. Die Katzen auch. Dann war die Axt dran. Mit seiner ganzen Kraft hat der Bauer zugeschlagen, wenig später haben zwei Schweinehälften am Türstock gehangen. Dann der nächste Schnaps. Und gleich noch einer hinterher. Die Axt, das Handbeil, die drei Messer. Die Sau hat endgültig ihre Form verloren, die Bauern waren besoffen, die Frau hat den Kopf geschüttelt und milde gelächelt, und alle haben genug zu essen gehabt für die nächsten paar Wochen. So ungefähr haben sie also angeblich ausgesehen, die Ursprünge vom großen Schlachtsaufest.

Heutzutage ist das natürlich alles ganz anders. Holzschlägel, Holztröge und Holzkirchen gibt es nicht mehr. Die Schweine leben in riesigen Blechhallen und werden elektrisch erledigt. Die Männer, die in diesen Hallen arbeiten, sind keine Bauern mehr, sondern unwillig dreinschauende Hilfsarbeiter. Die kommen aus allen möglichen

leicht vergänglichen Oststaaten, tragen weiße Ganzkörper-
anzüge und Kopfhörer. Da können die Schweine noch so
laut quieken, das hört niemand mehr. Immerhin: Aus den
Kinderträumen sind die toten Schweineaugen schon lange
verschwunden. Da gibt es jetzt Platz für andere Sachen.

Den Dörflern jedenfalls sind solche historischen Überlegungen sowieso egal. Das große Schlachtsaufest heißt
eben, wie es heißt, findet einmal im Jahr an einem Som-
mersonntag statt, und damit hat sich die Sache. Und weil
der Bürgermeister weiß, dass sich Wahlen nicht mit Amtshandlungen, neuen Bibliotheken oder Steuerreformen ge-
winnen lassen, sondern mit guter Laune und Freibier, hat
der Gemeinderat sich auch dieses Jahr nicht lumpen lassen, hat diverse Kassen geöffnet und dem Dorf eine ge-
lungene Festausrichtung spendiert. Die Kirchwiese ist dafür seit ewigen Zeiten der ideale Austragungsort. Sie liegt
neben der Kirche und ist eigentlich keine Wiese, sondern
ein flachgetrampeltes Stück Erde mit einem kahlen Baum
mittendrin. Zu Zeiten der hysterischen Wirtschaftshoff-
nungen in den späten Siebzigerjahren war die Kirchwiese ein Bauloch. Eines Nachts, hat der damalige Pfarrer erzählt, waren allerdings irgendwelche Lastkraftwagen von
irgendeiner Baufirma da. Die haben das Bauloch vollge-
räumt und zugeschüttet und sind dann wieder abgefahren.
Komischerweise hat man von dieser Baufirma nie wieder
etwas gehört. Aber eigentlich hat das die Dörfler nicht gestört. Die haben sich im Gegenteil über den schönen flachen Platz neben der Kirche gefreut und ihre Autos da
hingeparkt. Die nächsten paar Jahre hat man manchmal
ein paar tote Vögel und Katzen und Hunde auf diesem

Kirchwiesenparkplatz gefunden. Aber irgendwann war das auch vorbei. Der Pfarrer hat einen Baum gepflanzt, der ist zwar komisch verwachsen und hat nie richtige Blätter gehabt, ist aber trotzdem irgendwie schön. Die Natur hat eben ihre Geheimnisse.

Heute parken natürlich keine Autos auf der Kirchwiese. Heute hat die Gemeinde Platz geschaffen für das Vergnügen und die Unterhaltung. Schon jetzt, am frühen Nachmittag, tummeln und drängeln sich die Leute, rotgesichtig und bereit für alle möglichen Freuden. Vor allem an den Fressständen. Da gibt es Würste in allen Formen und Farben, Schnitzel, Steaks und Rippchen, paniert oder pur, faschiert, frittiert, gebraten, gesotten, gekocht und gegrillt, alles natürlich zu Ehren des Schweins. Auch an dem langen Schanktresen tummeln und drängeln sich ganz besonders viele. Verschiedenes gegen den Durst gibt es da, zum Beispiel Wein. Einen sauren Weißen und einen schweren Roten, wie es sich gehört. Aber weil der Wein ja eigentlich und ehrlicherweise nur etwas für Frauen und für Katholiken ist, gibt es natürlich auch Bier. Und zwar in einer derartigen Menge, dass man damit wahrscheinlich das Hallenbadbecken bis zum Rand füllen könnte. Und das Freibadbecken gleich dazu, wenn es eines geben würde. Schnaps gibt es auch. Der ist selbst gebrannt wie in den alten Tagen und schmeckt auch genauso. Mit dem Schnaps ist das ja so: Manche halten ihn aus, manche mögen ihn, und manche brauchen ihn. Und dann sind da noch welche, die schon beim bloßen Schnapsgeruch zum Speien hinter die Büsche rennen. Aber die zählen nicht.

Wasser und Limonade werden auch angeboten. Für die

Kinder und die alten Weiber. Die Kinder haben außerdem noch einen Stand mit Süßigkeiten, ein schrill klingelndes Karussell und zwei Ponys, auf denen sie herumreiten können. Die alten Weiber haben eigentlich sonst nichts. Außer vielleicht irgendwelche Erinnerungen. Mit denen sitzen sie auf einer Bank unter dem kahlen Baum und schauen dem Festtreiben zu.

Und da gibt es ja auch genug zu schauen. Holztische stehen in langen Reihen, mitsamt Holzbänken und recht liebevoll fabrizierten Plastikblumengestecken. Dicht gedrängt sitzen die Leute und essen und trinken und lachen und schreien und schwitzen. Alle sind sie gekommen, die Bauern, die Hausfrauen, die Gemeinderäte, die Gemeindearbeiter, die Versicherungsangestellten, der alte Stanek, Frau Horvath, der Bademeister, der Bürgermeister, die Lehrerinnen, der Lehrer, der Direktor, die Schüler, die Pensionisten, die Alten, die Mittleren, die Jungen. Und Herbert.

Schon seit eineinhalb Stunden sitzt Herbert am letzten Tisch in der letzten Reihe, schaut in sein Mineralwasserglas hinein und versucht sich möglichst wenig zu bewegen in der prallen Sonne. Der Papa ist ihm gerade eingefallen. Der Papa, denkt sich Herbert, hat es sicher kühler, egal, wo der gerade ist, im metaphorischen oder im körperlichen Sinne; überhaupt, denkt er sich weiter, haben es wahrscheinlich fast alle Menschen kühler, sogar die anderen Festbesucher, weil die ja auch keinen viel zu engen und viel zu schwarzen Anzug anhaben. Immerhin, denkt er sich, ist noch alles einigermaßen trocken. Nur in der Unterhose sammelt sich schon ein bisschen Hitzefeuchtigkeit. Aber in diese Richtung will Herbert jetzt doch nicht allzu intensiv weiterdenken.

Ihm gegenüber sitzen noch ein kleines rothaariges Mädchen und ein fetter Mann in Unterhemd. Das Mädchen malt mit bunten Stiften auf der Tischplatte herum, und der fette Mann hat seinen Kopf in beide Hände gestützt und schläft. Herbert trinkt einen Schluck. Das Mineralwasser ist mittlerweile fast wärmer als die Luft. Die Krawatte ist eng. Das Hemd kratzt, die Stirn brennt, die Unterhose ist feucht. Das ist der Preis des Abenteuers.

Mit einem Mal legt sich ein Schatten auf den Tisch, einer, der da nicht hingehört. Herbert hebt den Kopf und schaut mitten in das Gesicht vom Greiner hinein.

Jeder im Dorf kennt den Greiner. Einerseits, weil er eben so bekannt ist, und andererseits, weil im Dorf sowieso jeder jeden kennt. Der Greiner ist der Sohn vom alten Herrn Greiner und der noch älteren Frau Greiner. Die bewirtschaften einen kleinen Hof am hinteren Dorfausgang, glauben an den lieben Gott und geben ansonsten eine Ruhe. Ihr Sohn ist ungefähr in Herberts Alter und macht in Immobilien. Was das aber eigentlich genau heißen soll, hat bis jetzt noch niemand verstanden. Und warum der Greiner noch immer bei den Eltern in einem kleinen Zimmer im kleinen Hof wohnt, auch nicht. Meistens jedenfalls sitzt er im Wirtshaus, trinkt viele Biere und erzählt dabei gerne und laut von diversen Immobilientransaktionen, die er wieder in Arbeit hat. Oder schon im Sack. Wer weiß, vielleicht ist da ja doch irgendetwas dran, denken sich viele. Obwohl eigentlich jedem klar ist, dass der

Greiner sein Einkommen aus der elterlichen Rentenkasse und vom Sozialamt bezieht. Sagen tut aber niemand etwas, stattdessen nicken die meisten immer nur zustimmend. Weil der Greiner nach dem fünften Bier ziemlich gemein werden kann. Und weil fünf Biere eigentlich nichts sind, ist der Greiner sehr oft ziemlich gemein. Heute noch nicht. Heute hat er erst drei Biere gehabt. Deswegen steht er jetzt da und schaut auf Herbert herunter.

»Grüß dich, Szevko!«

»Grüß dich!«, sagt Herbert. Möglichst normal hätte das klingen sollen, eine beiläufige und lässige Begrüßung unter jungen Männern eben. Leider aber ist Herberts »Grüß dich« melodisch ziemlich verrutscht, um mindestens eine Oktave nach oben nämlich. Wie von einem unbegabten Sängerknaben vorgetragen hat sich das angehört. Herbert räuspert sich die Stimme wieder zurecht und lächelt möglichst unbefangen zum Greiner hoch. Der lächelt auch. Wobei: Gesichtszüge sind relativ. Was bei dem einen ein Lächeln ist, das ist bei dem anderen höchstens eine Hautverzerrung. Beim Greiner zum Beispiel. Überhaupt ist der ganze Greiner kein Sympathieträger, rein äußerlich gesehen. Drei Zähne fehlen ihm vorne, die hat er bei einer Rauferei im Wirtshaus verloren, wie er immer wieder und zu allen Gelegenheiten gerne erzählt, und die Gegner haben natürlich ganz anders ausgesehen, aber wirklich ganz anders, einige von denen haben sich bis heute noch nicht erholt, und die Rauferei hat er natürlich gewonnen, haushoch hat er die gewonnen, er gewinnt alle Raufereien, so schaut das nämlich aus! Der Kopf vom Greiner ist klein und rosig mit winzigen, silbriggrauen Augen, einer niedrigen Stirn und einer blonden Stoppelhaarfrisur. Dann hat er noch einen sonnenverbrannten Stiernacken, einen breiten Rücken, ein grünweiß kariertes Hemd, eine schwarze Stoffhose mit Gürtel, einen strammen Hintern, noch strammere Beine und Bergschuhe an den Füßen. Immer trägt der Greiner Bergschuhe, auch jetzt, bei der Hitze. Wegen dem festen Stand sagt er. Wegen dem festen Tritt, sagen andere.

»Und«, sagt der Greiner, »wie schaut es aus?«

»Eigentlich nicht schlecht«, sagt Herbert.

»Aha«, sagt der Greiner. »Fein!«

»Ja«, sagt Herbert und schaut wieder ins Mineralwasserglas hinein.

»Trinkst ein Bier?«, fragt der Greiner.

»Darf ich nicht«, sagt Herbert.

»Ach so«, sagt der Greiner, »der Kopfschaden. Den hab ich ganz vergessen.«

»Ist kein Schaden«, sagt Herbert.

»Was denn?«, fragt der Greiner.

»Manchmal gewittert es eben einfach ein bisschen«, sagt Herbert. Der Greiner schaut. Die Lächelverzerrung verabschiedet sich aus seinem Gesicht. Eine ganze Weile sagt er nichts, steht einfach nur so da. Und dann, auf einmal, beugt er sich langsam zu Herbert hinunter und schaut ihm direkt in die Augen hinein. Farblich passt das eigentlich ganz gut zusammen, das greinersche Silbriggrau und Herberts glänzendes Hellblau. Aber eben nur farblich.

»Weißt du, was ich glaube?«, sagt der Greiner. Dabei tippt er Herbert bei jedem Wort mit dem Zeigefinger an die Stirn. »Ich glaube, du bist einfach nur ein Trottel!«

Und weil er sich damit sozusagen eine unumstößliche Erkenntnis zusammenformuliert hat, ist er jetzt auch ziemlich zufrieden mit sich und der Welt. Also tippt er Herbert gleich noch einmal mit dem Zeigefinger auf die Stirn, richtet sich wieder auf und geht. Einen letzten schnellen Blick schmeißt er Herbert noch hin. Wirklich sehr grau sind die Greineraugen, denkt sich der, sehr grau, sehr silbrig und ziemlich winzig, als ob da jemand zwei Eisennägel hineingeschlagen hätte in den rosigen Kopf vom Greiner, denkt Herbert sich, so sehen die aus, diese Augen. Herbert sieht, wie der Greiner ins Getümmel beim Bierausschank eintaucht, dann ist er weg.

Das kleine rothaarige Mädchen hat aufgehört, auf der Tischplatte herumzumalen. »Stimmt das?«, fragt sie, legt den Kopf schief und schaut Herbert an.

»Was?«, fragt Herbert.

»Dass du ein Trottel bist«, sagt das kleine Mädchen.

»Weiß ich nicht«, sagt Herbert, »das wird sich noch zeigen …«

Da ist das kleine Mädchen zufrieden und malt weiter. Der fette Mann schläft. Ganz leicht zittern ihm die weichen Backen.

Aber jetzt geht es auf einmal los. Und zwar so richtig. Das hört man, und das weiß man, und das muss so sein. Die Ersten recken schon ihre roten Köpfe in die Höhe, ein paar stehen auf, ein paar springen auf, ein paar bleiben sitzen und freuen sich trotzdem. Über die Musik freuen sie sich. Über die Musik, die da von irgendwo hinter der Kirche um die Ecke herüberschmettert. Und Schmettern ist jetzt ausnahmsweise einmal genau der richtige Ausdruck. Das ist nämlich nicht irgendeine x-beliebige Musik, die so modern und aufgeschlossen daherkommt und zu der sich die Leute in irgendwelchen künstlich vernebelten Großraumdiskotheken die Glieder und die Gesichtszüge verrenken müssen. Nein, diese Musik ist von ganz anderem Kaliber. Echt ist die und ehrlich, da weiß man, was man hat. Peppig ist diese Musik. Oder vielleicht sogar schmissig. Aber verrenken muss sich dabei niemand irgendetwas. So soll das sein. Der Gemeinderat ist ja kein Idiot. Der weiß schon, was zu tun ist, um die Wähler glücklich zu machen und ruhig zu halten. Im Grunde genommen schert sich nämlich kein Mensch um das Politische, wenn nur das Musikalische stimmt. Und deswegen hat der Gemeinderat sich wie immer seit fünfundzwanzig Jahren auch dieses Mal auf keine Experimente eingelassen und hat zur musikalischen Untermalung des großen Schlachtaufestes die einigermaßen bekannte und überaus beliebte Musikunterhaltungsgruppe »Die lustigen Heububen« engagiert.

Und wie jedes Jahr, immer zur genau gleichen Zeit, nämlich jetzt, haben Die lustigen Heububen ihren klug vorbereiteten, wirklich effektvollen und sehr beeindruckenden Auftritt. Und der geht so: Zuerst schmettert es, dann bummert etwas, als ob die Töne an ihrer eigenen tiefen Dunkelheit zerplatzen würden, dann schmettert es wieder, noch ein bisschen höher und lauter als beim ersten Mal, praktisch fanfarenartig, dann geht eine helle Trommel los, dass es einem fast die Ohren aus dem Kopf haut, ein fröhliches Dudeln kommt noch dazu, gleich darauf ein noch fröhlicheres Schrammeln, und dann singt jemand, und zwar wie jedes Jahr das mitreißende Lied *Wir ziehen ein ins schöne Land*. Und spätestens in diesem Moment ist es so weit: Die lustigen Heububen kommen einer nach dem anderen hinter dem Kircheneck hervor und marschieren ihren eigenen Tönen nach und mitten zwischen den vollbesetzten Tischreihen hindurch, der mit der Trompete, der mit der Tuba, der Trommler, der mit der Klarinette und zum Schluss der mit der Ziehharmonika und dem Gesang.

Beim kahlen Baum halten sie an, dort ist die Erde besonders plattgetreten, praktisch ein naturgegebener Tanzboden. Dort also stehen Die lustigen Heububen jetzt, und dort werden sie auch für den Rest des Tages stehen bleiben. Außer der Trommler. Dem hat ein besonders fleißiges und karrierebewusstes Gemeinderatsmitglied schon seine ganzen anderen Trommeln und einen kleinen Hocker aufgebaut.

Jedes Jahr also das Gleiche. Bei jedem großen Schlachtsaufest seit fünfundzwanzig Jahren der gleiche mitreißende Auftritt. Die lustigen Heububen sind ja schon Fixsterne am Schlachtsaufesthimmel und in den Köpfen der Dörfler. Wobei jetzt einmal eins der Ehrlichkeit halber gesagt werden muss: Schon vor fünfundzwanzig Jahren waren Die lustigen Heububen eigentlich keine richtigen Buben mehr, sondern ausgewachsene junge Männer. Heute sind sie noch ausgewachsener, aber nicht mehr jung. So um die fünfzig vielleicht. Aber das ist egal. Die Lustigkeit kennt bekanntlich kein Alter. Der Lustigkeit sind auch Falten, Glatzen und Bäuche egal. Und schön anzusehen sind die Heububen trotzdem noch immer, mit ihren gelblichen

Rüschenhemden, den weißen Show-Bundfaltenhosen und den farblich genau mit den Hemden abgestimmten gelblichen Schuhen. Profis eben. Deswegen und weil jetzt auch noch das aufwühlende Lied *Komm in meine Arme, Sweetheart* losgeht, können sich gar nicht wenige Dörfler nicht mehr zurückhalten, packen sich paarweise an den Händen und rennen zum kahlen Baum. Und, so schnell kannst du gar nicht schauen, schon ist die Tanzfläche voll.

Das kleine, rothaarige Mädchen und der fette Mann sind weg. Das Mädchen hat den Fetten aus seinen Träumen gerüttelt, ihn an der Hand hinter sich hergezogen und ist mit ihm irgendwohin verschwunden, nach Hause vielleicht oder zum Arzt, wer weiß das schon. Zurückgeblieben sind die bunten Zeichnungen auf der Tischplatte. Die schaut sich Herbert jetzt an. Komisch, die Menschen, denkt er sich, überhaupt ist das alles komisch, aber so ist das eben. Und auf einmal legt sich wieder ein Schatten auf den Tisch.

DIE WÜSTENLEERE EINES NACHMITTAGS

»Guten Tag …«, sagt Hilde Matusovsky. Der nämlich gehört dieser Schatten. Und da steht sie jetzt, pünktlich und aufgebrezelt. Von einer Reinigungskraft ist da nichts mehr zu sehen. Schwarze Schuhe hat sie an, die sind neu und glänzen. Dazu weiße Strümpfe, die sind eng und gehen bis unter die Knie. Und ein hellblaues Kleid, das hat unten Falten und oben einen Ausschnitt. Im Ausschnitt wölbt es sich, darüber ist der Hals rund, das Gesicht sowieso, die Backen rosig, die Sommersprossen alle da, der Mund ein bisschen offen, die Nase klein, die Augen eine Welt, die Stirn hoch und glatt. In den braunen kurzen Haaren ist zwar noch immer keine Frisur, dafür aber ein hellblaues Band, genau passend zum Kleid.

Überhaupt passt alles zusammen an dieser Hilde Matusovsky, denkt sich Herbert, so wie die dasteht, von oben bis unten, aber wirklich alles. Und das will er ihr jetzt auch sagen, praktisch ein Kompliment zur Stimmungsauflockerung. Den Mund kriegt er noch auf. Aber dann geht es nicht weiter. Weil ihm etwas im Hals steckt. Etwas Klebriges und gleichzeitig Kitzliges. Immer setzt sich genau in den blödesten Momenten etwas Klebriges und Kitzliges in den Hals hinein und bleibt da drinnen stecken für eine Weile. Herbert räuspert sich. Ordentlich und ausgiebig versucht er sich die Redefreiheit wieder herzuräuspern. Hilde schaut ihm dabei zu. Unangenehm. Die paar Stunden, die Herbert alleine am Tisch gesessen ist, kommen ihm jetzt viel kürzer vor, als die paar verräusperten Sekunden unter Hildes Blick. Zeit ist eben relativ. Plötzlich aber ist der Hals wieder frei, und Herbert hat was wegzuschlucken. Und zu sagen hat er auch was.

»Guten Tag!«, sagt Herbert. »Bei Ihnen passt alles zusammen!« Hilde nickt langsam.

»Danke schön, bei Ihnen eigentlich auch!«, sagt sie.

»Bitte setzen Sie sich!«, sagt Herbert und lädt Hilde mit einer großen Geste ein. Wie ein Gentleman der alten Schule, aber wirklich der ganz alten, denkt er sich und ist ein bisschen stolz auf sich.

»Heiß!«, sagt Hilde und setzt sich.

Herbert nickt und wischt sich möglichst unauffällig mit dem Ärmel über die feuchte Stirn.

»Wollen Sie etwas trinken?«, fragt er.

»Gern!«, sagt Hilde.

»Bier?«, fragt Herbert.

»Nein!«, sagt Hilde.

»Sondern?«, fragt Herbert.

»Muss ich erst schauen!«, sagt Hilde.

Und jetzt plötzlich sieht Herbert den kleinen Fleck in Hildes linkem Auge. Knapp über der Pupille liegt der, ganz klein, sehr dunkel und rund. Ein Fleck eben. Wie ein Seerosenblatt, denkt sich Herbert, eines, das im späten Herbst übrig geblieben ist, ganz alleine auf der Teichoberfläche, denkt er sich weiter, immer kleiner und dunkler wird dieses Seerosenblatt mit der Zeit, aber irgendwie hält es sich, sinkt nicht und vermodert nicht wie die ganzen anderen Seerosenblätter, da unten in den ewig schwarzen Teichgrundtiefen.

»Gut, dann schauen wir eben!«, sagt Herbert.

Und gleich darauf ist er aufgestanden und hinübergegangen zum Ausschank und zu den ganzen anderen Vergnügungen. Hilde ist noch ganz kurz sitzen geblieben und hat sich etwas gedacht. Aber dann ist sie Herbert hinterhergelaufen. Mitten durch die langen Tischreihen sind die beiden gegangen. Und da haben gar nicht wenige Dörfler die Köpfe zusammengedrängelt und zu tuscheln begonnen. Das ist doch der Herbert, haben sie getuschelt, der Tankstellen-Herbert, der Szevko-Bub, der mit der Mutter, der alten Frau Szevko, die sieht man ja auch selten mittlerweile, eigentlich gar nicht mehr, ist aber sowieso besser, weil wer braucht solche Leute schon, haben sie getuschelt, wer braucht schon einen Verrückten, den es zu allen möglichen Gelegenheiten einfach so umhaut, und eine Mutter, die das einfach so zulässt, und außerdem: Wer weiß, was da sonst noch alles dahintersteckt, hinter so einer Krankheit, wenn das überhaupt eine Krankheit ist, das kann man ja nicht wissen, haben sie getuschelt, diese dicke junge Frau da weiß das sicherlich nicht, sonst würde sie diesem Herbert ja nicht hinterherrennen, wer soll denn das überhaupt sein, ach so, die neue Hallenbadputzfrau, ist irgendwo dahergekommen, mit einem Klapprad und keiner Frisur, und dieses hellblaue Kleid ist ja eigentlich sowieso von vorgestern, aber was soll man von solchen Leuten schon erwarten, so gesehen passen die beiden ja auch gar nicht schlecht zusammen, diese dicke hellblaue Putzfrau und der kranke Szevko-Bub, haben sie getuschelt. Dann haben sie ihre Köpfe wieder auseinander getan, sich noch ein paar wissende Blicke zugeworfen und weitergesoffen. Aber Herbert und Hilde war das egal. Herbert hat nicht hingehört. Und Hilde vielleicht auch nicht.

Am Ausschank hat Herbert ein Mineralwasser für sich und eine Fanta für Hilde bestellt. Ganz selbstverständlich und mit einer ruhigen Ausgeglichenheit hat er ein paar Münzen auf die Theke gelegt und gesagt »Mit Trinkhalm bitte!«. Praktisch weltmännisch. Eine Weile sind Herbert und Hilde mit den Gläsern in der Hand so herumgestanden, haben an den Trinkhalmen genuckelt und sich dabei nicht angeschaut, nicht einmal versehentlich. Dann waren die Gläser leer. Und auch die Zeit ist Herbert plötzlich so leer vorgekommen. Ein ganzer Nachmittag ist noch vor ihm

und seiner Verabredung gelegen, leer wie ein frisch ge-
spültes Fantaglas. Und niemand hätte ihm in diesem Moment sagen können, wie man eigentlich so einen Nachmittag gebührlich füllt.

Also hat Herbert über die weiteren Unternehmungen
nachzudenken begonnen. Vielleicht jetzt noch ein Ge-
tränk, mit oder ohne Trinkhalm ist egal, Hauptsache kalt,
hat er sich gedacht, oder vielleicht gleich etwas essen, etwas Schweinernes natürlich, immerhin hat man ja das
ganze Fest im Grunde genommen nur dem Schwein zu
verdanken, hat Herbert sich weiter gedacht, oder vielleicht andererseits doch lieber nichts essen, vielleicht ist
es ja noch zu früh oder zu heiß oder überhaupt zu unpas-
send, aber was denn sonst, das Karussell ist ab einem gewissen Alter auch keine Lösung mehr und die Ponys schon
gar nicht. Oder vielleicht doch? Vielleicht gerade die Ponys? Vielleicht wären ja gerade die Ponys jetzt das einzig
Wahre und Richtige! Ein Ausritt als naturnahe Überra-
schung zum ersten Rendezvous. Eine Einladung zum kleinen Abenteuer. Ein Mann, eine Frau und die Freiheit unterm Hintern, so einfach würde das sein. Immer logischer
ist Herbert die Idee eines gemeinsamen Ponyrittes vorgekommen. »Wir gehen jetzt reiten!«, hat er deshalb zu Hilde gesagt. Und die leuchtende Entschlossenheit ist ihm im
Gesicht gestanden.

Damit hat Hilde nicht rechnen können. Dort drüben stehen die winzigen Ponys, von noch winzigeren Kindern um-
lagert. Das eine braun, das andere grau, beide mit strohhel-
len Mähnen und mit Beinen so kurz, dass die Bäuche nur
eine Fingerbreite über dem Boden hängen. Hilde schaut

unauffällig an sich selbst hinunter. Übergewichtig hat sie sich nie gefühlt. Eher angenehm füllig. Oder ausgewogen rundlich. Aber jetzt, ganz plötzlich, zum ersten Mal in ihrem Leben, fühlt sie sich übergewichtig. Pummelig. Dick. Fett. Und da hilft auch kein hellblau kariertes Kleid. Im Gegenteil. Auf einmal kann Hilde das Kleid nicht mehr leiden. Und ihren Körper auch nicht. Zusammen ergibt das ein riesiges, rundes, hellblau verpacktes Bonbon, denkt sie sich, eine kitschig verpackte Kalorienbombe.

»Ich glaube«, sagt Hilde, »ich möchte lieber nicht reiten.«

Damit hat jetzt wiederum Herbert nicht rechnen können. All seine Überlegungen mitsamt der ganzen Entschlossenheit einfach so weggeblasen. Möchte nicht. Aha. Ganz genau spürt Herbert, wie sich ein einzelner Schweißtropfen aus der heißen Stirn herauslöst. Möchte lieber nicht reiten. Langsam beginnt der Tropfen die Stirn hinunter zu rinnen, aber wirklich sehr langsam. Sonst bewegt sich nichts. Nichts in Herbert und nichts um ihn herum. Er steht, seine Gedanken stehen, die heiße Luft steht, die Zeit steht, und irgendwo vor ihm liegt die ewig leere Wüste eines Nachmittags.

PETER KRAUS

Aber bekanntlich ist es ja oft so: In Momenten, wo gar nichts und überhaupt nichts mehr geht, kommt dann auf einmal doch noch etwas daher. Etwas, das einen durchbeutelt, herumreißt und einen erwischt, irgendwo tief drinnen, und einem das leere Herz, das leere Hirn und sogar den leeren Nachmittag füllen kann. So etwas kommt in solchen Momenten oft daher. Zum Beispiel jetzt die Musik.

Die lustigen Heububen sind nämlich mittlerweile zur Höchstform aufgelaufen. Seit einigen Liedern schon drehen und wirbeln sich die Dörfler paarweise und eng umschlungen mehr oder weniger elegant umeinander und um den kahlen Baum herum. Eher weniger elegant eigentlich. Das macht aber nichts. Wenn der Schlagerrhythmus in einem wühlt, kann die Eleganz nämlich einpacken.

Aber überreife Showprofis wie Die lustigen Heububen wissen natürlich auch, wie schnell so eine überwiegend gute Publikumslaune wieder verglühen kann. Sie erkennen diese entscheidenden Augenblicke, in denen ein Unterhaltungsabend kippen kann: entweder in die bodenlos versoffene Tristesse oder in die noch viel bodenlosere versoffene Fröhlichkeit. In diesen Augenblicken trennt sich die Spreu vom Weizen. Da fallen Karrieren oder heben ab. Da heißt es nachlegen und einheizen. Da muss vieles stimmen. Eigentlich alles. Das Bier muss kalt sein, die Schweinshaxen warm, die Frauen müssen beschwipst, aber noch nicht besoffen sein, die Männer spitz, aber noch nicht geil. Und vor allem muss das richtige Lied her. Das richtige Lied ist jetzt das Wichtigste. Ein falsches Lied zur falschen Zeit kann jedes Fest ruinieren. Ein richtiges Lied zur richtigen Zeit hingegen kann jedes Fest zur regionalen Legende machen. Und da macht das große Schlachtsaufest keine Ausnahme.

Die lustigen Heububen kennen die Bedeutung solcher Augenblicke. Und sie kennen das richtige Lied dafür. Ehrlicherweise muss man aber auch sagen: So viele Lieder kommen in diesen entscheidenden Momenten sowieso nicht in Frage. Im Grunde genommen sind es allerhöchstens sieben oder acht. Weltweit. Eins davon ist vom Elvis, zwei von Boney M., drei von Abba, eines vom Rex Gildo, und dann gibt es noch eines vom Peter Kraus, das heißt *Sugar Baby* und ist das beste. Da gibt es nichts dran zu rütteln. Da kannst du im Grunde genommen gar nichts mehr falsch machen. Der Schlagzeuger macht den Anfang. »One, two, one, two, three …«, schreit er, und los geht es. Ob natürlich der Peter Kraus beim Komponieren vom *Sugar Baby* eine Ziehharmonika und eine Tuba im Kopf gehabt hat, weiß man nicht. Eigentlich ist das aber auch egal. Ein Meisterwerk überlebt jede Interpretation. Und das *Sugar Baby* überlebt sowieso alles.

Wenn sich einem so eine Peter-Kraus-Interpretation erst einmal in die Knochen hineingeschmachtet hat, gibt es kein Halten mehr. Da ist es vorbei mit der breitarschigen Gemütlichkeit. Da brodelt die Bauchchemie. Da zuckt einem die rhythmische Lebenslust förmlich alle Gedanken und Glieder durcheinander. Und bei der Kombination *Sugar Baby*, Lustige Heububen, Promille und Sommerhitze muss eines einmal in aller Deutlichkeit gesagt werden: Wer jetzt nicht tanzt, ist kein ganzer Mensch!

Weil aber trotz aller Defizite die meisten Dörfler immerhin doch noch ganze Menschen sind, ist die Tanzfläche schon nach den ersten drei Takten überfüllt. Und alle geben sie ihr Bestes. Ein paar von den ganz Jungen liegen sich in den Armen, haben die Augen zu und denken an den anderen. Ein paar von den nicht mehr ganz so Jungen halten sich an den Händen, schauen sich an und denken an wen anderen. Ein paar von den schon etwas Älteren halten sich an den Schultern, schauen konzentriert ins Nichts und denken an die Tanzschritte. Und dann gibt es noch die richtig Alten. Die halten sich aneinander fest, schauen meistens auf den Boden und denken an den Peter Kraus. Ein paar kleine Buben springen wie Böcklein herum und lachen und schreien, ein paar kleine Mädchen sitzen nebeneinander am Boden und heulen, ein paar Halberwachsene verrenken sich alle möglichen Glieder und versuchen trotzdem schön auszusehen, der Bürgermeister bemüht sich mit seiner Frau und lächelt viel, der Bademeister bemüht sich um eine einigermaßen aufrechte Haltung und hat das Lächeln schon lange aufgegeben, die Bauern, die Gemeinderäte, die Alteingesessenen, die Zugereisten, die Kinder, die Pensionisten, die Frauen und die Männer, alle sind sie da, auf der Kirchwiese, unter dem kahlen Baum, alle haben sich erwischen lassen von den Heububen und dem *Sugar Baby*.

Und auch Hilde hat gar nicht lange gezögert. Entschlossen hat sie Herbert an der Hand gepackt und ihn hinter sich her auf die Tanzfläche gezogen, mitten hinein in den Menschenhaufen. Und dann hat sie sich so komisch zu bewegen begonnen, so rund und weich und hin und her. Und in dem Moment sind Herbert gleich zwei Sachen auf einmal klar geworden: erstens, dass sich seine Unterhosenfeuchtigkeit mittlerweile hochgearbeitet und fast überallhin ausgebreitet hat, und zweitens, dass es jetzt endgültig kein Zurück mehr gibt.

Wie eine zweite Haut klebt Herberts Hemd an seinem Körper. Die Hose und die Socken sowieso. Aber jetzt steht er nun einmal da, in der Mitte der Tanzfläche, die Hände in Hildes Händen, den Blick in Hildes Blick. Wieder überragt er alle anderen um mindestens eine Kopflänge. Das ist ja auch nichts Neues mehr. Aber alles andere ist neu. Diese Hilde, so nah bei ihm, ihre Bewegungen, ihre feuchten warmen Hände, ihre rosigen Backen, darauf die vielen Sommersprossen. Als ob die hüpfen würden, oder herumtanzen, denkt sich Herbert, diese Sommersprossen, als ob die ihr eigenes kleines Fest feiern würden, auf den rosigen runden Backen von dieser Hilde. Und dann beginnt er sich auch zu bewegen. Nicht rund und schon gar nicht weich, aber immerhin auch hin und her. Und auf und ab. Und vor und zurück. Sehr komische Bewegungen sind das, viel komischer als die von Hilde. Solche Bewegungen hat man sicher noch nie gesehen auf der Kirchwiesentanzfläche, wahrscheinlich hat man solche Bewegungen überhaupt noch nie gesehen, auf keiner Tanzfläche der Welt. Langsam und vorsichtig sind die zuerst, als ob Herberts Körper sich erst hinaustasten wollte in die Welt, bald aber doch auch schneller und mutiger und ausgreifender. Herberts Becken und Knie zum Beispiel beginnen jetzt Kreise zu ziehen, immer größer werdende kreiselnde Bewegungen, erst miteinander, dann gegeneinander und schließlich völlig unabhängig voneinander. Eigentlich eine anatomische Unmöglichkeit, aber es geht. Und es geht sogar noch viel mehr. Jetzt kommt nämlich noch Herberts Oberkörper dazu, vor und zurück wippt, schwankt, rudert und schlingert der. Gleichzeitig beginnt der Kopf zu pendeln. Und zwar ohne Rücksicht auf Halswirbel, Kieferknorpel oder irgendwelche anderen, leicht verletzbaren Teile. Wenn sich zufällig irgendein hochangesehener Orthopädieprofessor aufs große Schlachtsaufest verirrt hätte – zum Beispiel im Rahmen eines sonntäglichen Rennradausfluges –, dann würde sich der wahrscheinlich zuerst ungläubig staunend an die hohe Stirn fassen und gleich danach versuchen, mit Herbert Szevko als einzigartigem Forschungsobjekt seine universitäre Orthopädiekarriere gehörig voranzutreiben. Aber es hat sich noch nie ein Orthopädieprofessor auf den Kirchwiesentanzplatz verirrt, schon gar kein hochangesehener, auch heute nicht. Und weil die meisten anderen Tänzer fast ausschließlich mit ihren eigenen Bewegungen beschäftigt sind, kann sich Herbert relativ unbeachtet in alle Richtungen verbiegen und verdrehen.

Nur Hilde schaut ihn an. Hält ihn an den Händen und schaut ihn an. Die ganze Zeit. Seine Bewegungen stören sie nicht. Und das Schwitzen auch nicht. Auch nicht der alte schwarze Anzug. Oder die sich auflösende Gelfrisur. Gar nichts stört sie am Herbert. Überhaupt nichts. Und zum ersten Mal in seinem Leben kann Herbert es aushalten, dass ihn jemand so lange anschaut. Zum ersten Mal in seinem Leben muss er nicht gleich wegschauen, sich wegdrehen oder weggehen. Einfach so erträgt er Hildes teichbraunen Blick. Ganz plötzlich rinnt ihm das Glück oben in den Anzugkragen hinein, breitet sich aus, über den Nacken, die Schultern, den Rücken, die Brust und über den Bauch. Das fühlt sich anders an als der Schweiß unterm Hemd. Schön ist das. Das macht Gänsehaut und Leichtigkeit. Und dann rinnt das Glück über seine Arme und Hände hinüber in Hildes Hände, Arme, Schultern, ihren Rücken, ihren Bauch und weiter in ihren ganzen Körper. Hilde beginnt zu lachen. Herbert lacht sowieso schon die ganze Zeit. Aber beide ohne Geräusch. Ein lautloses Lachen ist das, eines, das gar nicht mehr aufhören will. Dass sie sich dabei zu drehen begonnen haben, das bemerken die beiden gar nicht. Ganz fest halten sie sich an den Händen, und noch fester halten sie den Blick. Da kann nichts mehr passieren. Immer schwungvoller und schneller und ausgelassener drehen sich Herbert, Hilde und das Glück im Kreis herum. Wie ein schwarz-hellblauer Kreisel sieht das aus, mitten unter all den Leuten auf der Kirchwiesentanzfläche unter dem kahlen Baum. Dem Peter Kraus hätte das gefallen.

MIT DEM LEBEN KOMMT DER SCHMERZ

Und so ist das dann weitergegangen. Nach dem *Sugar Baby* war die Goombay Dance Band dran, gefolgt von der Nana Mouskouri, dem Elvis, gleich darauf etwas Fetzig-Gewagtes von den Rolling Stones, dann ein volkstümlicher Abschnitt mit drei oder vier Liedern von den Schürzenjägern, darauf etwas Witziges vom Harry Belafonte, dann natürlich der Ted Herold, Karel Gott, Roger Whittaker, die Nena, noch einmal die Schürzenjäger, der Udo Jürgens und jetzt gerade Karl »Rhythm Man« Berninger mit seinem wirklich schönen Lied *Ein zarter Kuss vom drallen Mädel.*

Herbert und Hilde haben immer noch nicht genug. Immer noch halten sie sich an den Händen, immer noch schauen sie sich an. Aber der Abstand zwischen ihnen ist kleiner geworden. Eigentlich gibt es da überhaupt keinen Abstand mehr. Hilde schmiegt sich an Herbert, und Herbert lehnt sich an Hilde. Der Längenunterschied macht ihnen nichts aus. Sie haben jetzt keine Gedanken für Unterschiede. Wer weiß, ob sie überhaupt irgendetwas denken. Herbert wahrscheinlich nicht. Dafür spürt er Hildes Kopf an seiner Brust. Ihre warmen Wangen, ihr warmes linkes Ohr und ihren noch viel wärmeren Atem vorne an der Knopfleiste vom verschwitzten Hemd. Hildes Schulter spürt er auch, wie die sich so ganz selbstverständlich herandrängelt an seinen Rippenbogen. Vor allem aber spürt er Hildes Busen an seinem Bauch. Der ist einfach da, groß, weich und warm. Und Hildes Bauch ist ja auch noch da, darunter, noch größer, noch weicher und fast noch ein bisschen wärmer als der Busen ist der, wie ein großes, weiches, warmes Kissen für Herberts Lenden.

Herberts Bewegungen sind jetzt nicht mehr so orthopädisch beachtenswert wie vorhin. Seine Bewegungen sind jetzt Hildes Bewegungen. Und Hildes Bewegungen sind seine. So ist das und nicht anders. Und so könnte das eigentlich noch ziemlich lange weitergehen.

Es geht ja auch weiter. Immer geht es irgendwie weiter. Aber selten so, wie man es sich wünscht. Herbert zum Beispiel wünscht sich gerade gar nichts. Schon gar keine schwere Männerhand auf seiner Schulter. Und trotzdem liegt die jetzt nun einmal da. Liegt da, ist schwer und hart und drückt. Herbert dreht sich um. Der Greiner ist das. Sehr aufrecht steht er da, wirklich sehr aufrecht; der eine Riemen am Bergschuh ist aufgegangen, das stört den Greiner nicht; die schwarze Hose hat einen Fleck; das grünweiß karierte Hemd ist vorne fast bis zum Gürtel offen und zeigt die von der Sonne rosig angebrannte Brust; der Nacken ist knallrot, der Schädel sowieso, da wirken die blonden Stoppelhaare fast weiß drauf, die Zahnlücken sind immer noch drei, und in den silbriggrauen Augen flackert etwas. Und da ist eines sofort klar: Der Greiner hat mehr als fünf Biere intus. Viel mehr.

»Jetzt bin ich dran!«, sagt der Greiner. Dabei drückt er Herbert seine Finger in die Grube über dem Schulterblatt hinein. Dort, wo der Schmerz praktisch zuhause ist. Aber Herbert versucht, das einfach auszuhalten und dazu noch möglichst selbstverständlich dreinzuschauen.

»Mit was denn?«, fragt er.

»Mit dem Tanzen, du Trottel!«, sagt der Greiner und drückt noch ein bisschen fester zu.

»Weiß ich jetzt nicht ...«, sagt Herbert und versucht, sich unauffällig den Schmerz auf der Unterlippe wegzubeißen.

»Aber ich weiß es!«, sagt der Greiner. Ziemlich unvermittelt beginnt er zu grinsen und schiebt sich ein bisschen näher an Herbert heran. Um einiges kleiner als Herbert ist der Greiner. Aber schwerer, kräftiger und blöder. Das macht schon was aus. Durch die drei Vorderzahnlöcher strömt der Bieratem ungehindert ins Freie. Kurz will Herbert die Augen schließen. Aber das bringt ja auch nichts.

»Vielleicht«, sagt Herbert, »sollten wir da zuallererst einmal die Dame fragen ...«

Der Greiner schaut, Herbert schaut, Hilde steht daneben, rundherum tanzen die Dörfler, und dahinter, darüber, über all diesen Geschehnissen, liegt immer noch die Melodie von Karl »Rhythm Man« Berningers schönstem Lied *Ein zarter Kuss vom drallen Mädel*.

»Da scheiß ich drauf!«, sagt der Greiner und lässt Herberts Schulter los. Stattdessen greift er Hilde in den Nacken und zieht sie zu sich heran. »Sind nicht außerdem die Damen schon längst ausgestorben?«, fragt er.

Ob das jetzt eine wirklich ernst gemeinte Frage war, wird sich wahrscheinlich nicht mehr rekonstruieren lassen. Genau in dem Moment nämlich beenden Die lustigen Heububen den letzten Refrain vom zarten Mädel mit einem kräftigen Tusch. Und das machen sie geschickt. Weil dieser Endtusch gleichzeitig der Anfangstusch vom nächsten Lied ist. Das ist ökonomisch und gewitzt zugleich. Da geht kein Schwung verloren. Da bleibt der Gute-Laune-Pegel konstant auf Höchstniveau. Vor allem, weil das nächste Lied nicht irgendein Lied ist. Das ist praktisch fast noch besser als das *Sugar Baby* und all die anderen Kollegen: *Looking for Freedom* heißt das und ist vom David Hasselhoff.

Und so was wissen die Leute natürlich zu schätzen. Da brodelt und quirlt es jetzt auf der Tanzfläche. Da fallen einige Hemmungen. Wenn man sich nämlich dem David Hasselhoff erst einmal hingegeben hat, kann einem überhaupt nichts mehr peinlich sein. Da wird grimassiert und gehüpft, angefasst und zugegriffen, gekichert, gelacht, gegrölt, gekreischt und Luftgitarre gespielt. Mit dem Nachmittag verabschiedet sich der Anstand. Das große Schlachtsaufest kommt in Schwung.

Und der Greiner sowieso. Der kennt jetzt gar nichts mehr. Der packt sich Hilde zurecht, wie er es braucht. Am Nacken zuerst, dann an den Schultern, an den Seiten, an der Hüfte, am Hintern, überall eben, wo es etwas zu greifen und zu packen gibt bei den Frauen. Und dabei lacht und grunzt und schnarcht er und macht auch ansonsten allerhand ungustiöse Geräusche. Hilde lacht nicht. Die macht auch keine Geräusche. Außer vielleicht das bisschen angestrengtes Keuchen. Das ist ja auch eine Anstrengung, sich gegen so einen besoffenen Kraftlackel zu wehren. Und aussichtslos. Da kann Hilde noch so viel strampeln, treten, boxen und sich winden – dem Greiner macht das nur umso mehr Freude. »Komm her da, du kleine Sau!«, sagt er und drückt Hilde, so fest er kann, an sich. Und dann beginnt er sich zu drehen mit ihr. Immer schneller dreht sich der Greiner, immer schneller und wilder. Dass er dabei die Leute anrempelt oder vielleicht sogar auch umrempelt, spürt er nicht. Der Greiner hat eine Frau im Arm, die Festlaune im Hirn und genug Biere im Blut. Da kann ihm alles andere egal sein.

Außer vielleicht, dass da jetzt plötzlich dieser Trottel von einem Herbert vor ihm steht. Und ihn anfasst. Am Oberarm nämlich. Knapp über dem Ellbogen legt dieser verschissene Volltrottel von einem Herbert einfach seine Hand hin. Natürlich kann einem so etwas nicht egal sein. Überhaupt nicht. Im Gegenteil: So etwas kann einen aufregen! Und zwar ordentlich. Da wird der Greinerschädel gleich noch röter, als er sowieso schon ist. Richtig schön satt dunkelrot glänzt der. Und eine Hitze schießt ihm ein. Die kennt der Greiner. Schon oft ist ihm diese Hitze eingeschossen. Jedes Mal, bevor es dann gleich rundgegangen ist, in der Schule, auf der Straße, im Wirtshaus oder sonst wo. Diese Hitze hat den Greiner schon drei Zähne, einen gebrochenen Finger und sechs Anzeigen gekostet. Aber was soll man machen? Gegen so eine Hitze kann man sich nicht wehren. Die kommt einfach, kriecht einem überall hinein, und dann ist sie da und geht auch nicht mehr so leicht weg. Außer es passiert etwas. Und dass etwas passieren muss, das ist dem Greiner klar. Jetzt, sofort und gleich muss etwas passieren!

»Schleich dich!«, sagt der Greiner, lässt Hilde los und schaut zu Herbert hoch. Den Mund kriegt er dabei gar nicht mehr richtig auf. Und die silbriggrauen Augen sind fast verschwunden in ganz schmalen Schlitzen. So einen Krampf hat der Greiner im dunkelroten Gesicht. »Schleich dich, oder ich bring dich um!«

Herbert schaut. So etwas hat ihm noch keiner gesagt. Immer schon ist er solchen Situationen ausgewichen. Keine einzige Rauferei. Noch nie. Immer ausgewichen. Schwächlich ist der Bub, schwächlich und gar kein Fleisch an den Knochen, hat der Schuldoktor einmal gesagt, als Herbert nach einem Anfall im Pausenhof wieder zu sich gekommen ist. Lang und dünn ist er da im Lehrerzimmer auf dem Tisch gelegen und hat zum Schuldoktor und dem Klassenlehrer und dem Direktor hoch geschaut. Wie drei Säulenheilige sind die über ihm gestanden, mit der hohen Deckenlampe über ihren Köpfen. »Manche haben es eben«, hat der Direktor leise gesagt, »… und manche nicht!« Der Doktor hat genickt und der Klassenlehrer sowieso, und Herbert hat die Augen zugemacht. Von ganz weit her hat er die Stimmen der anderen Schulkinder ins Lehrerzimmer hereinzwitschern gehört. Wie ein unsichtbarer Vogelschwarm in einem riesigen Baum, so hat sich das angehört, ein Vogelstimmenschwarm, eingepackt und abgedämpft vom dichten Blättergewirr. Da hat der kleine Herbert innerlich lachen müssen. Dann hat er die Augen wieder aufgemacht und gesagt: »Ein Vogel möcht ich sein!« Der Direktor und der Doktor haben sich angesehen mit so einem komischen Blick. Und der Klassenlehrer hat tief geseufzt. So war das.

Jetzt, viele Jahre später, auf der Kirchwiesentanzfläche, könnte sich Herbert eigentlich wiederum ganz gut vorstellen, ein Vogel zu sein. Statt dem verschwitzten Anzug praktisch ein luftiges Federkleid. Damit könnte er einfach abheben, hoch und höher und noch ein bisschen höher. Und von ganz oben könnte er hinunterschauen auf dieses bunte Schlachtsaufestgetümmel. Ein paar letzte Kreise könnte er ziehen, dann könnte er dem Greiner einen grünlichen Patzen auf die Glatze scheißen und sich schließlich endgültig irgendwo in den Himmel hinein verabschieden. Aber Herbert ist eben kein Vogel. Herbert ist ein Mensch. Und will ein Mann sein. Darum richtet er sich jetzt möglichst gerade auf und schaut dem Greiner direkt ins Gesicht.

»Entschuldigung«, sagt Herbert, »ich will mich aber nicht schleichen. Und außerdem glaube ich …« Weiter kommt er nicht. Weil ihn nämlich der Greiner anspringt. Und zwar ohne Voranmeldung und mit einer derartigen Wucht, dass es Herbert nach hinten umhaut und er gleich darauf am erdigen Tanzboden auf dem Rücken liegt und zappelt. Der Greiner ist mitgekippt, sitzt jetzt Herbert auf der Brust und würgt ihn. Wie eine Rohrzange haben sich die Greinerhände um den dünnen Hals gelegt und drücken zu. Herbert reißt die Augen auf. Aber komisch: Alle Konturen rinnen ihm weg. Und auch die Farben verschwimmen. Das Rot vom Greinerkopf verrinnt mit dem abendlichen Himmelblau zu einem einzigen satten Dunkelviolett. Schön könnte das sein, wenn die Schmerzen nicht wären. Und wenn Herbert Luft kriegen würde. Den Mund reißt er auf. Und die Nasenlöcher. Alles, was er hat, versucht er aufzureißen. Aber da kommt nichts. Gar nichts. Die Zunge krampft, die Augen brennen, der Hals sowieso, das Herz ist ein Kieselstein, die Brust darüber wie aus Wachs, da bewegt sich nichts mehr, nichts weitet sich, hebt sich oder senkt sich. Gleich platzt etwas in Herberts Kopf. Eine Ader vielleicht. Oder alle Adern. Oder das Hirn. Das ist jetzt alles gleich. Das macht keinen Unterschied mehr. Herbert beginnt zu strampeln. Das spürt er noch. Und komische Geräusche zu machen. Das hört er noch. Aber dann, auf einmal, ist alles aus und still, und das dunkle Violett wird schwarz. So schnell kann das also gehen, denkt sich Herbert noch, und dann ist er weg.

Mit dem Leben kommt der Schmerz. Oder vielleicht ist es ja auch umgekehrt: zuerst der Schmerz und dann das Leben. Bei Herbert ist das jetzt so. Gerade als er sich endgültig irgendwo in der schwarzen Schwerelosigkeit verlieren will, beginnt ihm was wehzutun. Im Hals. Im Rachen. In der Brust. In der Lunge. Das brennt. Obwohl es kühl ist. Ein brennender kühler Schmerz ist das. Und auf einmal beginnt sich seine Brust wieder zu bewegen. Hebt sich.

Senkt sich. Hebt sich. Senkt sich. Und das Herz ist kein Kiesel mehr. Und der Hals ist weit. Und die Gedanken sind wieder da. Der Schmerz, denkt sich Herbert, ist die Luft. Und da muss er lachen. Oder husten. So genau lässt sich das nicht unterscheiden in dem Moment. Jedenfalls stößt Herbert ein undefinierbares Geräusch aus, macht die Augen auf und ist wieder da. Der Himmel ist abendlich blau, wie vorhin. Aber der rote Schädel vom Greiner ist weg. Und seltsame Geräusche liegen in der Luft. Wirklich sehr seltsame, hohle, dumpfe Geräusche sind das.

Das war ja so: Der Greiner hat die innere Hitze nicht mehr ausgehalten und Herbert zu würgen begonnen. Natürlich hat so etwas nicht unbemerkt bleiben können. Die Dörfler rundherum haben einen ziemlichen Schreck gekriegt und mit dem Tanzen aufgehört. Einmischen hat sich aber niemand wollen. Weil die meisten den Greiner einfach zu gut kennen und im Allgemeinen sowieso lieber ihre Ruhe haben wollen. Und weil die Heububen auch gleich aufgehört haben zu spielen, sind die Leute also eben ohne Musikbegleitung herumgestanden und haben interessiert zugeschaut, wie der Greiner den Herbert würgt. Und das hätte eine ganze Weile so weitergehen können. Ist es aber nicht.

Da hat Hilde nämlich etwas dagegen gehabt. Die hat nach ein paar Schrecksekunden einen gehörigen Anlauf genommen und ist dem Greiner mit ihrem ganzen Mut, ihrem ganzen Gewicht und mit den Füßen voran ins Kreuz gesprungen. Von dort ist sie allerdings recht wirkungslos wieder abgeprallt, und der Greiner hat, unbeeindruckt, weil adrenalinbetäubt, einfach weiter an Herbert herumgewürgt. Hilde ist wieder aufgesprungen, hat sich, ohne zu fragen, die große Trommel von den Lustigen Heububen geschnappt, hat sie hoch über ihren Kopf gehoben und sie dann mit Schwung auf den Greiner niedersausen lassen. Mit einem dumpfen Kracher ist das Trommelfell gerissen, der rote Kopf vom Greiner ist im Hohlkörper verschwunden, und der gesamte Greiner ist mitsamt Trommel von Herbert hinunter und zur Seite weggekippt.

Und da liegt er jetzt und weiß nicht mehr viel. Seltsam dumpf und hohl klingen die Geräusche, die aus der Trommel ins Freie dringen. Vielleicht will der Greiner etwas sagen. Vielleicht schreit er aber auch einfach nur vor sich hin. Das lässt sich schwer heraushören. Herbert könnte das sowieso noch nicht unterscheiden. Der ist immer noch mit seinen Schmerzen beschäftigt und keucht sich nur langsam wieder in die Gegenwart zurück.

»Herbert, schnell!«, sagt jemand. Wie ein Echo hört sich das an, fern und leise. Und wieder schiebt sich ein Kopf in Herberts abendhimmelblaues Gesichtsfeld. Hilde steht über ihm. Herbert lächelt und nickt. Obwohl er nichts kapiert.

Und wahrscheinlich würde er noch eine ganze Weile einfach so weiter lächelnd vor sich hin nicken, wenn ihn Hilde nicht an beiden Schultern packen, kraftvoll hochhieven, an der Hand nehmen und hinter sich her, mitten durchs aufgeregte Leutegewirr hindurch, schleppen würde. Schnell muss es jetzt gehen. Sehr schnell.

Mittlerweile hat sich der Greiner nämlich die Trommel vom Kopf reißen können und weiß jetzt auch wieder, wer und wo er ist. Und schon steht er, schon schaut er sich um, schon hat er diesen verschissenen Volltrottel von einem Herbert mitsamt seiner fetten, hellblau karierten Sau gesehen. Und da brüllt er. Und rennt los. Hinterher will er, den Trottel und die Sau will er umbringen, totprügeln, die Hirne will er ihnen aus den Schädeln herausschlagen, beiden gleichzeitig oder hintereinander oder wenigstens einem von beiden.

Die Leute, die ihm im Weg stehen, schiebt er einfach zur Seite, stößt sie weg oder rempelt sie um. Der Greiner kennt jetzt nichts mehr, der lässt sich jetzt von niemandem mehr aufhalten, von gar niemandem mehr!

Aber bekanntlich ist ja die Wut ansteckender als jede Grippe. Und die bierselige Wut sowieso. Schon als der Greiner den Herbert gewürgt hat, haben sich einige von den männlichen Dörflern innerlich angestachelt gefühlt und die Fäuste in den Hosentaschen knacken lassen. Sogar ein paar von den Frauen haben sich schon die Lippen geleckt vor lauter vorfreudiger Aufregung. Aber jetzt, wo der Greiner sich seinen Weg mit gesenktem Kopf durch die Leute rempeln will, heben sich endgültig alle moralischen Schranken in den dörflichen Hirnen und geben der sinnlosen Gewalt ihren Weg frei. Der Söllner zum Beispiel fühlt sich aus irgendeinem Grund plötzlich beleidigt und haut dem zufällig neben ihm stehenden Vicevsky die Faust in den Nacken, dass es nur so kracht in den Halsgelenken. Der Vicevsky kippt auf die Frau Hafferl, die deswegen aus dem Gleichgewicht gerät und den alten Stauderer rempelt. Der alte Stauderer regt sich auf, der Herr Hafferl gibt ihm eine Ohrfeige, der Vicevsky rappelt sich auf und tritt mit aller Kraft dem Söllner vors Schienbein, worauf der Meissner-Bub lachen muss, was wiederum den Söllner so wahnsinnig macht, dass er sich auf den Meissner-Buben schmeißt und wild auf ihn einzuboxen beginnt. Da kann natürlich die Frau Meissner nicht einfach zuschauen, also hängt sie sich mit ihrem ganzen Gewicht an den Söllner und verbeißt sich in seinen Oberarm. Der alte Stauderer nimmt seinen Stock zu Hilfe und versucht, damit den Kopf vom Hafferl zu treffen, die Frau Hafferl schreit, der Vicevsky brüllt, die Frau Meissner greint, der Söllner strampelt, der Meissner-Bub rennt davon, ein anderer kommt dazu, noch ein anderer war sowieso schon immer da, ein Dritter schmeißt einem Vierten seinen Bierkrug entgegen, ein paar ziehen sich ihre Jacken aus, ein paar sogar schon ihre Hemden, einer will vernünftig sein, die meisten aber nicht, und alle, alle sind sie mit ganzem Herzen und ganzer Seele dabei.

Vor allem natürlich der Greiner. Der hat mittlerweile irgendjemandem die Nase eingeschlagen und kann sich jetzt wieder um sein eigentliches Anliegen kümmern. »Herbert!«, brüllt er so laut, dass ihm die Adern nur so aus den Schläfen und aus dem Hals springen wollen. »Herbert! Ich bring dich um! Mitsamt deiner fetten Sau!« Überall schaut sich der Greiner um, überall rennt er hin, überall sucht er Herbert und Hilde. Im Kampfgewühl auf der Tanzfläche, vor und hinter dem kahlen Baum, auf und unter den Bänken und Tischen, bei den Fressständen, bei den Ponys, beim Karussell, mitten durch all die fröhlichen oder schreienden oder blutenden Festbesucher hindurch stürmt der Greiner, blind, taub und geifernd. Nichts kriegt er mehr mit. Gar nichts mehr. Nicht wie der alte Stauderer dem Hafferl wieder auf die Beine hilft, wie sich die Frau Meissner, der Vicevsky und der Söllner weinend in den Armen liegen, nicht wie sich die Frau Hafferl zuerst beruhigt und dann zwei Liköre bestellt, wie Die lustigen Heububen ihr Showprogramm ohne große Trommel fortsetzen, und zwar mit dem wirklich mitreißenden Lied Santa Maria, und wie sich daraufhin die Kirchwiesentanzfliche schnell wieder mit Pärchen, mit Kindern oder mit einsamen Solotänzern zu füllen beginnt.

Und schon gar nicht kriegt der Greiner mit, wie sich dort ganz weit hinten, hinter dem allerletzten Hügel, die rote Sonne verabschiedet, wie sich zuerst der Himmel und dann die ganze Gegend langsam zu verfärben beginnen, wie es dunkel wird und noch ein bisschen dunkler, wie dann mit einem Mal die Nacht da ist und wie im kahlen Baum die vielen Lampions angehen und diesen ganzen Gesichtern um ihn herum so ein eigentümlich weiches Leuchten geben. Das alles kriegt der Greiner nicht mit, in seiner einsam verbissenen Wut. Und wenn er das alles doch irgendwie mitkriegen würde, wäre es ihm wahrscheinlich sowieso scheißegal.

KIRCHENASYL

So etwas Weiches hat Herbert noch nie gespürt. Und so etwas Schönes hat er noch nie gesehen. Das Weiche ist Hilde, die da vor ihm steht, den Rücken eng an Herberts Bauch gedrückt. Und das Schöne ist die dunkelrote Sonne, die dort ganz weit hinten, hinter dem allerletzten Hügel, verschwindet und ihr letztes Abendlicht verblutet. Überhaupt ist alles schön, von hier oben betrachtet. Über der weiten Landschaft zerrinnen die Farben, gelblich zuerst, dann golden, rot, violett, dunkel und dunkler und noch ein bisschen dunkler, und schließlich vergeht der Tag mit dem letzten Sonnentropfen, und das Tintenblau der Nacht legt sich über alles. Unten gehen die Lampions im Baum an, und Die lustigen Heububen haben wieder zu spielen begonnen, ganz genau sieht Herbert, wie der Trommler auf seine übrig gebliebenen Trommeln haut. Ganz genau sieht er auch, wie sich die Tanzfläche wieder füllt, wie alles sich im Takt zu bewegen beginnt, wie es hin und her wogt, wie die Leute sich zu Paaren zusammenfinden oder auch nicht, wie die Röcke der Frauen sich zu bunten, runden Scheiben weiten und umeinander herumkreiseln, wie sich die Männer dazwischen steifbeinig bemühen, wie die größeren Kinder herumhüpfen, wie die kleineren Kinder herumkriechen und wie der Greiner hinüber zu einem Stand geht, sich ein Bier bestellt, es auch kriegt, es mit einem einzigen Zug austrinkt und gleich noch eines bestellt. Das alles sieht Herbert und ist froh, dass ihn niemand sieht.

Die Fröhlichkeit und der Alkoholismus kennen keine Zeit. Die wollen ewig sein. Deswegen interessieren sich die Festbesucher auch nicht dafür, wie spät es jetzt ist. Niemand will das wissen. Niemand denkt jetzt schon an später, an die Nacht, an den Morgen, an das Aufwachen, an die Schmerzen, an die Familiengesichter, an die Arbeit und an all die anderen Ernüchterungen. Feste sind dazu da, die Zukunft zu vergessen. Der Augenblick ist das Leben. Und sonst nichts. Und beim großen Schlachtsaufest ist das erst recht so. Deswegen schaut jetzt auch niemand unnötig zur Kirchturmuhr hoch. Und deswegen sieht auch niemand, dass genau unterhalb des Zwölfers ein kleines schwarzes Rechteck offen steht und dass in diesem kleinen schwarzen Rechteck zwei helle Flecken hängen. Und selbst wenn jetzt doch irgendjemand aus irgendwelchen dubiosen Gründen oder auch einfach nur grundlos und zufällig zur Kirchturmuhr hinaufschauen würde, dann würde der auf diese Entfernung sicherlich nicht erkennen können, dass diese beiden hellen Flecken im schwarzen Rechteck unterhalb des Zwölfers auf dem Kirchturmuhrenblatt zwei Gesichter sind. Nämlich die Gesichter von Herbert und Hilde.

»Herbert, schnell!«, hat Hilde gesagt. Dann hat sie Herbert an der Hand gepackt und sich mitten ins Leutegedrängel hinein geworfen, mit ihrem ganzen Gewicht, ihrem ganzen Mut und ihrer ganzen Angst vor dem Greiner. Kräftig hat sie sich weitergeschoben, hat gedrückt und geboxt, weiter und weiter und durch und weg.

Dass hinten der Greiner schon gebrüllt, sich die Trommel vom Kopf gerissen hat, aufgesprungen, hinterhergestürzt und im wütenden Leutegewirr hängen geblieben ist, hat Hilde gar nicht mitbekommen. Da war sie schon runter von der Kirchwiesentanzfläche und hat sich umgeschaut. Verstecken, hat sie sich gedacht, irgendwo verstecken, ganz schnell, sofort und ohne lang zu fackeln, aber wo? Und auf einmal hat Hilde eine Idee gehabt oder eine Eingebung oder so etwas. Noch fester hat sie Herbert an der Hand gepackt, und wieder ist sie losgerannt. An den Tischen, an den Bänken und an den Besoffenen ist sie vorbeigerannt, immer entlang der bröckelnden Kirchenmauer. Am Kircheneck ist sie abgebogen, genau dort, wo noch vor ein paar Stunden Die lustigen Heububen ihren fulminanten Auftritt gehabt hatten. Ganz außer Atem ist Hilde jetzt schon gewesen. Geschwitzt hat sie. Heiß war ihr. Heiß war auch Herberts Hand in ihrer Hand. Die gusseiserne Klinke in der anderen Hand aber war kühl. Die von der schweren hölzernen Kirchentür nämlich. Ein bisschen hat die Tür gequietscht unter ihrem eigenen Gewicht, aber dann waren sie drinnen, und alles war dunkel und ruhig.

»Aha«, hat Herbert gesagt und sich ein bisschen erstaunt umgesehen. Mittlerweile ist er wieder einigermaßen bei sich und seiner Umwelt angekommen. Hoch oben in der Wand waren bunte Glasfenster, die haben ein bisschen was vom lampiondurchstreuten Nachtlicht durchgelassen. Schräg und quer sind die dunkelbunten Lichtbalken im Raum gelegen. Über dem Altar mit Kerzen und Tischtuch und allem Drum und Dran ist ein hölzerner Jesus gehangen. Der war dünn und hat lieb geschaut, trotz Nägeln und Dornen. Viele Bänke aus dunklem Holz waren da, mit vielen kleinen abgegriffenen Gesangsbüchern darauf. Unten war der steinerne Boden rissig, hoch oben an der Decke hat sich irgendwann ein ziemlich unbegnadeter Maler an einem Heiligenbild versucht. Die Proportionen sind ihm ein bisschen verrutscht. Die Farben auch. Eigentlich überhaupt alles, was normalerweise zu einem ordentlichen Bild gehört. Die dörflichen Kirchgänger hat das aber nie gestört. Erstens ist denen die Kunst mitsamt Proportionen und Farben eher egal, und zweitens schauen die sowieso meistens auf den Boden hinunter oder in ihre Hände hinein. Ein kleines Becken mit Weihwasser ist

auch an der Wand gehangen, gleich daneben eine Blech-
büchse mit Geldschlitz. Ein Stück weiter war noch ein
zweiter, viel kleinerer Altar mit einer vertrockneten Blume
darauf und einem alten Madonnenbild darüber. Und dann
natürlich der Beichtstuhl. Der ist so dagestanden, alt und
schief und zerfressen, vom Holzwurm vielleicht. Oder von
den ganzen dörflichen Sünden, die sich der anhören hat
müssen über all die Jahrzehnte. Neben dem Beichtstuhl
war noch eine Tür, auch aus Holz, auch mit gusseisernem
Griff, aber kleiner als die Eingangstür. Viel kleiner. Diese
Tür jedenfalls hat Hilde gesehen, und da hat sie genickt.
»Hier!«, hat sie gesagt und ist wieder losmarschiert, Herbert immer noch fest an der Hand.

Hinter der kleinen Tür war eine steinerne Treppe, steil
und spiralig hat sich die hochgewunden, Hilde hat ge-
keucht, Herbert auch, endlos ist den beiden der Aufstieg
vorgekommen, anstrengend war es, eng war es, stickig und
heiß war es, und dann waren sie oben. Eine Glocke ist da-
gehangen, riesig, dunkel, still und staubig. Überall waren
Holzbalken, abgegriffen und angeschwärzt von der Zeit.
Und Spinnweben. Und Taubendreck. Und ein kleines
rechteckiges Fenster. Zu diesem Fenster hat sich Hilde
hingestellt. Herbert auch. Ganz eng hat er sich hinten an
Hilde herangestellt. Und die hat sich zurückgelehnt. Das
hat Herbert gefallen. Er hat nach vorne gegriffen und das
kleine Fenster aufgemacht. Und so etwas Schönes hat er
noch nie gesehen.

Die Sonne ist rot und verschwindet dort hinten, die Farben zerrinnen über der Landschaft, unten blühen die Lampions im Baum, und die Leute sind klein und weit weg.

Die lustigen Heububen mitsamt festlichem Stimmenge-
wirr und vereinzeltem Gelächter dringen nur gedämpft
von unten herauf. Irgendein Balken knarrt leise. Hildes
Haare riechen gut. Hildes Nacken riecht gut. Die ganze
Hilde riecht gut. Ganz vorsichtig legt Herbert seine Arme
um Hilde herum. Da vorne auf ihrem Bauch bleiben seine
Hände liegen, da liegen sie gut, da können sie sich ausruhen. Hilde ist warm und weich und atmet. Herbert atmet
auch. Ruhig und tief. Und auf einmal weiß Herbert nicht
mehr, ob das jetzt eigentlich sein Atmen ist oder das von
Hilde. Aber das ist ihm egal. Das macht jetzt auch keinen
Unterschied mehr.

So sind also Herbert und Hilde aneinandergelehnt dagestanden, haben beim kleinen Kirchturmfenster hinausgeschaut, haben miteinander und ineinander geatmet, wenig
gedacht und viel gefühlt. Eine Weile ist das so gegangen,
dann haben Herberts Beine angefangen wehzutun. Hildes
Beine auch. Also haben sie sich auf den Boden gesetzt,
nebeneinander, die Rücken an einen hölzernen Balken gelehnt, Herbert hat seinen Arm um Hildes Schulter gelegt.
Hilde hat ihren Arm um Herberts Schulter gelegt. Geredet haben sie nichts. Nur dem leisen Fest dort unten haben sie zugehört. Irgendwann sind sie eingeschlafen. Wer
zuerst, weiß man nicht, wahrscheinlich aber beide gleichzeitig. Herbert hat noch versucht, herauszuhören, was Die
Heububen denn da jetzt für ein nächstes Lied anreißen,
irgendwie ist es ihm bekannt vorgekommen, schön war es
auf alle Fälle, romantisch sogar, mit Melodie und Moll und
Dur und allem Drum und Dran, vielleicht von der Nana
Mouskouri, hat sich Herbert gedacht, könnte ja immerhin

sein, aber auf einmal war er weg, der Tag war aus, und der Schlaf war tief, traumlos und weich.

Das Erwachen war anders. Aber wirklich ganz anders. Und schuld daran ist der Katholizismus. Bekanntlich geht der Katholizismus ja ganz gerne seine eigenen Wege, und wenn da keine sind, macht er sich welche. Da kennt er nichts, da bleibt er stur, da schaut er nicht nach links, da schaut er auch nicht nach rechts, da schaut er überhaupt nirgendwo mehr hin, da ist ihm alles andere praktisch scheißegal. Zum Beispiel andere Religionen, solange sie nicht stören. Oder andere Meinungen. Oder das große Schlachtsaufest mitsamt seinen Auswirkungen auf den nächsten Arbeitstag. Das große Schlachtsaufest hat keinen kirchlichen Ursprung und ist dem Katholizismus also ganz besonders scheißegal. Und darum wird geläutet. Wie jeden Morgen wird auch am Montagmorgen geläutet, und zwar pünktlich um sieben Uhr. Weil man eben den Tag begrüßen soll oder preisen oder einfach wegen der Gewohnheit oder nur, um sich immer wieder in die morgendlich leeren Köpfe der Gläubigen hineinzuläuten.

Jedenfalls ist auch heute der Pfarrer missmutig von der Pfarrwohnung zur Kirche hinübergeschlurft, hat ein in die Wand eingelassenes Kästchen hinter dem Altar geöffnet, hat ein lautes Gähnen absichtlich nicht unterdrückt, hat eine kurze Weile dem Nachhall seiner Stimme zugehört, dann zwei Hebelchen umgelegt und den großen Kirchturmglockenläutknopf gedrückt. Dann hat er noch einmal gegähnt, hat sich an die Wand gelehnt und an etwas Angenehmes gedacht. An den lieben Gott vielleicht. Oder an das Frühstück. Oben hat die Glocke eine Weile gebraucht, um den Befehl zu kapieren, träge hat sich irgendein Motor in Bewegung gesetzt, etwas hat gesurrt, etwas hat gequietscht, die Balken haben geknarrt und gemurrt, als ob ihnen alles wehtun würde, die Glocke ist ins Schwingen gekommen, langsam und behäbig zuerst, dann schneller und ausgreifender und noch ein bisschen schneller und noch ein bisschen ausgreifender, und dann ist es losgegangen.

Der erste Glockenschlag hat schon ausgereicht, um Herbert und Hilde sofort und gleichzeitig aus dem Schlaf zu schütteln. Aufwachen und Aufspringen war fast eines, praktisch ohne Zeitverzögerung. Beim zweiten Glockenschlag hat es Herbert gleich wieder umgeschmissen. Wie ein nasser Fetzen ist er über einem Balken gehangen. Hilde war da schon standfester. Die hat sich die Ohren zugehalten, komischerweise hat sie dabei auch beide Augen zugedrückt, hat den dritten Glockenschlag abgewartet, hat dann, so schnell es geht, Herbert vom Balken hochgenommen und ist mit ihm die paar Schritte zur Treppe hinübergestolpert. Der vierte Glockenschlag hat beide hart in den Rücken getroffen, dann die ersten Stufen, weiter, schneller, den Kopf einziehen, noch schneller, nur nicht stürzen jetzt, immer rundherum in der engen Spirale, und noch ein bisschen schneller, ein Tritt gegen die kleine Tür, in den Kirchenraum hinaus, am Beichtstuhl und am immer noch schläfrig an der Altarwand lehnenden Pfarrer vorbei, durch den Mittelgang und durch die große, schwere Tür in den Tag, ins Licht, in die Sonne hinaus.

So sind Herbert und Hilde also wieder auf der Kirchwiese gestanden und haben sich in der frühen Morgensonne zurechtgeblinzelt. Die Reste vom Schlachtsaufest haben sie sich lieber nicht anschauen wollen. Manches muss man nicht gesehen haben. Stattdessen haben sie sich in die Gesichter geschaut. Und Herbert hat was gesagt.

»Kannst kommen. Heute Abend. Zum Beispiel um halb sieben. Da gibt es was zu essen. Bei uns daheim, meine ich!«, hat Herbert gesagt. Hilde hat nur genickt. Und damit war Herbert zum zweiten Mal in seinem Leben verabredet und ist gegangen. Nach Hause nämlich. Hilde ist auch gegangen. Aber nicht nach Hause, sondern ins Schwimmbad. Dort wird sich ja genug Dreck angesammelt haben übers Wochenende.

DIE SUPPE UND DER FISCH

So eine Suppe gibt es kein zweites Mal auf der Welt. So eine Suppe ist einmalig. Heiß ist die und bunt und so dickflüssig, dass die Fliegen darauf spazieren gehen könnten, wenn sie nur wollten. Mit allerhand verschiedenen Inhalten, Fleisch, Wurst, Kartoffeln, Gemüse und so. Das alles schwimmt nicht, das steckt da drinnen fest. Da könnten sich ganze Kindergärten satt essen, an so einem Suppenteller. Nicht nur Herbert, die Mutter und Hilde. Die drei sitzen nämlich jetzt gerade am kleinen Tisch im Wohnraum und löffeln und stochern in ihren Tellern herum. Frau Szevko und Herbert kennen das ja schon. Seit vielen Jahren gibt es diese Suppe, schon zu Zeiten des seligen

Herrn Szevko hat es diese Suppe gegeben, diese Suppe gehört praktisch zur Familie.

»Schmeckt es dir?«, fragt die Mutter.

»Ja!«, sagt Hilde. Vielleicht stimmt das ja auch.

»Dann ist es gut«, sagt die Mutter. Herbert fragt sie nicht. Noch nie hat sie ihn gefragt. Deswegen weiß sie auch nicht, dass ihrem Sohn graust vor dieser Suppe. Immer schon, seit Herbert denken kann, graust ihm vor dieser Suppe. Schon wenn sich beim Kochen der Suppengeruch im ganzen Haus breitmacht, wird ihm jedes Mal schlecht. Und wenn er die Suppe dann vor sich auf dem Tisch stehen sieht, verkrampft sich irgendetwas in seiner oberen Bauchgegend und entspannt sich erst wieder ganz langsam in den nächsten Tagen. Aber die Mutter hat eben nie gefragt, und Herbert hat also nie etwas gesagt. Still hat er ein Leben lang Löffel um Löffel hinuntergeschluckt. Und still tut er das auch jetzt.

Hilde ist pünktlich um halb sieben mit ihrem kleinen blauen Fahrrad auf die Tankstelle gewackelt. Ein weißes Leibchen hat sie angehabt, einen gelben Rock, Turnschuhe und keine Socken. Ansonsten war alles wie immer: die Beine prall, der Hintern prall, die ganze Hilde prall, Sommersprossen und keine Frisur. Herbert hat es gefallen. Der ist neben seiner Mutter unter dem Tankstellenvordach gestanden und hat begrüßungsbereit gelächelt. Hilde hat das Fahrrad abgestellt und Grüß Gott gesagt, Frau Szevko hat schief geschaut, Herbert hat eine kleine Verbeugung gemacht und ist sich deswegen gleich auch ein bisschen blöd vorgekommen.

»Sie sind also die Hilde!«, hat Frau Szevko gesagt.

»Du!«, hat Hilde gesagt.

»Wie bitte?«, hat Frau Szevko gefragt.

»Du!«, hat Hilde gesagt. »Sie können Du zu mir sagen.«

Da hat Frau Szevko ernst genickt und im Moment gar nichts mehr zu sagen gewusst. Dann ist sie vorausgegangen, an den Zapfsäulen vorbei, an der Mauer vorbei, durch den Garten, ins Haus und in den Wohnraum hinein. Die Suppe ist schon dagestanden und hat gedampft. Alle haben sich gesetzt, und Frau Szevko hat leise ein Gebet gemurmelt, danke für dieses und jenes, vor allem aber für die Gesundheit und für das Essen und auch sonst für alles Mögliche, schöne Grüße noch an den seligen Herrn Szevko, lieber Herrgott, so, guten Appetit und amen. Und dann haben Frau Szevko, Herbert und Hilde zu essen begonnen.

Unauffällig, aber genau schaut sich die Mutter diese Hilde an. Sehr unauffällig. Und ganz genau. So aus den Augenwinkeln und über den Suppenlöffel hinweg.

Die hat ja einiges auf den Knochen, denkt sie sich, beleibt nennt man das heutzutage in den bunten Magazinen, rund und gesund oder moppelig, in Wirklichkeit aber ist das ganz einfach nur dick, um nicht zu sagen: fett. Aber gut, der Herbert wird schon wissen, wo er hinschaut. Wobei: Ganz sicher kann man sich bei dem Buben ja nie sein. Und jetzt schaut die Mutter sich ihren Herbert an, auch sehr unauffällig und ganz genau. Leicht hat sie es ja nie gehabt, mit dem Buben, die schwere Geburt und die Krankheit und überhaupt alles. Ihr ganzes Leben hat sie geopfert für ihn, praktisch in die Dienste der Mütterlichkeit gestellt, aber gern hat sie das gemacht, natürlich, ausgesprochen gern sogar, eine Mutter ist eine Mutter und bleibt auch eine Mutter bis in den Tod hinein oder vielleicht auch noch darüber hinaus. So ist das eben.

»So, Hilde, das war das Essen«, sagt Herbert, schiebt den Teller weit von sich weg und steht auf. »Und jetzt zeige ich dir erst einmal alles!«

Zuerst hat er ihr den Garten gezeigt. Den winzigen kreisrunden Teich, die Plastikwindmühle, die Plastikseerosen, die Geranien, die Beete und die Campingliegen. Dann durch das niedrige Gartentürchen, am Zaun entlang, an der Mauer entlang, über die rissige Betonfläche zur Tankstelle. Die Waschanlage hat er ihr gezeigt, mitsamt Bürsten, Schläuchen und Knöpfen, die kleine Werkstatt mit dem eisernen Rollo, den seit Jahren schon niemand mehr aufgezogen hat, die Zapfsäulen, ein bisschen altmodisch schon, aber immer noch funktionell, die Luft, das Wasser, den Ölkanister, das Kundenklo. Den Verkaufsraum natürlich, die Kasse, den Verkaufstresen, das ganze Angebot, Zeitungen, Zeitschriften, Kekse, Bier, Motoröl und die anderen Sachen. Und natürlich das stimmungsvolle Poster an der Verkaufsraumrückwand. Ein Südseeposter ist das, mit Palmen, Strand, Meer und untergehender Sonne. Oder aufgehender Sonne, wer weiß das schon, aber das macht in der Südsee wahrscheinlich sowieso keinen großen Unterschied. Dieses sehr stimmungsvolle Poster jedenfalls haben Herbert und Hilde sich eine Weile angeschaut. Dann sind sie wieder zurück ins Haus gegangen. Die Suppe hat immer noch gestunken, in der Küche hat die Mutter leise rumort, Fotos vom alten Szevko waren an der Wand, hier

Mamas Zimmer, ein kurzer Blick ins Halbdunkel, und weiter, den Wohnraum kennt Hilde ja schon, die kleine Abstellkammer daneben, die Stufen hoch, Vorsicht mit dem Kopf, wieder ein paar Wandfotos, oben dann der Flur, das Bad, das Klo und hier, jetzt endlich: Herberts Zimmer.

So etwas hat Georg auch noch nicht erlebt: Dass gleich zwei Menschenköpfe gleichzeitig zu ihm ins Aquarium hineinschauen. Und zwar von zwei verschiedenen Seiten. Wahrscheinlich schwimmt er deswegen so aufgeregt in seinem engen Zuhause herum. Weiß gar nicht mehr, wohin er sich zuerst drehen, wohin er zuerst schauen soll mit den runden Fischaugen. Verstecken kann er sich nirgends und versucht es trotzdem, immer wieder verschwindet er kurz hinter dem kleinen Schiffswrack. Aber eben nur kurz. Dann kommt er wieder hervor und gräbt ein bisschen in den weißen Kieselsteinen herum.

»Das ist Georg!«, sagt Herbert. Grünlich spiegeln sich die Wellen in seinem Gesicht. In Hildes Gesicht auch.

»Aha«, sagt Hilde und beugt sich noch etwas weiter ans Aquarium heran. Fast schon berührt ihre Stirn die gläserne Wand. Wie einer von diesen oft besuchten und noch viel öfter fotografierten Kreidefelsen an einem windigen Oststrand muss diese Stirn jetzt für Georg aussehen. Hoch und weiß und glatt.

»Den Namen habe ich ihm gegeben«, sagt Herbert. Auch er hat sich weiter hinunter und näher heran gebeugt. Gekrümmt wie ein hochalpines Viadukt steht er da und schaut zu Georg hinein.

»Siehst du den Streifen?«, fragt Herbert.

Ganz genau schaut sich Hilde den blässlichen Streifen

an Georgs gelber Seite an. Und die Seitenflossen, wie die so leicht und wellig herumfächeln, zart wie Seidenpapier, ganz fein gefältelt und fast durchsichtig. Die hintere Flosse ist größer und dunkler und fächelt nicht. Mit der schlägt Georg manchmal seitlich aus und schießt dann wie ein kleiner, gelber, kugeliger Blitz ein paar Zentimeter nach vorne. Und die Augen, rund und dunkel und irgendwie blöd, Fischaugen eben. Da stecken sicher nicht allzu viele Gedanken hinter solchen Augen, denkt sich Hilde, vielleicht sogar überhaupt gar keine.

»Und wie findest du sie?«, fragt Herbert.

»Wen?«, fragt Hilde.

»Die Mama«, sagt Herbert und schaut durchs Aquarium hindurch Hilde direkt in die Augen.

»Ja«, sagt Hilde, »da gibt es gar nichts zu sagen. Normal eben. Gut sogar. Ziemlich gut!« Da ist Herbert zufrieden. Eigentlich könnte er jetzt wieder wegschauen. Tut er aber nicht. Weil er nicht kann. Weil er weiter Hilde anschauen muss. Und Hilde muss Herbert anschauen. Und so stehen sich die beiden also gebückt gegenüber und schauen sich durchs grünlich schimmernde Aquarium hindurch direkt in die Augen. Und dazwischen schwimmt der Fisch Georg herum und kennt sich nicht aus.

Am nächsten Tag ist Herbert wieder ins Schwimmbad gegangen. Diesmal mit einer richtigen Badehose. Und mit einer Badehaube. Frau Horvath ist im Kassenräumchen gesessen und hat sich im Gesicht herumgemalt, der Bademeister war in seinem Kämmerchen, hat geschlafen und schlecht gerochen, die beiden Kröten mit den Blumenköpfen waren da und drei ältere Herren, die sind in Bademänteln an einem weißen Plastiktisch gesessen, haben Bier getrunken, Karten gespielt und nichts geredet.

Hilde ist im weißen Kittel an der Wand gestanden und hat die Kacheln geputzt. Herbert ist gleich zu ihr hinge-gangen, ziemlich lässig hat er sich das Handtuch über die eine Schulter geworfen, hat den Daumen der einen Hand in die Badehose eingehakt, sich mit der anderen Hand an die Wand gelehnt und mit Hilde geredet. Leider ist aber bald der Bademeister aufgewacht und hat von seinem ho-hen Fensterchen irgendetwas Schlechtgelauntes zu Hilde heruntergeschrien. Hilde hat sofort konzentriert weiterge-putzt, und Herbert hat sich auf eine Liege gelegt und zur Decke hochgeschaut.

Und auch am nächsten Tag ist er gekommen. Und am übernächsten. Und auch die folgenden Tage. Und dann ist er einmal am Abend vor dem Eingang gestanden und hat Hilde abgeholt. Die hat sich gefreut und ist mit ihm quer durch das Dorf gegangen. Zu ihrer Wohnung. Ein paar Leute haben geschaut, aber das hat den beiden nichts ausgemacht.

Hildes Wohnung war gar keine Wohnung, sondern ein winziges Loch im Keller vom Gemeindeamt. Die Wän-de waren kühl und feucht, in zwei Ecken war der graue Schimmel, die Decke war niedrig, ein Schrank war da, ein Bett, ein Tisch, ein Stuhl und eine Lampe. Der Lampen-schirm war ein Blechtopf, der Teppich ein Fetzen, kein Fenster und sonst nichts weiter. Aber billig ist die Woh-nung, hat Hilde gesagt oder eigentlich sogar umsonst, weil nämlich die Schwimmbadverwaltung zahlt, oder die Gemeinde, aber das ist ja wahrscheinlich sowieso dassel-be, hat Hilde gesagt. Dann hat sie sich auf das Bett gesetzt und hat Herbert mit einer kleinen Handbewegung eingeladen, sich neben sie zu setzen. Lange sind sie so dagesessen und haben allerhand geredet. Über die Arbeit im Schwimmbad, über die Arbeit an der Tankstelle, über die Mama, über das Wetter und so weiter und so fort. Dann ist ihnen nichts mehr eingefallen. Schweigend sind sie nebeneinander gesessen, kalt ist es geworden, die Glühbirne hat leise gesirrt, und es war trotzdem schön. Mehr nicht.

Noch am selben Abend hat Herbert seine Mutter etwas gefragt. Und die hat nein gesagt, Herbert hat noch einmal gefragt, und die Mutter hat wieder nein gesagt, und noch einmal hat er gefragt, diesmal schon mit einem beachtlichen Nachdruck in der Stimme, die Mutter aber hat nur den Kopf geschüttelt und sich weiter um das dreckige Geschirr gekümmert. Also gut, hat Herbert gesagt, hat sich die rosaroten Gummihandschuhe ausgezogen und sie in die Spüle geschmissen, gut, dann bring ich mich eben um! Und damit ist er hinausgelaufen, ist über den Gartenzaun gesprungen, über die Betonfläche und über den Grünstreifen gerannt und hat sich mitten auf die Straße gelegt. Die Mutter ist ihm nachgelaufen und hat eine Weile auf ihn eingeredet, zuerst leise, dann lauter, dann noch lauter, schließlich hat sie geschrien und sogar ein bisschen getobt, Herbert hat aber immer nur den Kopf geschüttelt und sich irgendwann vom Rücken auf den Bauch gedreht. Als dann ganz weit vorne ein Lastwagen auf der Landstraße aufgetaucht ist, ist die Mutter handgreiflich geworden, hat Herbert bei den Füßen gepackt und ihn von der Straße auf den Grünstreifen gezogen. Der Lastwagen ist vorbeigefahren, Herbert hat sich von der Mutter losmachen können, ist wieder zurück auf die Straße gekrochen und hat sich wieder der Länge nach hingelegt. Und das war dann der Zeitpunkt, wo die Mutter aufgegeben hat. Also gut, hat sie gesagt, von mir aus, meinetwegen! Und am nächsten Tag ist Hilde Matusovsky bei Herbert und seiner Mutter eingezogen.

DER MOND IM NETZ

Der gelbrote Tankstellenkittel sieht eigentlich fast noch besser aus als der weiße Schwimmbadkittel, denkt sich Herbert, der passt wie angegossen, gibt den Bewegungen Freiheit und der Figur Platz, und zwar ohne Falten zu schlagen, überhaupt sieht die ganze Hilde irgendwie noch besser aus als vor ein paar Tagen im Bad, denkt er sich, wie sie da so steht unter dem Tankstellenvordach und das Benzin vom Beton neben den Zapfsäulen schrubbt, als ob sie nie was anderes getragen und nie was anderes getan hätte, denkt er sich. Herbert sitzt nämlich drinnen im Verkaufsraum hinter der Kasse, hat ein paar Rechnungen und noch irgendwelche anderen Zettel vor sich und lässt sich immer wieder ablenken. Immer wieder muss er zu Hilde hinausschauen, was sie macht, wie sie das macht, wie sie dabei ausschaut.

Die ersten paar Tage waren gar nicht leicht. Für niemanden. Für die Mama nicht, die hat sich meistens entweder in die Küche verkrochen oder zwischen den Geranien oder in den Beeten herumgestochert. Für Hilde nicht, immerhin war ja alles neu und ungewohnt, rein menschlich gesehen, aber auch die Arbeit, schließlich ist eine Tankstelle kein Schwimmbecken. Und natürlich auch für ihn selbst nicht. Gerade für Herbert selbst war es eigentlich sogar ziemlich schwer. Eine zweite Frau im Haus.

Einmal vor ein paar Jahren war eine Tante zu Besuch. Der Onkel ist prostatabedingt abgetreten, und die Tante hat vorübergehend in Herberts Zimmer gewohnt. Herbert hat währenddessen bei der Mama im Doppelbett geschlafen. Das ist gut gegangen, das Bett ist groß, und die Mama und er kennen sich ja schon lange. Die Tante hat viel gebetet, viel ferngeschaut und sich überraschend schnell wieder erholt. Nach ein paar Tagen war sie wieder weg. Schon kurz darauf hat sie einen neuen Onkel gefunden, der war ihr angeblich sowieso viel lieber als der erste. Danach hat Herbert nie wieder etwas gehört von der Tante. Jedenfalls war das alles kein Problem damals.

Aber jetzt ist das etwas ganz anderes. Hilde schläft auch in Herberts Zimmer. Aber Herbert schläft nicht mehr in Mamas Bett.

Ungewohnt ist das, so einen fremden Körper neben sich zu haben. Ungewohnt ist es, wie sich die Matratze verformt, über all die Jahre hat sich Herbert eine ganz persönliche Schlafkuhle in seine Matratze hineingedrückt, da liegt er gut, da kennt er sich aus, da passt er hinein, den einen Arm nach vorne, den anderen angenehm verklemmt zwischen den Schenkeln, die Beine angewinkelt, den Rücken rundlich gebogen, das ist Herberts Schlafstellung. Aber diese Kuhle beginnt sich jetzt langsam zu verformen. Wahrscheinlich weil die Matratzeninnereien von Hildes

Gewicht verdrückt, durcheinandergebracht und insgesamt verschoben werden. Da sind Ausbuchtungen, wo früher keine waren, Wölbungen, Beulen und Hügel.

Ungewohnt sind auch die Geräusche. Weniger das Reden. Hilde redet ja angenehm wenig, und wenn, dann unaufgeregt langsam. Und Herbert redet abends sowieso nicht gerne. Gute Nacht, Schlaf gut und aus. Hildes Atemgeräusche sind ungewohnt. Und manchmal das leise Schnaufen im Schlaf. Und das noch viel leisere Knistern. Stundenlang ist Herbert so dagelegen in den letzten Nächten und hat überlegt, wo denn eigentlich dieses leise Knistern herkommen könnte. Irgendwann ist er dann zu dem Schluss gekommen, dass das Haare sein müssen, Hildes Haare auf dem Kissen. Aber welche Haare? Diese Frage hat Herbert überhaupt keine innere Ruhe mehr gelassen in den letzten Tagen.

Ungewohnt ist aber auch der Geruch. Den hätte Herbert nicht beschreiben können, den hätte wahrscheinlich niemand beschreiben können, irgendwie fein, irgendwie nach Seife, nach Zahnpasta, nach Haut, Haaren und Frau. Ungewohnt eben. Aber nicht unangenehm. Im Gegenteil, gerne hat Herbert hinübergeschnuppert zu diesem warmen, atmenden, leise schnaufenden und knisternden Körper neben ihm, sehr gerne sogar. Mit diesem Duft ist er eingeschlafen und wieder aufgewacht. Und ehrlicherweise muss man sagen: Dieser nicht zu beschreibende Duft hat ihm über viele Hemmnisse hinweggeholfen und hinweggetröstet in den ersten Tagen nach Hildes Einzug.

In einem kleinen Fröhlichkeitsanfall stopft Herbert die Rechnungen und die Zettel in eine Schublade unter der

Kasse, steckt die Hände in die Kitteltaschen und schlendert fast unverschämt lässig aus dem Verkaufsraum hinaus und zu den Zapfsäulen hinüber, praktisch ein freier Mann mit Vergangenheit und Aussichten, bis obenhin angefüllt mit jugendlichem Selbstbewusstsein.

»Siehst gut aus!«, sagt Herbert. Hilde nickt und sagt nichts. Stattdessen schrubbt sie weiter am Boden herum.

»Das Rot. Das steht dir. Und das Gelb sowieso!«, sagt Herbert. Hilde nickt und schrubbt. Sagen tut sie noch immer nichts. Vielleicht weil ihr nichts einfällt in dem Moment. Aber auf einmal kommt Herbert sich ein bisschen komisch vor, wie er so dasteht, so schief, die Hände in den Kitteltaschen. Die fröhliche Lässigkeit beginnt sich zu verabschieden, Herbert kann förmlich zuschauen, wie sie ihm aus den Schuhen heraussickert und langsam mit Hildes Putzwasser zu einer dreckigen Pfütze zusammenrinnt.

»Ist schon besser, hier bei uns« sagt er, »das Hallenbad war doch nichts. Schon wegen der Luftfeuchtigkeit.« Hilde schrubbt. Nicken tut sie nicht mehr.

»Und dieses Zimmer«, sagt Herbert, »das war ja noch feuchter! Nein, nein, da ist es jetzt schon besser. Oder?« Hilde sagt nichts. Nickt nicht. Schrubbt auch nicht mehr. Steht nur mehr da und schaut auf den Boden.

»Oder?«, fragt Herbert noch einmal. Ganz leise fragt er das. Und auf einmal kommt er sich vor wie ein kleiner Bub. Viel kleiner noch, als er jemals gewesen ist. Und mit seinen Händen weiß er überhaupt nichts mehr anzufangen. Die hängen einfach nur herunter und machen nichts. »Oder?«, fragt er noch einmal. Noch leiser als zuvor. Niemand kann das gehört haben. Nicht einmal Herbert selbst. Der Wind geht ein bisschen. In einer Zapfsäule knackt es leise. Ein Vogel zwitschert von irgendwoher. Sonst ist es still an der Tankstelle.

Hilde schaut auf. Aber nicht in Herberts Augen schaut sie, das nicht, irgendwo knapp darüber will sich ihr Blick anhalten, irgendwo an Herberts hoher Stirn. Und jetzt blinzelt sie. Und sagt etwas.

»Musst mich auch einmal anfassen«, sagt Hilde. Dann taucht sie den Schrubber in den Eimer, platscht ein bisschen da drinnen herum, zieht ihn wieder heraus und schrubbt weiter. So ein Tankstellendreck ist nämlich hartnäckig.

Da erzählt wieder irgendjemand allerhand Gutgelauntes von den weißen Bergen, den grünen Almen, den gesunden Kühen, mitsamt ihren noch gesünderen Kälbern, von der reinen Luft, dem saftigen Gras, den würzigen Schnäpsen, von den lieben Mädchen mit den blonden Zöpfen, von den schneidigen Burschen mit den roten Backen und natürlich von der Musik, der echten, einzigen, der ehrlichen und ursprünglichen Musik: von der Volksmusik. Und dann geht es auch schon los. Und zwar richtig. Ein schönes Lied ist das. Mit Platteln und Jodeln und Juchzern und allem dazugehörigen Drum und Dran. Genauso schön wie all die vielen anderen Lieder, die es da gibt. Wobei für Herbert ehrlicherweise sowieso ein Lied wie das andere klingt. Überhaupt, denkt sich Herbert, vielleicht ist es ja so, dass es in Wirklichkeit nur ein einziges Volksmusiklied gibt, wäre ja immerhin möglich, um nicht zu sagen: wahrscheinlich. Die ganze Volksmusikbranche mitsamt ihren Sendungen, Stadln, Stadthallenfeiern und Bierzeltfesten lebt vielleicht in Wirklichkeit nur von einem einzigen

Lied, das geschickt variiert, in allen möglichen Versionen und mit nur geringen Abweichungen immer wieder dargeboten wird, nur eben von verschiedenen Leuten, mit anderen Frisuren, anderen Kostümen und anderen stimmungsvollen Bühnen- oder Freiluftdekorationen als Hintergrund. Vielleicht, denkt sich Herbert weiter, sitzen all diese Leute, die Sänger, die Moderatoren, die Musikanten, die kleinen jodelnden Buben, die kleinen trällernden Mädchen und vor allem auch das Publikum, schon lange in der Hölle, in einer Art Volksmusikhölle, und wissen es nur nicht. Noch nicht. Ist es dann aber überhaupt eine Hölle, wenn die Leute gar nichts von ihr wissen, denkt sich Herbert weiter, wahrscheinlich nicht, die Hölle beginnt mit dem Bewusstsein, denkt er sich. Aber damit lässt Herbert das Denken wieder. Das ist ihm heute ein bisschen zu ausschweifend und zu anstrengend nach so einem langen Tag. Außerdem ist das ja auch nichts Neues mehr. Seitdem er denken kann, hört er die verschiedenen abendlichen Fernsehstimmen aus Mutters Zimmer leise zu ihm heraufdringen, manchmal wird ernst geredet, dann ist es ein Krimi, oft wird noch ernster geredet, dann ist es ein Liebesfilm; aber meistens wird eigentlich lauter Blödsinn geredet und eben dieses eine Lied variantenreich dargeboten, dann ist es eine Volksmusiksendung. So wie heute.

Herbert liegt im Bett und streckt und reckt sich. Ein bisschen knackt es da und dort im Kreuz. Angenehm eigentlich. Im Hals klopft es. In den Schläfen auch. Der Puls. Das Herz. So richtig will Herbert nicht zur Ruhe kommen heute Abend. Aber das ist auch notwendig und gut so. Herbert hat nämlich was vor.

Georg trudelt an die Oberfläche. Sinkt wieder an den kieseligen Grund, trudelt hoch, sinkt wieder. Der wird schon wissen, warum.

In einem wohligen Anfall wirft Herbert sich im Bett herum und gähnt laut. Genau in diesem Moment geht die Tür auf, und Hilde kommt herein. Das ist auch nichts Neues mehr. Jeden Abend seit ihrem Einzug kommt Hilde zur ungefähr gleichen Uhrzeit herein. Vom Badezimmer kommt sie, gewaschen hat sie sich, die Zähne hat sie geputzt, und auch sonst hat sie allerhand Sachen gemacht, die Frauen eben so machen, abends im Badezimmer. Einen Bademantel hat Hilde an. Immer hat sie diesen Bademantel an, auch heute natürlich wieder.

Herbert hat sein lautstarkes Gähnen bei Hildes Eintreten abrupt abgewürgt und sich die Decke schnell bis knapp über die Nase und bis halb über die Ohren gezogen. Gerade eben so kann er darunter hervorschauen. Und deswegen sieht er jetzt auch, wie Hilde zum Fenster geht und es weit aufmacht. Nie ist dieses Fenster jemals offen gewesen in der Nacht, sogar die Vorhänge waren immer zugezogen. Und nie wäre Herbert auf die Idee gekommen, an diesem Zustand etwas zu ändern. Vielleicht ist er deswegen auch ein Leben lang, in so vielen Nächten, stundenlang schwitzend wach gelegen, alleine mit der stickigen Dunkelheit im Zimmer und mit seinen flirrenden Gedanken im Kopf. Das ist jetzt vorbei. Hilde schläft bei offenem Fenster und offenen Vorhängen. Seitdem riecht es besser, und Herbert schläft, kaum unter der Decke, schnell und gedankenlos ein. Heute natürlich nicht. Weil er ja was vorhat.

Draußen steht hoch der Mond, eine kleine mattweiße Kugel im rechten oberen Fenstereck. Als ob sich diese kleine Mondkugel dort in einem Spinnennetz verfangen hätte, so schaut das aus. Hilde steht mitten im Zimmer und zieht sich den Bademantel aus. Das macht sie jeden Abend, aber Herbert hat sich noch nie getraut, hinzuschauen. Heute schon. Ganz genau schaut er am Deckensaum vorbei und zu Hilde hin. Ganz genau sieht er, wie sie den Bademantel abstreift und wie selbstverständlich über die Stuhllehne legt. Ein wenig baumelt der Frotteeärmel noch nach. Die einzige Bewegung im Zimmer für einen Moment. Und dann sieht er Hildes Nachthemd. Weiß ist das und kurz und ohne Ärmel, einfach nur so fadendünne Trägerchen hat es. Und Herbert sieht, wie das mattweiße Mondlicht über Hildes runde Schulterhügel rinnt. Überhaupt steht die ganze runde Hilde jetzt da, wie vom Mondlicht übergossen. Aber nur kurz. Drei Schritte, und sie ist im Bett. Herberts Kuhle verformt sich mit jeder ihrer Bewegungen, da verschiebt sich etwas, da rutscht Herbert ein wenig ab, da wird er ein wenig hochgehoben, ein kleines Matratzenbeben ist das. Und dann ist alles wieder ruhig.

»Gute Nacht«, sagt Hilde.

Herbert sagt nichts. Stattdessen hört er eine Weile seinem Herzen zu. Das klopft ihm durch das Kissen direkt ins Ohr. Das will noch nicht schlafen. Herbert atmet tief ein. Und dann gibt er sich einen Ruck, dreht sich um und kriecht zu Hilde unter die Decke. Energisch macht er das, voll überschäumender, geradezu übermütiger Lust. So hat er sich das zumindest vorgenommen. So sind die Männer eben. Herbert auch. Ein energischer junger Mann, der weiß, was er will, bereit, die Bedürfnisse seiner Partnerin zu stillen. Und seine eigenen sowieso. Er legt seinen Arm um Hilde. Ihr Körper ist warm. Und weich. Noch viel weicher als damals im Kirchturm. Herbert schnauft und steckt sein Gesicht in ihren duftenden Nacken hinein. Sein Herz schlägt wie verrückt. Ganz genau hört er das. Wahrscheinlich hört Hilde das auch. Jeder würde das hören, das ganze Bett bewegt sich ja im Takt zu Herberts Herzschlag. Und jetzt dreht Hilde sich um. Wie eine warme, weiche Welle kommt sie ihm entgegen. Herbert lächelt. Die Leute lächeln ja auch immer in diesen Filmen, während dieser Szenen. Außerdem geht es ihm gut. Sehr gut sogar. Eben ein junger Mann, der weiß, was er will. Etwas knistert leise. Die Haare. Herberts Hand liegt auf einmal an Hildes Hüfte. Wie die dahin gekommen ist, weiß er nicht. Und jetzt schiebt diese Hand das Nachthemd hoch. Ein bisschen erstaunt spürt Herbert seiner eigenen Hand nach. Unter der Handfläche beginnt es zu brennen. In der Brust auch. Der Atem ist flach und schnell. Obwohl ja eigentlich alles so schön ruhig sein könnte.

Unten freut sich jemand über die sauberen Sennerinnen im satten Kräutergras. Bis hierher, unter die Decke, bis hinein in Herberts und Hildes dunkle Deckenhöhle juchzt sich die Ahnenfröhlichkeit herein.

Hilde macht ein kleines Geräusch. Und auf einmal sind ihre Hände da. Eine an seiner Wange, eine an seinem Bauch. Die an der Wange bleibt einfach liegen. Die andere wandert langsam am Unterhosengummi entlang. Oben ist Hildes Atem und unten ihre wandernde Hand. Das kann niemand aushalten.

Herbert schmeißt sich in einem einzigen Schwung

auf Hilde drauf. So geht das. So muss das doch gehen. Aber mit einem Mal kommt er sich so schwer vor. Viel zu schwer für Hilde. Die kann ihn doch gar nicht tragen. Und mit einem Mal spürt er seine Knochen. Seine spitzen Knochen. Noch nie haben Herbert seine Knochen gestört. Jetzt schon. Jetzt sind sie ihm und seinen Vorstellungen im Weg. Kann eine Frau solche spitzen Knochen überhaupt aushalten? Hildes Hand macht sich am Unterhosengummi zu schaffen, zieht daran, zerrt daran, reißt daran, und auf einmal ist alles frei da unten. Herberts Fleisch an Hildes Fleisch. So geht das. So muss das doch gehen. Herbert spürt, wie Hilde unter ihm auseinander gleitet, ihm Platz schafft, wie sie sich öffnet. Jetzt liegt er besser. Genau so muss ein energischer junger Mann mit gewissen Vorstellungen und Absichten liegen!

Unten trompetet jemand das ewig gleiche Lied. Jung wahrscheinlich, blond wahrscheinlich, mit Zöpfen und Dirndl und klobigen Schuhen wahrscheinlich. Plötzlich wird es Herbert heiß unter der Decke. Bitte nicht schwitzen, denkt er sich, bitte kein Schweiß jetzt, bitte keine Schweißtropfen, die sich von der Stirn lösen und Hilde ins Gesicht tropfen könnten. Herbert strampelt sich die Decke vom Leib. Besser. Aber jetzt kann er alles sehen. Und vor allem kann Hilde alles sehen. Den knochigen Herbert im mattweißen Mondlicht. Herbert beginnt sich zu bewegen. Ein welliges Hoch und Nieder mit dem Becken. Unten bläst sich die Trompete in immer fröhlichere Höhen. Herbert bewegt sich und keucht. Hilde sieht ihn an mit großen Augen. Und jetzt beginnt die Stirn doch feucht zu werden. Herberts Becken bewegt sich schneller, immer schneller. So geht es. So muss es doch gehen. Aber da ist eine seltsame Leere zwischen den Beinen.

Die Trompete kreischt. Eine Stimme gesellt sich dazu. Herbert schließt die Augen. Hilde vielleicht auch. Hoffentlich. Die Leere irgendwie füllen. Die Leere zwischen den Beinen. Und die zwischen Herbert und Hilde.

Die Trompete jubiliert. Die Stimme juchzt. Ein Fest des Frohsinns und der guten Laune. Für wen denn eigentlich, denkt sich Herbert, für welche Idioten denn, denkt er sich, überhaupt ist das doch alles idiotisch, vollkommen und absolut idiotisch, denkt er sich, so geht das nicht, so kann das doch nicht gehen, gar nichts kann so gehen, überhaupt nichts! Und da macht er die Augen auf und stößt sich von der Matratze ab und springt auf und rennt zur Tür und reißt sie auf und schreit hinunter, durchs ganze Haus, zum Fernseher, zur Mutter schreit er hinunter: »Kannst du nicht einmal, ein einziges Mal, diesen Vollidioten von einem Fernseher abstellen?!« Das schreit Herbert, so laut er kann und mit überschlagender Stimme. Dann haut er mit aller Kraft die Tür zu, dass es nur so scheppert, und steht da.

Unten reißen die Trompete und die Stimme mitten im gemeinsamen Refraingejauchze ab. Still ist es auf einmal im Haus. Sehr still. Nur im Aquarium plätschert es leise. Georg zieht ein paar aufgeschreckte Runden, bevor er sich langsam wieder beruhigt und zurück auf sein Kieselbett sinkt. Immer noch steht Herbert an der Tür, die eine Hand an der Klinke, die andere Hand vor seiner Scham. Aber Herberts Scham lässt sich nicht so einfach bedecken. Schon gar nicht von einer einzigen Hand. Hilde liegt im offenen Bett, eine Frau aus weißem Marmor. Ein Lüftchen weht zum Fenster herein. Es wird kühl im Zimmer. Hilde zupft sich das Nachthemd wieder dahin, wo es hingehört, klopft sich ihr Kissen zurecht, holt die Decke vom Boden hoch und schlüpft darunter. Nur noch ein paar braune Haarsträhnen schauen hervor.

Langsam kommt Herberts Herz zur Ruhe. Es fröstelt ihn leicht. Er geht zum Bett. Am Fußende liegt die Unterhose. Wie ein kleines überfahrenes Nachttier liegt die da. Er hebt sie auf, zieht sie an und legt sich hin. Einen Zipfel von der Decke zieht er sich über. Mehr braucht er nicht. Im rechten oberen Fenstereck hängt immer noch der Mond. Irgendwann wird der schon weiterwandern.

DIE GEBORGENHEIT UNTER WEISSEN BERGEN

»Die billigen Sachen nach unten, die teuren nach oben«, sagt Frau Szevko, »die Leute bücken sich nicht gerne!«

»Aha«, sagt Hilde und räumt die billigen Kekse ganz unten ins Regal ein. Die billigen Kekse, das sind die, die aus Bulgarien kommen oder aus der Ukraine oder aus noch viel entwicklungsfähigeren Ländern. Die Schachteln von den billigen Keksen sind auch nicht ganz so bunt wie die Schachteln von den teuren Keksen, und der lachende Lausbubenkopf darauf ist nicht von einem Künstler, sondern wahrscheinlich von einem unwilligen Malerlehrling entworfen und hingepinselt worden. Aber so ist das nun einmal, da kann man nichts machen, denkt sich Hilde und räumt eben die billigen nach unten. Den Staub will sie nicht bemerken. Der Staub im unteren Regal ist Hilde jetzt gerade egal. Überhaupt ist ihr der Staub im ganzen Verkaufsraum egal. Weil es ja eigentlich sowieso nicht richtig staubig ist. Insgesamt war es im Schwimmbad dreckiger. Kaum zu glauben, denkt sich Hilde, dass es in einem Schwimmbad dreckiger sein kann als auf einer Tankstelle, aber so ist es nun einmal, auch da kann man wahrscheinlich nichts machen.

»Ist nicht leicht, was?«, fragt Frau Szevko. Frau Szevko steht neben Hilde und kümmert sich um die eher teureren Sachen. Das ist besser für das Kreuz.

»Was?«, fragt Hilde.

»Na hier, für dich. Ist doch alles neu. Ungewohnt eben!«, sagt Frau Szevko.

»Geht schon«, sagt Hilde.

»Ach so. Na dann«, sagt Frau Szevko und räumt weiter im Regal herum. Mit geübter Akkuratesse macht sie das. Aber in Wirklichkeit schaut sie sich Hilde an, unauffällig natürlich. Wie die da unten hockt und die Kekse einräumt. Keine Frisur, aber viele Kilos. Dass ausgerechnet der Herbert …, aber gut, jedem das seine. Der Bub wird schon wissen, was er will. Wobei: Da kann man sich nicht so sicher sein. Wie sich der Kittel spannt da hinten! Ein Wunder, dass die Nähte das überhaupt aushalten. Hockt so da. Hat sich einfach so hineingehockt in die Tankstelle. In Herberts Leben. In ihr Leben.

Frau Szevko fasst sich ans Kreuz, bückt sich und hockt sich neben Hilde hin.

»Den Staub hättest du wegwischen können!«, sagt sie. Hilde nickt. Mit einer Hand fegt Frau Szevko die billigen Kekse wieder aus dem Regal und auf den Boden. Mit der anderen Hand wischt sie den Staub heraus, bis in die hintersten Ecken fährt sie mit den Fingern.

»Kannst nachher den Boden putzen!«, sagt sie. Hilde nickt und will aufstehen. Aber da hat sich etwas im Kittel verfangen. Oder verhakt. Oder verkrallt. Frau Szevkos Hand ist das. Die hat sich Hildes rotgelben Kittelzipfel gepackt und hält ihn jetzt fest. Komisch, wie viel Kraft so eine kleine Hand haben kann, denkt sich Hilde und bleibt unten hocken.

»Eine Tankstelle ist kein Zuckerschlecken!«, sagt Frau Szevko. Hilde schaut. Frau Szevko schaut. Ganz nah sind sich die beiden Frauen jetzt, da unten, am Fuße des Keksregals. Ganz genau kann Hilde die vielen Äderchen und Falten und Furchen im Gesicht der Mutter erkennen. Da hat das Leben gepflügt. Vor allem um die Augen herum. Wie auf einem Winterfeld schaut es da aus, ein kleiner trockener Acker liegt da rund um Frau Szevkos Augen, denkt sich Hilde, mit Scharten, Spalten, Rissen, ein paar Wurzeln und verfleckten Steinen. Und mitten im Feld glänzen die hellblauen Augen. Die wollen gar nicht so recht hineinpassen in dieses Ackergesicht, denkt sich Hilde, aber jetzt sind sie nun einmal da und schauen.

»Eine Familie ist wie ein Baum«, sagt Frau Szevko. »Der hat Wurzeln, der wächst, der breitet sich aus und trägt Früchte. Wenn sich da mal ein Vogel hineinsetzt, gehört der noch lange nicht dazu. Das braucht alles seine Zeit. Verstehst du?«

Ja. Natürlich versteht Hilde. Weil sie ja auch so langsam und verständig nickt.

»Das verstehe ich schon«, sagt sie, »aber, es ist auch so: Der Vogel frisst den Samen, der Vogel fliegt weg, der Vogel scheißt den Samen irgendwo hin – und ein neuer Baum wächst. So ist das. Ohne Vögel keine Bäume!« So viel auf einmal hat Hilde noch nie geredet. Noch nie in ihrem Leben. Aber das kann Frau Szevko natürlich nicht wissen.

»Aha«, sagt sie. Mehr fällt ihr im Moment nicht ein zu dem Thema. Gar nichts fällt ihr im Moment ein. Und so etwas kennt man ja: Da verirren sich die Gedanken, zerstreuen sich in alle Richtungen und verlieren sich dann irgendwo in einem weichen Nichts. So geht es jetzt Frau Szevko.

Hilde gibt sich einen Ruck. Aufstehen will sie, jetzt aber endgültig. Den ganzen Tag am Keksregal hocken kann schließlich auch nicht Sinn der Sache sein. Außerdem tun ihr schon die Knie weh. Aber Frau Szevkos Hand ist immer noch da, festgekrallt in Hildes Kittelzipfel, da ist nichts zu machen.

»Entschuldigung …«, sagt Hilde. Mehr sagt sie nicht. Weil sich in Frau Szevkos Gesichtsacker plötzlich etwas tut. Da bebt etwas. Gleich brechen die Furchen, denkt sich Hilde, gleich bricht das alte Furchengesicht auf. Aber auf einmal ist alles wieder ruhig im Acker. Frau Szevko hat ihre Gedanken wieder zusammengesammelt und beugt sich noch ein wenig weiter zu Hilde hin. Gesicht an Gesicht. Atem an Atem.

»Hast du dir überhaupt schon einmal seine Augen angeschaut?«, fragt Frau Szevko. »Blau waren sie bei der Geburt. Blau und offen wie der Himmel. Und sind so geblieben …« Oben flirrt das Deckenlicht. Dort hinten flirrt die Tiefkühltruhe, irgendwo dort draußen flirrt der Sommer. Jetzt fällt wiederum Hilde nichts ein. Da hocken die zwei Frauen am Keksregal und haben eigentlich alles gesagt für heute. Hilde spürt, wie sich langsam die kleine Hand am Kittelzipfel öffnet. Kurz bleibt Hilde noch so. Dann steht sie auf und geht.

Am liebsten wäre der kleine Herbert früher den ganzen Tag in der Badewanne gelegen, vergraben unter gewaltigen Bergen aus Schaum. Er hat sich dann immer möglichst wenig bewegt, um diese Schaumberge möglichst lange möglichst gewaltig zu erhalten. Über zwei Stunden ist er manchmal fast bewegungslos in der Wanne gelegen. Das hat aber nichts geholfen. Die Berge sind zu glatten, weißen Schaumwiesen zusammengefallen, das Wasser war eiskalt, und der kleine Herbert war so aufgeweicht, kraftlos und unterkühlt, dass ihn die Mutter wie einen nassen Strick aus der Wanne ziehen und hinüber ins Bett tragen hat müssen. Dort ist er dann unter gewaltigen Daunendeckenbergen gelegen, ist langsam wieder warm geworden und hat sich fast noch wohler gefühlt als unter den Schaumbergen. Geborgenheit heißt das. Aber der kleine Herbert hat dieses Wort damals noch gar nicht gekannt. Der hat sich einfach wortlos wohl gefühlt.

Der große Herbert kennt das Wort natürlich. Geborgenheit. Aber ehrlich gesagt ist ihm das egal. Immer noch sitzt Herbert gerne in der Badewanne. Zwar nicht mehr so lange, aber immer noch unterm Schaumgebirge. Wobei: Das mit dem Sitzen ist natürlich relativ. Wo nämlich der eine ganz gemütlich sitzt, muss der andere sich verbiegen oder verfalten oder sich sonst irgendwie in eine einigermaßen brauchbare Haltung hineinverdrehen. Zum Beispiel Herbert. Wie spitze Hängebrückenpfeiler, von irgendeinem wagemutigen Architekten erdacht, ragen seine Knie aus der Wanne in die Höhe. Aber er hat sich daran gewöhnt im Laufe der Jahre. Und wenn es den Kniespitzen da oben gar zu kühl wird, gleitet er eben mit dem Oberkörper langsam aus dem Wasser und taucht stattdessen Beine und Knie kurz und komplett in die wohlige Wärme.

Die Tür geht auf. Ohne Klopfen. Macht nichts, die Scham ist schaumbedeckt. Außerdem kennt Herbert das schon. Die Mutter.

Schon zum kleinen Herbert ist die Mama manchmal ins Badezimmer gekommen, hat einen Waschlappen vom Haken genommen und sich auf das Höckerchen neben die Wanne gesetzt. »Komm, beug dich vor«, hat sie gesagt, und der kleine Herbert hat es gemacht und sich gefreut. Auf den angenehm kratzenden Lappen am Rücken hat er sich gefreut oder auf die kleinen warmen weichen Wassergüsse, die ihm die Mama in den Nacken hineingewrungen hat. Manchmal hat sie den Waschlappen ins Wasser getaucht und ihn dann vollgesogen auf Herberts Ohren gepresst. Zuerst auf das eine, dann auf das andere. Schön war das. Und bei alldem hat sie wenig geredet. Eigentlich gar nichts. Und das war überhaupt das Allerschönste.

»Komm, beug dich vor«, sagt die Mutter. Ein bisschen sind ihm die Knie im Weg. Aber Herbert macht es. Er beugt sich vor. Und ein bisschen freut er sich auch. Der Waschlappen kratzt angenehm. Seit vielen Jahren kratzt dieser Waschlappen unverändert angenehm. Vielleicht ist es ja immer noch derselbe Waschlappen, denkt sich Herbert, ein unverwüstlicher Waschlappen, der Generationen überdauert. Oben ist es besonders schön. An den Halswirbeln entlang, hoch und runter, am Haaransatz entlang, links und rechts, und weiter den Nacken hinunter, über die Schultern und wieder hoch. Genau im richtigen Moment, genau bevor das Kratzen unangenehm trocken wird, taucht die Mutter den Lappen ins Wasser. So etwas hat sie im Gespür. So sind die Mütter. Jetzt das rechte Ohr, warm und weich. Und dann das linke Ohr, warm und weich. Feine kitzlige Bächlein laufen Herbert über die Wangen und über den Hals. So muss das sein.

»Herbert …«, sagt die Mutter. Und da ist so ein ernster Nachdruck in ihrer Stimme. Oder so ein nachdrücklicher Ernst. Aha, ein Gespräch also. Die Mutter möchte reden. Damit hat Herbert jetzt natürlich nicht rechnen können. Unangenehm ist ihm das. Die traditionell angenehme Badezimmerstille einfach so durchbrochen von einem nachdrücklich ernsten Gespräch.

»Was denn?«, fragt er mit hängendem Kopf und möglichst beiläufig aufgeräumter Naivität in der Stimme. Dabei spürt er immer noch den Bächlein auf Wangen und Hals nach.

»Es ist wegen der Hilde«, sagt die Mutter und drückt einen neuen warmen Schwall über Herberts Nacken aus. Herbert zieht die Schultern hoch und spannt sich in einem wohligen Schauer das Kreuz zurecht.

»Ha!«, platzt ein kleiner Lacher aus ihm heraus. »Die Hilde!« Sehr gut gelaunt ist Herbert. Warum auch nicht? Warum soll man ernste Gespräche nicht auch mit guter Laune führen dürfen? Die gute Laune praktisch als selbstverständliche Würze der Ernsthaftigkeit. Ein reifes Gespräch zwischen einer Mutter und ihrem erwachsenen Sohn braucht kein falsches Pathos. Und darum platzt gleich noch ein kleiner Lacher aus Herbert heraus.

»Jaha! Das ist schon eine, was?« Was er damit jetzt genau meint, weiß er selber nicht. Aber das macht ihm nichts aus.

»Ja«, sagt die Mutter, »aber weißt du denn eigentlich, was genau das für eine ist?« Herbert zuckt mit den Schultern.

»Was soll sie denn schon für eine sein«, sagt er, »die Hilde ist eben die Hilde.«

»Und sonst?«, fragt die Mutter

»Wie und sonst?«, fragt Herbert.

»Nichts«, sagt die Mutter, »du weißt eben nichts. Gar nichts weißt du über diese Hilde. Hast dich da hineinverschaut in irgendetwas und weißt nichts. Aber jetzt ist die ja nun einmal hier, räumt die Kekse falsch ein und frisst uns den Kühlschrank leer.«

»Moment!«, sagt Herbert. »Natürlich weiß ich was. Alles weiß ich. Genug jedenfalls. Matusovsky heißt sie, ein Fahrrad hat sie, und im Gemeindeschwimmbad hat sie gearbeitet. Ich bin ja kein Idiot. Und die Gemeinde noch viel weniger. Glaubst du, die Gemeinde stellt irgendjemanden ein, einfach so, ohne nachzufragen? Nein, das hat schon alles seine Ordnung. Und außerdem …«

Ganz plötzlich, spürt Herbert etwas. Da ist etwas. So ein Gefühl. Das richtet ihn auf. Innerlich wie äußerlich. Kerzengerade ragt sein Oberkörper plötzlich aus der Badewanne heraus. Das ist die Kraft der reifen Männlichkeit. Ganz genau spürt Herbert die. Aus ist es jetzt mit dem bubenhaften Getue! Ein für alle Mal aus! Und da können die Mütter und die Frauen noch so greinen und heulen und ängstlich tun: Ein Mann ist ein Mann und bleibt auch einer, bis er stirbt, und was danach ist, weiß man nicht, also hat es auch niemanden zu interessieren! Und ein solcher Mann weiß, was er will und was er braucht. Und ein solcher Mann spricht Wahrheiten aus. Auch und vor allem seiner Mutter gegenüber. Schmerzhaft klingen solche Wahrheiten für liebevolle Mutterohren, sie erzählen von Reifung, von Wachstum und von Verlust, sie erzählen das traurige, aber unausbleibliche Lied vom Abschied der Söhne.

»Und außerdem ...«, sagt Herbert, dreht sich um und sieht seiner Mutter aufrecht und ernst ins Gesicht, »... außerdem vögelt sie gut!«

So steht jetzt also Herberts neue Kraft der Männlichkeit in der feuchten Badezimmerluft. Die Mutter schaut. Der Waschlappen in ihrer Hand tropft. Kaum hörbar platzen die winzigen Schaumbläschen in Herberts Wanne. Und dann beginnt das Waschbecken zu sprechen.

DIE SONNE IST LANGSAMER
ALS EIN TRAKTOR UND DIE ZEIT

»Da scheiß ich drauf«, sagt das Waschbecken. Hohl klingt es aus dem Ausguss heraus. Hohl, ein bisschen dumpf und doch auch mit einem kleinen Nachhall. Herbert und die Mutter erstarren. »Und zwar auf euch beide!«, tönt es aus dem Waschbecken. Und dann braust etwas und gurgelt und rauscht, nebenan knallt es, gleich darauf trampeln schwere, aber schnelle Schritte an der Badezimmertür vorbei und poltern die Treppe hinunter, unten kracht die Haustür, und dann ist alles wieder still.

Die Gesichter von Herbert und seiner Mutter sind recht leer. Ungefähr drei Sekunden lang. Aber dann hat Herbert verstanden. Und so schnell wie jetzt ist er noch nie aus der Badewanne gestiegen. So schnell ist wahrscheinlich überhaupt noch nie irgendjemand aus irgendeiner Wanne gestiegen.

Das war nämlich so: Hilde ist aufs Klo gegangen. Wie immer hat sie das gerne gemacht. Das Klo ist für Hilde nicht einfach nur ein Klo, sondern vor allem ein Rückzugsgebiet, klein, aber sicher. Das Klo kann man von innen absperren, und der Tag bleibt draußen. Mitsamt den anderen Menschen. Praktisch eine erweiterte und eingekachelte Intimzone. Hilde ist also aufs Klo gegangen, hat sich die Unterhose heruntergezogen, sich hingesetzt, erst einmal tief ausgeatmet und dann auf die dunkelblaue und flauschige Klomatte zu ihren Füßen hinuntergeschaut. Lange ist sie so dagesessen. Bis sich ihr Geist langsam im blauen Flausch aufzulösen begonnen hat. Die einen fahren nach Indien oder gehen an die Volkshochschule zum Meditieren, die anderen setzen sich eben auf die Schüssel und schauen auf die Klomatte hinunter. Jedenfalls ist Hilde so dagesessen, und es war schön. Auf einmal aber hat sie Stimmen gehört. Und zwar aus der Kloschüssel heraus. Praktisch ein Gespräch unter Hildes Hintern. Eine Frauenstimme und eine Männerstimme. Die Mutter und Herbert. Und da hat Hilde noch ein bisschen genauer hingehört. Ihren Namen hat sie verstanden. Und dann hat sie gehört, wie Herbert kurz, aber übertrieben auflacht. Und da hat sie natürlich noch mehr hören wollen. Aufgestanden ist sie, die Unterhose hat sie sich hochgezogen, und zur Schüssel hat sie sich hinuntergebeugt. Ziemlich leise und undeutlich waren die Stimmen. Also hat Hilde sich noch ein Stückchen weiter hinuntergebeugt und ihren Kopf zur Hälfte in die Schüssel hineingesteckt. Der Geruch hat ihr nichts ausgemacht. Erstens war sie vom Schwimmbad ganz andere Sachen gewohnt, und zweitens haben die Worte, die sie da jetzt so deutlich gehört hat, den Geruch übertönt. Alles hat Hilde sich angehört, das ganze Badewannengespräch zwischen Herbert und der Mutter. Und mit jedem Satz ist in ihrem Herzen die Wut gewachsen, zum Schluss ist das volle Herz geplatzt. Und ohne Luft zu holen, hat sie in die Kloschüssel hineingeschrien. »Da scheiß ich drauf!«, hat sie geschrien. »Und zwar auf euch beide!« Und dann hat sie den Kopf aus der Schüssel gezogen, hat mit der Faust auf den Spülhebel gehauen, hat den Deckel zugeknallt, ist aus dem Klo heraus, am benachbarten Badezimmer vorbei, die Treppe hinunter und aus dem Haus gerannt.

Fast wäre Herbert ausgerutscht und wieder in die Wanne zurückgefallen. Aber eben nur fast. Gerade noch hat er sich halten können, an der Wand, am Handtuchhalter, an der Mutter, irgendwo eben. Und jetzt rennt er los. Aus dem Badezimmer rennt er, die Stufen hinunter, aus dem Haus und in den Garten hinaus rennt er.

»Hilde!«, schreit er. Aber keine Antwort. Nichts. Schön könnte es sein im Garten, in der frühen Sommerabendwärme. Über den Beeten kreist eine Hummel, gemütlich, rund und pelzig. Die roten Geranienblätter zittern leicht. Der winzige Teich liegt da wie ein silberblauer Spiegel, nur hie und da treiben winzige Wellenkreise auseinander. Wasserflöhe vielleicht oder Mücken. Die Gartenbotaniker werden das schon wissen. Herbert nicht. Der interessiert sich jetzt nicht für Hummeln, Spiegel oder Flöhe. »Hilde!«, schreit er noch einmal. Die Hummel zieht eine letzte Runde, dann verschwindet sie hinter den Hecken.

Herbert rennt weiter. Über das Gartentürchen springt er, am Zaun rennt er entlang, an der Mauer, vorbei an der kleinen Werkstatt, vorbei an den Zapfsäulen, über die rissige Betonfläche, auf den Grünstreifen und weiter auf die Straße. Und da steht er jetzt. Die Straße ist lang und leer. Die Landschaft ist weit und leer. Warm und rau ist der Asphalt unter den Fußsohlen.

Jetzt erst fällt Herbert auf, dass er nackt ist. Und dass er tropft. Dass ihm immer noch ein kleiner, im leichten Wind zart wackelnder Schaumberggipfel auf dem Kopf sitzt, fällt Herbert nicht auf.

»Hilde!«, schreit er noch einmal. Nichts. Die warme Abendluft könnte so angenehm sein auf der nackten Haut. Aber Naturerlebnisse sind eben stimmungsabhängig.

Herbert geht. Zurück ins Haus. Vielleicht wieder in die Badewanne. Oder was essen. Oder ins Bett. Das macht jetzt auch keinen großen Unterschied mehr. Aber gerade als er wieder durch den Grünstreifen geht und den trockenen zarten Grashalmen zwischen den Zehen nachspürt, hört er es wieder: »Da scheiß ich drauf!«

Wieder dieselbe Stimme, wieder dieselben Worte, diesmal aber nicht hohl und dumpf aus einem Waschbeckenausguss heraus, sondern hell und klar und von oben herab. Herbert erschrickt, macht einen kleinen, sinnlosen Sprung zur Seite und legt den Kopf in den Nacken.

Auf dem Tankstellenvordach sitzt Hilde. Sitzt da oben, baumelt mit den Beinen und schaut böse.

Eine Weile steht Herbert recht einfallslos im Grünstreifen. Dann beginnt er sich wieder einigermaßen zu fangen. »Wie bist du denn da hochgekommen?«, fragt er. Hilde hebt den Arm und deutet hinüber zum Mast mit den Benzinpreistafeln und dem *Billig Tanken*-Schild.

»Aha«, sagt Herbert. Und gleich noch einmal: »Aha!« Und dann geht er los. Der Mast hat kleine Metallsprossen. Die hat der selige Herr Szevko damals noch höchstpersönlich eingenagelt. Tief drücken sich die rostigen Stäbe in Herberts nackte Fußsohlen hinein. Aber für Schmerzen hat Herbert jetzt keine Zeit und auch keinen Kopf. Morgen kann er die geschwollenen Füße in einen Warmwassertopf mit Baldrian oder so etwas hängen. Jetzt nicht. Jetzt will Herbert zu Hilde und sonst nichts.

Auf Tankstellendachhöhe hält er an und schaut hinunter. Ungefähr so hoch wie das Fünfmeterbrett, denkt er sich, und ein Schauer der Erinnerung durchfährt seinen Körper. Mit beiden Armen umklammert er fest den Mast. Und auch die Beine schlingt er rundherum, sicher ist sicher. Hilde sitzt ihm gegenüber und schaut.

»Und jetzt?«, fragt Herbert. Hilde zuckt nur mit den Schultern, stützt ihre Arme hinten auf und schaut sich die Gegend an. Herbert seufzt. Das Leben ist komisch in letzter Zeit. Abgründe tun sich auf. Wie zum Beispiel jetzt der Abgrund zwischen dem *Billig Tanken*-Mast und dem Tankstellenvordachrand. Schon auf dem Fünfmeterbrett hat Herbert ja die Relativität von Entfernungen verstanden. Jetzt wieder. Ein Meter ist eben nicht gleich ein Meter. Irgendwie potenziert sich die Entfernung mit der Höhe.

Drüben gähnt Hilde. Ihre Stirn glänzt in der späten Sonne. Herbert seufzt noch einmal. Dann spannt er alle Muskeln seines Körpers gleichzeitig an, schließt fest die Augen und springt.

Rein äußerlich betrachtet war der Sprung nicht spektakulär. Einen Meter weit und zehn Zentimeter tief. Nichts ist passiert. Nur der Rest vom kleinen Schaumgipfel hat sich endgültig von Herberts Kopf gelöst, die letzten zarten Bläschen sind in der Sommerluft zerplatzt. Und auch bei der Landung ist nichts passiert. Ein wenig ist Herbert zwar weggeknickt und zur Seite umgekippt, irgendwie hat er sich aber schnell wieder aufgerappelt und sich mit recht selbstverständlicher Miene neben Hilde hingesetzt.

Weit öffnet sich die Landschaft nach allen Richtungen. Die Sonne hängt tief. Hinten schaut die Kirchturmspitze über den Hügel. Im Uhrenblatt, knapp unter dem Zwölfer, ist ein kleines Rechteck zu erahnen. Vorne verliert sich die Straße in den Feldern. Da sind Wiesen, da sind ein paar Bäume, da ist ein Bächlein, dort ist der Schlot von der alten Knochenfabrik. Aber nicht einmal der stört.

»Entschuldigung!«, sagt Herbert. Das hat er oft gesagt in seinem Leben. Aber noch nie so gemeint. Diesmal schon. Diesmal meint er es so. Hilde nickt und sagt nichts. Vorne auf der Straße taucht ein Traktor auf, nähert sich, tuckert vorbei, langsam wie die Zeit selbst, und verschwindet schließlich hinter dem Hügel. Der wird schon irgendetwas zu tun haben im Dorf oder sonstwo.

Das geteerte Dach ist angenehm warm unter Herberts Hintern. Jetzt fällt ihm wieder seine eigene Nacktheit ein. Fest drückt er die Oberschenkel aneinander. Aber Hilde hat jetzt sowieso keinen Blick für solche Sachen. Die sitzt mit gesenktem Kopf da und schaut knapp an ihren Knien vorbei ins Leere.

»Hier stinkt es«, sagt sie auf einmal, »es stinkt nach Benzin. Und zwar alles und immer. Im Schwimmbad das Chlor. Und hier das Benzin. Da scheiß ich drauf!«

Herbert versteht. Und denkt nach. Aus den Augenwinkeln schaut er dabei zu Hilde hinüber. Nicht glücklich schaut sie aus, von der Seite gesehen. Vielleicht, denkt sich Herbert, hat sich Hilde vieles ein bisschen anders vorgestellt, vielleicht hat sie sich auch alles ganz anders vorgestellt. Wirklich gar nicht glücklich schaut sie aus. Eher traurig sogar, wie sie da so sitzt, die Hände im Schoß und knapp an ihren Knie vorbei und nirgendwohin schaut. Das tut Herbert weh. Nicht so wie die eingedrückten Fußsohlen oder die fast schon verheilte Schürfwunde an der Hüfte. Das tut Herbert anders weh. Ungewohnt ist so ein Schmerz. Der sitzt im Herzen und hat mit Hildes Händen in ihrem Schoß zu tun. Oder mit der ganzen Hilde. So genau weiß Herbert das nicht. Und auf einmal weiß er auch nicht mehr, ob ihm etwas weh- oder ob ihm etwas leidtut. Und ob das wirklich sein Schmerz ist oder der von Hilde. Aber eigentlich ist ihm das jetzt auch egal. Da tut etwas weh und aus. Und dagegen muss etwas unternommen werden. Und zwar jetzt sofort und ohne großartig nachzudenken.

»So«, sagt Herbert deshalb mit tatkräftig volltönender Stimme, »wir machen einen Ausflug!« Oft kommt das Wort ja vor dem Gedanken. Aber Herbert will seinen Gedanken gar keine Zeit geben, den Worten nachzutröpfeln. Jetzt gibt es kein Zurück mehr.

»Einen Ausflug mit allem Drum und Dran!« Hilde hebt langsam den Kopf und schaut ihn an.

»Ist doch schon spät«, sagt sie. Aber die volltönende Tatkraft lässt sich von derartig kleingeistigen Argumenten nicht beeindrucken.

»Für das Leben ist es nie zu spät!«, sagt Herbert. »Und für Ausflüge schon gar nicht!« Und damit ist erst einmal alles gesagt.

Wie die beiden vom Tankstellenvordach heruntergekommen sind, lässt sich nicht sagen, irgendwie werden sie das schon gemacht haben. Herbert hat sich dann jedenfalls angezogen, kurze Hose, Leibchen und Schuhe, Hilde hat ein paar Brote, zwei Biere und andere Sachen eingepackt, Herbert hat Georg ein bisschen braunes Futter ins Wasser gestreut, Hilde hat ihr blaues Klapprad hergerichtet, Herbert hat aus der Werkstatt das alte Fahrrad von seinem seligen Papa hervorgeräumt, Hilde hat sich eine gelbe Spange in die Haare gesteckt, Herbert hat sich eine ölige Schirmkappe aufgesetzt, und dann sind die beiden losgeradelt.

Und an diesem frühen Abend hat die Sonne die Zeit vergessen. Langsamer als sonst ist sie gesunken, langsamer so-

gar noch als der Traktor vorhin ist sie über den Hügel gerollt. Fast endlos war der Abschied vom Tag. Fast endlos
war Herberts und Hildes Ausflug. Und doch zu kurz.

Die Felder haben geduftet, das Gras sowieso. Große Strohballen sind auf den Wiesen gelegen, von weitem haben
sie ausgesehen wie faule Kühe mit ihren langen Schatten.
Die Straße war ein Rausch, Herbert und Hilde haben ihre
Köpfe in den Nacken gelegt, der Himmel war weit, der
Fahrtwind war warm, die Herzen sind vorangeflogen. Auf
dem Feldweg sind die Steinchen unter den Reifengum-
mis weggesprungen wie kleine Heuhüpfer. Ganz knapp
über dem Boden sind kleine gelbe Falter herumgetorkelt.
Die Mohnblume am Wegrand war eine Coladose, die gelben Blumen waren echt, die Sträucher waren voller Leben.
An der Kiesgrube ist schief ein alter Bagger gestanden,
die verrostete Schaufel sinnlos in die Höhe gereckt. Wie
ein riesiges ausgestorbenes Reptil hat der ausgesehen. Die
Fahrräder sind im hohen Gras gelegen, daneben Hildes
bunter Kleiderhaufen. Wie ein kleiner weißer Wal hat Hilde ausgesehen im hellgrünen Wasser. Herbert hat sich bemüht, nicht hinzuschauen. Auf dem Rücken und mit geschlossenen Augen ist er auf der warmen Erde gelegen, die
Ameisen haben ihm nichts ausgemacht. Hildes Tropfen
auf Herberts heißem Gesicht haben geprickelt, wie ein
junger Hund hat sie sich geschüttelt. Das Brot war von
vorgestern und hat noch nie so gut geschmeckt. Die Biere
waren warm, und es hat nichts gemacht. Zum Pinkeln ist
Herbert hinter den Bagger gegangen. Die kurze Hose hat
er heruntergezogen, beide Arme hat er in die Seiten gestemmt und den Dingen ihren freien Lauf gelassen. Zwi-

schen den paar Bäumchen am Feldrand hat die Sonne hervorgeblitzt, die Farben des Tages sind langsam tiefer und weicher geworden. Auf dem Rückweg ist der Rahmen von Herberts altem Rad in der Mitte auseinandergebrochen, und Herbert hat es in den Straßengraben geschmissen. Das bisschen Blut auf seinem Knie hat Hilde mit ihrem Ärmel abgetupft. Herbert hat sich auf Hildes Gepäckträger gesetzt, aber die Beine waren im Weg. Dann hat er sich auf den Lenker gesetzt, und das war besser. Mit aller Kraft hat Hilde sich und Herbert den Hügel hochgestrampelt. Bergab sind sie geflogen. Hilde hat gelacht, Herbert hat geschrien. Komisch muss das ausgesehen haben von weitem, wie da zwei Menschen, ein ziemlich runder und ein ziemlich langer, auf einem winzigen blauen Fahrrad den Horizont entlangwackeln, den abglühenden Sonnenrücken im Hintergrund. Aber das Leben ist eben manchmal komisch. Und das Glück sowieso.

EINE KINDERFAUST UND EIN WURSTBROT

Jetzt lehnt das blaue Klapprad am Gartenzaun, leise knistert es in den Speichen und Schweißnähten. Aber gehalten hat es. Der Garten liegt still in der Abenddämmerung, glatt wie Glas ist der Teichspiegel, die Geranien haben das Tagesleuchten eingestellt und stecken im Grünzeug wie in ein samtiges Dunkel getaucht.

Im Haus ist es ruhig und kühl. Herbert und Hilde stehen im Vorzimmer. Ein bisschen tut Herbert der Hintern weh. Und das Knie. Aber das sind gute Schmerzen. Die Tür zum Mutterzimmer ist geschlossen. Keine Fernsehstimmen dringen heraus.

»Pst!«, sagt Herbert verschwörerisch und schleicht dann auf Zehenspitzen voran, die Treppe hoch. Ein bisschen kommt er sich dabei wie ein Lausbub vor, wie der Lausbub, der er nie gewesen ist. Die Treppen knarren. Hilde kichert. »Pst!«, sagt er noch einmal. Die Tür zum Badezimmer steht noch offen. Das Licht brennt. Herbert muss jetzt auch kichern. Im Badezimmerspiegel sieht er sein Gesicht, rot und glänzend und offen. Und dann sieht er etwas Dunkles auf dem Boden. Und da versteht Herbert alles, und sein Herz bricht auf.

Auf dem Badezimmerboden liegt die Mutter. Verdreht liegt sie da, das umgestürzte Höckerchen schief auf ihrem Bein, daneben ein Hausschuh, der Oberkörper halb vom Bademattenknäuel verdeckt, die Bluse verrutscht, der fein vernarbte Bauch freigelegt, das Gesicht an den Wannenkacheln, die Haare wirr und verklebt. Herbert fällt auf die Knie. Er fasst seine Mutter an, seltsam leicht liegt ihr Körper in seinen Armen. Er drückt sie an sich, zieht und presst sie in seinen Schoß hinein. Ihren Kopf nimmt er in beide Hände, seine Wange legt er an ihre Wange. Da zittert doch noch etwas, da schlägt doch noch etwas, da bewegt sich doch noch etwas, da muss sich doch noch etwas bewegen! Herbert schaut auf. In der Tür steht Hilde. »Mach doch was!«, sagt er. Eigentlich hat er ja schreien wollen. Aber herausgekommen ist nur ein heiseres Flüstern. Hilde hat ihn trotzdem verstanden.

Der Gang ist schmal, hoch und lang. Die Wände sind hell-gelb, die Decke auch, der Boden sowieso. Da und dort gehen ein paar lindgrüne Türen ab. An dem einen Ende vom Gang ist ein Milchglasfenster mit kleinen Kakteen am Fensterbrett, am anderen Ende eine große helle Milch-glasdoppeltür. Zwei niedrige Tischchen gibt es, darauf ein paar Zeitschriften und Krankenkassenbroschüren. Drei-undzwanzig orangefarbene Plastikstühle stehen links und rechts an den Wänden aufgereiht. Auf einem sitzt Herbert, und auf einem sitzt Hilde. Seit drei Stunden sitzen sie ne-beneinander und haben sich noch nicht viel bewegt. Ein-mal ist Hilde aufgestanden und für fünf Minuten hinter einer der lindgrünen Türen verschwunden. Das war alles. Herbert sitzt vornübergebeugt da, schaut auf den Boden und hört dem Rauschen zu.

Auch der kleine Herbert ist oft im Krankenhaus geses-sen. Schon damals waren alle Wände hellgelb und alle Türen lindgrün oder umgekehrt. Auch die Kakteen und die Milchglastüren hat es schon gegeben. Nur die Kran-kenhausbroschüren waren noch nicht ganz so bunt wie heute. Da waren noch keine lachenden Skateboardkinder auf dem Titelblatt, sondern meistens einfach nur alte Da-men auf Parkbänken. Viele Stunden und Tage seines Le-bens ist der kleine Herbert neben seiner Mutter so in di-versen Krankenhausgängen herumgesessen, hat gewartet und dem Rauschen zugehört. Es gibt nämlich so ein spe-zifisches Krankenhausrauschen, das sitzt in den Wänden, in den Böden, den Decken, den Deckenleuchten, hinter den Türen, auch und vor allem hinter den Milchglastüren. Ein feines, leises Rauschen ist das, leise, aber beständig.

Vielleicht, hat der kleine Herbert sich gedacht, vielleicht rauscht da der Krankenhauskreislauf, vielleicht, hat er sich weiter gedacht, ist so ein Krankenhaus in Wirklichkeit nicht nur einfach ein Krankenhaus, sondern ein Lebewesen, eines, das sich längst schon unbemerkt und endgültig von jeder menschlichen Einflussnahme gelöst hat und völlig selbstständig existiert, praktisch ein autonomer Krankenhausorganismus. Bei solchen Gedanken hat der kleine Herbert manchmal laut auflachen müssen. Die anderen Leute auf den orangefarbenen Stühlen im Gang haben geschaut, und die Mutter hat ihm entweder eine Tachtel auf den Hinterkopf oder ein Stück Schokolade gegeben, je nach Laune und Wartezeit. Eigentlich ist der kleine Herbert ja gar nicht so ungern ins Krankenhaus gegangen. Die Schwestern haben lieb geschaut, die Ärzte haben wichtige Sachen gesagt, und es hat bunte Pillen gegeben. Jedes Mal andere. Die Epilepsie ist nämlich eigentlich gar keine Krankheit, sondern ein kleines Wunder im Hirn, hat eine Schwester einmal gesagt, und Wunder sind eben unberechenbar, die lassen sich nicht so einfach wegheilen. Das hat dem kleinen Herbert gefallen, sein eigenes kleines Wunder im Hirn! Den Mund hat er aufgemacht, und die Pillen hat er geschluckt. Ob rote, gelbe oder grüne war ihm egal. Einmal geschluckt, relativiert sich das mit den Farben, hat er sich gedacht. Und da hat er recht gehabt.

»Herr Szevko?« Eine dünne Stimme ist das. Dünn, hell und sanft. Trotzdem erschrickt Herbert. So konzentriert hat er dem Krankenhausrauschen zugehört, dass er gar nicht bemerkt hat, wie die Milchglastür aufgegangen ist und sich der Doktor auf weißen, weichen Doktorschuhen genähert hat. Jetzt steht er da, dünner noch als seine Stimme, zart, glatt und blond. Eine goldene Brille sitzt ihm im Gesicht. Eigentlich, denkt sich Herbert, haben die meisten Doktoren solche goldenen Brillen, und die, die keine haben, haben dafür goldene Kugelschreiber im Kittel, denkt er sich, weiß-gold ist die Flagge der Ärzteschaft.

»Herr Szevko?«, fragt der Doktor noch einmal. Obwohl er genau weiß, wer da vor ihm sitzt. »Ja«, sagt Herbert. Unleserlich ist der goldgerahmte Doktorblick. Herbert steht auf. Hilde ist schon lange aufgestanden.

»Wir haben einen Tumor aus der Niere geholt«, sagt der Doktor, »groß wie eine Kinderfaust.« Das Krankenhaus rauscht. Hilde setzt sich wieder. Herbert bleibt stehen.

»Das war alles, was wir tun konnten«, sagt der Doktor, »es haben sich Metastasen gebildet und breit gestreut. Lunge, Schilddrüse, Magen und Knochen.«

Langsam verlagert Herbert sein Körpergewicht hinüber auf das andere Bein. Und wieder zurück.

»Aha«, sagt er, »und jetzt?«

»Nützen Sie jeden Tag!«, sagt der Doktor. Dann nickt er noch einmal, dreht sich um und geht.

Das Krankenzimmer ist klein. Ein Fenster, die Vorhänge zugezogen, eine Deckenleuchte, ein abgetretener Linoleumboden, ein Bild mit Landschaft, ein Tischchen, eine Vase ohne Blumen, vier Stühle, vier Nachtkästchen, vier Betten, zwei davon belegt. An dem einen Bett sitzt Herbert und schaut seiner Mutter beim Essen zu. Ein Brot hat er ihr mitgebracht. Ein Wurstbrot. Und in einem Glas ein paar kleine salzige Gurken dazu. Das hat sich die Mutter gewünscht. Weil sie nämlich der Meinung ist, dass das

Krankenhausessen einem das bisschen Leben, das man gerade noch so übrig hat, erst so richtig versauen kann, praktisch ist ja das Krankenhausessen der natürliche Feind des Kranken; wenn einen der Krebs oder der Alzheimer oder die Tumore nicht umhauen, hat die Mutter gemeint, dann schafft es das Krankenhausessen, und zwar mit endgültiger Sicherheit. Deswegen also hat Herbert das Wurstbrot und das Gurkenglas an den ganzen Pförtnern und Schwestern und Ärzten und Putzfrauen vorbeigeschmuggelt und sitzt jetzt da und schaut seiner Mutter beim Essen zu.

Nie hat er seiner Mutter gerne beim Essen zugeschaut, immer hat ihm da ein bisschen gegraust, immer hat er lieber woanders, zum Beispiel zum Fenster hinaus oder in den Teller hinunter, geschaut. Aber heute fühlt er sich irgendwie verpflichtet, nicht wegzuschauen. Deswegen sieht er jetzt auch, wie das Wurstbrot in den bläulich durchäderten Mutterhänden hängt. Mit beiden Händen hat die Mutter sich nämlich das Brot genommen. Damit keine Wurstscheibe aufs Bett fallen und die Wäsche verfetten kann. Wie eine ungeschickte Blockflötenspielerin sieht die Mutter aus, denkt sich Herbert. Schräg liegt sie da, fast sitzt sie schon. Vorhin hat eine drahtige kleine Hilfsschwester den oberen Bett-Teil aufgerichtet, damit die Patientin für den Besuch ein bisschen in die Höhe kommt und besser essen, trinken und schauen kann. Sehr gut gelaunt ist diese Schwester gewesen, hat gekonnt an der Bettmaschinerie, an den Kissen und unter Frau Szevkos Kreuz herumhantiert und nebenbei fast unbemerkt eine verbogene Plastikflasche mit Inhalt unter der Decke hervorgezogen und gegen eine Flasche ohne Inhalt ausgetauscht. Dabei hat sie die ganze Zeit leise vor sich hin gepfiffen, ein Lied oder eine Melodie oder einfach immer nur denselben Ton, so genau war das nicht zu erkennen, dann war sie weg, diese wirklich sehr gut gelaunte, drahtige, kleine Hilfsschwester. Und Herbert hat endlich das Wurstbrot und das große Glas mit den Salzgurken unter seiner Jacke hervorholen können.

»Schmeckt es, Mama?«, fragt Herbert. Die Mutter nickt. Dabei verzieht sie ein bisschen das Gesicht. Natürlich, soll das heißen, natürlich schmeckt es, trotz der Schmerzen. Auf dem Nachtkästchen steht das Gurkenglas. Die Mutter fischt eine kleine Gurke heraus und steckt sie sich in den Mund. Herbert schaut jetzt doch lieber weg. Das kleine Bild mit der Landschaft schaut er sich an. Wenn es nicht so schief und stumpf gemalt wäre, könnten sich die Kranken manchmal aus ihren Betten heraus und in diese Landschaft hinein fantasieren. So aber hängt das Bild eben einfach da und stört nicht. Am Tischchen mitten im Zimmer sitzt Hilde, ihre Hände und ihr Blick liegen auf der Plastiktischdecke. Müde schaut Hilde aus, denkt sich Herbert, müde und ein bisschen leer, leerer noch als die leere Blumenvase, die vor ihr steht.

Im Bett in der anderen Zimmerecke bewegt sich etwas. Nicht viel, aber immerhin, eine ganz kleine Bewegung unter der Decke, ein Atmen vielleicht. Angeblich liegt da eine alte Frau, älter noch als die Mutter. Aber Herbert und Hilde haben diese Frau noch nie gesehen, bei keinem ihrer Besuche. Immer liegt diese angebliche Frau zur Gänze unter der Decke und rührt sich wenig. Manchmal hört man etwas, ein leises Schnaufen, ein Rascheln oder ein Schaben, manchmal sieht man etwas, eine kleine Bewegung, die Decke hebt sich und senkt sich wieder. Vielleicht, denkt sich

Herbert, geht es dieser alten Frau ja ganz gut unter ihrer gelblichen Decke, immerhin, könnte ja sein, schließlich ist es ihm selber früher ja auch immer gut gegangen in seiner Daunendeckenhöhle, denkt er sich, richtig wohlig hat er sich damals ja immer gefühlt, mit hochgezogenen Knien ist er in der Dunkelheit gelegen und seinen Gedanken hinterhergeflogen.

»So!«, sagt die Mutter, schluckt mit einem gewissen Geräusch das letzte Wurstbrotstück hinunter und lässt den Kopf nach hinten ins Kissen hineinfallen. »Das war jetzt genau das Richtige. Vom medizinischen Standpunkt aus gesehen eine Todsünde«, sagt sie, »aber auf die Medizin mitsamt ihren Standpunkten scheiß ich sowieso!« Herbert schaut. Diese gewissen Geräusche kennt er ja. Aber diese Worte nicht. Zumindest nicht aus dem Mund der Mutter.

»Da hast du recht, Mama!«, sagt er.

»Genau!«, sagt die Mutter und schließt die Augen. Schlafen will sie jetzt, oder dösen, auf jeden Fall aber ihre Ruhe haben, das ist klar. Eine Weile bleibt Herbert noch sitzen. Zufrieden schaut sie aus. Ruhig geht der Atem. Herbert zupft was von der Decke. Nicht weil das nötig ist, einfach nur so. Die Mutter schluckt, rührt sich ein bisschen, streckt sich, macht ein Geräusch, blinzelt ein bisschen. Ihre Augenlider sind bläulich durchädert. Wie die Hände, nur viel kleiner und zarter natürlich. Wie zart bläulich gemusterte Falterflügel sehen die Augenlider von der Mutter aus, denkt sich Herbert, als ob die jederzeit und ganz plötzlich aufflattern könnten, einfach so und irgendwohin, vielleicht durch einen Vorhangspalt hindurch und zum angelehnten Fenster hinaus torkeln könnten, dem

Sonnenlicht oder dem Leben oder irgendetwas anderem hinterher, so sehen diese Augenlider aus. Das gefällt ihm. Da muss er ein bisschen lächeln. Und dann macht Herbert etwas Komisches. So etwas hat Herbert noch nie gemacht, und so etwas wird er wahrscheinlich auch nie wieder machen. Aber jetzt macht er es eben. Ohne zu überlegen, ohne nachzudenken, praktisch gedankenlos, beugt er sich hinunter und küsst das rechte Augenlid seiner Mutter. Ganz leicht. Den warmen harten Augapfel spürt er auf der Oberlippe, wie der erschreckt zur Seite hüpft. Mehr spürt Herbert nicht. Weil er ja selber gleich wieder zurückgezuckt ist, erschrocken vom eigenen Kuss. Die Mutter schaut. Herbert schaut. Und ihre Blicke sind klar und hellblau wie ein winterlicher Mittagshimmel.

DIE HITZE

So einen heißen Sommer hat es selten gegeben. Eigentlich hat es so einen heißen Sommer noch nie gegeben. Die Luft an der Tankstelle steht. Überhaupt scheint alles und jedes irgendwie herumzustehen oder herumzuliegen, mehr als sonst noch um völlige Bewegungslosigkeit bemüht. Sogar die Insekten haben ihre verschiedenen Beschäftigungen eingestellt. Kein Falter torkelt über der Straße dem Windschutzscheibentod entgegen, keine Hummel hat sich auf die Unkrautblüten im langsam vor sich hin dörrenden Grünstreifen verirrt, keine Biene, keine Fliege, kein Käfer, nichts.

Auch Herbert sitzt unter dem Vordachschatten auf dem Höckerchen und versucht sich möglichst wenig zu bewegen. Eine rote Badehose hat er an, sonst nichts. Die Badehose, die er vor einiger Zeit im Hallenbad noch so ungut vermisst hat. Natürlich kann so eine Badehose auf Dauer kein Ersatz für den rotgelben Tankstellenkittel sein, das weiß er, aber das ist ihm jetzt egal. Überhaupt ist ihm eigentlich ziemlich vieles egal in letzter Zeit. Das Leben auf der Tankstelle hat sich verändert, seitdem die Mutter im Krankenhaus liegt. Und Herbert hat sich verändert. Für das Äußerliche hat er sich ja noch nie allzu sehr interessiert. Aber jetzt interessiert er sich überhaupt nicht mehr dafür. Das Äußerliche an ihm und um ihn herum ist ihm scheißegal.

Der Ölfleck an der einen Zapfsäule glänzt dunkel, Staub liegt wie feiner Samt auf den Verkaufsraumscheiben, der Grünstreifen verdorrt, die Badehose ist angenehmer als der Kittel und aus. Herbert schwitzt. Dünne warme Schweißbäche rinnen ihm an der Wange, hinter dem Ohr und über den Nacken hinunter. Wie das mütterlich ausgedrückte Badewasser eigentlich und doch anders. Unangenehm.

Ein Auto löst sich aus der wabernden Luft in der Ferne der Landstraße, kommt näher, fährt vorbei, den Hügel hoch und verschwindet knapp neben der Kirchturmspitze hinter dem Hügelkamm. Scheiß auf dieses Auto, denkt sich Herbert, scheiß auf die Kirchturmspitze und den Hügelkamm, scheiß auf die Landstraße, auf die Hitze, auf den weißen Himmel, und scheiß vor allem auf die Tankstelle.

Der kleine Herbert hat früher oft im Geheimen auf die Tankstelle geschissen. Da ist er irgendwo in einer abgelegenen Ecke gesessen und hat geweint oder in einer noch abgelegeneren Ecke und hat getobt. Zum Beispiel in der Waschanlage. Da ist er manchmal hinter den großen Bürsten gehockt und hat vor Wut in die Bürstenhaare gebissen. Vor Wut über die stinkende Suppe, die er aufessen hat müssen zum Beispiel. Oder über die Schulkameraden, die gar keine Kameraden waren. Oder über das blonde Mädchen aus der anderen Klasse, die sein Geschenk, ein kleines blaues Blechauto, auf dem Kirchwiesenparkplatz unter einen Traktorreifen gelegt hat. Oder über den Papa, der einfach abgetreten ist, bevor Herbert erst so richtig aufgetreten ist. Oder über den lieben Gott, über den alle immer so gescheit dahergeredet haben, den aber nie jemand persönlich kennen gelernt hat. Oder über die Mutter. Vor allem über die Mutter. Weil sie oft so lieb war. Und genauso oft wiederum nicht. Weil sie ihn beim Elternabend verteidigt hat. Rotgesichtig ist sie aus dem Direktorzimmer herausgestürmt gekommen, eine Frechheit, hat sie geschrien, so etwas, eine derartige Verständnislosigkeit, ja geradezu eine Ungeheuerlichkeit, hat sie geschrien, schließlich ist der Bub krank, sehr, sehr krank! Herbert ist mit gesenktem Kopf im Direktorvorzimmer gesessen und hat sich in diesem Moment geschworen, nie wieder in die Schule zu gehen. Weil ihn aber die Mutter zuhause getröstet, gebeten und gezwungen hat, ist er dann doch wieder hingegangen.

Stundenlang ist der kleine Herbert mit solchen Gedanken manchmal in der Waschanlage gehockt, weinend, tobend und in die öligen Bürstenhaare verbissen. Damals hat er noch kein Zeitgefühl gehabt. Neben der Wut hätte aber sowieso kein anderes Gefühl Platz gehabt im kleinen Herbert. Irgendwann ist er dann immer ruhiger geworden, der Krampf im Kiefer hat sich gelöst, Tränen hat es keine mehr gegeben, und der kleine Herbert hat sich unter der großen rosaroten Bürste ganz klein zusammengerollt. Die Wut ist langsam verdampft und hat den Fantasien Platz gemacht. Komische Fantasien waren das. Oft waren sie wild, manchmal ruhig, manchmal beängstigend, manchmal lustig, immer aber haben sie ein unkontrollierbares Eigenleben entwickelt. Aber der kleine Herbert hat sowieso nichts kontrollieren wollen, der ist einfach nur so dagelegen und hat in seinen eigenen Kopf hineingeschaut. Das Gewitter da drinnen hat er sich angeschaut, sein eigenes Kopfgewitter mit den vielen zierlichen Blitzen, dem kaum hörbar grummelnden Donner, der kleinen dunklen Wolkendecke unter dem Schädeldach, den winzigen Stürmen und den noch winzigeren Regengüssen. Das hat ihm gefallen. Da hat er lachen müssen. Und noch viel mehr hat er lachen müssen, als er sich vorgestellt hat, wie dieses kleine Kopfgewitter immer heftiger, immer wilder und immer größer wird, wie schließlich die Blitze überall aus dem Kopf herausschlagen, wie die fingernagelgroßen Wolken durch alle Poren ins Freie drängen, wie es aus dem Mund donnert, zur Nase herausregnet und aus den Ohren herausstürmt. Schnell und immer schneller breitet sich Herberts Kopfgewitter aus, die Waschanlage ist schon verwölkt und eingeregnet, die rosaroten Bürstenfrisuren vom Sturm wild zerzaust, eine krachende Böe sprengt die staubblinden Fenster, und weiter geht es, höher, himmelwirts, und bald liegt die ganze Landschaft im regendurchsilberten Dunkel, der Himmel blitzdurchfurcht, die Hügel vom Donner erschüttert, die Felder ertrunken, die Straße ein Fluss, die Tankstelle ein Nichts in diesem ganzen Toben. Etwas zuckt zwischen den Wolkenbergen heraus, der Himmel brennt, und die Luft bricht. Wie ein aufgelaufenes altes Schiff kracht und ächzt die Tankstelle, schwer getroffen vom Blitz. Der Verkaufsraum brennt zuerst, dann das Vordach, die Werkstatt, die Waschanlage, die Zapfsäulen. Und ganz plötzlich ist es still. Ein letztes Mal atmet die Tankstelle ein. Dann ist alles Licht.

Irgendwann ist es der Mutter immer zu bunt geworden, und der Bub ist ihr abgegangen. Lange hat sie nie suchen müssen. Meistens hat sie es nämlich aus der Waschanlage leise herauslachen gehört. Da ist sie dann quer über die Betonfläche hinübermarschiert, hat die leichte Aluminiumtür aufgemacht und den kleinen Herbert schon gesehen. Zusammengerollt ist er unter der großen Bürste gelegen und hat vor sich hin gelacht. Der kleine, dünne Körper hat gebebt vor Lachen. Oder gezittert vor Kälte. Das hat die Mutter nicht so genau unterscheiden können. Aber auf einmal hat sie wieder gewusst, wie lieb sie den kleinen Herbert hat. Und da ist sie hingegangen, hat sich zu ihm hinuntergebeugt, ihm über den Kopf gestreichelt, hat zugeschaut, wie das Beben und das Lachen verebben, hat den Buben aufgehoben, hat sich gewundert, wie leicht der eigentlich ist, hat ihn hinüber ins Haus getragen und unter die Dusche gestellt oder gleich ins Bett gelegt, je nachdem, wie dreckig er war. Neben dem Bett ist sie dann gesessen, den ganzen Tag und die ganze Nacht, und hat ihm beim Schlafen zugeschaut. Manchmal hat sie ihren Kopf auf das Kissen neben dem Bubenkopf gelegt und hat seinen Atem auf ihrer Wange gespürt.

Herbert ruckelt sich wieder zurecht auf dem kleinen Höckerchen unter dem Tankstellenvordach. Fast wäre er eingeschlafen und abgerutscht. Die rote Badehose ist mittlerweile dunkelrot durchgeschwitzt und bietet kaum noch Halt auf der kleinen Sitzfläche. Scheiß drauf, denkt er sich, scheiß überhaupt auf alles. Durch die große Scheibe sieht er Hilde im rotgelben Kittel hinter der Kasse sitzen. Die kann sich keine Badehose erlauben, denkt sich Herbert, wenigstens etwas. Vom Dorf her nähert sich ein Auto, groß und dunkelglänzend. Der Bürgermeister ist das. Mitsamt Bürgermeisterfrau. Als einer von ganz wenigen Dörflern hat sich der Bürgermeister aus den längst verdampften Wirtschaftsaufschwungshoffnungen der späten Siebzigerjahre sein Sicheres und Festes abschöpfen können. Wie genau das gegangen ist, weiß kaum noch jemand. Und die, die es doch noch wissen, die wollen es gar nicht wissen. Jedenfalls gehören dem Bürgermeister seit damals der halbe Marktplatz, fünf alte und dreizehn neue Häuser, drei Hektar Wald, fast alle angrenzenden Felder, zwei studierende Töchter und jedes Jahr ein neues großes, dunkelglänzendes Auto. Selten tankt der Bürgermeister bei den Szevkos, drei, vier Mal in den letzten Jahren, allerhöchstens. Wahrscheinlich tankt der Bürgermeister lieber in der Stadt. Oder auf der Autobahn. Oder sonst irgendwo. Heute aber nicht. Heute biegt das große, dunkelglänzende Auto von der Landstraße ab, rollt unter dem Vordach langsam aus und bleibt zwischen den Zapfsäulen und Herberts Höckerchen stehen.

Der Bürgermeister steigt aus, ein runder gesunder Mann, glänzend in der Sommerhitze und der eigenen Zufriedenheit. »Grüß dich, Herbert!«, sagt er und lächelt. Wohlwollend väterlich kommt dieses Lächeln daher, aber auch ein bisschen liebevoll besorgt. In den ersten Amtsjahren hat er dieses Gesicht täglich vor dem Spiegel eingeübt. Jetzt sitzt es.

Herbert gähnt ein bisschen und sagt nichts. Weil er heute auf alles scheißt. Auch auf die Höflichkeit.

»Jaja«, sagt der Bürgermeister und wischt sich mit dem Hemdsärmel das Feuchte von der Glatze. Fast wäre ihm das Lächeln weggerutscht. Hinten im Auto sitzt die Bürgermeisterfrau. Die Hitze und die Kilos machen ihr jedes unnötige Aussteigen zuwider, also schaut sie jetzt durch die Windschutzscheibe mit einer jahrzehntelang antrainierten Vorwurfsmiene ihrem Mann hinterher.

»Jaja«, sagt der Bürgermeister noch einmal, »wie geht es der Mama?« Das Väterlich-Wohlwollende und das Liebevoll-Besorgte sitzen wieder perfekt.

»Die hat eine Kinderfaust in der Niere und viel Zeit zum Ausruhen«, sagt Herbert, »aber eigentlich geht Sie das einen Scheißdreck an!«

Eine Weile braucht der Bürgermeister, bis Herberts Worte in sein Verständnis gesickert sind. Aber dann ist es so weit, und das Lächeln verabschiedet sich endgültig.

»Ja sag einmal, was glaubst du denn eigentlich …«, sagt der Bürgermeister. Mehr sagt er nicht. Weil ihm in der Empörung die klaren Gedanken verloren gegangen sind, wahrscheinlich.

»Ich glaube überhaupt nichts«, sagt Herbert »aber ich weiß etwas. Nämlich, dass Sie ein alter, versoffener, blöder Depp sind und dass Sie sich jetzt gleich in Ihren fetten Angebertraktor setzen werden und dann ganz schnell mitsamt Ihrer noch älteren, noch versoffeneren und noch blöderen Frau von der Tankstelle hinunter und nach Hause rollen werden.«

Da schaut der Bürgermeister. Mit dem Schweißfilm auf der Glatze verdampft ganz langsam auch die Autorität. Herbert verhakt einen Daumen im Badehosengummi. Der Bürgermeister zupft am Krawattenknopf herum. Herbert gähnt. Der Bürgermeister wischt sich im Nacken was weg. Herbert streckt die Beine aus. Dem Bürgermeister tut im Kreuz was weh. In den Zapfsäulen knackt es leise. Die Luft steht. Auf einmal geht hinten die Beifahrertür auf, und die Bürgermeisterfrau streckt ihre Fönfrisur in die Hitze hinaus. »Was habt ihr denn da zu besprechen, Helmut?«, fragt sie.

»Mach die Tür zu, und halt den Mund!«, sagt der Bürgermeister langsam. Nach einer erstaunten Sekunde verschwindet der Fönkopf wieder im Auto. Der Bürgermeister erinnert sich jetzt auch wieder, wer und was er eigentlich ist.

»Das wird ein Nachspiel haben. Und zwar ein unangenehmes!«, sagt er und sticht mit seinem wurstigen Finger in Richtung Herbert hinunter. »So eine Hirnkrankheit entschuldigt nämlich nicht alles!« Und dann dreht er sich um, geht zum Auto, reißt die Tür auf, zwängt sich hinter das Lenkrad, versucht den vorwurfsvoll fragenden Blick seiner Frau gar nicht erst zu beachten, gibt Gas und fährt los.

Eine Weile schaut Herbert dem großen, dunkelglänzenden Auto nach, wie es von der Tankstelle rollt, auf der Straße langsam kleiner wird, den Hügel hochzieht und schließlich neben der Kirchturmspitze abtaucht. Herbert auf dem Höckerchen steckt fest in der heißen Luft. Ein Wind wäre jetzt schön. Oder ein Sturm. Oder irgendetwas. Nur nicht das hier. Herbert gibt sich einen Ruck, steht auf, streckt sich ein bisschen, biegt sich das Kreuz zurecht, dreht und windet sich in der Unbehaglichkeit des eigenen Körpers. Ein Schweißtropfen hat sich ins Auge verirrt und brennt. Herbert blinzelt. Dann geht er. Ins Haus. Ins Zimmer. Ins Bett. Von diesem sommergrellen, schwarzen Tag ist nämlich nichts mehr zu erwarten. Aber auch wirklich gar nichts.

Georg hat sich mit der Schnauze an der Aquariumscheibe festgesaugt und schaut in die Zimmerdunkelheit hinaus. Vielleicht träumt er, vielleicht denkt er sich was, vielleicht verdaut er aber auch einfach nur sein bräunliches Fischfutterpulver. Wer weiß das schon. Herbert weiß das nicht. Überhaupt weiß er eigentlich sehr wenig über Georg und über Fische im Allgemeinen. Zweimal täglich füttern, einmal die Woche frisches Wasser, einmal im Monat neuer Kies, viermal im Jahr das Aquarium putzen. Das sind die Fakten. Aber was in so einem Fisch vorgeht, was insbesondere im Fisch Georg vorgeht, gerade in diesem Moment zum Beispiel, wo er so mit der Schnauze an der Scheibe klebt, das weiß Herbert nicht. Man müsste, denkt er sich und räkelt sich unter der Bettdecke zurecht, man müsste Verhaltensforscher sein oder Meeresbiologe oder am besten beides zusammen, jedenfalls aber immer unterwegs im Dienst der Wissenschaft, die Nächte in der schwankenden Kajüte, die Tage unter Wasser oder umgekehrt, mit kleinen Fischen schwimmen, auf großen Fischen reiten, wie auch immer, denkt er sich, ein Leben in der ewig kühlen Weite des Meeres, das wäre doch etwas, das könnte es doch sein. Herbert strampelt sich die Decke vom Körper. Es ist stickig im Zimmer. Trotz geöffneter Fenster und Vorhänge. Die Tageshitze ist zur Nachtschwüle geworden. Kein Mond hängt im Fenstereck. Nachmittags ist der Dunst gekommen, abends dann war der Himmel belegt, gelblichgrau war der Sonnenuntergang, schwarzgrau ist die Nacht. Vielleicht, denkt sich Herbert, kündigt sich da was an, es wäre Zeit.

Die Tür geht auf, und Hilde kommt herein. Kurz bleibt sie im Zimmer stehen und schaut zu Herbert hinunter. Er schließt die Augen. Ganz genau hört er, wie Hilde sich den Bademantel auszieht, ins Nachthemd schlüpft, wie sie noch einmal ans Fenster geht, tief einatmet, sich mit beiden Händen durch die Haare fährt, wie sie sich umdreht, mit ein paar schnellen Schritten durchs Zimmer geht und wie sie schließlich zu ihm ins Bett kriecht. Herbert hört ihr Atmen und das leise Knistern der Haare. Dann macht er die Augen wieder auf und legt seine Hand auf Hildes Bauch.

Georg hat zugeschaut. Die ganze Zeit hat er zugeschaut, wie Herbert sich abgemüht hat. Wie Herbert sich auf Hilde gelegt und sich aus der Unterhose gestrampelt hat, wie er sich zu bewegen begonnen hat, in so komischen Wellenbewegungen, langsam zuerst, dann schneller und immer schneller, wie er zu schwitzen begonnen hat, wie ihm der Schweiß aus allen Poren gestiegen ist, wie er geglänzt hat im dunkelgrünlichen Zimmerlicht. Und Georg hat auch noch zugeschaut, wie Herbert schließlich mit einem lauten Schnaufer in sich zusammengesunken ist, wie er eine Weile bewegungslos auf Hilde liegen geblieben und dann von ihr heruntergerollt ist, wie er sich mit einem Deckenzipfel das Nötigste abgedeckt hat, wie er sich langsam aufgerichtet und an den Matratzenrand gesetzt hat und wie er dann vor sich auf den Teppichboden hinunter zu starren begonnen hat. Bei alldem hat der Fisch Georg zugeschaut. Ob gedankenlos oder nicht, weiß man eben nicht, aber das ist ja letztendlich eigentlich auch egal.

Ein Schweißtropfen löst sich von Herberts rechter Augenbraue und pitscht unhörbar auf dem Teppichboden auf. Vor vielen Jahren war der Teppich noch blau. Der kleine Herbert ist darauf oft stundenlang gelegen, hat im Bilderbuch geblättert, kleine bunte Autos hin und her geschoben oder sich einfach nur herumgewälzt. Heute ist dieser Teppich grau. In der Nacht sowieso. Verbleicht wie die ganzen Jahre, denkt sich Herbert, und auch der kleine, dunkle Schweißtropfenfleck da unten wird bald verdunsten, alles verbleicht und verdunstet, aber auch wirklich alles, denkt er sich, scheiß drauf. Hinter ihm knistert es leise.

»Macht nichts«, sagt Hilde, »nächstes Mal wird es vielleicht gehen.«

»Ja«, sagt Herbert, »vielleicht.« Eine Welle geht durch die Matratze, ein Ruck geht durchs Bett. Hilde steht auf. Kurz bleibt sie stehen, mitten im Zimmer, zupft sich das Nachthemd zurecht, zögert ein bisschen, überlegt ein bisschen. Dann streichelt sie Herbert mit zwei Fingern leicht über die Stirn und geht.

Herbert hört, wie Hilde die Stufen hinunterläuft, wie die Dielen knarren, wie die Haustür geht, ein paar barfüßige Schritte hört er noch auf die steinernen Gartenplatten platschen, leise quietscht das niedrige Türchen, dann ist sie weg.

Auf Herberts Stirn brennen Hildes Finger. Der kleine Schweißtropfenfleck ist fast schon verschwunden. Still ist es im Haus. Früher hat es immer von unten leise heraufgeknarrt, -geklappert oder -geschnarcht. Oder die Klospülung ist gegangen, mehrmals in der Nacht. Vor allem aber waren die gutgelaunten Fernsehstimmen da. Und dieses eine, immer wieder neu interpretierte und geschickt variierte Volksmusiklied. Plötzlich kann Herbert gar nicht mehr begreifen, wie ihn Mutters Fernseher einmal hat stören können. Wenn die Mama bald aus dem Krankenhaus zurückkommt, denkt er sich, wird er ihr einen neuen Fernseher kaufen, einen größeren Fernseher, einen riesigen, einen gigantischen Fernseher, den mit Abstand gigantischsten Fernseher, den es überhaupt zu kaufen gibt, ausschließlich mit einem Lastwagen und mindestens zwei Hilfsarbeitern zu transportieren, aber natürlich vom Feinsten, neueste Optik, neueste Technik und überhaupt mit allem Drum und Dran, denkt sich Herbert weiter. Eines bestimmten Tages wird er die nichts ahnende Mutter in ihr Zimmer führen und mit einer recht selbstverständlichen Geste auf den neuen Riesenfernseher zeigen, nachsichtig wird er sich dann der mütterlichen Dankbezeugungen und der tränenreichen Liebkosungen erwehren müssen und schließlich langsam und bescheiden lächelnd hoch in sein Zimmer gehen, nur ein einfacher junger Mann, der seiner alten Mutter eine Freude bereitet hat, nicht mehr und nicht weniger.

Auf Herberts Stirn brennt jetzt nichts mehr. Der Schweiß-tropfenfleck ist endgültig weg, eins geworden mit dem Teppich. Herbert hebt den Kopf. Immer noch klebt Georg regungslos an der Scheibe und schaut. Und zum ersten Mal in seinem Leben ist Herbert neidisch auf einen Fisch.

DIE WUT EINES LEBENS

Auf der Straße ist es kaum kühler als im Zimmer. Aber ein leichter Wind geht. Hildes Nachthemd flattert ein bisschen. Unten zieht es hinein. Oben auch. Das ist schön. Hilde hebt die Arme. Und das Kinn. Schließt die Augen. Ganz gestreckt steht sie so eine Weile mitten auf der Landstraße und atmet die Nacht ein. Dann öffnet sie die Augen wieder, lässt Kinn und Arme sinken und geht weiter. Der Asphalt unter Hildes Fußsohlen ist rau und warm. Die kleinen spitzen Steinchen machen nichts. Links und rechts rauschen leise die Felder, kniehoch stehen die Halme. Der Himmel hängt tief. Keine Sterne, kein Mond. Irgendwo dort vorne verliert sich die Straße in der Dunkelheit. Dort will Hilde hin. Und noch weiter will sie. Noch viel weiter. Durch die Dunkelheit hindurch will sie. Und auch dann will Hilde nicht stehen bleiben. Noch lange nicht.

Und so läuft die weiße runde Hilde barfuß und im leicht flatternden Nachthemd die nächtliche Straße entlang, ihren Gedanken hinterher und dem neuen Tag entgegen.

Auf einmal aber legt sich eine fahrige Helligkeit auf den Asphalt. Von hinten knattert leise etwas heran. Hilde dreht sich um. Ein rundes Licht in der Nacht. Ein Scheinwerfer. Ein Moped. Ein Schichtarbeiter, verdrossen auf dem Weg zur Frühschicht vielleicht, denkt sich Hilde, oder von der Spätschicht erschlagen auf dem Weg nach Hause. Hildes eigener Schatten torkelt vor ihr auf der Straße hin und her. Das Knattern wird lauter. Und lauter. Dann bleibt es konstant. Wieder dreht Hilde sich um. Ein paar Autolängen hinter ihr folgt das Moped im Schritttempo, torkelnd und schlingernd von einer Straßenseite zur anderen. Ein Mann sitzt da drauf, so viel kann Hilde schon sehen, mit der Hand wie ein kleines Vordach über den Augen. Ein Mann, nicht allzu groß, nicht dünn, nicht dick. Bergschuhe, schwarze Hose, kariertes Hemd, kein Helm, weißblonde Stoppeln auf dem Kopf, ein Lächeln, dem drei Zähne fehlen. Der Greiner ist das.

Beim Abendessen hat der Greiner noch lautstark und ausgiebig mit den Eltern gestritten, wegen dem Arbeitengehen, dem Taschengeld und wegen einigen anderen unangenehmen Sachen. Danach hat er sich in sein Zimmer verzogen, hat stundenlang in den Fernseher hinein gestarrt und dabei Biere getrunken. Und weil die Laune sowieso schon im Keller war und obendrein die Fernsehsendungen ein ziemlicher Scheißdreck waren, hat er eben viele Biere getrunken. Acht, um genau zu sein. Und zwei kleine Schnäpse. Aber die zählen nicht, wenn man es gewohnt ist. Jedenfalls ist dem Greiner dann mitten in der Nacht langweilig geworden, so alleine vor dem Fernseher. Und da hat er sich aus dem Haus geschlichen, hat das alte

Moped vom alten Greiner aus der Garage geschoben und ist losgefahren. In die Stadt, in die Disko, irgendwohin, egal, nur weg und was erleben. Die Biere hat er natürlich schon gemerkt. Mit der Spurgenauigkeit war es vorbei. Aber in der Nacht macht das nicht viel aus. Und so ist er eben die Landstraße entlang geschlingert und hat dumpf vor sich hin geschaut, bis dann schließlich etwas Weißes, Pralles vor ihm im Scheinwerferlicht aufgetaucht ist. Mit flatterndem Nachthemd und braunen Haaren. Da hat der Greiner die Hilde erkannt und sich gefreut. So muss es sein, hat er sich gedacht, wer suchet, der findet.

Hilde bleibt stehen. Der Greiner auf dem Moped auch. Durch die Halme am Scheinwerferkegelrand streicht ganz leicht der Wind.

»Grüß dich!«, sagt der Greiner.

»Grüß dich!«, sagt Hilde.

Der Greiner grinst. Hilde nicht.

»Was willst?«, fragt sie.

»Was glaubst?«, fragt der Greiner zurück.

Hilde zuckt mit den Schultern, dreht sich um und geht weiter. Das Knattern folgt. Hilde wird schneller. Das Knattern auch. Noch schneller. Und noch ein bisschen schneller. Und auf einmal beginnt Hilde zu rennen. Wie ein Fähnchen flattert das Nachthemd hinter ihr her. Das Knattern wird lauter. Obwohl das natürlich Blödsinn ist. Das weiß Hilde auch. Trotzdem wird das Knattern lauter und immer lauter. Überall ist dieses Knattern jetzt, hinter Hilde, vor ihr, um sie herum, in ihrem Kopf. Sogar das eigene Keuchen kann sie gar nicht mehr hören, wegen diesem unerträglich lauten Knattern. Sie stolpert, gerade noch kann sie sich aufrecht halten, weiter geht es, schneller, schneller, wieder stolpert sie, strauchelt, rudert mit den Armen, nur nicht fallen, nur nicht stürzen, nur nicht liegen bleiben, weiter, immer weiter. Hildes zittriger Schatten taumelt hin und her auf dem Asphalt.

Dem Greiner gefällt das. Der schlingert dieser stolpernden Frau hinterher und lacht. Die schlechte Laune von vorhin ist lange schon vergessen. Jetzt ist was los. Jetzt geht was. Jetzt brennt es in der Brust. Der Jagdtrieb wühlt im Greiner. Und weil der Jagdtrieb bekanntlich jedes Hirn zerwühlen kann, gibt der Greiner noch einmal Gas und fährt, so dicht es geht, an Hilde heran. Ganz genau kann er ihr Keuchen hören. Und da ist es so weit. Da bricht etwas durch unter dem blondgestoppelten Schädel, alle Muskeln spannt der Greiner an, steht in den Pedalen auf, stößt sich ab und springt mit einem wilden Juchzer dem flüchtenden Wild ins Kreuz.

Hilde knickt ein. Die Knie schlagen auf den Asphalt. Die Hüfte. Die Schulter. Der Kopf. Der Greiner ist schon auf ihr, fest hat er sie umklammert. Hilde schreit. Der Greiner auch. »Halts Maul!«, schreit er, richtet sich auf und haut Hilde zwei Ohrfeigen herunter. Links und rechts. Das bisschen Blut, das da aus ihrer Nase geschossen kommt, stört ihn nicht. »Du kleine Sau, du!«, sagt er. »Du kennst dich schon aus, oder?« Eine Antwort wartet er gar nicht erst ab. Der Greiner interessiert sich jetzt nicht für Antworten. Eigentlich will er überhaupt nichts mehr reden. Geredet hat er sowieso genug in seinem Leben. Jetzt will er was ganz anderes. Hilde spürt die Hand an ihrer Stirn, wie die durch ihre Haare fährt, wie die in ihre Haare hineingreift und dann an der Schläfe entlangstreicht; am Ohr spürt sie die Hand, an der Wange, am Kinn, am Hals, groß, warm und rau. Hilde beginnt zu strampeln, zu treten, zu schlagen. Und zu kratzen. Aber der Greiner kann sich wehren. Schwer sitzt der auf Hildes Oberschenkel, blockt die Schläge ab, hält mit einer Hand die Handgelenke fest, schlägt mit der anderen Hand wieder zu. Links und rechts. Handfläche. Handrücken. Und da hört Hilde auf, wird ruhig und legt den Kopf zur Seite. Das Moped liegt da. Immer noch dreht sich das Vorderrad langsam und langsamer und aus. Hilde schließt die Augen.

»Brav!«, sagt der Greiner, keucht noch ein bisschen und macht sich die Hose auf. Jetzt ist es so weit, denkt er sich, jetzt gibt es nichts mehr, gar nichts mehr. Dann hört er was und dreht sich um. Und dann schlägt ihm ein schwarzer Blitz einen Spalt zwischen die Augen, und alles ist weg.

Das war nämlich so: Herbert ist ja am Bettrand gesessen, hat seinem Schweißtropfen beim Versickern zugeschaut, irgendwann aber den Kopf gehoben, Georg an der Aquariumscheibe kleben gesehen und ihn beneidet. So ein Fisch hat es gut, hat er sich gedacht, schwimmt hin und her, frisst, scheißt, alles im selben Wasser, hängt an der Scheibe, schaut und hat ansonsten keine weiteren Bedürfnisse, schön muss das sein, praktisch ein Leben im Einklang mit der eigenen Existenz, hat er sich gedacht, da können sich sogar die Buddhisten noch einiges abschauen von so einem Fisch. Mit solchen Gedanken ist Herbert dann aufgestanden und zum Aquarium hingegangen. Und als er gerade in die Dose mit dem bräunlichen Futterpulver hineingreifen hat wollen, sind ihm gleichzeitig zwei Sachen aufgefallen. Erstens, dass er Georg ziemlich gerne hat. Und zweitens, dass sich dort draußen, ganz weit hinten auf der Landstraße, etwas Helles bewegt. Kein Auto, kein Traktor und auch kein nächtlich verirrter Radfahrer. Da hat Herbert die Fischfutterdose stehen gelassen, ist zum Fenster gegangen, hat die Augen zugekniffen und Hilde erkannt. Die weiße runde Hilde im flatternden Nachthemd hat er erkannt, wie sie in einem schlingernden Scheinwerferkegel die Straße entlangstolpert. Und dann hat er das Moped erkannt, die Bergschuhe, das karierte Hemd, den hellen Stoppelkopf. Und da ist er losgerannt.

In letzter Zeit hat Herbert unverhältnismäßig oft die falschen Sachen angehabt. Oder gar keine. Und auch diesmal wieder ist er nackt aus dem Haus gelaufen. Aber das war ihm egal. Alles war ihm jetzt egal. Nur nicht die stolpernde Hilde im Scheinwerferlicht.

Durch den Garten ist er gerannt, ein Sprung über das Türchen, die Mauer entlang, unter dem Vordach hindurch, im Vorbeirennen hat er das kleine Höckerchen an sich gerissen, über die Betonfläche, über den Grünstreifen, ein kurzer Flug über den Straßengraben und weiter, die nachtdunkle Straße entlang. Weit vorne hat er das torkelnde Licht gesehen. Und Hilde. Und den Greiner auf dem Moped. Herberts Lunge hat gestochen, die Fußsohlen haben gebrannt, das Herz ist mit den Schritten um die Wette gerast. Und immer noch war es ihm nicht schnell genug. Vorne ist nämlich der Greiner plötzlich aufrecht in den Mopedpedalen gestanden, ist gleich darauf abgehoben und Hilde ins Kreuz geflogen, beide hat es umgeschmissen, das Moped sowieso, gekracht und gescheppert

166

hat es, der Scheinwerfer ist ausgegangen, und alles war dunkel. Herbert hat die Augen geschlossen, hat geschrien, und dann war er da. Der Greiner hat sich umgedreht, und Herbert hat ihm das kleine Höckerchen mit ungebremster Wucht vor die Stirn geknallt.

Im Greinerkopf knackt es, der silbergraue Blick bricht, wie eine Schlachtsau beim Stromstoß verdreht er die Augen und kippt nach links um. Herbert schlägt noch einmal zu. Den Brustkorb trifft er, oder die Schulter, oder den Oberarm, oder alles auf einmal. Wieder knackt es irgendwo. Das Höckerchen splittert und hat ausgedient. Immer noch hat Herbert nicht genug. Noch lange nicht. Nie wird er genug haben. Auf die Knie lässt er sich fallen und mit beiden Fäusten schlägt er auf den Greiner ein. Überall trifft er ihn, im Gesicht, am Ohr, am Hals, im Nacken, am Brustbein, am Bauch. Manche Schläge gehen daneben, fahren in den Straßenasphalt, die Fäuste platzen, aber das spürt Herbert nicht, gar nichts spürt er. Der sieht nur den blutigen Greinerkopf unter sich. Den packt er und zieht und zerrt und reißt daran herum. Herbert will dem Greiner seinen Schädel ausreißen. Überhaupt will Herbert den ganzen Greiner zerreißen, zerstückeln, zerpflücken. Und danach will er gleich weitermachen, mit allem, mit dem Dorf, mit der Gegend, mit der ganzen Welt, dann mit der Mama und zum Schluss mit sich selbst. Nichts will Herbert übrig lassen. Gar nichts.

Und so sitzt mitten auf der Landstraße der nackte Herbert auf dem Greiner und versucht ihm seinen blutigen Schädel auszureißen.

Vielleicht wäre ihm das auch gelungen. Wenn Hilde ihn nicht mit aller Kraft vom Greiner heruntergerissen hätte, sich auf ihn gelegt und ihn festgehalten hätte. Eine Weile hat Herbert noch versucht, sich unter ihr hervorzustrampeln und erneut auf den Greiner loszugehen. Aber Hilde war stärker. Oder schwerer. Und irgendwann war es aus. Keine Wut mehr übrig.

Auch von Herbert ist kaum noch etwas übrig. Flach liegt er auf dem Rücken und schaut hoch in Hildes Gesicht. Jetzt erst sieht er das dunkle Blutbächlein an ihrer Nase. Und da nimmt er Hilde und zieht sie an sich und streichelt sie. Noch nie hat er einen Menschen gestreichelt. Jetzt schon. Eine runde, weiche Wölbung ist Herberts Hand, da passt Hildes Kopf genau hinein. Mit der anderen Hand hält er sie fest. Damit sie nicht von ihm herunterrutschen kann. Damit sie bei ihm bleibt. Und überhaupt einfach so. Ganz zart streichelt er über ihren Kopf. Oben ist der Himmel schwarzgrau wolkig gescheckt. Für einen Regen reicht das noch lange nicht. Aber immerhin.

»Der rührt sich gar nicht mehr«, sagt Hilde leise und nickt zum Greiner hinüber. Und da hat sie recht. Regungslos und ziemlich verdreht liegt der da.

»Greiner?«, sagt Herbert. Aber der Greiner antwortet nicht. Hilde rappelt sich hoch. Herbert auch. »Ich schau lieber einmal!«, sagt er und beugt sich über den verdrehten Körper. Langsam und vorsichtig, man kann nämlich nie wissen. Und auf einmal sieht er das ganze Malheur. Der Greinerkopf hängt unnatürlich schief am Hals. Das Gesicht ist ein blutiger Haufen. Die Stirn gerissen, die Augen zwei dunkle Geschwulste, die Nase ein Bruchstück, der Mund ein schwarzes Loch.

»Greiner?«, fragt Herbert noch einmal. Nichts. Herbert stupst ihn an. Mit dem Fuß. Mit der Hand. Nichts. Herbert legt einen Finger an den Greinerhals, warm ist das Blut, warm ist auch der Greiner darunter. Aber bewegen tut sich nichts mehr.

»Der ist tot!«, sagt Herbert.

»Was?«, fragt Hilde.

»Der Greiner ist tot«, sagt Herbert. Hilde schaut. Jetzt hat sie verstanden. Herbert auch. Und in seinen Augen sitzt die weiße Angst.

An einem seligen Tag ist der Papa nach Hause gekommen und hat aus einer speckigen Aktentasche eine kleine Katze herausgezogen. Die hat Gabi geheißen und war schwarz mit einer weißen Pfote und einem weißen Fleck zwischen den Augen. Der wirklich noch sehr kleine Herbert hat das Tierchen in die Arme gekriegt und hat zwei Tage nicht mehr reden können vor lauter Freude. Bald aber hat Gabi zu stinken angefangen und ist abgemagert und apathisch unter dem Heizkörper herumgelegen. Einmal hat der kleine Herbert versucht, sie da unten hervorzuziehen. Drei saftige Kratzer haben sich in seinen Handrücken und in seine Seele eingegraben. Irgendwie hat er aber dann Gabi am Schwanz erwischt und gegen die Wand geschmissen. Der Papa hat den kleinen Körper auf dem Acker hinter der Tankstelle begraben. Jetzt geht es ihr besser, hat er gesagt, mit der war das ja von vornherein alles nichts. Die Mutter war böse und hat den kleinen Herbert eine ganze Weile nicht angeschaut. In Wirklichkeit hat sie nur nicht gewollt, dass er ihre Tränen sieht. Der kleine Herbert hat aber sowieso von alldem noch nicht so viel verstanden. Noch wochenlang hat er jeden Morgen nach seiner Katze Gabi gefragt.

Heute versteht Herbert genug. Der Greiner ist tot, er nicht, die Hilde ist da, und das Leben hat eigentlich gerade erst angefangen.

»Du, Hilde«, sagt Herbert, »das hat doch jetzt alles gerade erst angefangen!«

»Ja«, sagt Hilde.

»Das darf doch jetzt nicht einfach so wieder aufhören, oder?«, sagt Herbert.

»Nein«, sagt Hilde.

»Aber hier hat das keine Zukunft mehr«, sagt Herbert.

»Nein«, sagt Hilde. Irgendwo in den Halmen raschelt es leise. Ein schläfriger Vogel vielleicht. Dann ist alles wieder ruhig.

»Kommst du mit?«, fragt Herbert. Ganz leise ist seine Stimme. Aber Hilde hat ihn trotzdem verstanden.

»Wohin?«, fragt sie.

»Weiß nicht«, sagt Herbert.

»Und die Mutter?«, fragt Hilde. Das erwischt Herbert jetzt. Das schmeißt seine Pläne durcheinander. Soweit von Plänen überhaupt die Rede sein kann. Eine ganze Weile steht er einfach nur so da, schaut mit leerem Blick auf den Asphalt hinunter und sucht sich seine Gedanken zusammen. Aber so nach und nach hat er sie alle gefunden. Und den Mut obendrein. Die weiße Angst ist erst einmal zurückgerutscht, ins Herz, in den Bauch oder sonst wohin. Die wird sich schon wieder rühren, wenn es Zeit ist. Jetzt nicht.

»Die kommt mit!«, sagt Herbert, macht zwei entschlossene Schritte auf Hilde zu, nimmt sie bei der Hand und läuft mit ihr zur Tankstelle zurück. So schnell es geht.

Der Greiner bleibt liegen. Der hat jetzt seine Ruhe.

DIE FLUCHT

Bei Herbert und Hilde ist dann alles schnell gegangen. Den Dreck und das Blut haben sie sich unter der Dusche gegenseitig abgewaschen, Herbert hat sich geschämt, Hilde hat gesagt, dafür wäre jetzt keine Zeit, Herbert hat sich was angezogen, Hilde auch, Herbert hat Georg vom Aquarium in ein großes Marmeladenglas umgeschüttet, Hilde hat irgendwo einen kleinen Rucksack hervorgekramt und mit ein paar Sachen vollgestopft, Leibchen, Pullover und so, Herbert hat Hilde zwei kleine Wattepfropfen in die Nase gesteckt, Hilde hat Herbert die Fußsohlen verpflastert, Herbert hat das Glas mit Georg unter den Arm genommen, Hilde hat sich den Rucksack umgeschnallt, dann sind die beiden aus dem Haus gerannt und haben sich auf das kleine blaue Fahrrad gesetzt, Hilde auf den Sitz, Herbert auf die Lenkstange, und sind losgeradelt. Auf der Straße ist der Greiner immer noch verdreht neben seinem Moped gelegen. Herbert hat sich bemüht, nicht hinzuschauen. Schnell waren sie vorbei.

Der Weg in die Stadt war lang wie der Rest der Nacht, und als die Ränder der Landschaft zu leuchten begonnen haben, sind Hilde und Herbert schon in das vorstädtische Betonlabyrinth eingeradelt. Nur wenig später ist Herbert steif und verbogen vom Lenker gesprungen, und Hilde hat das Rad an die Wand neben den Krankenhauslieferanteneingang gelehnt.

Die Tür war offen, die Pförtnerloge leer, der Lift hat funktioniert, der Gang war dunkel, aus dem Schwesternzimmer hat es leise herausgeschnarcht, drei Türen weiter ist die Mutter mit offenen Augen im Bett gelegen und hat gegen die Decke gestarrt.

»Grüß dich, Mama!«, sagt Herbert. Die Mutter lächelt. Vielleicht, weil sie sich freut. Oder wegen der Tabletten.

»Frag mich jetzt nicht, warum«, sagt Herbert, »aber wir müssen weg!«

»Warum?«, fragt die Mutter. Herbert seufzt, greift der Mutter unters Kreuz und zieht sie in den Sitz hoch. »Erst verabschieden!«, sagt die Mutter.

»Von wem?«, sagt Herbert und steckt ihr die Hausschuhe an die Füße.

»Von der Frau Herms!«, sagt die Mutter und nickt zu dem Bett in der anderen Ecke hinüber. In diesem Bett hat sich letztes Mal noch der kleine Mensch unter seiner gelblichen Decke bewegt. Jetzt bewegt sich nichts mehr, das Bett ist leer, das Laken glatt.

»Die Frau Herms ist nicht mehr da, Mama«, sagt Herbert.

»Die hat es gut!«, sagt die Mutter und kichert leise.

»Ja, Mama!«, sagt Herbert. »Aber jetzt komm!« Wieder greift er der Mutter hinters Kreuz und hebt sie an. Aber die Mutter will nicht stehen. Oder kann nicht. Wie dürres Laub hängt sie in seinen Armen. Herbert schaut sich im Zimmer um. Vier Betten, vier Nachtschränkchen,

der Tisch mit der leeren Vase, die orangefarbenen Plastikstühle, an der Tür die nervöse Hilde mit dem Rucksack
und dem Marmeladenglas in der Hand. Und der Rollstuhl
im Eck.

Lang und dunkel ist der Gang. Zahlreich liegen links und
rechts die Krankenzimmertüren. Wer weiß, was sich dahinter alles tut. Oder eben nicht mehr tut. Hilde weiß das
nicht. Herbert schon gar nicht. Die beiden haben jetzt
auch keine Gedanken für solche Dinge. Hilde läuft voran
und trägt Georg, den Rucksack und eine Plastiktüte mit
Mutters Sachen, Herbert läuft hinterher und schiebt den
Rollstuhl. Schief und klein hängt die Mutter da drinnen,
noch nie hat Herbert seine Mutter so schief und klein gesehen. Und zum ersten Mal überhaupt hat er ihren nackten Hintern gesehen. Vorhin nämlich, als er sie aus dem
Bett gehoben hat, da ist das grünliche Krankenhemd hinten aufgegangen und hat Rücken und Hintern freigegeben. Die Schulterblätter waren ausgeklappt wie zwei ge-
stutzte Flügel, die Wirbel eine morsche Perlenkette, die
Rippen wie Regenschirmspeichen unter der dünnen Haut,
der Hintern ein faltiger Sack. Herbert hat es ein bisschen
gegraust. Aber im selben Moment hat er sich dafür geschämt, hat seiner Mutter das Hemd, so gut es geht, zugezogen, sie in den Rollstuhl gesetzt und aus dem Zimmer
geschoben. Leise geht es den Gang entlang. Noch leiser
geht es am Schwesternzimmer vorbei. Das Schnarchen
von vorhin hat aufgehört. Tiefschlaf wahrscheinlich. Hoffentlich. Dort vorne ist schon der Lift. Aber jetzt will die
Mutter etwas. Ausgerechnet jetzt will sie etwas, dreht sich
um, hustet und will was sagen.

»Jetzt nicht, Mama«, flüstert Herbert.

»Was?!«, schreit die Mutter mit einer unerwarteten Kraft in der Stimme.

»Leise jetzt!«, sagt Herbert und gibt der Mutter einen kleinen Klaps auf den Hinterkopf. Den hat er eigentlich gar nicht gewollt, der ist ihm ausgerutscht, praktisch ein Reflex. Aber sowieso zu spät. Hinten geht die Tür auf. Eine Nachtschwester ist das. Eine lange, dünne Nachtschwester mit Kittel, Haube und schlechter Laune.

»Hallo?«, ruft die Nachtschwester den drei Gestalten im dunklen Gang hinterher. »Was machen Sie denn da?«

»Gar nichts«, sagt Herbert freundlich. Und dann beginnt er zu rennen. Hilde auch.

Den Gang rennen sie hinunter, der Lift ist nicht da, Knopf drücken, der Lift braucht ewig, hinten klappern schon die Schwesternschlappen heran, also weiter, ums Eck, die Gummipflanzenblätter rascheln beim Vorbeirennen, hinten schreit die Nachtschwester, vorne geht eine Milchglastür auf, noch einmal ums Eck, der Boden ist glatt, der Rollstuhl rutscht, Herbert schlittert, fast kippen beide, aber eben nur fast, die Mutter kichert, und weiter und schneller und aus. Hier endet der Gang.

»So. Aus. Vorbei«, sagt Herbert und lässt sich schlaff gegen die Wand fallen. Hilde schaut sich um, läuft ein paar Schritte zurück und beginnt nacheinander die Türen aufzureißen. Das erste ist ein Krankenzimmer. Das zweite auch. Das dritte ist ein Klo. Das vierte ist das Treppenhaus.

»Nichts ist vorbei!«, sagt Hilde und hält die Tür weit auf. Herbert nickt, stößt sich federnd von der Wand ab, greift zum dritten Mal in dieser Nacht seiner Mutter ins

Kreuz und legt sie sich auf beiden Armen zurecht. Wie ein kleines Kind liegt sie da.

»Früher«, sagt sie und kichert wieder ein bisschen, »hab ich das bei dir gemacht, kannst du dich erinnern?«

»Ja, Mama!«, sagt Herbert und rennt los. Ins Treppenhaus rennt er, die steinernen Stufen hinunter, immer Hilde hinterher. Der siebente Stock geht gut, der sechste Stock eigentlich auch, im fünften Stock beginnen Herberts Arme wehzutun, und das Kreuz, und die Beine, im vierten Stock tut alles weh, im dritten Stock keucht Herbert wie ein Lungenkranker, im zweiten Stock hätte es ihn mitsamt Mutter fast bis in den ersten Stock hinuntergeschmissen, im ersten Stock hat Hilde ihn stützen müssen, im Erdgeschoss war die Ausgangstür zu, und Herbert hat einen kurzen Tobsuchtsanfall bekommen, im ersten Kellergeschoss waren die Pathologie und ein paar Mülltonnen, im zweiten Kellergeschoss war dann die Tiefgarage, und Herbert hat die Mutter abgestellt und an den Türstock gelehnt.

Düster ist es in der Garage, düsterer als zum Beispiel in der heimatlichen Waschanlage. Kein Wunder, denkt sich Herbert, dass Frauen und Kinder und schwächliche Männer sich da nicht wohl fühlen. Viele Autos stehen nicht herum. Ein riesiges vom Oberarzt, zwei große von den Unterärzten, ein mittleres vom Haustechniker, drei, vier kleine von den Nachtschwestern und ein paar winzige von den Putzfrauen. Und dann noch ein Rettungswagen, groß, weiß, mit Blaulicht und allem Drum und Dran. Vor allem aber mit einem Schlüssel an der Fahrertür.

»Wer von uns kann fahren?«, fragt Herbert. »Ich nicht.«

»Ich auch nicht!«, sagt Hilde.

»Ich schon gar nicht!«, sagt die Mutter und beginnt langsam am Türstock abzurutschen.

Herbert seufzt. »Gut«, sagt er, »dann fahre ich!« Wieder packt er sich die Mutter zurecht und trägt sie quer durch die Tiefgarage zum Krankenwagen hinüber. Im Treppenhaus schreit schon die Nachtschwester.

»Schnell!«, sagt Herbert. Aber das hätte er gar nicht sagen müssen. Hilde sitzt schon auf dem Beifahrersitz und versucht, das Marmeladenglas bruchsicher zu verstauen. Herbert hievt die Mutter hoch, rennt zum Treppenhaus zurück, schließt die Tür, klemmt ein Mofa unter die Klinke, rennt zurück, springt hinter das Lenkrad, die Mutter kippt zur Seite, Hilde hält sie fest, an der Treppenhaustür rüttelt die Nachtschwester, unter dem Beifahrersitz saust Georg aufgeregt hin und her, die Mutter schläft ein, Herbert erinnert sich, wo das Zündschloss ist, steckt den Schlüssel hinein, dreht ihn um, legt den ersten Gang ein und gibt Gas.

Früher hat der kleine Herbert während der samstäglichen Einkaufsfahrten vorne bei Papa auf dem Schoß sitzen dürfen. Ganz genau hat er hingeschaut, hat sich alles erklären lassen, stolz hat er auf gerader Strecke das Lenkrad halten dürfen. Und manchmal ist seine kleine Hand unter der riesigen Hand vom Papa auf dem kühlglatten Schalthebel gelegen. Bis zum dritten Gang hat er hochschalten dürfen und ist dabei vor Vergnügen quietschend auf dem Papaschoß herumgehüpft. So lange, bis dem Papa was wehgetan hat und er den kleinen Herbert wieder hinüber auf den Beifahrersitz geschmissen hat.

Diese samstäglichen Einkaufsfahrten fallen Herbert jetzt wieder ein. Der Stolz und das Vergnügen von damals sind weg. Seltsam fühlt sich der Schalthebel an unter der einsamen Hand. Dreimal hat er versucht vom Fleck zu kommen. Dreimal hat der Krankenwagen gewürgt und geruckelt, dreimal ist er abgestorben. Beim vierten Mal hat Hilde dann die Handbremse gefunden und entsichert, und der Wagen hat sich hüpfend in Bewegung gesetzt.

Ganz langsam geht es durch die Tiefgaragendüsterkeit, die Schalter für die Scheinwerfer wird Herbert irgendwann schon finden, jetzt ist keine Zeit für so etwas. Stark gekrümmt und hoch konzentriert sitzt er hinter dem Lenkrad, die Stirn fast an der Windschutzscheibe. Ein helles Rechteck geht dort vorne auf, Herbert steigt aufs Gas und zur Sicherheit auch noch ein bisschen auf die Kupplung, und so geht es im Schritttempo und mit heulendem Motor in die matte Frühmorgenhelligkeit hinaus.

In der Tiefgarage bleibt das dumpf hallende Nachtschwesterngeschrei zurück. Wie das Gezeter einer höllengeschundenen Seele, denkt sich Herbert und steigt, so fest er kann, aufs Gaspedal. Im Rückspiegel schrumpft das Krankenhaus, kurz sieht Hilde noch ihr kleines, blaues Fahrrad von der Krankenhauswand herüberblitzen, dann ist es weg.

Herbert schaltet in den zweiten Gang, es kracht im Getriebe, aber es geht voran, die rote Ampel stört nicht um diese Uhrzeit, er reißt den dritten Gang ein, die Mutter schnarcht in Hildes Schoß, die hohen Häuser bleiben zurück, dann die mittleren und bald auch die niedrigen, und ehe die Nachtschwester sinnvoll Alarm schlagen hat können, fährt der Krankenwagen mitsamt Herbert, Hilde und der Mutter aus der Stadt hinaus und der aufglühenden Morgensonne entgegen.

Die Wolken in der Nacht waren nur ein Ausrutscher. Hell ist der frühe Morgen, heiß wird der Tag. Bald werden die Leute missmutig aus ihren Häusern kriechen, sich in ihre Autos setzen und die Gegend bevölkern, auf ihrem Weg zur täglichen Niederlage. Jetzt noch nicht. Jetzt sind die Straßen noch leer. Die Landstraßen sowieso. Nur selten wackelt ein fleißiger Traktor über den Horizont. Oder ein besoffener Mofafahrer auf der Heimfahrt von der Disko. Aber wirklich nur sehr selten.

Herbert hat jetzt alles einigermaßen im Griff. Gas geben geht ganz gut, die Bremsen hat er kaum gebraucht, nur noch zweimal ist der Motor abgestorben, aber das ist auch schon wieder ein paar Kilometer her. Nur über den dritten Gang traut er sich noch nicht hinweg. Langsam und hochtourig heult der Krankenwagen durch die Landschaft.

»Und jetzt?«, fragt Hilde.

»Was?«, fragt Herbert.

»Wohin jetzt?«, fragt Hilde.

»Weg!«, sagt Herbert.

»Aber die suchen uns sicher schon!«, sagt Hilde.

»Wer?«, fragt Herbert.

»Weiß nicht«, sagt Hilde, »die Nachtschwester. Die Polizei. Alle.«

»Darum fahren wir ja weg!«, sagt Herbert.

Hilde schaut eine Weile zum Fenster hinaus, sieht die Schrebergärten vorbeiziehen, sieht die Felder, die großen fetten Strohballen mit den langen Schatten, die kleinen schwarzen Vögel auf den Hochspannungsmasten, die Kühe, die Bäume, einen alten Bauern mit Hut und noch ein paar andere Sachen. Aber irgendwie kann sie sich nicht so recht mit der Landschaft abfinden. Und mit Herberts Antworten.

»Aber so ein Krankenwagen ist doch leicht zu finden!«, sagt Hilde.

»Ich weiß!«, sagt Herbert und schaut möglichst stur geradeaus.

»Und?«, fragt Hilde.

»Lass das mal meine Sorge sein!«, sagt Herbert. Dann verreißt er das Lenkrad und biegt rechts ab.

So etwas hat Herbert auch noch nie gesagt. Lass das mal meine Sorge sein. Wie aus einem billigen Liebesfilm gestohlen, so hat sich das angehört. Aber trotzdem irgendwie passend. Praktisch ein Mann, der für sein Leben und für seine Taten geradesteht, der weiß, was er tut, der sich seiner Verantwortung bewusst ist und ruhig und überlegt handelt. Wobei ehrlicherweise: Viel hat Herbert sich nicht überlegt. Eigentlich gar nichts. Der ist einfach nur rechts abgebogen. Von der großen Straße auf eine kleinere nämlich. Dann ist er auf eine noch kleinere Straße abgebogen und gleich darauf auf einen staubigen Feldweg. Die letzten paar Scheunen, Zäune und Kühe sind zurückgeblieben, bald sind aus dem Feldweg Wurzeln herausgewachsen, unter den Reifen hat es geknackt, immer größere Steine sind nach allen Richtungen weggesprungen, und auf einmal war es schattig, und der Krankenwagen war im Wald.

Immer holpriger und verwachsener ist der Weg geworden, manchmal steil, oft eng. Mit einem seltsam verzerrten Gesichtsausdruck ist Herbert hinter dem Lenkrad gesessen und hat versucht, um die größeren Brocken und Wurzeln herumzukommen. Manche hat er voll erwischt, wie ein Bock im Bremsenschwarm ist der Krankenwagen dann gesprungen. Fast hätte es die Mutter aus ihrem Schlaf und aus Hildes Schoß geschmissen. Aber eben nur fast. Und dann war der Weg zu Ende.

»Aus«, hat Hilde gesagt.

»Nein«, hat Herbert gesagt und ist weitergefahren.

Noch verzerrter war Herberts Gesichtsausdruck jetzt. Noch vorsichtiger ist er aufs Gas gestiegen. Und praktisch immer ist er auf der Kupplung gestanden. Im Schritttempo ist der Krankenwagen ins schummrige Buschgewirr eingefahren. Hässlich hell war das Dornengekreisch auf dem Blech, hässlich dumpf war das Poltern der Steine am Unterboden, die tiefen Äste haben das Dach zerschliffen, die noch tieferen Äste haben die Scheibenwischer von der Windschutzscheibe gefegt, ein Rückspiegel ist an einer Birke abgeknackt, das Blaulicht an einem Eichenast, die Reifen haben den Halt verloren, ein paar Meter ist der Wagen abgerutscht, fast wäre er gekippt, Hilde hat gequietscht, Herbert auch, der Wagen ist aufrecht geblieben, der Wald ist lichter geworden, der Boden weicher, das Gras höher und noch höher und noch ein bisschen höher und aus. Eine Wand aus hohem Schilf ist vor dem Krankenwagen gestanden. Herbert hat den Motor abgewürgt, gleich darauf ist ein großer, hellgrauer Vogel laut schreiend aus dem Schilfgewirr herausgebrochen, hochgeflattert und irgendwo anders wieder abgetaucht, dann war es ruhig.

»So!«, sagt Herbert. »Das war es jetzt!« Ganz gerade und aufrecht sitzt er da, die Hände immer noch fest am Lenkrad, den Blick starr aufs Schilf gerichtet, praktisch ein Mann, der weiß, was er tut, der weiß, um was es geht, der überhaupt ziemlich viel weiß. Eine Weile hält er sich. Aber dann entgleitet ihm etwas. Oder vielleicht sogar alles. Herberts Kraft verrinnt. Die Augen schließt er, langsam kippt er nach vorne, legt seine Stirn aufs Lenkrad und bleibt so. Wirklich ruhig ist es im Wald. Ruhig, aber nicht still. Da knackt es, dort knarrt es, oben rauscht und singt es, unten raschelt und zirpt es. Waldesruhe eben.

Die ganze Zeit hat Hilde die Mutter im Schoß gehabt. Die ganze Zeit hat sie sie festgehalten. Jetzt tun ihr die Arme weh, das Kreuz, der Hintern, die Beine. Die Nase sowieso. Der Greiner hat seine Spuren hinterlassen. Die Nacht war lang und voll. Ein bisschen regt sich der leichte Mutterkopf in Hildes Schoß. Aber nur ein bisschen. Hilde schaut zu Herbert hinüber. Wie der vornübergebeugt dasitzt, mit der Stirn am Lenkrad. Dünn ist er, der Hals ein Strich, die Wangen zwei Gruben. In der Schläfe pocht eine kleine blaue Ader. Noch nie hat Hilde diese kleine Ader gesehen. Noch nie hat sie diese Ader angefasst. Jetzt schon. Jetzt legt sie vorsichtig ihre Hand an Herberts Schläfe und berührt mit dem Zeigefinger den kleinen blauen Wurm. Kurz zuckt Herbert zusammen. Kurz blinzelt er. Aber dann bleibt er. Hilde spürt das zarte Pochen unter ihrer Fingerkuppe. Und auf einmal wird ihr warm in der Brust. Und da fasst sie Herbert ins Haar und an der Schulter und zieht ihn an sich. An ihren Bauch, in ihren Schoß zieht sie ihn und hält ihn fest.

Die Mutter hält sie ja sowieso schon. Die liegt sicher. Da kann nichts mehr verrutschen.

Und so finden an diesem Morgen im Krankenwagen vor der waldschummrigen Schilfwand schon zwei Menschen ihre Ruhe in Hildes breitem Schoß.

MÜCKEN UND FRÖSCHE

Seltsame Geräusche sind das. Und viele. So seltsame und viele Geräusche hat Frau Szevko noch nie gehört. Zirpen tut es. Und rascheln. Und ein bisschen rauschen. Leise plätschern sowieso. Vor allem aber quakt es. Von überall her kommt dieses Quaken. Hundertfach. Tausendfach. Ein tausendstimmig quakendes Orchesterkonzert. Frau Szevko blinzelt sich die verklebten Augen frei. Dunkel und schwül ist es. Anders als im Krankenzimmer. Anders auch als zuhause. Ganz anders. Weder im Krankenzimmer noch zuhause hängt zum Beispiel ein Rückspiegel über dem Bett. Oder steckt ein Lenkrad in der Wand. Aha, denkt sich Frau Szevko, so also schaut er aus, der Tod, und so fühlt er sich an, das Kreuzweh ist geblieben, das Bauchweh auch. Sie seufzt. Und hustet ein bisschen. Kaum erkennt sie ihre eigene Stimme. Wie eine alterschwache Krähe, denkt sie sich, nur leiser und schwächer. Und im selben Moment spürt sie einen warmen Atem an ihrem Ohr und beginnt zu schreien.

Eine ganze Weile haben Herbert und Hilde mit der schreienden und wild um sich schlagenden Mutter kämpfen müssen, haben sie halten, sie beruhigen und ihren Hieben und Tritten ausweichen müssen. Irgendwann aber ist die Mutter dann doch wieder einigermaßen zu sich gekommen und hat alle wieder erkannt. Erleichtert war sie darüber schon ein bisschen. Froh nicht. Zwar würde es bis zum Tod noch ein bisschen dauern, aber das Leben in der stickigen Fahrerkabine eines Krankenwagens war auch keine richtige Erfüllung.

Mitten in der weiten Dunkelheit, irgendwo zwischen Wald und Schilf, steckt wie eine verlorene Riesenlaterne der Krankenwagen. Die Scheinwerfer erhellen ein dichtes Insektengestöber. Auch die Milchglasscheiben zum hinteren Innenraum sind matt erleuchtet. Drinnen stehen und hängen allerhand Sachen am Boden und an den Wänden herum, Schläuche, Plastikflaschen, Plastiksäckchen, zwei kleine Koffer, Gummihandschuhe und so weiter. Auf einem Tischchen in der Ecke steht ein Beatmungsgerät. Oder ein Mikrowellenherd. So etwas kann wahrscheinlich auch nur die moderne Medizin auseinanderhalten. Auf dem fahrbaren Krankenbett in der Mitte sitzen nebeneinander Herbert, Hilde und die Mutter und schauen vor sich hin. Draußen rauscht, plätschert und quakt es, drinnen sirren die Mücken.

Die Mutter schaut erwartungsvoll. Herbert gibt sich einen Ruck.

»Es ist so, Mama«, sagt er, »die letzte Nacht war heiß, ich habe den Greiner erschlagen, wir haben dich aus dem Krankenhaus entführt, haben in der Tiefgarage den Krankenwagen gefunden und sind damit in den Wald gefahren. Und da sind wir jetzt eben.«

»Aha«, sagt die Mutter und zupft an ihrem Krankenhaushemdchen herum. Und gleich noch einmal: »Aha.« Vielleicht braucht sie ja ein bisschen, um das alles irgendwie zusammenzukriegen und einzuordnen.

»So ist das«, sagt Herbert. Hilde sagt nichts. Die sitzt einfach nur da und erschlägt hin und wieder eine Mücke. »Und das Quaken?«, fragt die Mutter.

»Das sind Frösche«, sagt Herbert.

»Was denn für Frösche?«, fragt die Mutter.

»Weiß ich nicht, Frösche eben«, sagt Herbert. Langsam wird er ein bisschen ungeduldig. Oder gereizt. Zu wenig Schlaf und zu viel passiert in letzter Zeit, wahrscheinlich. »Frösche also«, sagt die Mutter.

»Genau«, sagt Herbert.

»Und jetzt?«, fragt die Mutter.

»Was, und jetzt?«, fragt Herbert und zerdrückt mit dem Fingerknöchel eine Mücke auf seinem Oberschenkel.

»Ich habe Kopfweh, Kreuzweh, Bauchweh und ein Krebsgeschwür in der Niere. Außerdem habe ich Hunger. Also was jetzt? Sollen wir ewig hier im Wald hocken und Frösche fressen?«

»Sobald es hell ist, hauen wir ab!«, sagt Herbert.

Da kann die Mutter nur lachen. Kurz und heiser lacht sie auf.

»Ha! Mit dem Krankenwagen? Den wird auch bestimmt niemand suchen!«

»Außerdem steckt er fest«, sagt Hilde. Ganz leise sagt sie das. Leise, aber mit so einem bestimmten Nachdruck in der Stimme. Herbert schaut. Damit hat er jetzt nicht gerechnet. Seit dem Aufwachen hat Hilde kein Wort herausgebracht. Ausgerechnet jetzt aber sagt sie etwas. Und dann auch noch genau das Falsche. Praktisch die perfekte Rückendeckung für die mütterliche Ironie.

»Also gut!«, schreit Herbert schrill und springt auf. »Dann steckt er eben fest! Und von mir aus kann er auch Wurzeln schlagen! Ich aber nicht! Ich gehe jetzt nämlich!«

»Wohin?«, fragt die Mutter und schaut sich Herbert an, wie er so gebückt dasteht im niedrigen Innenraum. Wie eine Notlampe hängt sein hochrotes Gesicht unter dem Wagendach.

»Weiß ich doch nicht!«, schreit Herbert wieder. »Aber ehe der Morgen graut, bin ich zurück und hol euch hier heraus!« Nie im Leben hätte er gedacht, dass er jemals so einen Groschenromansatz aussprechen würde. Jetzt hat er ihn aber nun einmal ausgesprochen. Da ist nichts mehr zu machen, da gibt es kein Zurück mehr. Entschlossen reißt er die Tür auf und stürzt aus dem Krankenwagen in den nächtlichen Wald hinaus.

»Tür zu!«, krächzt die Mutter. Aber das hört Herbert nicht mehr. Oder will es nicht hören. Der rennt einfach weg, erregt, taub, böse und stolz. Um den Krankenwagen rennt er herum, kurz bleibt er im Scheinwerferlichtkegel stehen, von einem dunklen Mückenschwarm umschwirrt, schaut absichtlich nicht mehr zurück, atmet tief ein, macht einen großen Schritt und tritt hinein ins dichte, hohe Schilf. Und komisch: Im selben Moment verstummt das tausendstimmig quakende Konzert. Ganz leise raschelt, plätschert und rauscht es noch, aber ansonsten ist es ruhig im Wald. Die Froschforscher werden sich dafür im Rahmen ihres entbehrungsreichen und ereignisarmen Studiums sicherlich irgendeine Erklärung angelernt haben. Herbert nicht. Dem sind die Frösche mitsamt ihrem Geschrei sowieso egal. Mit weit ausladenden Schritten stapft er immer weiter hinein in die Halmdüsterkeit. Immer noch rast die Erregung in seiner Brust. Die Mutter. Und dann auch noch Hilde. Frauen eben. Kein Wunder, denkt sich Herbert, dass der Papa so frühzeitig abgetreten ist. Hoch ist das Schilf. Mit beiden Händen knickt und stochert Herbert sich seinen Weg. Der Boden ist weich. Ungewöhnlich weich. Jeder Schritt ein schmatzendes Geräusch. Und immer weicher wird der Boden. Knöcheltief sinkt Herbert jetzt ein. Die Nässe in den Schuhen stört ihn nicht. Die steigt hoch und kühlt die Hitze im Kopf. Weiter geht es. Bis zu den Schienbeinen watet er im Matsch. Bis zu den Knien im Schlamm. Bis zum Bauch im Wasser. Und auf einmal öffnet sich der Halmvorhang und die Mücken sind weg, die Luft ist frisch, ein Wind ist da und Herbert steht in einem breiten, trägen, dunklen Fluss.

Schön könnte das sein, das ruhige Rauschen, die schlanken, weichen Wellen, jede mit einem kleinen Glitzern auf dem Rücken, dahinter die Ahnung vom gegenüberliegenden Ufer und darüber der weite, nachtschwarze Himmel. Sehr schön. Aber Herbert hat jetzt keinen Sinn und keine Zeit für solche Sachen. Ehe der Morgen graut, bin ich zurück und hole euch hier heraus, hat er eben noch gesagt. Und so wird er das auch machen, von nichts und niemandem wird er sich aufhalten lassen, nicht von irgendwelchen weiblichen Einwürfen und schon gar nicht von einem breiten, trägen, dunklen Fluss mitsamt den dazugehörigen Schönheiten. Und so hört er auf mit dem Denken, zieht sich mit einer schwungvollen Bewegung sein Hemd aus, schleudert es hinter sich, lässt sich nach vorne fallen und schwimmt los.

Der kleine Herbert hat das Schwimmen bei der Mama gelernt. Im ersten Jahr ist er in einem großen Eimer gesessen, manchmal mit einem zittrigen Schaumwölkchen auf dem unbehaarten Kopf, im zweiten Jahr in der Badewanne, im dritten Jahr ist er im winzigen Gartenteich zwischen den Plastikseerosen herumgeplanscht, im vierten Jahr hat er dann erste ufernahe Runden im Baggerteich gedreht, im fünften Jahr schließlich war er ein ganz anständiger Schwimmer, im sechsten Jahr hat ihm der Doktor das Schwimmen verboten, und der kleine Herbert hat, vom Schwimmunterricht befreit, seinen trockenen, aber ausschweifenden Fantasien nachgehen können. Bis zu seinem ersten Schwimmbadbesuch mitsamt dem unglücklichen Sturz vom Fünfmeterbrett hat er das tiefe Wasser gemieden. Danach hat er sich erst wieder bei seinem und Hildes kleinem Baggerteichausflug ins Wasser geschmissen. Einerseits um Hilde zu beeindrucken, andererseits weil die Luft heiß war und das Wasser grün.

An all das denkt Herbert jetzt nicht, während er mit weit ausholenden Armbewegungen das Wasser durchackert. Herbert denkt an gar nichts. Oft ist nämlich das Denken dem Fühlen nur im Weg. Und gerade fühlt sich alles gut an. So gut wie schon lange nicht mehr. Die warme, weiche Luft, das kühle, weiche Wasser, der eigene Körper, ganz ohne Schmerzen und fast ohne Gewicht, das Hirn leer, das Herz voll. So kann es weitergehen. Wie ein heller Strich mit einer noch helleren Bugwelle zieht Herbert durch den breiten, trägen, dunklen Fluss der schwarzen Ahnung des anderen Ufers entgegen.

Der hellblaue Krankenwagenboden ist mittlerweile übersät mit den verstreuten Leichen einer hinweggeschlachteten Mückenarmee. Hunderte Male hat Hilde in dieser Nacht schon in die Hände geklatscht, auf ihre Oberschenkel, auf die Stirn, den Nacken oder auf irgendwelche anderen Körperteile. Fast immer hat eine Mücke ihr kleines Leben unter Hildes feuchten Handflächen lassen müssen. Frau Szevko hat kein einziges Mal zugeschlagen. Weil auch keine einzige Mücke zugestochen hat. Die Mücken heutzutage wissen wahrscheinlich, was gesund ist und was nicht. Vornübergebeugt sitzt Frau Szevko auf der Krankenliege, starrt zu den kleinen dunklen Pünktchen auf dem Fußboden hinunter und schüttelt leicht, aber stetig den Kopf.

»Bald ist die Nacht vorbei«, sagt sie.

»Ja«, sagt Hilde.

»Der Herbert wird auch sicher bald zurück sein«, sagt Frau Szevko.

»Ja«, sagt Hilde.

»Ja«, sagt Frau Szevko.

Nur mehr eine einzige letzte Mücke surrt irgendwo im Krankenwageninneren herum.

»Der Bub hat einen Schaden«, sagt Frau Szevko, »aber ich hab ihn lieb. Sehr lieb.«

»Ich auch«, sagt Hilde, »sehr lieb.«

Frau Szevko schaut sich Hilde an. Wie die so dasitzt. Mit den Sandalen, den Socken, dem hellen, etwas zu engen Kleid, dem müden Sommersprossengesicht und ohne

Frisur. Und Hilde schaut sich Frau Szevko an. Wie die so dasitzt. Klein und dünn, mit dem hellen, etwas zu weiten Krankenhemd, den großen blauen Augen und den strähnigen grauen Haaren. Draußen plätschert, raschelt und rauscht es leise. In Hildes Nacken spannt sich etwas. Die Augen kneift sie zusammen, ganz langsam hebt sie die Hand. Frau Szevko schaut. Hilde schaut. Und dann schlägt sie zu. Frau Szevko zuckt nicht einmal. Auf ihrer filigranen Schulterwölbung klebt die letzte Mücke dieser Nacht. Mit dem Zeigefinger schnippt Hilde die kleine Leiche zu den anderen auf den Boden hinunter. »Ach so!«, sagt Frau Szevko. Und dann macht sie was Komisches. So etwas hat sie noch nie gemacht. Ohne zu überlegen macht sie das. Und ohne Absicht. Ihre Hand legt sie auf Hildes Stirn. Kurz bleibt die dort liegen. Dann wandert sie weiter. Langsam streicht der Zeigefinger an Hildes Haaransatz entlang, an ihrer Schläfe hinunter, knapp am Ohr vorbei und über die Wange und aus. Warm ist Hildes Backe in Frau Szevkos kleiner Hand. Heiß eigentlich. Hilde schaut. Frau Szevko auch. Und auf einmal beginnen die beiden zu lächeln. Einfach so, nicht viel, aber doch ein bisschen. Wie man eben lächelt, wenn man sich nicht auskennt.

Und wer weiß, wie lange Frau Szevko und Hilde so nebeneinander auf der Krankenliege sitzen geblieben wären und sich angelächelt hätten, wenn draußen nicht jemand zu schreien begonnen hätte. Niemand weiß das.

Weil aber Hilde und Frau Szevko recht schnell erkannt haben, dass das Herbert ist, der da so schreit, sind sie von der Liege gestiegen, ins Freie geklettert, um den Krankenwagen herumgegangen und stehen jetzt in der zartmatten Frühmorgenhelligkeit vor der sanft rauschenden Schilfwand.

Von irgendwo dahinter tönt gedämpft Herberts Stimme hervor. »Hierher!«, schreit Herbert im Schilf. »Hierher!«

Hilde schaut Frau Szevko an. Frau Szevko schaut ins Leere. Dann auf den Boden hinunter. Dann in den Himmel hinauf. Dann seufzt sie den vielleicht tiefsten Seufzer ihres bisherigen Lebens, atmet tief ein, rafft sich das Krankenhemd hoch bis knapp unter den Hintern und steigt ins Schilf hinein. Hilde hinterher.

Weit haben sie nicht gehen und waten müssen. Ein paar Meter nur. Dort, wo die Halme am dichtesten stehen, dort steht auch Herbert. Ein bisschen schief und bis zu den Knien steckt er im Wasser, ohne Hemd und tropfnass. In der Hand hat er einen Strick. Und an dem Strick hängt ein Boot. Ein Holzboot ist das, lang und schmal und alt und ein bisschen morsch. Bis hierher haben Herbert und das Boot es geschafft. Jetzt stecken sie fest.

Herbert keucht. Die Unterlippe bibbert. Auf der Stirn sitzt ihm ein Leuchten. Schwer zu sagen, ob das vom diffusen Morgenlicht kommt oder von der inneren Begeisterung. Wahrscheinlich von beidem.

»Da bin ich!«, sagt Herbert. »Ehe der Morgen graut!« Hilde nickt. Frau Szevko nicht. Die steht einfach nur da, mit dem hochgerafften Krankenhemd in den Händen.

»Fragt mich nicht, wo ich es gefunden habe!«, sagt Herbert und meint das Boot am Strick. »Oder wie ich es hierhergebracht habe!«

»Nein, das fragen wir nicht«, sagt die Mutter, »aber was wir damit sollen, das fragen wir!«

Mit solchen lächerlichen Fragen hat Herbert natürlich schon gerechnet. Damit will er sich gar nicht allzu lange aufhalten. Also legt er sich den Bootsstrick über die rechte Schulter, wischt sich ein paar nasse Strähnen aus der Stirn, stemmt beide Arme in die Seiten und schaut der Mutter möglichst tatenkräftig in die Augen.

»Erst weg von hier!«, sagt er. »Und danach wird man sehen!« Und gegen solche Argumente weiß sogar Frau Szevko nichts mehr zu sagen.

DER FLUSS

Die Sonne steht noch tief. Wie rosarote Spinnweben hängen ein paar letzte zarte Wolkenfetzen am Himmel. Dahinter will es nicht richtig blau werden. Dunstig ist es und heiß. Noch dunstiger und heißer als in den Wochen zuvor. Die Luft liegt bleischwer auf der Landschaft. Auf den grauen Ausläufern der Stadt, auf den kleinen Gärten davor, auf den Feldern, den braunen, grünen, gelben, saftigen und den vertrockneten, auf den flachen Hügeln, den weiten Ebenen, den Waldflecken, dem Schilfstreifen und auf dem Fluss. Träge und breit zieht sich der dahin, fast bewegungslos und matt liegt er in der Landschaft, nur da und dort glitzert es ein bisschen. Ein Ast treibt langsam vorüber. Ein modriger Schilfballen. Eine kleine Laubkolonie. Und ein Boot. Ein Holzboot ist das, lang, schmal, alt und ein bisschen morsch.

Vorne sitzt Hilde, mit geschlossenen Augen, den warmen Fahrtwind im Gesicht. Hinten hockt Herbert, mit zwei hölzernen Rudern in den Händen und einem langsam verglühenden Leuchten auf der Stirn. In der Mitte steht die Krankenliege, darauf liegt die Mutter, schaut in den Himmel und wünscht sich ihren Blicken hinterher.

Vom Ufer aus muss das seltsam aussehen, das schmale Holzboot mitsamt den drei Menschen und der Krankenliege inmitten des Flusses. Da könnte sich schon jemand so seine Gedanken machen. Ein früher Spaziergänger mit trüben Fantasien und Frischluftsehnsucht zum Beispiel. Oder einer von diesen Anglern, die mit verbeulten Hüten und gummierten Anzügen zu allen Tages- und Nachtzeiten bis zu den Achseln im Wasser stehen und von einem fetten Fang oder einem anderen Leben träumen. Aber in dieser Gegend gibt es nur ein paar Bauern. Und ein paar pensionierte Bauern. Die wohnen nicht am Fluss, die gehen nicht spazieren, und den Fisch kaufen sie sich im Supermarkt. Deswegen macht sich jetzt auch niemand Gedanken über das hölzerne Boot mit den drei Gestalten in der Flussmitte.

Ganz trocken sind Frau Szevkos hellblaue Augen. Weit ist der Himmel. Weit, hell und heiß. Sie blinzelt. Aber trocken bleibt trocken. Überhaupt fühlt sich alles ausgetrocknet an, in und an Frau Szevko. Vielleicht, denkt sie sich, fließt gar kein Blut mehr durch die alten Adern, alles verdickt, geronnen, stecken geblieben, festgepfropft, da kann sich das Herz noch so sehr bemühen, da kann es schlagen, drücken und quetschen, so viel es will, es tut sich nichts mehr, denkt sie sich weiter, bis es dann reicht, bis das Herz genug hat und einfach aufgibt, aufhört, stehen bleibt und aus. Die Augen brennen. Alles brennt. Augen, Stirn, Hals. Vor allem aber brennt es im Bauch. Oder sticht. Oder hämmert. Mit der Nacht hat sich auch die Medikamentenwirkung verabschiedet. Und mit den ersten Sonnenstrahlen waren die Schmerzen da.

Frau Szevko zieht die Knie an und legt beide Hände auf den Bauch. Als ob das was helfen würde. Den Schmerz kann so etwas nicht beeindrucken. Der ist hell und scharf und einfach da. Das Krankenhemd flattert ein bisschen im leichten Fahrtwind. Lächerlich, denkt sich Frau Szevko, ein ganzes Leben ein rotgelber Tankstellenkittel und am Ende dann ein Hemdchen, flatternd, grünlich und hinten offen. Frau Szevko legt ihren Kopf in den Nacken und schaut unauffällig nach hinten zu Herbert. Ganz genau schaut sie sich ihren Sohn an. Wie er so dasitzt, konzentriert, aufrecht und mit leicht wankendem Oberkörper, wie er ungeschickt mit den Rudern herumhantiert, schwitzt, blinzelt, wie sein Kehlkopf im langen Hals auf und ab wandert, wie ein winziger, blitzschneller Lift an einer schiefen Hochhausfassade. Nein, schön ist das alles nicht, denkt sich Frau Szevko, aber es ist ihr Bub. Weiter denkt sie nicht mehr. Weil in diesem Moment der Schmerz wieder zukrallt und ein Loch in Frau Szevkos Bauch reißt und in ihre Seele. Unhörbar leise stöhnt sie auf, schließt die Augen und krümmt sich zusammen, so eng sie kann, auf der schwankenden Liege.

Noch nie hat Herbert gerudert. Überhaupt ist er noch nie in einem Boot gesessen. Höchstens vor sehr langer Zeit in einem kleinen, gelben, runden Schlauchboot im Gartenteich. Aber das zählt nicht. Das hier ist etwas ganz anderes. Das hier ist ein richtiges hölzernes Boot. Mit richtigen hölzernen Rudern. In der Mitte eines richtigen Flusses. Praktisch ein Mann, der sich treiben lässt, ohne Ziel und ohne Vergangenheit. Wobei das mit der Vergangenheit eigentlich nicht ganz stimmt. Herbert muss an den Greiner denken. Wie der so verdreht und blutig dagelegen ist. Der Greiner hätte die Hilde nicht anfassen dürfen.

Die Hilde. Da vorne sitzt sie und hält die Stirn gegen den Wind. Die glatte weiße Stirn mit dem rosigen Sonnenbrand. Darüber das hellbraune Haargeflatter. Kurz glaubt Herbert, den Geruch von Hildes Haaren in der Nase zu haben. Aber eben nur kurz. Das kann nämlich eigentlich gar nicht sein, bei den vielen Gerüchen und dem ganzen Gestank, den so ein Fluss mit sich trägt. Fließt so durch die Gegend, duftet und stinkt und trägt Herbert, Hilde und die Mama weg von allem, was war.

Die Mama. Da liegt sie, eng zusammengerollt, die Hände auf dem Bauch. Fast gemütlich sieht das aus. Vielleicht genießt sie den Fahrtwind. Oder die neue Freiheit. Herbert schließt die Augen. Alles wird gut. Der Fluss wird schon irgendwohin führen. Das Leben sowieso. Das hat bis jetzt immer irgendwohin geführt. Wenn bloß diese Hitze nicht wäre. Schwer und dicht ist die Luft. Der Himmel wie zum Platzen gespannt. Eingespannt im Horizont. Irgendwann wird sich das lösen. Irgendwann muss der Sommer loslassen. Ob er will oder nicht. Und dann fängt alles erst so richtig an. Herbert macht die Augen wieder auf. Die Ruder zittern in seinen Händen. Aber das kennt er ja schon. Die Ruder. Das Zittern. Diesen Geruch. Ganz genau kennt er das. Das Boot schwankt. Die Ufer schwanken. Weit vorne verschwimmt alles. Dort dröhnt der Fluss in den Himmel hoch. Herbert wirft den Kopf in den Nacken, beißt in den Wind, lässt die Ruder fallen und steht auf. Und über ihm beginnt die weiße Sonne zu singen.

Die Mutter hat es als Erste bemerkt. Aufrichten hat sie sich wollen, aufstehen, von der Liege springen oder zumindest steigen, sich um den Bub kümmern, ihn halten, ihn festhalten, sich auf ihn legen. Aber das ist nicht gegangen. Die Schmerzen. Die Schwäche. Nur den Kopf hat sie heben können. Gerade noch. »Hilde!«, hat sie gesagt. »Hilde!« Mühsam und kraftlos hat sich die kleine Stimme durch den Fahrtwind kämpfen müssen. Aber Hilde hat sie gehört. Hat sich umgedreht und gleich alles gesehen. Wie Herbert hoch aufgerichtet und wankend dagestanden ist, den Kopf im Nacken, den Mund weit geöffnet, wie er zu zucken begonnen hat, wie er die Arme hochgerissen und die Beine verdreht hat. Da ist Hilde nach hinten gestiegen, an der Liege hat sie sich vorbeibalanciert, bedenklich war die Schräglage vom Boot, geschwankt hat es, gewackelt hat es, gekippt ist es nicht. Kurz hat sich Mutters Hand in Hildes Rock verkrallt und sie festgehalten. »Die Socken!«, hat die Mutter gesagt, und Hilde hat verstanden, in die Tüte unter der Liege gegriffen und das Tennissockenknäuel gefunden. Und mit dem nächsten Schritt war sie bei Herbert.

Im letzten Moment aber, bevor Hilde hat zupacken können, hat Herbert sich plötzlich zu schütteln begonnen, hat sein linkes Bein hochgerissen und ist nach hinten aus dem

Boot gekippt. Ein paar Mal noch hat er mit steifen Armen um sich geschlagen, dann war er weg.

Einen Herzschlag später ist ihm Hilde nachgesprungen. Ohne zu überlegen, ohne zu denken, ohne zu schauen. Einfach so. Mit Kleidern und Schuhen und Schwung.

Laut hat es geplatscht. Das Wasser war warm und trübe, bräunlich mit kleinen, schwebenden Teilchen, Algen vielleicht oder Erde oder einfach nur Dreck. Hilde war das sowieso egal. Die hat weder Augen noch Gedanken für irgendwelche Algen oder dreckigen Teilchen gehabt. Die hat nur Augen und Gedanken für Herbert gehabt. Direkt unter ihr hat sie ihn in die braune Dunkelheit hinabsinken gesehen. Immer noch hat es ihn geschüttelt, aus seinem Mund ist ihr ein wilder Luftblasenschwarm entgegengetrudelt. Komischerweise ist Hilde jetzt eine Tiersendung eingefallen, die sie vor langer Zeit einmal gesehen hat. Die seltsamen Reisen eines Quallenschwarms. Pausenlos sind in dieser Sendung unzählige kleine, schwabbelige, fast durchsichtige Quallen von den verschiedenen korallenüberzogenen Meeresböden hoch an die diversen vielfarbigen Wasseroberflächen getorkelt. Zur Paarung, hat die sonore Sprecherstimme erklärt, oder zum Sterben, das weiß die Forschung noch nicht so genau. Dieser Quallenschwarm jedenfalls ist Hilde also jetzt wieder eingefallen beim Anblick von Herberts ihr rasant entgegentrudelnden Luftbläschen.

Schnell hat sie aber solche Erinnerungen wieder abgeschüttelt, hat noch einmal den Kopf aus dem Wasser gehalten, tief Luft geholt und ist abgetaucht. Ein paar kräftige Beinstöße später ist sie unten bei Herbert angekommen. Ein bisschen hat er noch gezuckt. Aber nicht mehr viel.

Das Tennissockenknäuel hat Hilde nicht mehr brauchen können. Wie ein kleines, weißes Meerestier ist das eine Weile auf dem sandigen Boden herumgerollt und dann an ein paar schwarzen Algenfäden hängen geblieben.

Hilde hat Herbert fest an beiden Händen gepackt. Kurz hat sie an ihren ersten gemeinsamen Tanz beim großen Schlachtsaufest denken müssen, dann hat sie sich vom glitschigen Boden abgestoßen und ist mitsamt Herbert wild strampelnd an die Wasseroberfläche hochgetaucht.

Aus dem Wasser sind die beiden Köpfe ins Licht geschossen. Hilde hat sich Herbert mit einer Hand zurechtgepackt und mit der Faust der anderen Hand begonnen, auf seinen Rücken einzuhämmern. Und auf einmal hat er zu spucken begonnen. Und zu husten. Und zu würgen. Hilde hat ihn an sich gedrückt, hat sich seinen Kopf auf ihre Brust gelegt, hat zum Himmel hochgeschaut und sich bemüht, nicht zu weinen.

Zweimal in letzter Zeit ist Hilde komplett angezogen ins Wasser gesprungen. Zweimal ist sie mit Herbert in den Armen wieder aufgetaucht. Beim ersten Mal im Schwimmbad hat sie ihn ja noch gar nicht so richtig gekannt. Da ist Hilde praktisch mit dem Druck der Pflichterfüllung im Nacken gesprungen. Beim zweiten Mal im Fluss war das schon was ganz anderes. Da ist Hilde nicht nur Herbert, sondern auch ihrem Herzen hinterhergehüpft.

Überhaupt ist im Fluss alles anders als im Schwimmbecken. Herbert zum Beispiel ist schwerer. Weil er ja seine ganzen Sachen anhat. Außerdem gibt es im Schwimmbe-

cken keine Wellen. Und keine Strömung. Und der Beckenrand ist nicht einmal drei Meter entfernt. Im Fluss hingegen gibt es Wellen und eine Strömung. Und zu den Ufern
sind es jeweils mindestens fünfzig Meter. Dafür gibt es im
Schwimmbad kein Boot, denkt sich Hilde und schaut sich
um. Aber auch jetzt ist kein Boot da. Da kann Hilde sich
noch so sehr den Hals verrenken. Da ist kein Boot. Gar
nichts ist da. Nur der Fluss, die Ufer, das Schilf, die Hügel
und der Himmel.

»Frau Szevko!«, schreit Hilde. »Frau Szevko! Mama!«
Nichts. Nur das Wasserrauschen, hie und da ein Glu-
ckern und irgendwoher ein kurzes, schrilles Vogelgeschrei.
Schwer hängt Herbert in Hildes Armen. Schwer hängt sie
selber am Leben. »Frau Szevko?! Mama?!«, schreit sie noch
einmal. Wann hat sie eigentlich das letzte Mal nach einer
Mama geschrien? Egal jetzt. Hilde schwimmt los. Auf dem
Rücken schwimmt sie, den schlaffen Herbert im Arm. Wie
einer von diesen Fischottern, die es sich auf der Wasseroberfläche gemütlich machen, die schuppige Beute ausgebreitet auf dem Bauch, nur natürlich ohne Fell und viel
größer, so ungefähr sieht das aus. Aber Hilde kann es sich
nicht gemütlich machen. Die Strömung zieht, das Wasser schlägt ihr ins Gesicht, die Glieder sind schwer, die
Kleider sind schwer, Herbert ist schwer. Meter für Meter
und Atemzug für Atemzug strampelt sie sich ans Ufer heran. Gegen die Strömung kämpft sie, gegen die Schwerkraft,
gegen den kurzen Atem und gegen den inneren Schwei-
nehund. Aber Hilde hat einen Willen. Einen, von dem sie
bislang noch gar nichts gewusst gehabt hat. Stark ist der.
Und zäh. Und stur. Der lässt sich nicht so leicht abbringen.

Oder abtreiben. Nirgendwohin und von niemandem. Außer vielleicht ein paar hundert Meter von der Strömung.

Und deswegen plantscht Hilde schließlich ein paar hundert Meter weiter flussabwärts mit ihrer schlaffen Fracht auf dem Bauch ans schilfige Ufer. Schön fühlt sich der schlammige Boden unter den Füßen an, schön, fest und sicher. Weniger schön sind die großen, glatten und spitzen Steine. Und die hohen Schilfhalme, die ihr das Gesicht zerkratzen und die Unterarme aufschneiden. Aber Hilde kennt jetzt nichts mehr. Auch keine Schmerzen. Wie eine von diesen großen landwirtschaftlichen Maschinen schlägt sie sich ihren Weg, wie ein Getreidesack hängt Herbert in ihren Armen. Das Schilf wird schütterer, die Halme niedriger, der Blick ist frei, Hilde fällt um und Herbert sowieso.

Hilde liegt auf dem Bauch und keucht. Ein winziges Spinnlein läuft ihr über den Handrücken, kurz hält es an einem Wassertropfen unterhalb des Daumenknöchels, läuft dann weiter, den Zeigefinger hoch, über den Nagel auf einen Halm, und weg ist es. Das wird schon wissen, wohin die Reise geht, denkt sich Hilde und wendet den Kopf. Herbert liegt neben ihr auf dem Rücken, tropft und schläft. Ruhig und geräuschlos geht sein Atem. Die Erde duftet. Schön könnte das sein. Nebeneinander liegen, sich ausstrecken, sich ausruhen, sich austropfen im warmen Gras. Wirklich sehr schön. Wenn nicht die zusammengekrümmte Mutter in einem morschen Holzboot irgendwo den Fluss hinuntertreiben würde.

Hilde rappelt sich auf. Die Füße tun ihr weh. Die Waden. Die Knie. Und darüber sowieso alles. Das Leben tut eben manchmal weh, denkt sie sich, und die Liebe sowieso. Dann schaut sie noch einmal auf Herbert hinunter. Dann wieder hoch. Und dann rennt sie los.

Über die Wiese ist Hilde gerannt, immer an der Schilfwand entlang. Heiß ist ihr geworden. Zu schwitzen hat sie begonnen. In ein kleines Wäldchen ist sie hineingelaufen. Schön kühl war das, der Boden weich. Schwarzgrün ist das Baumgewirr vorbeigeflogen. Dazwischen hat der Fluss herübergeglitzert. Das Wäldchen hat sich gelichtet, heiß war es wieder, und eine holprig gepflasterte Straße hat am Ufer gelegen. Mit jedem Schritt hat Hilde kleine Pfützen hinterlassen. Ihre Lungen haben zu brennen begonnen. Die Beine sowieso. Aber hinter der verschwitzten Stirn ist jetzt eben der Wille gesessen. Und die Sturheit. Und die lassen sich bekanntlich nicht so leicht beeindrucken, von niemandem und nichts, schon gar nicht von irgendwelchen brennenden Körperteilen.

Langsam ist das Schilf zurückgeblieben. Nur flache Landschaft war da. Die Straße, Felder und manchmal ein verwachsener Baum. Frei war die Sicht auf den hellen, trägen und breiten Fluss. Noch viel heller, träger und breiter war der als zuvor. Ein Strom war das jetzt. Und genau in der Mitte von diesem Strom ist ein Boot geschaukelt. Ein langes Holzboot, schmal, alt und schon ein bisschen morsch.

Hilde hat sich mit den Händen ein kleines Vordach über die Augen gelegt und versucht, durch die glitzernde Helligkeit hindurchzuschauen. Die Krankenliege war noch da.

Darauf ein grünlicher Haufen. Der hat sich ein bisschen bewegt. Vielleicht weil die Mutter die Hand gehoben hat. Vielleicht weil das Krankenhemd ein bisschen im Wind geflattert hat. So genau hat Hilde das nicht erkennen können. Aber eigentlich war das ja auch egal. Es hat jetzt sowieso nur mehr einen Weg gegeben. Und darum ist sie losmarschiert. Ins Wasser ist sie hineinmarschiert, immer weiter und immer tiefer. Und dann hat sie sich nach vorne fallen lassen und ist geschwommen. Vom Ufer weg. Auf die Flussmitte zu. Zum Boot.

IM HIMMEL
HÄNGEN AUCH KEINE ANTWORTEN

Danach ist ja immer das Schönste. Das Aufwachen nämlich. Weich und warm fühlt sich alles an, die Füße nicht mehr so eisig wie sonst meistens, das Kreuz nicht mehr so schmerzverzogen, die Kiefer locker, die Schultern wie befreit, im Kopf eine helle Leichtigkeit und im Glied eine wohlige Festigkeit. Herbert streckt sich. Angenehm ist das. Wirklich sehr angenehm. Aber irgendwie auch ein bisschen komisch. Anders als sonst. Die Luft ist anders. Und die Geräusche. Keine Fernsehstimmen. Warm ist es, aber nicht bettwarm. Weich ist es, aber nicht bettweich. Etwas kitzelt unter dem Rücken. Etwas stichelt unter den Schultern. Herbert blinzelt. Georg ist da. Fächelt mit der Schwanzflosse. Sinkt. Steigt. Zieht ein paar Runden. Kleine Runden sind das allerdings. Sehr kleine Runden. Viel kleinere Runden als sonst. Weil das Aquarium kleiner ist.

Weil das Aquarium kein Aquarium, sondern ein Marmeladenglas ist. Das steht da direkt neben Herberts Kopf. Steht ein bisschen schief im Gras. Und auf einmal ist Herbert wach. Kennt sich aus. Weiß wieder alles. Die Hilde. Der Greiner. Die Mutter. Das Krankenhaus. Der Krankenwagen. Der Wald. Das Boot. Der Anfall. Weiter aber weiß er nicht.

Es ist Nacht, ein paar Sterne am Himmel, darüber der mattsilbrige Mond, so viel steht fest. Herbert hebt den Kopf. Dort vorne im Dunkeln rauscht das Schilf. Oder dahinter der Fluss. Ausgestreckt und nackt liegt Herbert da, ein paar wenige Körperteile von zwei alten Leibchen zugedeckt. Das Kitzeln unter dem Rücken kommt vom Gras. Das Sticheln unter den Schultern wahrscheinlich auch. Hoffentlich. Herbert rappelt sich hoch. Wie eine Fahnenstange im Wind wankt er noch ein bisschen, dann steht er. Das Schilf also. Der Fluss. Das Gras. Georg im Marmeladenglas. Daneben der Rucksack, eine Tüte mit Fischfutter, ein Kleiderhaufen, eine Plastiktüte.

Herbert streckt beide Arme in Richtung Nachthimmel und gähnt laut. Bäume ausreißen könnte er. Wenn hier welche wären. Und wenn das einen Sinn hätte. Und auf einmal sieht er die Krankenliege. Daneben noch einen weiteren Kleiderhaufen und einen niedrigen Busch. Auf der Liege liegt die Mutter. Ganz ruhig ist sie, nicht einmal unter den Lidern zuckt etwas. Mattsilbrig wie der Mond sind die Haare.

Herbert zupft einen Zipfel vom Krankenhemd zurecht. Wieder kommt ihm die Mutter so klein vor. Wie ein Kind liegt die da, auf der Liege zusammengerollt. Herbert muss ein bisschen kichern. Weil ihm die Vorstellung ziemlich absurd vorkommt, dass er selber einmal in dieser winzigen Mutter gesteckt hat. Aber nur ganz leise kichert er. Damit die Mutter ihre Ruhe hat und ausschlafen kann. Die hat das nämlich verdient. Herbert atmet tief die Nachtluft ein. Die Erde riecht, das Gras riecht, das Schilf riecht, ein bisschen riecht auch die Mutter. Vor allem aber riecht der Fluss. Wer weiß, was dieser Fluss für einen Dreck mit sich bringt, denkt sich Herbert, vielleicht weiß das niemand, vielleicht ist das auch besser so, jedenfalls aber riecht dieser Fluss irgendwie würzig und gut. Das ist so ähnlich wie mit dem Leben, denkt er sich weiter, das bringt auch viel Dreck mit sich und ist trotzdem irgendwie würzig und gut. Manchmal zumindest.

Etwas raschelt. Irgendwo gleich in der Nähe. Irgendwo im Gras. Irgendwo im Busch. Herbert rührt sich nicht und schaut. Etwas bewegt sich. Nur eine kleine Bewegung ist das. Aber dann wird die Bewegung größer. Und das Rascheln lauter. Und auf einmal beginnt sich der ganze Busch zu bewegen. Dreht sich um die eigene Achse und rollt einen halben Meter auf Herbert zu. Herbert springt einen ziemlich ungelenken und doch sehr großen Schritt zurück. Aber der Busch ist wieder ruhig. Bewegt sich nicht mehr, raschelt auch nicht mehr. Vorsichtig beugt Herbert sich zu diesem Busch hinunter. Und auf einmal ist alles klar. Fast muss er lachen. Der Busch ist nämlich kein Busch. Sondern Hilde.

Das war ja so: Hilde hat sich ins Wasser geschmissen, hat bald das Boot mit der Mutter erreicht, die Mutter hat sich gefreut, war aber zu schwach, um das zu zeigen. Hilde hat sich am Bootsrand hochgezogen, ist darüber hinweggerollt und ins Boot hineingeplumpst, da drinnen ist sie kurz liegen geblieben und hat in den Himmel geschaut, dann hat sie sich wieder aufgerappelt, sich auf das kleine Ruderbänkchen gesetzt und ist den Fluss hochgerudert. Zwei Stunden hat Hilde gegen die Strömung angerudert und geheult vor Anstrengung. Endlich aber hat sie die Wiese, auf der immer noch Herbert gelegen ist, erreicht, ist in Ufernähe aus dem Boot gesprungen, hat sich die Mutter auf die Schultern gepackt, ist mit ihr an Land gewatet, hat sie neben Herbert abgelegt, ist wieder zurück zum Boot, hat sich die Krankenliege mitsamt Georg und den anderen Sachen genommen und alles zusammen zur Wiese geschleppt. Die Mutter hat sie auf die Liege gehoben. Herbert hat sie die nassen Sachen ausgezogen und mit zwei alten Leibchen zugedeckt. Sich selbst hat sie dann auch ausgezogen. Weil aber keine trockenen Sachen mehr übrig waren, ist sie eine Weile nackt in der Gegend herumgegangen, ist bald mit letzter zittriger Kraft und mit ein paar belaubten Ästen in den Armen zurückgekommen, ist neben der Krankenliege einfach zusammengesackt, hat sich mit den Ästen, so gut es geht, zugedeckt und ist schließlich nicht einfach in den Schlaf gefallen, sondern kopfüber hineingestürzt.

Das alles kann Herbert natürlich nicht wissen. Im Moment ist ihm das aber auch ziemlich egal. Er ist da. Die Mutter ist da. Hilde ist da. Georg ist da. So einfach kann das manchmal sein. Er legt die Hände in die Hüften, geht ins Hohlkreuz und gähnt. Morgen ist ein neuer Tag und jeder Tag ein neues Leben. Herbert schaut sich die Mutter an. Dann Hilde. Und auf einmal hat er einen Konflikt. Weil er sich dazulegen möchte. Ganz dicht möchte er sich dazulegen. Zur Mutter. Und zu Hilde. Zu beiden. Aber das ist natürlich Blödsinn, das geht nicht, und das weiß er auch. Da muss jetzt eine Entscheidung her. Noch einmal schaut er die Mutter an. Und noch einmal Hilde. Dann schaut er in den Himmel. Aber dort oben hängen auch gerade keine Antworten oder Entscheidungshilfen herum. Herbert seufzt. Von unten her knistert es leise zu ihm herauf. Und da ist alles klar. Herbert legt sich auf den Boden, kriecht unter die Äste und schmiegt sich an Hilde heran. So dicht es geht.

Am nächsten Morgen hat der Himmel geglüht. Ein rot glühendes Wolkenmeer war das. Oder eher eine rot glühende Wolkenbuckellandschaft. Die Mutter jedenfalls hat es zuerst gesehen, dann Hilde und kurz darauf Herbert.

Die Mutter hat vorübergehend die Nachtschmerzen abhängen können und sich in den Tag hinübergerettet. Eine Weile hat sie sich sogar wohl gefühlt, leicht und angenehm leer, hat sich aufsetzen können, ganz ohne Hilfe und mit einem kleinen Stolz hinter der Stirn. Die Liege hat geknarrt, und Hilde ist aufgewacht. Gleich hat sie Herbert in ihrem Nacken gespürt und in einem wohligen Schauer die Knie angezogen. Das wiederum hat Herbert aus seinem Schlaf herausgeschüttelt. So waren dann alle drei wach. Aber gesprochen haben sie nichts, kein einziges Wort, sind nur so schweigsam dagesessen und haben zum glühenden Himmel hochgeschaut.

Einmal hat der kleine Herbert schon so einen ähnlichen Himmel gesehen. Das war bei einem Museumsbesuch mit der Schule. In Zweierreihen, Hand in Hand und laut durcheinander zwitschernd, ist die Klasse durch die weiten und hohen Museumsräume durchmarschiert. Der kleine Herbert nicht. Der ist als letzte ungerade Schülerzahl hinterhergegangen und war schweigsam. Dafür hat er sich die Bilder angeschaut. Wirklich viele und unterschiedliche Bilder hat es da gegeben. Die meisten waren uninteressant. Die haben irgendwelche streng dreinschauenden alten Leute oder fade Landschaften oder noch fadere Blumenvasen gezeigt. Aber es hat auch andere, interessantere Bilder gegeben. Solche mit Tieren zum Beispiel. Oder mit Weltuntergängen. Oder reitenden Feldherren. Oder sterbenden Feldherren, hingebettet in weichen Mutterarmen. Lustige Bilder hat es auch gegeben, mit besoffenen Schäfern und so. Und dann hat es eben dieses eine Bild mit dem rot glühenden Himmel gegeben. Das war breit und hoch, mit einem goldenen, pompös verschnörkelten Rahmen. Dem kleinen Herbert jedenfalls hat es gefallen. Unauffällig ist er hinter der Klasse zurückgeblieben und hat sich vor dieses Bild gestellt. Oder eigentlich darunter, weil er ja noch so klein war. Ganz genau hat er sich das Bild angeschaut, die Landschaft mit den runden Hügeln, den eckigen Erdabbrüchen, den Felsen, den Steinen, den Büschen und den vielen schwarzen Baumkrüppeln dazwischen. Vor allem aber hat er sich den Himmel angeschaut. In allen möglichen Rottönen haben die Wolkentürme und Wolkenberge geleuchtet, alles durcheinander: hell, dunkel, blass, satt, eher bräunlich, recht rosig, ziemlich violett, fast schon schwarz. Ganz hinten, über dem Horizont, war der Himmel tintenblau. Das hat zwar nicht richtig dazugepasst in das ganze Rot, war aber trotzdem schön. Vor allem, weil in diesem tintenblauen Landschaftshintergrund ein winziger, weißer Blitz zu sehen war. Dieser winzige, weiße Blitz hat dem kleinen Herbert eigentlich am besten gefallen. Der hat nämlich etwas angekündigt. Was genau, hat der kleine Herbert nicht gewusst, aber das Wissen steht bei der Kunstbetrachtung sowieso meistens nur im Weg herum. Jedenfalls hat sich der kleine Herbert bald selbst in dieser Hügellandschaft umherlaufen gesehen. Direkt auf den winzigen, weißen Blitz im Tintenblau hat er sich zulaufen gesehen, die Hände in den Hosentaschen, mit guter Laune im Herzen und seinen eigenen, noch viel winzigeren, weißen Blitzen im Kopf. Und da hat der kleine Herbert lachen müssen, hat sich auf die Zehenspitzen gestellt, ist ein wenig nach vorne gekippt, hat die Stirn an die Leinwand gelehnt, die Arme weit ausgebreitet und versucht, das Bild mit dem rot glühenden Himmel zu umarmen.

Im selben Moment hat es im ganzen Museum schrill zu klingeln begonnen, zwei Wärter sind angerannt gekommen und haben den Buben von dem Gemälde weggerissen. Der Museumsdirektor war entsetzt, der Schuldirektor betroffen, die Lehrerin beleidigt, der Schuldoktor hat es ja immer schon gewusst, und die Mutter hat sich geschämt. Nur der kleine Herbert hat sich von der ganzen Aufregung nicht so richtig anstecken lassen. Das Bild mit dem glühenden Himmel und dem kleinen Blitz hat er noch jahrelang in sich herumgetragen. Die Zeit hat es dann übermalt. Aber so ist das eben.

EIN FEUERWERK DER GUTEN LAUNE

So soll es sein. Schritt für Schritt der Freiheit entgegen. Mit jedem Kieselsteinchen knackt ein Stückchen Vergangenheit unter der Schuhsohle weg. Was war, ist fort. Das interessiert keinen mehr. Es geht voran. Die Zukunft ist offen. Und flach. Und staubig. Und auch ein bisschen holprig. Die Zukunft ist nämlich erst einmal ein Weg. Und der liegt mitten in der sanft hügeligen Landschaft und wird schon irgendwohin führen. Hilde trägt die Tüten, den Rucksack und das Marmeladenglas. Georg klebt mit der Schnauze am Glas, und Herbert schiebt die Krankenliege mit der Mutter.

Der Himmel glüht schon seit Stunden nicht mehr. Hellgrau bedeckt ist er. Zum ersten Mal seit Monaten ist der Himmel komplett zu. Die Hitze steht. Darunter liegt die Gegend da, als ob sie sich nicht zu rühren getraut. Keine Bewegung. Kein Wind. Kaum Geräusche. Sogar die Insekten halten sich zurück. Ganz selten zirpt es am Wegrand. Aber das sind wahrscheinlich Einzelgänger. Nur die Vergangenheit knirscht unter Herberts und Hildes Schuhen. Und das linke hintere Krankenliegenrad quietscht. Die ganze Zeit quietscht das schon. Bei jeder Umdrehung. Und das waren viele seit heute Morgen. Macht nichts, denkt sich Herbert, das ist die Begleitmelodie auf dem Weg in die Fremde.

Herbert geht schnell, schwitzt stark und hat sehr gute Laune. Irgendwann ist er heute Morgen lang genug im Gras gesessen und hat in den Himmel geschaut. Das Himmelsrot ist immer blasser und uninteressanter geworden und war dann schließlich ganz weg. Hilde hat es auch schon gereicht. Der Mutter sowieso. Also hat Herbert die Initiative übernommen, hat kurze, aber präzise Anweisungen zu den Themen Rucksack, Plastiktüten und Marmeladenglas gegeben, hat Hilde bewiesen, dass große, bodennah wachsende Blätter auch als Klopapier verwendet werden können, hat die kleinen Bremsen an den Rädern gelöst und die Krankenliege mitsamt Mutter vor sich her, von der Wiese runter, vom Fluss weg, aus der Vergangenheit hinaus und in die neue Zukunft hinein geschoben.

Wie glitzernde, aber ziemlich feige Skispringer an einer verbauten Sprungschanze rutschen die Schweißperlen an Herberts Nasenrücken hinunter, bremsen ganz vorne an der Spitze noch einmal verzweifelt ab, um schließlich doch über die Rampe und hinunter auf den staubigen Weg zu purzeln. Schon immer hat Herbert stark geschwitzt. Meistens war es ihm unangenehm. Jetzt nicht. Jetzt schwitzt er gerne. Noch nie hat nämlich das Schwitzen mitsamt der dazugehörigen Anstrengung so viel Sinn gemacht wie jetzt. Der Weg in eine befreite Zukunft ist eben schweißtreibend. Praktisch ein junger Mann mit glänzender Stirn und noch glänzenderen Aussichten. Einer, der den Weg weiß, ohne ihn zu kennen; der imstande ist, für sich und die beiden Frauen an seiner Seite die Verantwortung zu tragen; der zur Not sogar imstande wäre, die Frauen selbst zu tragen. Wobei, im Falle von Hilde ist sich Herbert in diesem Punkt gar nicht so sicher. Aber Hilde hat es ja auch gar nicht nötig, getragen zu werden. Die marschiert hinter Herbert her, mit Rucksack, Plastiktüten, Marmeladenglas und heller Stirn, als ob nichts gewesen wäre. Und eigentlich ist ja auch nichts gewesen, denkt sich Herbert, der Greiner ist tot, aber der war sowieso ein Trottel, nach dem kein Hahn mehr kräht.

Vorne auf der Liege rührt sich etwas. Die Mutter wacht auf. Den ganzen Vormittag hat sie verschlafen. Trotz der Rüttelei auf der Liege. Oder vielleicht gerade deswegen. Herbert fällt auf, dass er seine Mutter bislang noch nie aufwachen gesehen hat. Und einschlafen auch nicht. Überhaupt fallen Herbert gleich noch ein paar ganz andere Gelegenheiten ein, bei denen er seine Mutter noch nie gesehen hat. Beim Ausziehen zum Beispiel. Oder beim Anziehen. Oder in der Badewanne. Oder auf dem Klo. Immer war sie es, die ihm bei allem und überall zugeschaut hat. Aber so ist das eben, denkt sich Herbert, die Zeiten ändern sich, die Verhältnisse kehren sich um, die Söhne entwachsen der allgegenwärtigen Mütterlichkeit, und die Mütter geben sich und ihre Intimitäten den Blicken der Söhne preis. Wobei das mit den Intimitäten eigentlich ziemlich überschätzt wird, alles muss man nämlich auch nicht unbedingt gesehen haben. Schnell greift Herbert nach vorne und legt der Mutter das abgerutschte Krankenhemd wieder über den faltigen Hintern. Die Mutter hebt den Kopf und blinzelt. Eine Weile braucht sie. Dann ist sie da.

»Scheiße!«, sagt die Mutter und lässt den Kopf wieder fallen.

»Was denn, Mama?«, fragt Herbert.

»Alles!«, sagt die Mutter.

»Was alles?«, fragt Herbert.

»Alles eben!«, sagt die Mutter. Herbert nickt. Die Kiesel knirschen. Das Krankenliegenrad quietscht.

»Was gibt es da zu nicken?«, fragt die Mutter.

»Nur so«, sagt Herbert.

»Nickst, obwohl du nichts verstehst!«, sagt die Mutter.

»Klar verstehe ich!«, sagt Herbert.

»Was denn?«, fragt die Mutter.

»Miese Laune hast du!«, sagt Herbert. »Das ist alles!«

Da muss die Mutter jetzt aber lachen, laut muss sie auflachen, laut, krächzend und vielleicht auch ein bisschen
schrill. Außerdem rappelt sie sich hoch, richtet sich auf,
setzt sich auf den Liegenrand und legt los. Miese Laune
also. Aha. So leicht erklärt sich der Herr Herbert die Stim-
mung seiner Mutter. So leicht erklärt sich der Herr Herbert vielleicht auch die ganze Welt. Miese Laune. Aber so
einfach lässt sich vielleicht nicht alles erklären. So einfach
lässt sich vielleicht sogar überhaupt nichts erklären. Und
auch wenn es so wäre? Wenn tatsächlich sie, Helene Szevko, Tankstellenpächterin, Witwe und einfache Frau vom
Lande, ausnahmsweise, einmal, ein einziges Mal in ihrem
viel zu langen Leben, wirklich miese Laune haben sollte – natürlich nur rein hypothetisch angenommen –, ja
könnte man denn das nicht irgendwie verstehen? Könnte
man für so eine miese Laune nicht ein bisschen, ein winziges bisschen Verständnis aufbringen? Aber natürlich sind
das alles nur rein theoretische und hypothetische Überlegungen, weil ja sie, Helene Szevko, in der Praxis, also
hier und jetzt, selbstverständlich gut gelaunt ist. Sehr gut
gelaunt. Bestens gelaunt sogar. In geradezu überschwäng-
licher Laune befindet sie sich. Und das ist ja auch klar. Das
kann ja auch gar nicht anders sein. Wie kann man denn
an einem solchen Tag überhaupt anders als bestens gelaunt sein? An einem derartig wunderbaren Tag. An einem

derartig wunderschönen, geradezu herausragend wunderbaren, sommerlichen, drückend heißen, stickig schwülen Scheißtag, wo die Luft so schwer und unbeweglich herumsteht, dass man fast hineinbeißen möchte, wenn sie nicht so stinken würde! Und dann auch noch in so einer Gegend. In dieser überwältigenden, beeindruckend bezaubernden, von Gottes Quadratlatschen flachgetrampelten, staubig leeren Drecksgegend, wo sich nicht einmal der dümmste Ackerbauer freiwillig hineinstellen würde! Und überhaupt die ganze letzte Zeit! Da bringt der Herr Herbert auf einmal eine Frau nach Hause. Eine Putzfrau. Die zieht dann auch gleich ein, isst für zwei, sprengt jeden Tankstellenkittel und kann Keksschachteln nicht von Öldosen unterscheiden! Da ist ja die gute Laune praktisch vorprogrammiert! Und dazu noch der Tumor. Der hockt da drinnen und frisst sich langsam durch alle möglichen Organe und sonstigen Körperteile hindurch. Da könnte man ja geradezu schreien vor guter Laune! Den ganzen Tag könnte man da gut gelaunt vor sich hin brüllen! Und dann haut der Herr Herbert auch noch irgend so einen Trottel um. Haut ihm einfach so lange auf den Schädel, bis er tot ist, entführt dann die eigene Mutter, fährt einen Krankenwagen in einen mückenverseuchten Wald und rudert in einem morschen Boot einen stinkigen Fluss hinunter. Alles nur wegen und für die gute Laune! Aber jetzt geht es ja erst so richtig los! Voll unbeschwerter Fröhlichkeit geht es jetzt in eine golden glänzende Zukunft! Weil ja selbstverständlich niemand auf die Idee kommt, nach dem Herrn Herbert zu suchen! Weil sich ja heutzutage kein Mensch, absolut niemand, noch für einen Mord interessiert. Und selbst wenn dann doch irgendein gelangweiter Polizist auf die hirnverbrannte und völlig absurde Idee kommen sollte, nach einem Mörder, einem Entführer, einem Auto- und Bootsdieb zu suchen: Ja was macht denn das schon? Gar nichts macht das! Weil sich der Herr Herbert ja einen Fluchtplan ausgedacht hat. Ein genialer und geheimer Fluchtplan ist das! Und zwar so geheim und genial, dass ihn der Herr Herbert selbst weder durchschaut noch kennt! Aber Hauptsache, der Herr Herbert stolpert mit einem vertrottelten Fisch, einer dicken Putzfrau und seiner tumorzerfressenen Mutter durch die Gegend! Das alles zusammen schreit ja förmlich nach einem richtigen Feuerwerk der guten Laune!

»Ha!«, kreischt die Mutter, schlägt plötzlich mit beiden Handflächen auf ihre Oberschenkel, schleudert sich fast gleichzeitig mit unerwarteter Behändigkeit aus dem Sitzen hoch, stellt sich breitbeinig mitten auf die Krankenliege und reckt beide Arme mitsamt Fäusten in den Himmel. Und noch einmal kreischt sie mit sich überschlagender Stimme: »Ha! Ha! Ha!« Ein Lachen soll das womöglich sein. Aber so genau ist das nicht herauszuhören.

Herbert schaut. Damit hat er jetzt natürlich nicht rechnen können. Der letzte Lacher hat sich in der heißen Luft aufgelöst. Still ist es wieder in der Landschaft. Keine Bewegung. Kein Wind. Kaum Geräusche. Nur die Mutter schwankt noch ein bisschen nach. Wieder fällt ihm auf, wie klein die Mutter eigentlich ist. Sehr klein nämlich. Winzig klein sogar. Obwohl sie auf der Liege steht, überragt sie ihn um nicht einmal eine Kopflänge. Klein und dünn. Winzig und dürr. Herbert verlagert sein Gewicht vom linken Bein auf das rechte. Und wieder zurück. An dem einen Schuh rennt ein Pünktchen vorbei. Eine Ameise oder so. Der macht die Hitze nichts aus. Die hat wahrscheinlich ganz andere Sorgen. Wenn überhaupt.

»Das ist jetzt aber ein bisschen ungerecht, Mama!«, sagt Herbert. Dabei kratzt er sich hinten im Kreuz. Obwohl gar nichts juckt.

»Das ist mir scheißegal!«, sagt die Mutter. »Außerdem habe ich Hunger!« Und auf einmal lässt sie die Arme sinken und beginnt ganz langsam einzuknicken, von oben nach unten, Gelenk für Gelenk, Wirbel für Wirbel. Immer kleiner wird die Mutter, immer runder und gekrümmter, bis sie schließlich mit angezogenen Knien und eingezogenem Kopf auf der Liege hockt. Ein winziges, grünliches Bündel.

Das Ameisenpünktchen da unten ist weg. Im Marmeladenglas in Hildes Händen fächelt Georg träge herum. Hildes Gesicht liegt im Schatten, eine verfranste Haarsträhne klebt ihr an der Stirn. Müde sieht sie aus, denkt sich Herbert, aber eigentlich ist das ja auch kein Wunder. Und auf einmal kriegt er Angst. Ganz plötzlich ist die da. Woher aber jetzt diese Angst kommt, weiß er nicht. Und auch, wovor er da eigentlich Angst hat, weiß Herbert nicht. Vor nichts Bestimmtem. Außer vielleicht, dass der Teich in Hildes Blick einfach versickern könnte. Aber das ist auch nicht sicher.

Jedenfalls reißt er sich jetzt wieder zusammen und gibt sich einen Ruck.

»Gut!«, sagt er möglichst energisch. »Dann hole ich was zu essen!«

»Woher denn?«, fragt Hilde. Ganz leise fragt sie das und

hebt nicht einmal den Kopf dabei. Im Marmeladenglaswasser in ihren Händen plätschert es leicht.

»Da wird sich schon was finden. Es findet sich immer was!«, sagt Herbert. Dabei macht er eine seltsam große Bewegung mit dem Arm. Abfällig soll diese Bewegung sein. Oder beruhigend. Oder Selbstbewusstsein ausstrahlend. Oder alles auf einmal. So genau weiß er das nicht. Jedenfalls macht er diese seltsam große Armbewegung, kommt sich gleich danach aber ein bisschen blöd vor, lässt den Arm wieder sinken und steckt zur Sicherheit beide Hände in die Hosentaschen.

»Ihr wartet hier! Wenn es zu heiß wird, setzt euch unter die Liege. Ich bin bald zurück, danach wird gegessen und weitergeschaut!«, sagt Herbert. Dann nickt er Hilde und seiner Mutter noch jeweils einmal aufmunternd zu, dreht sich um und geht.

KARL SPRNADL

Die Hände hat Herbert lange nicht aus den Hosentaschen genommen. Praktisch ein junger Mann, der sorgenfrei und trotzdem zielstrebig seiner Wege geht. Auch umgedreht hat Herbert sich nicht. Oder fast nicht. Nur einmal hat er kurz und unauffällig über die Schulter zurückgeschaut. Ganz weit hinten hat er Hilde, die Mutter und die Liege als verschwommenen Pastellfleck im Hitzeflimmern gesehen. Dann ist er über eine Erhebung gelaufen, und der Fleck war weg. Gleich hat Herbert ein bisschen freier atmen, entspannter gehen und endlich auch die verschwitzten Hände aus den Taschen nehmen können. Etwas zu essen besorgen wird ja nicht allzu schwer sein, hat er sich gedacht, eher sogar ziemlich leicht, irgendwas findet sich wie gesagt immer, und außerdem sind die diversen Gegenden seit den späten Siebzigerjahren sowieso mit Supermärkten oder Wurstbuden zugepflastert, hat er sich weiter gedacht, der Kampf Natur gegen Infrastruktur war kurz, einseitig und ist lange schon entschieden.

Mit solchen oder ganz ähnlichen Gedanken ist Herbert also über die staubtrockenen Felder marschiert. Lange ist er so marschiert. Sehr lange. Eine brauchbare Infrastruktur ist aber nicht aufgetaucht. Eigentlich ist gar nichts Brauchbares aufgetaucht. Keine Supermärkte, keine Wurstbuden, nichts. Immer höher ist die Sonne gestiegen, immer heißer und staubiger ist es geworden, und immer tiefer ist Herberts muntere Zuversicht gesunken. Das Gehen in den Ackerfurchen ist ihm immer schwerer gefallen, die Anstrengung der letzten Tage und Nächte ist ihm im Kreuz gesessen und hat ihn mit jedem Schritt noch ein bisschen tiefer in die Erde hineingedrückt. Endlos waren die Felder, endlos, trocken, leer und öde. Irgendwann hat Herbert zu fluchen begonnen, wild, laut und ausschweifend hat er geflucht, auf alles und auf jeden. Auf die Felder; auf die Bauerntrottel, die sie nicht bestellen; auf die Hitze; auf den Regen, der nicht kommt; auf die Mutter; auf Hilde; und dann auch noch besonders laut auf Georg. Recht schnell hat Herbert der Hals vom Schreien wehgetan, also ist er mit stummer und verbissener Wut weitergestapft. Nach und nach ist aber die Wut verdampft, und Herbert ist stattdessen wehleidig geworden. Leid hat er sich getan, Mitleid hat er gehabt, mit sich selbst und mit seiner ganzen armseligen Existenz. Und da ist es ihm auf einmal nur konsequent vorgekommen, dass er jetzt irgendwo verloren in der Einöde herumstolpert. Sozusagen nur ein weiteres Kapitel in diesem lächerlichen Trauerspiel namens Leben. Vielleicht sogar das letzte Kapitel.

So sind also Schritt für Schritt Herberts Gedanken immer wilder und seine Gefühle immer wüster geworden. Doch gerade als er sich mit einem tiefen Seufzer in eine ausgetrocknete Ackerrille hineinlegen hat wollen, hat er ganz weit vorne etwas aufblitzen gesehen. Etwas Helles, Silbrig-Metallenes. Und mit einem Mal hat in Herberts selbstmitleidigem Gesicht wieder etwas geglänzt. Und das war nicht nur der Schweiß alleine. Das war die Hoffnung.

Und weil die Hoffnung bekanntlich schon ganz andere Leute in ganz anderen Situationen wieder aufzurichten imstande gewesen ist, hat sich Herbert auf die Zehenspitzen gestellt, die Augen zu schmalen Schlitzen verkniffen und über die Felder hinweg zu diesem hellen, silbrig-metallenen Blitzen hinübergeschaut. Ein Dach war das. Ein sonnenstrahlverblitztes Blechdach. Mit Schornstein darüber und einem Haus darunter. Und da war alles klar. Wo es Häuser gibt, da gibt es auch was zu essen. Und dann ist er losgegangen. Das Selbstmitleid hat er einfach sitzen gelassen, mitten im verdursteten Feld.

Karl Sprnadl hasst das Fernsehen. Das Fernsehen ist nach Karl Sprnadls Meinung der größte Dreck auf Gottes Erden. Noch nie ist irgendetwas Brauchbares oder Gescheites im Fernsehen gewesen. Und wahrscheinlich wird auch nie irgendetwas Brauchbares oder Gescheites kommen. Weil die Fernsehmacher allesamt verbrunzte Vollidioten sind. Die denken sich nämlich Sendungen aus, die nicht einmal einem hirngeschädigten Halbaffen einfallen würden. Diese ganzen Liebesschmonzetten zum Beispiel. Die sind mit ihren andauernd grundlos lieblich dreinschauenden Pastelltrotteln ausschließlich was für sehr alte Weiber. Oder wiederum für sehr junge. Und dann die Krimis. Bei denen weiß man zwar nie, um was es eigentlich genau geht, und trotzdem ist schon während der Titelmelodie klar, wer der Mörder ist. Oder die Volksmusiksendungen. Gerade und vor allem die Volksmusiksendungen! Da stellen sich fast jeden Abend ein paar bunt geschminkte Deppen in eine Reihe und versuchen mit einem einzementierten Grinsen im Gesicht dem Playback des immer gleichen Liedes hinterherzusingen. Aber noch schlimmer als all diese Liebesschmonzetten, Krimis und Volksmusiksendungen zusammen sind die nachmittäglichen Talkshows. Die sind im Grunde genommen nichts anderes als die auf den Bildschirm projizierte Hirnleistung dieser Fernsehmacher, eine Hirnleistung, die praktisch der Idiotie gleichkommt. Insgesamt sitzen nach Karl Sprnadls Meinung in den diversen Fernsehredaktionen sicher weit mehr Idioten als in allen Psychiatrien und geschlossenen Anstalten dieser Welt zusammen. Und da könnte er recht haben.

Karl Sprnadl ist siebenundfünfzig Jahre alt und verbeamteter Landvermesser. In den späten Siebzigerjahren hat ihn die Behörde aus der Stadt hierher aufs Land befördert. Die diversen behördlichen Beschäftigungsmaßnahmen haben das so gewollt. Außerdem hat man sich ja auch wirklich einiges erwartet von den Zeiten im Allgemeinen und von der Gegend im Besonderen. Die behördliche Aufbruchsstimmung war gar nicht mehr an Euphorie zu überbieten. Von neuen Straßen war die Rede, von Schnellbahnen, Autobahnen, Zugverbindungen, von Hochgeschwindigkeitsstrecken mitsamt den dazugehörigen Bahnhöfen, Tankstellen, Raststationen und Einkaufszentren war die Rede. Großzügige Siedlungen hat man am Reißbrett entworfen. Auf den gewaltigen Plänen und Modellen haben sich kleine, glücklich dreinschauende Menschen mit winzigen Einkaufstüten in den Händchen getummelt. Viele Bauleiter, Ingenieure und Architekten, sehr viele Politiker, Investoren und Firmengründer und ganz besonders viele Amtsvorsteher, Amtsleiter und ihre Stellvertreter sind scharenweise in die Gegend eingefallen und einige Zeit lang, aufgeregt gestikulierend oder wichtig nickend, irgendwo im Acker gestanden.

Bald aber waren alle wieder weg. Aus irgendwelchen Gründen ist der Aufschwung nämlich doch nicht passiert. Oder vielleicht ist der Aufschwung auch einfach an der Gegend vorbei- und durch die Köpfe der ganzen Architekten, Politiker und Amtsleiter hindurchgezogen. Das lässt sich schwer sagen. Jedenfalls waren dann die späten Siebzigerjahre mitsamt behördlicher und privatwirtschaftlicher Euphorie vorbei, und die Gegend ist wieder flach im eigenen Staub gelegen wie eh und je.

Übrig geblieben ist einzig der verbeamtete Landvermesser Karl Sprnadl. Weil es aber mangels aufschwungbedingter Möglichkeiten eigentlich gar kein Land mehr zu vermessen gibt, sitzt er eben seit drei Jahrzehnten meistens in dem eigens für ihn errichteten Landvermesserhaus im Lehnsessel vor dem Fernseher und hasst das Fernsehen.

Auch heute. Gerade und vor allem heute. Gerade an diesem frühen Nachmittag ist Karl das Fernsehen ganz besonders zuwider. Eine Talkshow nach der anderen, eine vertrottelter als die andere, auf jedem Sender, zu jeder Stunde, kein Ende und kein Entkommen. Im Zimmer ist es heiß. Heißer vielleicht sogar noch als draußen. Ein Gewitter ist seit langem angekündigt. Aber es kommt nicht. Vielleicht wird ja auch keines kommen. Nie wieder. Karl seufzt. Der tägliche Bericht an das Amt ist abgefaxt. Der tägliche Bericht mit den täglich immer gleichen Zahlen, Daten, Sätzen und Worten. Niemand hat diese Berichte je gelesen, und niemand würde diese Berichte jemals lesen. Da ist sich Karl sicher. Einmal hat er ein paar Seiten aus einem Micky-Maus-Heft abgeschrieben und sie statt des Berichtes an das Amt gefaxt. Niemand hat etwas gesagt, niemand hat sich gerührt. Seitdem steckt er täglich eine Kopie des immer gleichen Berichtes mit den immer gleichen Zahlen, Daten, Sätzen und Worten in das Faxgerät. Dem Amt ist das egal. Und die Lohnzahlungen kommen trotzdem pünktlich. Mitsamt Überstundenpauschale.

Karl gähnt und sinkt noch ein bisschen weiter in den Sessel hinein. Eines Tages wird er darin für immer versinken, so viel ist sicher. Wer weiß, wie lange die amtlichen Lohnfortzahlungen dann noch weitergehen. Vielleicht ewig. Wahrscheinlich sogar.

Er tastet nach der Fernbedienung im Sesselpolsterspalt. Plötzlich aber bewegt sich etwas. Im Fenster nämlich. Beziehungsweise dahinter. Weit ist der Blick aus Karls Fenster. Weit, öde und leer. Aber jetzt bewegt sich etwas. Dort, ganz weit hinten, kommt eine Gestalt über das Feld gestapft, direkt auf das Landvermesserhaus zu. Ein Mann ist das, ein langer, dünner, etwas schiefer Mann, so viel kann Karl schon erkennen.

Selten kriegt Karl Besuch. Eigentlich nie. Zweimal im Monat kommt der Briefträger auf einem alten, gelben Postmotorrad und bringt die Lohnabrechnung. Manchmal bittet Karl den Briefträger, ihn in die nächste Gemeinde zum Einkaufen mitzunehmen. Die Holperei auf der alten Kiste ist jedes Mal eine Tortur, die Kassiererinnen im Supermarkt schauen böse, und der Nachhauseweg zu Fuß ist lang, anstrengend und staubig.

Der Mann draußen im Feld kommt näher. Fast ist er schon da. Es ist Zeit, denkt sich Karl und macht den Fernseher aus. Warum er das jetzt allerdings gedacht hat und für was genau es eigentlich Zeit sein soll, weiß er selber nicht. Im Grunde genommen ist ihm das aber auch egal. Jedenfalls erhebt sich Karl Sprnadl nach vielen Stunden aus seinem Fernsehsessel, geht zur Tür und macht sie auf.

Herbert steht schon da. Den Staub hat er sich abgeputzt, so gut es geht, von der Hose, vom Hemd, ein bisschen auch von den Schuhen, den Schweiß hat er sich aus dem Gesicht gewischt, und gerade eben als er klopfen hat wollen, ist die Tür aufgegangen. Ein dicklicher, älterer Herr mit Glatze und roten Flecken im Gesicht steht vor ihm, in Hausschuhen, grauen Hosen, einem hellblauen Hemd und einer Fernbedienung in der Hand.

»Guten Tag!«, sagt Herbert.

»Guten Tag!«, sagt Karl.

Herbert verzieht leicht das Gesicht. Zuerst in die eine, dann in die andere Richtung. Ein Lächeln soll das sein. Freundlich, aber eher schwer zu erkennen.

»Könnten Sie mir sagen, ob es hier in der Nähe einen Supermarkt gibt?«, fragt Herbert. »Eine Wurstbude? Ein Restaurant? Eine Tankstelle? Oder irgendeinen anderen Laden, wo man etwas zu essen bekommen kann?«

Karl schüttelt langsam den Kopf. »Hier gibt es nichts!«, sagt er. »Überhaupt nichts.«

»Aha!«, sagt Herbert.

»Genau!«, sagt Karl.

Herbert hat sein Gesicht wieder in Ordnung gebracht. Karl drückt ein bisschen auf der Fernbedienungstastatur herum.

»Aber irgendetwas muss es doch geben!«, sagt Herbert. »Irgendetwas gibt es doch immer!«

»Es gibt Felder, einen Fluss, ein paar Wiesen, ein paar Bäume, ein paar Strommasten, das Haus, den Fernseher und mich. Zur nächsten Ortschaft braucht es eine halbe Stunde. Mit dem Postmotorrad. Zu Fuß drei Stunden!«, sagt Karl.

»Aha!«, sagt Herbert.

»Genau!«, sagt Karl. Ganz leise klicken die Tastatur-knöpfe unter seiner Daumenkuppe.

»Hätten vielleicht Sie was zu essen?«, fragt Herbert. »Meine Mutter und meine Frau sitzen nämlich irgendwo in der Hitze und haben es nicht leicht.«

»Ja, ja, die Hitze!«, sagt Karl.

»Genau!«, sagt Herbert.

Karl schaut. Auf einmal kommt ihm das alles komisch vor, das Leben, der heutige Tag, die Fernbedienung in seiner Hand und so. Vielleicht ist das aber auch nur der Kreislauf. Kurz schließt er die Augen. Macht sie wieder auf. Besser.

»Ich habe Tiefkühlgemüse, Kekse und Hasen!«, sagt Karl.

»Hasen?«, fragt Herbert.

»Hasen!«, sagt Karl. Und damit dreht er sich um und geht ins Haus. Herbert hinterher.

Im Haus war es schummrig und heiß. Vielleicht sogar heißer noch als draußen. Die Zimmer waren klein, die wenigen Fenster winzig, der Blick nach draußen aber frei, offen und weit. Im Vorzimmer sind zwei paar Schuhe gestanden, im Wohnzimmer der Fernseher, ein Sessel, ein Schrank und ein Faxgerät. Am Schlafzimmer sind Karl und Herbert nur vorbeigegangen, kurz hat Herbert das Bett gesehen, klein war das und ordentlich gemacht. Ein einzelnes Kissen ist darauf gelegen, mit zierlichen roten Worten bestickt. Herbert hat sie nicht lesen können. Im Flur war ein dicker, weicher Teppich, lautlos waren Karls und Herberts Schritte darauf. Die Küche hat alles gehabt, was zu einer ordentlichen Küche dazugehört, in einer Schüssel am Fensterbrett sind zwei Äpfel gelegen und ein Bund verrosteter Schlüssel. An der Kühlschranktür ist ein kleiner lachender Magnetdelfin gehangen. Wie eine angenehme Erinnerung ist Herbert die eisige Kälte aus dem Kühlschrank entgegengeschlagen. Karl hat drei gefrorene Gemüsepackungen aus dem Eisfach geholt und sie gemeinsam mit zwei Apfelsaftflaschen und einer großen Keksschachtel in eine Plastiktüte gesteckt. Ganz leise hat eine Uhr getickt, irgendwo in einem der weißen Wandschränke. Karl hat eine Tür geöffnet, und die Hitzehelligkeit ist hereingefallen. Der Blick vom Hinterhaus war wie der Blick vom Vorderhaus, frei, offen, weit und öde. Aber dann hat Herbert die Käfige gesehen.

Die kleinen Käfige an der Hinterhauswand nämlich. Mannshoch waren die gestapelt, jeweils vier übereinander, durchgehend vom linken Hinterhauseck zum rechten Hinterhauseck, nur die Tür war frei. Zuerst hat Herbert sich nicht ausgekannt. Dann hat er das Kratzen und Rascheln gehört. Überall in den Käfigen hat es leise gekratzt und geraschelt. Herbert ist einen Schritt näher herangetreten und hat sich das ein bisschen genauer angeschaut. Und da war alles klar.

»Das sind keine Hasen, das sind Kaninchen!«, sagt Herbert.

»Für mich sind es Hasen!«, sagt Karl. »Außerdem: Hauptsache, sie schmecken gut!«

Aus einem der Käfige ganz oben purzelt eine kleine, angefressene Möhre heraus. Ein paar winzige Heuhalme trudeln hinterher.

»Die melden sich freiwillig!«, sagt Karl. Ein bisschen muss er sich strecken, um den Käfig richtig zu fassen zu kriegen. Zwei Hasen sind da drinnen. Ein heller und ein dunkler. Der helle hüpft im Kreis herum, der dunkle sitzt einfach nur da, zittert und schaut.

»Hasen sind ziemliche Deppen, und es gibt genug von ihnen!«, sagt Karl und drückt Herbert den Käfig in die Arme. Die Tüte mit dem Gefriergemüse, dem Apfelsaft und den Keksen legt er obendrauf. »Aber gib ihnen keine Namen!«, sagt er. »Sonst wird es hart!«

Herbert nickt. Der Käfig in seinen Armen ist leichter, als er gedacht hat. Der Helle hat inzwischen mit dem Herumhüpfen aufgehört. Beide sitzen sie jetzt nebeneinander und zittern und wackeln mit den Nasen.

»Das war's!«, sagt Karl und steckt sich sein Hemd wieder in die Hose hinein. Das ist ihm nämlich beim Strecken nach dem Käfig herausgerutscht.

»Was bin ich schuldig?«, fragt Herbert.

Karl sagt nichts, und Herbert versteht.

»Danke!«, sagt er. Eine Weile stehen die beiden noch so da und schauen aneinander vorbei. In den Käfigen kratzt und raschelt es. Im Haus knackt etwas. Herbert bewegt seine Zehen im Schuh. Karl räuspert sich. Weil er jetzt doch noch etwas sagen will.

»Eine Mutter also. Und eine Frau«, sagt Karl.

»Ja«, sagt Herbert. Karl nickt langsam.

»Das ist doch schon was, oder?«, sagt er.

»Ja«, sagt Herbert, »das ist schon was!«

Und auf einmal muss er lächeln. Nicht so verkniffen wie gerade eben noch. Diesmal sitzt ein richtiges, großes, offenes Lächeln in Herberts Gesicht. Vielleicht weil er was versteht. Oder auch einfach nur so. Manchmal muss man eben einfach lächeln. Ohne Grund und ohne Anlass. Da sagt jemand etwas, irgendetwas, vielleicht etwas besonders Gescheites, vielleicht aber auch etwas besonders Blödes, und man muss lächeln. So ist das. Und so ist das jetzt auch bei Herbert. Der steht da, in den Händen einen Käfig mit zwei Hasen, und lächelt. Mehr ist dazu nicht zu sagen.

Karl lächelt nicht. Dem ist irgendetwas unangenehm. Der Moment vielleicht. Die Situation. Oder das ganze Leben. Jedenfalls steht er einfach nur da und schaut diesem langen, dünnen und jungen Mann beim Lächeln zu. Bis der ausgelächelt hat.

»Also dann!«, sagt Karl.

»Also dann!«, sagt Herbert, dreht sich um und geht. An der Käfigwand geht er entlang, ums Haus herum und weiter über das Feld, über die Gegend, zur Mutter und zur Frau.

Karl ist noch eine Weile stehen geblieben. Über irgendwas hat er nachgedacht, irgendwohin hat er geschaut, irgendwohin hat er sich gewünscht. Dann hat er sich seine Hose ordentlich hochgezogen, hat das kleine Möhrenstück weggekickt, hat sich aus einem der Käfige einen Hasen genommen, einen weißbraun gefleckten, und ist mit ihm ins Haus gegangen.

ROBERT UND OSWALD

Immer wieder verschwimmt der Mond im vorbeiziehenden Nebel, Sterne sind sowieso keine zu sehen, die Luft ist feucht und voll, die Landschaft liegt schwarzsilbrig da, wie hingegossen. Ein einziges kleines Licht flackert sich durch die ganze nächtliche Dunkelheit, orange, rot und gelb. Ein Lagerfeuer ist das. Drei Gestalten sitzen drum herum. Eine lange, eine breite und eine kleine Gestalt.

Die Krankenliege steht ein bisschen abseits. Das Marmeladenglas daneben. Reglos hängt Georg an der Scheibe und schaut, vom Feuer abgewendet, in die Nacht hinaus. Viel hat Georg gesehen in letzter Zeit. Sehr viel sogar. So etwas muss man als Fisch erst einmal verkraften. Karls Plastiktüte liegt da. Mitsamt der zerrissenen Keksschachtel, den zerknüllten Gefriergemüsepackungen und den leeren Apfelsaftflaschen. Am äußersten Lagerfeuerrand liegt ein flacher Stein in der heißen Asche, ein paar letzte Gemüsestückchen verkohlen da noch drauf, die anderen haben gut geschmeckt. Einigermaßen gut. Herbert jedenfalls hat genug. Die Mutter sowieso. Nur Hilde könnte noch ein bisschen was vertragen. Aber das sagt sie niemandem.

So sitzen sie also alle drei und schauen rotgesichtig ins Feuer. Die Mutter auf einem kleinen Stein, Hilde auf einem größeren und Herbert auf dem Käfig. Unter Herberts Hintern raschelt es leise. Im hinteren Käfigeck hocken, ganz eng zusammengekauert und zitternd, Robert und Oswald.

Vor ein paar Stunden noch sind Herbert, Hilde und die Mutter gebückt über dem Käfig gestanden und haben sich über Schlachtung und Zubereitung von Felltieren beratschlagt. Die Mutter hat am besten Bescheid gewusst und deswegen auch am meisten geredet. Zuerst hätte Herbert die beiden Hasen mit einem Stein vom Lebewesen zum Lebensmittel befördern sollen. Nicht zu leicht hätte er zuschlagen sollen, damit sie auch wirklich hin seien, aber auch nicht zu fest, damit alles noch einigermaßen ganz bliebe. Das könne er bestimmt, hat die Mutter gemeint, schließlich habe er sich ja in letzter Zeit schon erfolgreich im Erschlagen geübt. Herbert hat daraufhin irgendetwas antworten wollen, irgendetwas Entrüstetes oder vielleicht sogar auch irgendetwas zum Thema Gehörendes, ist aber wegen Mutters energischem Tatendrang und noch energischerem Redeschwall nicht so richtig zu Wort gekommen. Zuerst also ein Stein, hat sie gemeint, nicht zu schwer und nicht zu leicht, und dann die Nagelschere. Mit einer Nagelschere könne man nämlich noch ganz andere Sachen machen als nur Nägel schneiden! Zum Beispiel könne man mit einer Nagelschere Hasen ausnehmen. Hilde ist daneben gestanden und hat zu alldem nichts gesagt. Stattdessen ist ihr schlecht geworden. Herbert war aber gleich zur Stelle. Ganz fest hat er Hilde umarmt, hat sie an sich gedrückt und ihr den Rücken und die Wangen getätschelt. Das ist zwar keine besonders ausgefeilte oder medizinisch korrekte Maßnahme gewesen, hat aber trotzdem geholfen. Hilde ist es wirklich wieder besser gegangen, und Herbert ist sich männlich und beschützend vorgekommen. Die Mutter aber war in Fahrt. Unbeirrt hat sie weiter die Schlachtungsstrategien erklärt, und zwar mit einer gehörigen Begeisterung im Gesicht. Natürlich müsste man den Viechern dann erst einmal das Fell abziehen, und das könne sie ja gleich selbst übernehmen, das wäre ja auch kein Problem, vom Schwanz weg ein langer Schnitt nach oben, auch die Hinterbeine aufschneiden, vorne am Bauch noch ein kurzer Schlitz, ein fester Ruck und fertig. So ginge das, so habe sie das zumindest einmal gesehen, im Fernsehen, in einem Abenteuerfilm oder bei einer Kochsendung, ganz genau könne sie sich da nicht mehr erinnern, und außerdem sei das ja sowieso alles dasselbe. Jedenfalls könne man die Häute dann irgendwo auflegen oder aufhängen, um dann daraus, sobald sie ausgetrocknet sind und ausgestunken haben, Handschuhe zu machen oder einen Hut oder sonst irgendetwas Praktisches. Hilde hat mit weißem Gesicht langsam genickt. Im Käfigeck sind die beiden Hasen dicht aneinandergedrückt gesessen und haben an ihren Barthaaren vorbei- und ins Heu hineingestiert. Herbert hat sich ein bisschen weiter hinuntergebeugt, ganz genau hat er gesehen, wie der helle seine zittrige Schnauze in das Fell vom dunklen gesteckt hat, und ganz genau hat er gesehen, wie der dunkle sich das einfach so hat gefallen lassen. Und auf einmal hat Herbert nicht mehr hinschauen können. Stattdessen hat er versucht, die Mutter bei ihren Ausführungen zu unterbrechen und irgendetwas Bedeutungsvolles zu sagen. Aber erstens ist ihm nichts Gescheites eingefallen, und zweitens wäre das der Mutter sowieso egal gewesen, die hat sich um irgendwelche sentimentalen Einwände oder bedeutungsvollen Wortmeldungen nicht kümmern wollen und einfach weitergeredet. Jedenfalls, hat sie gemeint, könne man dann den Bauch öffnen, ein leichter Ritzer mit der Nagelschere, und der Haseninhalt würde in eine Schüssel plumpsen oder in irgendein anderes Gefäß oder einfach auf den Boden, wie auch immer, das täte ja jetzt nichts zur Sache. Das Fleisch müsse man dann natürlich zerteilen, wenn die Nagelschere bislang gehalten habe, sei das ja sicherlich kein Problem, so ein Hase sei ja schließlich kein Ochse, und wenn nötig, müsse man eben mit den Fingernägeln arbeiten. In weiterer Folge werde man natürlich Spieße herstellen müssen, aus Ästen oder zur Not auch aus Krankenliegenverstrebungen, irgendwas werde sich schon finden. Auf diesen selbst hergestellten Spießen wären die diversen Hasenteile dann jedenfalls ganz gemütlich über dem Feuer zu braten, so einfach wäre das, so leicht ginge das, und jetzt an die Arbeit, immerhin sei man ja hungrig!

Schon während der Ausführungen über die Herstellung von Spießen ist die Mutter zum Rucksack hinübergegangen, hat ihr altes, rotledernes Nagelzeugetui herausgekramt, hat kurz, aber gekonnt eine schwindelige Kreislaufschwäche überspielt und schließlich ihren letzten Worten mit der Nagelschere in der fuchtelnden Hand einen überaus glaubhaften Nachdruck verliehen. Die kleine Schere war kaum zu sehen, aber geblitzt hat sie trotzdem im frühen Abendsonnenlicht. Herbert hat es genau gesehen. Und komisch: Fast gleichzeitig hat Herbert auch die Hasenaugen gesehen. Braun waren die, ähnlich wie Hildes Augen, nur dunkler. Und insgesamt natürlich schon auch anders. Unverhältnismäßig groß, rund, außen glänzend, innen stumpf. Als ob die Hasenaugen innen mit Samt ausgelegt wären, so hat das ausgesehen. Diese Hasen, hat sich Herbert gedacht, die schauen aus ihren braunen Augen in die Welt hinaus und wissen eigentlich recht wenig. Zum Beispiel wissen sie nichts über die eigene Schlachtung, die haben nicht einmal eine Ahnung davon, die kennen auch keine Spieße, und schon gar nicht kennen sie Nagelscheren, aber irgendetwas hinter diesen mit Samt ausgelegten großen, runden, dunklen Augen, irgendetwas da tief drinnen in so einem Hasen, kennt den Tod, hat Herbert sich weiter gedacht, und da war er sich ganz sicher. Den Tod kann man nämlich kennen, ohne viel zu wissen. Und wer den Tod kennt, der kennt auch das Leben, und wer das Leben kennt, der hat auch eine Seele, so ist das nämlich und nicht anders. In dieser Art hat Herbert sich also al-

230

lerhand zusammengedacht, während die Nagelschere in der Abendsonne aufgeblitzt hat. Und dann hat er etwas gemacht. Etwas, womit er selber gar nicht hat rechnen können. Eine Apfelsaftflasche hat er sich nämlich genommen, hat ihr schnell und mit einer Hand den Verschluss heruntergedreht und mit einer ziemlich grandiosen Bewegung ein bisschen was vom Saft über die beiden Hasen gegossen.

»So!«, hat er dabei mit bebender Stimme gesagt. »Hiermit taufe ich euch! Und zwar auf die Namen Robert und Oswald!« Dann hat Herbert selbst einen Schluck Apfelsaft genommen, praktisch aus einem Reflex heraus, hat die Flasche wieder weggestellt und sich mit demonstrativ vor der Brust verschränkten Armen zwischen dem Käfig und seiner Mutter hingestellt.

Die Mutter hat natürlich erst einmal ein bisschen gebraucht. Eine ganze Weile hat sie ihren Sohn recht ungläubig angeschaut. Aber dann hat sie verstanden, hat die Nagelschere wieder zurück ins rotlederne Etui gesteckt, sich langsam das in der Begeisterung verrutschte Krankenhemd wieder zurechtgezupft, sich auf einen kleinen Stein gesetzt und ist bis jetzt nicht mehr aufgestanden.

Im Feuer knistert und knackst es, im Käfig unter Herberts Hintern kratzen und rascheln Robert und Oswald, ganz leise rasselt Mutters Atem, ansonsten ist es ruhig. Die Aufregungen des Tages sind verraucht, die Nacht und die Müdigkeit haben sich über alles gelegt. Herbert stochert mit einem Hölzchen in der Glut herum. Auf Hildes hoher Stirn flackert es dunkelrot. Schön ist das, denkt sich Herbert, überhaupt macht das Feuer die Menschen schön, und nicht nur schön, sondern auch gleich. Der Flammenschein nivelliert die menschlichen Gesichtszüge, die Ausbuchtungen, die Grübchen, die Gruben, die Narben, die Höhen und die Tiefen, vielleicht sogar auch die Ansichten dahinter, alles verflackert sich im weichen Schein des Feuers, denkt sich Herbert, die Menschen sollten sich öfters mal an ein Feuer setzen, vielleicht würden sie dann mehr kapieren voneinander. Zum Beispiel die Politiker, vor allem und gerade die Politiker, die sollten sich vielleicht eher an ein Feuer als an einen Verhandlungstisch setzen, praktisch Lagerfeuerromantik statt Plenarsaaltristesse, wer weiß, wie die Welt dann aussehen würde!

Mit einem kleinen Übermut bohrt Herbert sein Stöckchen in die Asche, rot glühend bricht es darunter hervor. Er nimmt eines der letzten angekohlten Gemüsestückchen vom flachen Stein und steckt es sich in den Mund. Besser als nichts. Und die Kekse waren sowieso einmalig. Eigentlich, denkt er sich, braucht es gar nicht viel zum Leben, ein paar Kekse, ein Feuer, ein Stöckchen. Und eine Hilde mit einem dunkelroten Flackern auf der Stirn.

Vom Lagerfeuer ist irgendwann nur noch ein bisschen Glut geblieben, ein zittriger roter Fleck in der Landschaft. Etwas abseits liegen nebeneinander drei Gestalten im Schlaf. Eine lange, eine breite und eine kleine. Das Marmeladenglas steht da und glänzt schon lange nicht mehr. Drinnen hängt der Fisch Georg mit der Schnauze am Glas und schaut hoch zum milchig verschwommenen Mond. Im Hasenkäfig kratzt und raschelt nichts mehr. Die kleine Tür steht weit offen. Der Feldweg schlängelt sich wie ein schmales Band durch die weiten Felder. Irgendwo mitten in dieser ganzen mattsilbrigen Dunkelheit bewegen sich zwei kleine Flecken. Ein heller Fleck und ein dunkler Fleck. Das sind die beiden frisch getauften Hasen Robert und Oswald. Schnell bewegen sie sich nicht. Manchmal hoppelt der eine. Dann der andere. Und dann hocken sie wieder einfach nur so da und wackeln mit den Nasen. Sie haben ja auch Zeit. Die Freiheit ist nämlich ewig wie der Tod. Obwohl Hasen das wiederum eigentlich nicht wissen können.

DAS LEBEN IST KEINE SCHLAGERMELODIE

Herbert wacht auf. Irgendetwas stimmt nicht. Dabei war der Traum so schön. Die Nacht ist jetzt dunkler als vorhin. Keine Sterne. Kein Mond. Und auch keine Glut mehr. Die Hasen sind weg, das ist klar. Das Marmeladenglas ist da. Bewegungslos steht Georg knapp über dem Grund. Und auch Hilde ist da, gleich neben Herbert liegt sie, ruhig geht ihr Atem. Aber der Platz hinter Hilde ist leer. Die Mutter hat hier gelegen. Herbert steht auf. Die Knochen tun ihm weh, das Kreuz, die Beine, die Arme, alles. Wie immer eigentlich in letzter Zeit.

»Mama?«, fragt Herbert in die Nacht hinein. Und gleich noch einmal hinterher: »Mama?« Aber da ist nichts. Die Mutter antwortet nicht.

»Mama?«, fragt Herbert noch einmal. Diesmal schon ein bisschen lauter. Hilde wacht auf.

»Was ist?«, fragt sie und blinzelt sich in der Dunkelheit zurecht.

»Die Mama ist weg«, sagt Herbert. Hilde schaut. Ein bisschen braucht sie. Aber dann hat sie verstanden und ist wach und steht an Herberts Seite.

»Was heißt weg?«, fragt Hilde.

»Weg heißt weg!«, sagt Herbert. Und noch einmal fragt er in die Nacht hinein. »Mama?« Aber da ist nichts. Gar nichts. Überhaupt nichts. Herbert schaut Hilde an. Hilde schaut Herbert an. Und dann gehen sie los. Jeder in eine andere Richtung. Mitten hinein in die Dunkelheit.

Der kleine Herbert ist auch schon einmal in die Dunkelheit hineinmarschiert und hat die Mama gesucht. Mitten in der Nacht ist er aufgewacht, schlecht war ihm, einen Durst hat er gehabt, und nach der Mama hat er gerufen. Zuerst leise, dann immer lauter. Aber die Mama hat nicht geantwortet. Also ist er aus dem Bett gestiegen, ist barfuß und im hellblauen Pyjama die Treppe hinunter und durchs ganze Haus gelaufen. Überall hat er gesucht, doch die Zimmer waren dunkel. Und die Gegenstände haben anders ausgesehen als am Tag. Der kleine Herbert hat die Sachen gar nicht mehr wiedererkannt. Der Schrank war riesig und schief, die Wanduhr hat Augen gehabt und viel lauter getickt als sonst, im Klo ist ein Tier gesessen, und der Sessel hat sich bewegt. Da hat er Angst gekriegt und ist aus dem Haus gelaufen. Aber im Garten war es noch schlimmer. Die Seerosen waren Köpfe, die Hecken waren schwarze Gestalten, und die Plastikwindmühle war ein hungriger Zwerg. Der kleine Herbert hat geweint. Das hat auch nicht geholfen, also ist er auf die Tankstelle gerannt, an der Mauer vorbei, am Verkaufsraum vorbei, an den Zapfsäulen vorbei und weiter, bis auf den Grünstreifen. Dort ist er stehen geblieben, hat nicht mehr weitergewusst, sich mit dem Pyjamaärmel die Tränen im Gesicht verschmiert und sich einfach hingelegt, gleich unter den langen Mast mit den Preisschildern. Das Gras war feucht und kühl, der Mast hat geknarrt im leichten Wind. Der kleine Herbert hat sich die Ohren zugehalten, die Augen fest zugedrückt und sich ganz winzig zusammengerollt.

Und so hat ihn dann die Mutter eine Stunde später gefunden. In letzter Zeit nämlich hat sie nachts im Bett Hitzewallungen bekommen und Ängste und Sehnsüchte. Auch in dieser Nacht. Hitzewallungen, Ängste, Sehnsüchte. So etwas haben Frauen manchmal. Aber die Mutter hat das damals noch nicht gekannt und auch nicht einfach so aushalten wollen. Da ist sie aufgestanden, ist in die Küche gegangen, hat ein Glas Wasser getrunken, dazu eine kleine gelbe Tablette geschluckt und ist hinaus an die frische Luft spaziert. Nicht einmal umgezogen hat sie sich, einfach so ist sie die Straße entlanggelaufen, hat ihr Nachthemd gehoben und sich den Bauch vom kühlen Wind umwehen lassen. Bald war ihr besser, die Hitzewallungen waren weg, die Ängste auch, nur von den Sehnsüchten ist noch ein bisschen was übrig geblieben. Aber das war auszuhalten. Also ist die Mutter wieder zurückgegangen. Schon von weitem hat sie etwas Hellblaues unter dem Mast gesehen. Den hellblauen Pyjama vom kleinen Herbert. Und da ist sie losgerannt. Ein paar brennende Schritte später war sie auf dem Grünstreifen, hat den kleinen zusammengerollten Herbert aufgehoben und das sowieso schon tränenverschmierte Bubengesicht noch zusätzlich mit den eigenen Tränen übergossen.

Der kleine Herbert hat eine heiße Dusche und eine warme Milch gekriegt und ist unter den weißen Kissenbergen und den Blicken der Mutter wieder eingeschlafen. Lange ist die Mutter bei ihm gesessen. Dann ist sie ins Badezimmer gegangen, hat in den Spiegel geschaut und sich geohrfeigt.

Herberts Herz pocht. Selten hat sein Herz so stark gepocht. Höchstens vielleicht beim Rennen. Oder beim Radfahren bergauf. Oder im Bett mit Hilde.

»Mama?«, fragt er noch einmal. Keine Antwort. Wirklich sehr dunkel ist es. Der Himmel wahrscheinlich bewölkt. Vielleicht zieht was herauf. Die Erde unter seinen Füßen ist hart, ausgetrocknet, die Furchen tief, manchmal kleinere Steine, hie und da ein größerer. Lange ist dieses Feld nicht beackert worden, denkt er sich, sehr lange, aber von wem auch, denkt er sich, wer will denn schon die Wüste beackern? Und dann sieht er etwas. Dort vorne liegt etwas Helles. Zu groß für einen Stein. Zu klein eigentlich auch für einen Menschen. Und doch ist es einer. Die Mutter liegt da. Herberts Herz rast. »Mama?«, fragt er. Aber die Mutter antwortet nicht. Die rührt sich auch nicht. Ein regloses Menschenbündel liegt da im Feld. Herbert lässt sich auf die Knie fallen. Seine Hand legt er auf die Mutterschulter. Zart ist die. Die ganze Mutter ist zart, wie gläsern. »Mama?«, fragt Herbert und rüttelt vorsichtig an der Schulter. Das Hemd ist verrutscht, der Rücken ist frei. Der kleine, dürre, schiefe Rücken. Wieder rüttelt Herbert an der Schulter, an beiden Schultern, an der ganzen Mutter. »Mama?«, fragt er. »Mama!«, schreit er. »Mama!«, brüllt er. Ihren Kopf nimmt er in die Hände. Leicht ist der.

Die silbrigen Haare wie Spinnweben. Die Augen sind zu, die Lider wie Seidenpapier. Aber um die Nase herum bewegt sich etwas. Da zuckt etwas. Nicht viel, aber doch ein bisschen. Herbert beginnt die Mutterwangen zu tätscheln. Mit beiden Händen tätschelt er die blutleeren Wangen. Immer schneller, immer fester. Ein richtiger Ohrfeigenregen prasselt in das Muttergesicht hinein. Und auf einmal hat er so ein Bedürfnis. Ein komisches Bedürfnis ist das. Am liebsten würde er nämlich noch fester hineinschlagen. Am liebsten würde er ordentlich hinlangen. Vielleicht will er irgendwas loswerden, vielleicht will er aber einfach nur die Mutter wieder ins Bewusstsein und ins Leben zurück prügeln. Vielleicht ja auch beides. Früher hat Herbert sich das manchmal gewünscht: über seiner Mutter zu knien und ihr ordentlich ins Gesicht zu hauen. Aber das waren andere Zeiten und andere Umstände. Wünsche werden einem ja eigentlich oft erfüllt, aber praktisch immer zur falschen Gelegenheit oder zu spät.

Auf einmal rührt sie sich. Auf einmal reißt es sie, blinzeln muss sie, schlucken muss sie, weit macht sie den Mund auf, schnappt nach Luft, keucht, röchelt und rasselt. Grauslich hört sich das an. Aber das Leben hört sich eben manchmal grauslich an. Das Leben ist nämlich das Leben und keine Schlagermelodie.

»Da bist du ja, Mama!«, sagt Herbert. »So ein Blödsinn, was, Mama?« Ein bisschen muss Herbert lachen. Einfach so bricht ein Lacher aus ihm heraus, kurz, laut und abgerissen. Die Mutter lacht nicht. Die kann nicht.

»Herbert …«, sagt sie. Wie ein Ruck kommt das aus ihr heraus. Und komisch: Herbert erkennt diese Stimme nicht. Noch nie hat er diese Stimme gehört. Überhaupt hat er noch nie etwas Ähnliches gehört, etwas so Altes, Dünnes, Schwaches und Krächzendes wie diese Stimme.

»Ja, Mama?«, fragt er. Betont locker fragt er das. Weil er ja auch locker sein will. Praktisch ein junger Mann, der den Schwierigkeiten des Lebens ernst, aber locker entgegentritt.

»Jetzt … geht … es … schnell!«, sagt die Mutter. Jedes Wort ein Ruck. Jedes Wort ein neuer Brocken.

Aber das kann Herberts Lockerheit nicht erschüttern. Nicht im Geringsten. Was soll das überhaupt heißen? Was soll denn jetzt schnell gehen? Gar nichts wird schnell gehen, überhaupt nichts, im Gegenteil: Jetzt wird man erst einmal ganz gemächlich weiter sehen, die Mama wird sich beruhigen und erholen, sie ist eben ein bisschen spazieren gegangen in der Nacht, das hat sie ja früher auch so gerne gemacht, und da ist sie gestürzt, ist ja auch kein Wunder bei der Dunkelheit, ohne Sterne, ohne Mond, ohne irgendein anderes Licht, einfach hingefallen, gestolpert wahrscheinlich, das kann ja schließlich vorkommen, es war ja auch alles nicht so leicht in letzter Zeit, vielleicht war alles sogar ein bisschen schwer, das muss man ja auch einmal sagen dürfen, aber das ist jetzt vorbei, und er, Herbert, wird eben in Zukunft darauf schauen, dass es der Mama besser geht, dass sie ihre Ruhe hat und in der Nacht nicht mehr alleine herumrennen muss, dafür wird er, Herbert Szevko, schon Sorge tragen, dass so etwas nicht mehr vorkommt, und überhaupt wird er mehr Verantwortung übernehmen, für die Mama, für Hilde, für Georg, für alles eben, ganz andere Zeiten werden heranbrechen, und die Mama wird sich die nächsten Monate oder Jahre oder Jahrzehnte erholen, ausruhen und ganz entspannt zurücklehnen können, im Sessel, auf dem Sofa, oder sonst irgendwo, dafür, wie gesagt, wird er, Herbert Szevko, sorgen und aus!

Wirklich sehr locker ist er. Locker, lässig und souverän. Bis er die kleine dürre Mutterhand in seinem Gesicht spürt. Die liegt einfach an seiner Wange, leicht wie ein dürres Blatt. Herbert hört auf zu reden. Weil ihm auf einmal nichts mehr einfällt. Weil er auf einmal nicht mehr weiterweiß. Da ist nichts mehr. Da kommt nichts mehr. Gar nichts. Nur diese kleine leichte Hand liegt auf seiner Wange. Herbert macht die Augen zu, bleibt eine Weile so, macht sie wieder auf. Und jetzt sieht er den Schatten in Mutters Gesicht. Und da versteht er was und beginnt loszuschreien. »Hilde!«, schreit er, so laut er kann. »Hilde!«

DER FLUG

Schnell geht es jetzt. So schnell es eben geht. Herbert und Hilde rennen durch die Nacht. Herbert schiebt die Krankenliege mit der Mutter vor sich her, Hilde trägt Georg im Marmeladenglas. Alles andere ist zurückgeblieben. Der Rucksack, die Tüten, die unnötigen Kleider, der Hasenkäfig. Das linke hintere Rad an der Krankenliege quietscht, Herbert keucht, Hilde auch, die Mutter stöhnt leise. Aber das hört niemand. Trotz der ganzen Holperei liegt die Mutter relativ sicher. Herbert hat ihr ein Bettlaken um den Bauch gebunden und die beiden Enden fest mit der Liege verknotet.

Herberts Gedanken fliegen voran. Er hat den Schatten gesehen. Ein Arzt muss jetzt her, eine Praxis, ein Krankenhaus, eine Universitätsklinik oder zumindest irgendein versoffener Dorfdoktor, das ist jetzt egal, irgendjemand mit einem weißen Kittel und einer Spritze in der Hand jedenfalls, irgendjemand, der helfen kann, der ihm und der Mutter helfen kann. Hinten rennt Hilde, schwer sind ihre Schritte, laut ist ihr Keuchen. Aber sie rennt. Die Liege rumpelt und holpert. Das Rad quietscht. Die Mutter windet sich im verknoteten Laken. Schnell muss es gehen. Sehr schnell.

Und so sind Herbert und Hilde mit der Mutter auf der Liege und dem Fisch Georg in den Armen auf dem Feldweg einem Schatten davon- und einer Hoffnung hinterhergerannt.

Lange sind sie so gerannt. Der Weg hat sich verändert. Die ganze Gegend hat sich verändert. Alles ist steiniger und hügeliger geworden. Immer mehr Löcher haben sich aufgetan im Weg. Immer größere Steine sind herumgelegen. Wurzeln waren am Wegrand, Sträucher und Büsche, Bäume, Felsen, Linkskurven, Rechtskehren, und dann ist es bergauf gegangen. Herbert und Hilde sind, nebeneinander schnaufend, den Weg, den Hügel, den Berg hinaufgestolpert. Immer steiler ist es geworden, mit seinem ganzen Gewicht hat Herbert sich gegen die Krankenliege gestemmt, ein paar Mal ist er ausgerutscht, ist lang ausgestreckt dagelegen, die Finger immer noch um die Krankenliegengriffe gekrampft, hat sich wieder aufgerappelt und hat sich weiter gegen die Liege gestemmt, gegen die Schwerkraft, gegen das Aufgeben, gegen alles eigentlich.

Hoch ist es gegangen und höher und dann noch ein bisschen höher und aus.

Auf einmal war es leicht windig und ein wenig kühler. Herbert hat sich den Schweiß aus der Stirn gewischt und geschaut. Hilde auch. Eine Landschaft ist vor ihnen gelegen. Weit, sanft, hügelig und brüchig, hie und da zernarbt von felsigen Anhöhen oder noch felsigeren Abhängen, da und dort mit ein paar Bäumen überstreut. Weit hinten hat der Horizont silbrig pulsiert. Als ob dieser Horizont gerade erst entstehen würde, so hat das ausgesehen, als ob diese ganze Landschaft gerade eben erst im ersten Frühmorgenlicht geboren würde. Schön war das. Aber Herbert hat keinen Sinn für irgendwelche frühmorgendlichen Landschaftsgeburten gehabt. Vor ihm auf der Liege hat sich die Mutter gewunden in ihrem Schmerz. Herbert hat sich umgedreht und Hilde angeschaut. »Weiter!«, hat er gesagt. »Weiter!« Aber Hilde hat nur den Kopf geschüttelt und hinunter auf ihre Füße gezeigt. Herbert hat gleich das Malheur gesehen: Hildes Schuhe waren keine Schuhe mehr, sondern ein paar von Lederfetzen zusammengehaltene Löcher.

Hilde bewegt die blutigen Zehen. Herbert schaut. Die Mutter stöhnt leise. Da stehen sie jetzt auf dem Gipfel eines hohen Hügels, inmitten einer silbrig pulsierenden Landschaft, und es geht nicht mehr weiter.

Aber Herbert will, dass es weitergeht, es muss weitergehen. Irgendwie muss und wird es weitergehen. Das Licht verändert sich langsam. Die Mutter krümmt sich. Die Krankenliege knirscht. Die hat viel mitgemacht in letzter Zeit. Wackelig ist sie. Zittrig fast. Mit dünnen Streben. Und Rädern. Herbert schaut. Kleine Räder sind das, wirklich sehr kleine Räder. Aber immerhin.

»Dann geht es eben ohne Schuhe!«, sagt Herbert. Und wieder steht ihm die Entschlossenheit im Gesicht. Und mit der ist bekanntlich nicht zu spaßen.

Die ersten paar Meter gehen gut. Die Krankenliege knirscht, das hintere linke Rad quietscht. Die Mutter sitzt vorne, den Oberkörper halb aufgerichtet im breiten Schoß von Hilde. Die nämlich sitzt dahinter, in einem Arm die Mutter, im anderen Arm Georg. Ganz hinten sitzt Herbert, links und rechts von der Liege hängen seine Beine herunter, zum Antrieb, zur Bremse und zur Steuerung. So hat Herbert sich das gedacht. Und so funktioniert das eigentlich auch.

Aber jetzt wird der Weg steiler. Und die Krankenliege schneller. Die ganz kleinen Steine machen nichts, die spritzen unter den Rädern weg. Die größeren sind schon unangenehmer. Wie über ein Waschbrett holpert und rattert die Krankenliege sich den Berg hinunter. Am unangenehmsten aber sind die richtig großen Steine. Denen muss Herbert nämlich ausweichen. Mit den Beinen stochert er herum, die Füße lässt er schleifen, die Fersen haut er in die Erde, mit den Zehen hakt er sich in Felsen ein, den Oberkörper lässt er waagrecht von der Liege weg- in die Luft hineinragen, je nach Kurvenlage entweder auf die linke oder auf die rechte Seite, manchmal auch nach hinten, mit einer Hand hält er sich an Hilde fest, mit der anderen rudert er wild in der Luft herum. Hilde dagegen hat ihre Oberschenkel fest an das Liegengestell gepresst und sitzt wie angeschraubt. Im Marmeladenglas schwappt Georg wild hin und her. Die Mutter hält sich einigermaßen sicher zwischen Hildes Schenkel. Und trotzdem schmeißt es sie bei jedem größeren Holperer ungefähr einen halben Meter in die Höhe. Erst hat die Mutter noch protestiert. Das hat aber niemand gehört. Vielleicht war sie zu leise, vielleicht hat aber auch niemand zuhören wollen. Also hat sie ihre sinnlosen Proteste wieder gelassen und hat stattdessen laut zu ächzen begonnen. Dann zu stöhnen. Und dann zu schreien. Zuerst bei jeder Kurve, dann bei jedem großen Stein und schließlich bei jedem kleinen Stein hat sie laut aufgeschrien. Irgendwann hat sie einfach durchgeschrien. Bis ihr die Stimme ausgegangen ist. Und jetzt sitzt und hüpft die Mutter also geräuschlos zwischen Hildes Oberschenkel und lässt den Dingen ihren Lauf.

Und so rasen drei Menschen auf einer knirschenden und quietschenden Krankenliege im Zickzack einen staubigen Hügel hinunter und dem zart aufblühenden Morgen entgegen; hinten ein sehr langer Mensch mit rudernden Gliedmaßen, in der Mitte ein sehr fester Mensch mit einem Marmeladenglas in der Hand; und ganz vorne ein sehr kleiner auf und ab hüpfender Mensch in einem flatternden Krankenhemd.

Der Weg wird steiler. Die Krankenliege schneller. Herbert rackert, rudert und kämpft. Hilde hat mittlerweile die Augen geschlossen. Wie mit der Liege verwachsen sitzt sie da, die Mutter und Georg fest in den Armen. Die Mutter hat die Augen offen. Weit offen. Die Schmerzen spürt sie kaum noch. Aber den Fahrtwind. Überall spürt sie den. An den nackten Beinen, an den Armen, am Hals und im Gesicht. So kühl und weich auf der Haut.

Einmal, als die Mutter noch keine Mutter war, sondern einfach nur die Frau Szevko, ist sie mit dem Karussell gefahren. Im Dorf auf der Kirchwiese war damals nämlich ein Zirkus zu Gast. Mit Zelt, Clown, Direktor und allem Drum und Dran. Sogar ein Löwe war dabei. Der ist zwar nur herumgesessen, war dürr, auf einem Auge blind und auch schon ein bisschen räudig, aber immerhin hat er nach Afrika gestunken. Den Dörflern war das sowieso nicht so wichtig. Die haben sich eher für die Geschehnisse außerhalb des Zirkuszeltes interessiert. Da war nämlich ein Rummel aufgebaut. Ähnlich wie beim großen Schlachtsaufest ist es zugegangen unter dem kahlen Baum auf der Kirchwiese, nur ein bisschen spektakulärer. Zum Beispiel ist da ein Neger mit einer großen Schlange herumgestanden. Damals haben die Leute noch recht unbefangen Neger zu einem Neger gesagt. Und dem Neger hat das auch gar nichts ausgemacht, der hat die meiste Zeit gelacht und den Leuten das Geld aus der Tasche gezogen. Mit der Schlange hat man sich nämlich gegen gutes Geld fotografieren lassen können. Das haben dann auch die meisten gemacht. Viele haben sich aber eigentlich gar nicht für die Schlange, sondern für den Neger interessiert und sich lieber mit ihm fotografieren lassen wollen. Das war dann noch teurer. Heute noch hängen in vielen dörflichen Wohnstuben Fotos von grinsenden Dörflern, entweder mit einer Schlange um den Hals oder einem Neger im Arm.

Und ein Karussell hat es eben auch gegeben. Ein großes Karussell war das. Groß, rot, gelb und glänzend mit bunten Lampen und allerhand Verzierungen. Frau Szevkos Augen haben geglänzt. Und Herr Szevko hat das gesehen. Da hat er seine Geldbörse herausgezogen und hat bei der dicken Dame in dem kleinen Kassenhäuschen eine Karte bestellt. »Für meine Frau!«, hat er gesagt. Beim Einsteigen hat er noch zugeschaut, einmal hat er gewinkt, und dann ist er zu den Biertischen hinübergegangen. Das Karussell hat sich zu drehen begonnen und mit ihm Frau Szevko. Ein blaues Kopftuch hat sie aufgehabt damals und einen weißen Rock. So war das. Wenn sich Frau Szevko später irgendwann einmal an ihre Jugend zurückerinnert hat, dann ist ihr dieses Karussell eingefallen, das blaue Kopftuch und der weiße Rock. Sonst eigentlich nichts.

Jetzt trägt die Mutter ein grünliches Krankenhemd. Und an irgendwelche Jugendzeiten denkt sie auch nicht. Aber den weichen Fahrtwind spürt sie. Und komisch: Die Schmerzen sind endgültig weg. Die Angst auch. Irgendwann ist es genug. Der Körper ist leicht. Die Knochen werden durcheinandergewirbelt wie in einer Waschtrommel. Das Hirn auch. Aber das macht nichts. Das kann manchmal sogar ganz angenehm sein. Mutters Gesicht glänzt. Weit stehen die Augen offen. Noch weiter der Mund. Und auf einmal entkommt ihr ein Geräusch. Ein kleines und helles Geräusch ist das, kaum zu hören, ein bisschen verhalten und verdruckst. Aber dann kommt noch eines, jetzt schon ein bisschen kräftiger. Und noch eines. Ein Kichern ist das. Leise zuerst, bald aber schon lauter und freier. Und auf einmal bricht etwas auf in der Mutter, und sie beginnt zu lachen. Laut und frei und offen lacht die Mutter. Lacht dem Fahrtwind und dem silbrigen Horizont entgegen.

Den Bauch muss sie sich nicht halten, den will sie sich nicht halten. Gar nichts will die Mutter noch halten. Die Arme streckt sie aus, zuerst zur Seite, dann nach oben, den Kopf schmeißt sie in den Nacken, in den Himmel schaut sie hinauf, und die hellblauen Augen schwimmen in Tränen.

Und so knirscht und poltert die Krankenliege mitsamt singendem Rad, ruderndem Herbert, verkrampfter Hilde, schwappendem Georg und laut lachender Mutter den kurvigen Steilweg hinunter.

Auf einmal aber kracht es, und dann geht alles schnell. Ganz plötzlich löst sich das linke hintere Rad von der Achse und fliegt in hohem Bogen einer neuen Freiheit entgegen, etwas kreischt, vielleicht das Krankenliegengestell, vielleicht Hilde, vielleicht Herbert, vielleicht alle zusammen, die Liege schlittert, Funken sprühen, Steinchen fliegen, die Liege torkelt, Georg schmeißt es gegen den Marmeladenglasdeckel, Hilde macht die Augen zu, die Liege schleudert, Herberts rechtes Knie schleift sich den felsigen Boden entlang, die Liege kippt, wieder kracht etwas, eine Schraube schießt aus ihrem Gewinde, ein Metall quietscht, ein Felsen rumpelt, die Liege hebt ab, ein zweites Rad löst sich und hüpft in immer größer werdenden Bögen den Abhang hinunter, die Liege fliegt, Hilde sitzt, Herbert schreit, die Mutter lacht und lacht und lacht, ein letztes Mal kracht es und aus.

DIE DINGE KOMMEN UND GEHEN

Viel hat die Krankenliege in letzter Zeit mitgekriegt. Sehr viel. Ein Lagerfeuer, ein Froschkonzert, einen Mückenschwarm, einen epileptischen Anfall, einige Streitereien, beinahe den Tod zweier Hasen, im Wald ist sie gesteckt, durchs Schilf ist sie geschoben worden, geschwommen, gerast und geflogen ist sie. Jetzt ist es aus. Jetzt liegt die Krankenliege, von feinem Staub bedeckt, am Fuße eines felsigen Hügels und rührt sich nicht mehr. Sofern man überhaupt noch von einer Krankenliege sprechen kann. Das Gestell ist nach allen Richtungen verzogen und verbogen, eine Strebe ist in der Mitte durchgebrochen, zwei andere Streben sind überhaupt weg, der dünne Polsterbezug ist aufgerissen, wie gelbes Eingeweide quillt der Inhalt ans Freie, zwei Räder fehlen, ein Rad klemmt, das andere eiert noch ein wenig in der Luft herum, wird langsamer und langsamer und bleibt schließlich stehen. Jetzt ist Ruhe. Wie eines dieser in kahlen Hallen von schwarz gekleideten, ernst und wissend dreinschauenden Menschen betrachteten, eigentlich recht hässlichen, dafür aber überbezahlten Kunstobjekte, so schaut die Krankenliege jetzt aus. Vielleicht wird sie ja noch jemand entdecken.

Herbert liegt ein paar Meter weiter hinten und etwas höher am Hang. Staub klebt ihm im Gesicht, auf den Augenlidern, in den Ohren, im Mund. Er hustet und richtet sich einigermaßen auf. Um das Kreuz wird sich später irgendwann ein Arzt kümmern, einer mit viel Geduld und noch mehr Salben. Herbert schaut sich um. Noch ist es nicht richtig hell. Dunkel aber auch nicht mehr. Wie rauchiges Metall schaut der Himmel aus. Weit vorne beginnt der Horizont schon an den Rändern zu glühen. Herbert wischt sich den Staub aus den Augen. Ein paar Meter unter ihm liegt der Rest von der Krankenliege. Da ist nichts mehr zu retten. Ein Stückchen weiter, dort wo der Boden schon flach ist, sitzt Hilde. Immer noch hat sie Georg und die Mutter in den Armen. Ein wenig kraftlos fächelt Georg am Marmeladenglasboden herum. Vorsichtig stellt Hilde das Glas ab, wartet, bis sich die kleine Wasseroberfläche beruhigt hat und dreht sich dann zu Herbert um. Eine Weile schauen sich die beiden an. Staubgrau sind ihre Gesichter. Lustig könnte das eigentlich aussehen. Zum Totlachen. Aber Hilde hat gerade keinen richtigen Sinn für Humor. Und Herbert sowieso nicht.

»So!«, sagt Herbert und steht auf. Leicht wankend und ein bisschen zittrig steht er da. Aber er steht. »Dann geht es eben ohne Liege weiter«, sagt er. »Jetzt kann es nicht mehr weit sein. Und außerdem: Die Mama wiegt ja praktisch nichts!« Müde schaut Herbert aus. Aber hinter dieser Müdigkeit, hinter dem Staub, dem Dreck und den Schürfwunden leuchtet noch immer etwas. Zart, aber dennoch. Das ist die Entschlossenheit. Die lässt sich nämlich nicht so leicht aus der Bahn werfen. Von nichts und niemandem.

»Ich glaub, der Mama geht es nicht so gut«, sagt Hilde. Ganz leise und langsam sagt sie das. Herbert schaut. Aber komisch: Nicht die Mutter in Hildes Schoß schaut er an. Nur in Hildes Gesicht, in die teichtiefen Augen schaut er hinein. Das reicht. Mehr braucht Herbert nicht, um zu verstehen. Er hebt die Mutter aus Hildes Schoß. Das Gewicht spürt er gar nicht. Viel leichter noch als vor ein paar Tagen in der Krankenhaustiefgarage liegt die Mutter in seinen Armen. Er geht ein paar Schritte. Irgendwohin. Der Boden wird weicher. Ein paar kleine Bäume stehen da. Hinter ihnen ragt ein großer Felsen in die Höhe, vor ewigen Zeiten vom Steilhang abgebrochen wahrscheinlich. Herbert bleibt stehen. Eine Weile steht er so da. Schaut zum Felsen hoch. Schaut sich die Mutter an. Schaut auf den Boden hinunter. Und dann setzt er sich, setzt sich einfach so ins Gras, im Schneidersitz, die Mutter im Schoß, ihren Kopf in der linken Hand. Ein paar Haare hängen der Mutter in die Stirn. Dünn, silbrig und fast durchsichtig.

Früher haben solche silbrigen Haarfäden am Christbaum gehangen. Engelshaare sind das, hat die Mutter dem kleinen Herbert gesagt, da ist ein kleiner Engel durchs Zimmer geflogen und wahrscheinlich versehentlich am Christbaum hängen geblieben. Der kleine Herbert ist mit glänzenden Augen dagestanden und hat ehrfürchtig genickt. Insgeheim hat er sich aber über die Ungeschicklichkeit von diesen Engeln gewundert. In der Nacht ist er dann heimlich aufgestanden, ist ganz leise die Treppen hinunter zum Christbaum geschlichen, hat sich auf die Zehenspitzen gestellt und ein paar von diesen silbrigen Engelshaaren heruntergezupft. Wochenlang hat er die dann unter dem Kissen liegen gehabt und gehofft, dass sich vielleicht einer von den Engeln in seinen Kopf hineinverirrt und dass die Träume ein bisschen friedlicher werden. Das hat aber nichts geholfen.

Mit dem Zeigefinger wischt Herbert der Mutter die Haare aus der Stirn. Die Augen sind geschlossen. Wie altes Seidenpapier sehen diese Lider jetzt aus, denkt sich Herbert, dünn, brüchig und wahrscheinlich ganz leise knisternd, wenn man genau hinhören würde, früher haben die Leute ihre Schulhefte in so ein Papier gewickelt, oder die Butterbrote, aber das ist lange her, und vielleicht stimmt es ja auch gar nicht. Mit dem Handrücken fährt Herbert der Mutter über die Stirn. Und auf einmal sieht er die kleine, zart pulsierende, bläuliche Ader an der Schläfe. Da klopft das Leben heraus.

»Mama?«, fragt Herbert. Die Mutter rührt sich nicht in Herberts Schoß. Herbert legt seine Daumenkuppe auf den kleinen Aderwurm. Ganz genau spürt er es pochen.

»Mama?«, fragt er noch einmal. Auf einmal beginnt das eine Lid zu flattern, dann das andere, und dann gehen sie auf.

»Da bist du ja!«, sagt Herbert. Und im selben Moment platzt ein unkontrollierter Lacher aus ihm heraus. Über sich selbst muss er lachen. Da bist du ja! So ein Blödsinn, natürlich ist die Mama da, wo soll sie denn sonst sein, die Mama war ja nie weg, hier ist sie, hier in seinen Armen, in seinem Schoß, in Sicherheit, wie es sich gehört, und jetzt geht ja alles weiter, jetzt geht eigentlich alles erst so richtig los.

»Jetzt geht es weiter, Mama!«, sagt Herbert. »Jetzt geht alles erst so richtig los!« Herbert spürt ihre winzige Hand an seinem Arm. Zart wie ein verwehtes Blatt liegt die da. Er beugt sich ein bisschen näher zur Mutter hinunter. Etwas bewegt sich in ihrem Gesicht. Ein paar Falten kringeln sich, ein paar Risse öffnen sich, ein paar Flecken beginnen zu wandern. Der Mund öffnet sich langsam, kaum hörbar rasselt der Atem. Aber auf dem Rasseln reiten die Worte.

»Für mich geht es nicht weiter, Herbert!«, sagt die Mutter. So leise hat sie noch nie gesprochen. Aber Herbert hat sie verstanden. Natürlich hat er verstanden. Obwohl es da eigentlich nicht viel zu verstehen gibt, bei dem Blödsinn, den die Mama daherredet. Aber so etwas muss man natürlich einsehen: Müde ist sie und außerdem wirklich nicht mehr die Jüngste, und da kann es eben auch einmal passieren, dass man so einen Blödsinn daherredet. Aber die Mama muss sich gar keine Sorgen machen, er, der Herbert, wird das alles in die Hand nehmen, wie er in letzter Zeit sowieso schon alles in die Hand genommen hat! Die Mama wird er tragen, leicht ist sie ja, und weit kann es auch nicht mehr sein, schließlich kann nicht die ganze Welt aus Feldern und Felsen bestehen, das nächste Dorf ist sicher um die Ecke, dahinter gleich die nächste Stadt, genau, dort gibt es dann einen Doktor, ein Bett, ein Klo, ein Haarshampoo und alles, was man sonst noch so braucht zum Gesundwerden, und das muss die Mama ja, schnell, weil schließlich, ja, noch viel, noch viel …

Aus. Immer langsamer ist Herbert geworden. Immer langsamer und stockender. Die Mutter hat zugesehen, wie Herbert seine Worte verliert. Als ob seine Worte in die weit geöffneten Augen von der Mutter hineingefallen und da drinnen versunken wären, jedes einzelne Wort versunken im glänzenden Hellblau, so war das. Und jetzt ist es aus. Immer noch pocht der kleine Wurm an Mutters Schläfe. Immer noch liegt ihre Hand an seinem Arm. Wieder beginnen ein paar kleine Flecken zu wandern. Einer trägt sogar ein kleines Haar mit sich herum.

»Für mich geht es nicht weiter, Herbert«, sagt die Mutter, »aber zurück auch nicht ...«

Herbert nickt. Verstehen tut er nichts. Irgendwas will er sagen. Irgendwas Gescheites will er sagen. Aber die Mutter lässt ihn nicht. Fest drücken sich ihre Finger in seinen Arm hinein.

»Ich will nicht zurück, Herbert. Keinen Schritt. Keinen Meter. Nicht ins Dorf. Nicht zur Tankstelle«, sagt die Mutter, »und vor allem will ich nicht neben dem alten Szevko liegen!«

»Mama ...«, sagt Herbert.

»Ich hab lange genug neben dem alten Szevko gelegen«, sagt die Mutter, »ein halbes Leben. Das genügt. Verstehst du das?«

Nichts versteht er. Gar nichts.

»Ja, Mama!«, sagt er.

Die Mutter lächelt. Irgendetwas entspannt sich in ihr. Der Griff an seinem Arm löst sich. Die ganze Mutter löst sich. Fast versinkt sie in Herberts Schoß.

»Ich bin hierhergeflogen. Jetzt will ich hier auch bleiben«, sagt die Mutter. Und auf einmal liegt der Schatten wieder auf ihrem Gesicht. Den kennt Herbert. Den hat er schon einmal gesehen.

»Du musst mich hierlassen, Herbert, versprich mir das. Bist doch mein Bub!«, sagt die Mutter. Jedes Wort hängt wie ein Fähnchen an einem Lufthauch. Herbert schüttelt den Kopf. Protestieren will er, irgendetwas sagen, ob gescheit oder nicht, egal, nur irgendetwas sagen, nur der Mutter irgendetwas entgegenhalten. Aber da ist nichts.

»Versprich es mir, Herbert!«, sagt die Mutter noch einmal. Und Herbert lässt los.

»Ja«, sagt er, »versprochen!«

Die Mutter schließt die Augen. Angenehm liegt sie im Schoß von ihrem Buben. Angenehm und weich. Obwohl Herbert eigentlich immer so knochig war. Früher war das ja umgekehrt. Früher hat es sich der kleine Herbert in ihrem Schoß gemütlich gemacht. Das ist jetzt vorbei. Da ist er herausgewachsen. Alles wächst irgendwann heraus. Die Geranien aus den Erdkübeln, die Kinder aus den Müttern, die Wünsche aus den Köpfen. Und die Schmerzen aus den Körpern. Nichts tut der Mutter weh. Der Kopf nicht. Die Knochen nicht. Der Bauch nicht. Warm ist der Bauch. Warm und leer und leicht. Überhaupt ist eigentlich alles leicht. Vielleicht ist ja auch der Tumor herausgewachsen, irgendwohin gewachsen. Die Dinge kommen und gehen. Die Mutter hört ihr Herz schlagen. Und sie spürt, wie sich der Blutstrom im ganzen Körper ausbreitet. Wie eine warme Wolke. Da braucht es keine kleinen, bunten Tabletten. Die Mutter horcht in sich hinein. Wartet auf den nächsten Herzschlag. Aber da kommt keiner mehr. Still ist es. Die Mutter lächelt. Und dann löst sie sich auf in Herberts Schoß.

»Versprochen!«, hat Herbert gesagt. Dann hat er gesehen, wie die Mutter die Augen zumacht und wie ihr der Schatten aus der Stirn fliegt. Als ob ihr jemand ein ganz feines, schwarzes Seidentuch aus dem Gesicht gezogen hätte, so hat das ausgesehen. Ein paar Mal noch hat sich der Brustkorb gehoben und wieder gesenkt, eine Weile hat das

Schläfenwürmchen noch gepocht. Dann nicht mehr. Herbert hat gespürt, wie die Mutter in seinem Schoß leichter wird und leichter und noch ein bisschen leichter, bis sie dann auf einmal gar nichts mehr gewogen hat. Einen Moment später ist der Horizont aufgebrochen. Kurz war die Wolkendecke dunkelrot übergossen. Dann war Tag.

Zuerst ist es nur mühselig und schwer gegangen. Die Erde unter dem Gras war hart und von zähen Wurzeln durchwachsen, ständig waren Steinbrocken im Weg, mit bloßen Händen haben Herbert und Hilde diese Wurzeln und Brocken aus dem Boden gerissen, bis es unter den Fingernägeln hervorgeblutet hat. Aber irgendwann ist es leichter gegangen. Die Erde ist weicher geworden, feuchter und kühler, die Wurzeln dünner und fasriger, und Steine waren fast gar keine mehr da. Außerdem hat Hilde eine Idee gehabt und zwei Teile aus dem verbogenen Krankenliegengestell gebrochen. Mit denen geht jetzt alles ein bisschen schneller und schmerzfreier voran.

Nebeneinander knien Herbert und Hilde im Morgenlicht, unter dem Felsen, neben den Bäumen, graben, hacken und bohren in den Boden hinein, reden nichts und werfen lange Schatten.

Zwei Tage und zwei Nächte ist Herbert am Grab seiner Mutter gestanden. Irgendwo in der Nähe ist Hilde gesessen, das Marmeladenglas mit Georg zwischen den Beinen. Herbert hat sie nicht mehr bemerkt. Manchmal hat er auf den Erdhügel hinuntergeschaut, manchmal hoch zum Felsen, manchmal noch höher in den Himmel hinauf, die meiste Zeit aber hat er einfach die Augen zugehabt. Einmal ist Hilde hinübergegangen und hat versucht, ihn anzusprechen. Er hat nicht reagiert, ist einfach nur so dagestanden, hat sich nicht bewegt, hat nicht genickt, nicht den Kopf geschüttelt, gar nichts.

Am Morgen des dritten Tages ist dann was Seltsames mit Herbert passiert. Auf einmal, ganz plötzlich, ist er langsam nach vorne gekippt, ist der Länge nach und mit dem Gesicht voran auf den immer noch frischen Erdhügel gefallen und hat zu graben begonnen. Mit den Händen hat er sich hineingewühlt in die Erde, mit den Ellbogen, mit den Schultern, mit dem Kopf, mit der Stirn. Immer tiefer hat er gegraben, immer schneller und immer wilder. Zu seiner Mutter hat er sich graben wollen. Hinunter zu ihr. Zurück zu ihr. Und wahrscheinlich wäre ihm das auch gelungen. Aber da hat Hilde etwas dagegen gehabt. Die ist auf einmal hinter ihm gestanden und hat ihn gepackt, an den Füßen zuerst, an den Knien, an den Schultern, an den Haaren, überall hat sie ihn gepackt und versucht, ihn vom Grab seiner Mutter wegzuzerren. Aber Herbert hat sich nicht wegzerren lassen wollen. Der hat sich gewehrt, hat gestrampelt, getreten und geschlagen. Immer wieder hat er Hilde abschütteln können, immer tiefer hat er sich mit dem Gesicht voran in die Erde hineingewühlt. Hilde hat aber nicht mehr losgelassen, mit ihrer ganzen Kraft hat sie gezogen und gezerrt. Vom Grab herunter hat sie Herbert gezerrt und noch ein Stück weiter ins Gras. Dort hat sie ihn festgehalten, bis er aufgehört hat sich zu wehren. Dann hat sie losgelassen. Keuchend und mit erdverschmierten Gesichtern sind die beiden nebeneinandergelegen und haben jeder in eine andere Richtung geschaut.

Irgendwo hoch oben über den Wolkendunst ist ein Flugzeug geflogen. Eine Weile hat Herbert sich nicht gerührt. Dann ist er aufgestanden und gegangen. Hilde auch.

DAS HOTEL ZUR AUSSICHT

Es schmeckt wieder nicht. Natürlich nicht. Warum auch? Warum sollte es gerade und ausgerechnet heute schmecken? Es hat noch nie geschmeckt. Wenn es wenigstens gut aussehen würde. Aber es sieht nicht gut aus. Es hat noch nie geschmeckt, und es hat noch nie gut ausgesehen. Und es wird auch nie schmecken oder gut aussehen. So ist das eben.

Frau Trummer stochert mit der Gabel in den unförmig zusammengepantschten Sachen auf ihrem Teller herum. Einen Bissen probiert sie noch. Schiebt ihn von einer Backe zur anderen. Sinnlos. Sie legt die Gabel weg. Und das Messer. Wirklich sinnlos. Von unten rumort es leise herauf. Unten ist nämlich der Keller. Und im Keller ist die Küche. Und in der Küche steht Frau Narvik und wäscht ab. Oder putzt. Oder räumt herum. Oder macht sonst irgendetwas eher Unnützes. Jedenfalls rumort sie da unten herum und geht Frau Trummer gehörig auf die Nerven. Frau Narvik ist es ja auch, die die Sachen auf Frau Trummers Teller gepantscht hat. Seit ungefähr dreißig Jahren pantscht Frau Narvik ungenießbare und unästhetische Sachen auf Frau Trummers Teller. Seit ungefähr dreißig Jahren rumort sie in der Kellerküche herum und geht Frau Trummer auf die Nerven. So ist das eben.

Frau Trummer lehnt sich zurück und kippelt ein bisschen mit dem Stuhl. Damit die Zeit vergeht. Die Zeit vergeht nämlich langsam im Hotel Zur Aussicht.

Das Hotel Zur Aussicht gibt es seit den späten Siebzigerjahren. Das Haus gibt es schon länger. Aber früher war es
eben kein Hotel, sondern ein Kuhstall mit bäuerlichem
Wohnanbau. In den späten Siebzigerjahren ist ja eine Welle der Hoffnung und Zuversicht über das Land gegangen.
Eine gewaltige Welle war das. So gewaltig, dass sie den
Leuten wahrscheinlich die ganze Vernunft aus den Hirnen
geschwemmt hat. Anders ist es nämlich nicht erklärbar,
dass die wichtig dreinschauenden Herren mit Anzug und
Hut, die plötzlich überall in der Gegend herumgestanden
sind, den Leuten so viel euphorischen Blödsinn einreden
haben können. Wirtschaftswachstum war das Stichwort.
Infrastrukturoptimierung. Und so weiter. Frau Trummer
jedenfalls war beeindruckt. Ganz besonders war sie von
einem bestimmten Herrn mit Hut beeindruckt. Den hat
sie mit nach Hause genommen, dort ist er dann auf ihr
herumgelegen, hat schöne Sachen mit ihr gemacht und
noch schönere erzählt. Auf einmal war Frau Trummer verliebt, und ihre Arbeit als Fleischhauerin mitsamt ihrem
ganzen Leben ist ihr recht perspektivenlos vorgekommen.
Beim gemeinsamen Frühstück am nächsten Morgen war
sie immer noch verliebt und hat deswegen gleich ein paar
Zettel unterschrieben. Danach war sie Besitzerin eben
dieses Kuhstalles mit Anbau am Rande der Marktgemeinde, mit Zuversicht und Hoffnung im Herzen und zwei Privatkrediten im Kreuz. Der nette Mann mit Hut war noch
zweimal da, einmal war von Heirat die Rede, einmal von

einem dritten Privatkredit. Dann war er weg. Und ist auch nicht mehr gekommen.

Frau Trummer war zwar persönlich enttäuscht, hat aber geschäftlich losgelegt. Mit Hilfe der drei Privatkredite und verschiedener Männer hat sie begonnen, ihr Hotel aufzubauen. Zuallererst hat sie die ungelernte, aber recht resolute Frau Narvik eingestellt. Als rechte Hand, als Rezeptionistin, als Putzfrau und als Köchin, je nachdem. Zu zweit haben die beiden Frauen dann den Kuhstall gestrichen, haben eine Rezeption, eine Zwischenwand und einen Speiseraum eingerichtet, mit Lampen, Zeitungsständer, Ventilator und allem Drum und Dran. Den Anbau haben sie leer geräumt, die ganzen alten Sachen mitsamt dem alten Bauernehepaar haben sie ausgelagert, im Keller eine Küche und in den beiden Stockwerken ein paar kleine Zimmer eingerichtet, mit Bad, Bett, Schrank und Fernseher. Draußen haben sie alles noch hellgelb angemalt, ein paar Blumen unter die Fenster und ein Schild über die Eingangstür gehängt, und fertig war das Hotel.

Auf dem Schild steht »Zur Aussicht«, ein sehr gelungener Name, wie Frau Trummer damals gefunden hat. Weil sich die Aussicht nämlich einerseits zeitlich gesehen auf die ertragreiche Zukunft und andererseits räumlich gesehen auf die ganze Gegend rund um das Hotel und die Marktgemeinde bezieht.

Aus den Zukunftsaussichten sind aber irgendwann die Gegenwartseinsichten geworden. Und die waren begrenzt. Die Herren mit Hut waren bald weg, die späten Siebzigerjahre auch, die Euphorie sowieso. Übrig geblieben sind Frau Trummer und die rumorende Frau Narvik im Keller.

Frau Trummer hört auf, mit dem Stuhl zu kippeln, steht auf, geht zum Fenster und wischt mit dem Zeigefinger ein bisschen Staub vom Fensterbrett. Wirklich sehr langsam geht die Zeit so dahin. Die Bushaltestelle auf der anderen Straßenseite ist leer. Zweimal täglich kommt der Bus, bringt ein paar Leute, immer dieselben, fährt wieder ab. Manchmal grüßt der Busfahrer hinüber zur Hotelwirtin Trummer, wenn sie wieder einmal am Fenster steht. Heute nicht. Heute ist Sonntag, da fährt kein Bus. Heiß ist es. Draußen rennt eine gefleckte Katze über die Straße. Vor dem Hoteleingang steht das kleine, grüne Auto von Frau Narvik. Der Schlüssel steckt. Niemand würde so ein Auto stehlen. Nicht einmal ein verarmter Schrotthändler. Hinter der Bushaltestelle verrotten ein paar Bretter, dahinter vertrocknen die Felder, und noch weiter dahinter, kaum zu erkennen im Hitzeflimmern, liegt die Autobahn. Manchmal trägt der Wind das beständige Autorauschen herüber zur Marktgemeinde und ins Hotel, eine willkommene Abwechslung zum Kellerküchenrumoren. Heute nicht. Heute geht kein Wind.

Frau Trummer dreht sich um und schaut sich ihren Speiseraum an. Sieben Tische, achtundzwanzig Stühle, grünweiß karierte Tischtücher, ein Ventilator an der Decke, ein paar Leuchten, ein paar Bilder an den Wänden. Die Bilder waren einmal stimmungsvoll, mit saftigen Wiesen und fröhlichen Kühen und so, praktisch eine launische Reminiszenz an den ehemaligen Kuhstall. Frau Trummer seufzt. Noch nie hat sich jemand diese Bilder angeschaut. Außer vielleicht Frau Narvik, aber die zählt nicht. Sie verschränkt die Arme vor der Brust und schließt die Augen.

Was der Mann jetzt wohl macht, denkt sie sich, der Mann mit Hut nämlich, der mit den schönen Worten, den flinken Händen und den drei Privatkrediten. Vielleicht hat er ja wirklich bleiben wollen, damals, vielleicht hat er nur nicht bleiben können wegen irgendeiner abenteuerlichen Geschichte im Ausland oder einer tragischen Geschichte im Inland, und wer weiß, denkt sie sich, was passieren hätte können mit ihr und dem Mann, was da draus alles hätte werden können, nicht nur hotelgastronomisch betrachtet, sondern auch zum Beispiel im Bett und überhaupt. Könnte ja sein, denkt sie sich weiter, dass sich der Mann mit Hut damals nichts anderes gewünscht hat, als mit ihr, der jungen, aufstrebenden und gar nicht einmal so unhübschen Hotelgründerin Trummer, Bett und Haus und Leben und Konto zu teilen, könnte ja immerhin sein, ist es denn gar so abwegig, dass ein Mann, Alter egal, Aussehen egal, Herkunft egal, eben einfach irgendein Mann, Lust hätte, sich für eine alleinstehende, resolute und trotz diverser altersbedingter Fett- und Faltenverformungen immer noch recht ansehnlichen Hotelbesitzerin und Frau zu interessieren? Ja soll denn das völlig, endgültig und für immer und alle Zeiten ausgeschlossen sein?

So denkt sich Frau Trummer allerhand zusammen, während sie mit vor der Brust verschränkten Armen und geschlossenen Augen am Fenster ihres Speisesaals steht. Und wahrscheinlich hätte sie den ganzen Sonntagnachmittag, wie auch all die anderen Sonntagnachmittage seit ungefähr dreißig Jahren, noch weiter so vor sich hin gedacht, wenn nicht plötzlich die Tür aufgegangen wäre und ein dreckiger, dünner Mann ohne Schuhe und ohne Hemd sowie eine dreckige, dicke Frau ohne Schuhe und ohne Frisur, dafür aber mit einem Fisch unterm Arm das Hotel Zur Aussicht betreten hätten.

»Guten Tag«, sagt Hilde.

»Guten Tag«, sagt Frau Trummer.

Herbert sagt nichts. Der steht nur da und schaut.

»Ich bin Hilde, und das ist Herbert«, sagt Hilde. »Hilde Matusovsky und Herbert Szevko.«

»Hm«, sagt Frau Trummer und schaut ein bisschen schief auf Hildes schmutzige Füße hinunter. Hilde räuspert sich. Vielleicht weil ihr etwas im Hals steckt.

»Die Schuhe heutzutage sind ein Dreck«, sagt sie.

»Hm«, sagt Frau Trummer.

»Die halten nichts aus«, sagt Hilde.

Herbert sagt nichts.

»Aber Geld haben wir schon«, sagt Hilde, »ein bisschen.«

»Hm«, sagt Frau Trummer.

»Hätten Sie vielleicht ein Zimmer?«, sagt Hilde. »Möglichst ruhig?«

Frau Trummer nickt langsam. »Wir haben acht Zimmer«, sagt sie. »Keine Sterne. Keine Hauben. Aber mit Frühstück und Badewanne. Manchmal rauscht die Autobahn herüber, sonst ist es ruhig. Sehr ruhig sogar.«

»Gut«, sagt Hilde, »dann nehmen wir halt eins!«

»Gut«, sagt Frau Trummer, »dann nehmen Sie halt eins!«

Und so ist an diesem wirklich sehr heißen, spätsommerlichen Sonntagnachmittag recht unerwartet wieder ein bisschen Leben ins Hotel Zur Aussicht eingekehrt.

Der kleine Herbert ist auch einmal im Hotel gewesen. Wobei: Eigentlich war das gar kein richtiges Hotel, sondern eine Ansammlung grauer, flacher und langgezogener Gebäude mit einer riesigen Betonfläche und einem Mast mit Lautsprecher in der Mitte. Ein Jugendheim. Mitten in den Bergen ist dieses Jugendheim gestanden, direkt an einer Durchfahrtsstraße, dafür aber in unmittelbarer Nähe zu den Sesselliften. Die Schulklasse war nämlich auf Skiwoche. Ein Bus hat die schreienden Kinder mitsamt Skiern, Koffern und Lehrern acht Stunden lang über irgendwelche Gegenden und weiter in die Berge getragen. In der hintersten Reihe am Fenster ist der kleine Herbert gesessen. Zuerst hat er sich gefreut. Dass er endlich einmal etwas sieht nämlich. Etwas anderes als die Schule, die Tankstelle und die Krankenhäuser. Aber bald hat der Bus ein bisschen zu hüpfen und zu wackeln begonnen, und dem kleinen Herbert ist schlecht und immer schlechter geworden, und dann hat er einem Kind in den Nacken gespien, und vorbei war es mit der Freude.

Als der Bus schließlich im Skigebiet und am Jugendheim angekommen ist, hat der Lehrer den kalkweißen Buben über die riesige Betonfläche hinüber in einen der grauen, flachen und langgezogenen Schlafsäle getragen und in eines der vielen winzigen Stockbetten gesteckt. Dort ist er dann während der ganzen Skiwoche gelegen, hat zur verfleckten Matratzenunterseite über ihm hochgeschaut und an zuhause gedacht. Vor allem an die Mama hat er gedacht. Eigentlich hat er die ganze Zeit an die Mama gedacht. Und nachts hat er von ihr geträumt. Manchmal ist jemand gekommen und hat ihm ein Erdäpfelpüree oder ein paar Kohletabletten gebracht. Vor den Tabletten hat dem kleinen Herbert weniger gegraust als vor dem Püree. Einmal noch hat er speien müssen, daraufhin ist er den ganzen Tag mit zwei Pyjamas und unter drei Decken im Bett gelegen, weil alle Schlafsaalfenster stundenlang weit aufgerissen waren. Und einmal hat er es nicht mehr ausgehalten, ist aufgestanden, barfuß hinaus auf die Betonfläche marschiert, dort mit weit ausgebreiteten Armen gestanden und hat sich die Schneeflocken angeschaut. Die restlichen Tage ist er dann mit hohem Fieber im Stockbett gelegen, und die Flecken in der Matratze über ihm haben sich zu bewegen begonnen und immer ausgefallenere Formen angenommen. Dann war die Skiwoche aus, und der kleine Herbert war wieder zuhause auf der Tankstelle. Seine Freude darüber hat er aber nicht gezeigt.

Natürlich sind die Betten im Hotel Zur Aussicht keine Stockbetten. Aber winzig sind sie auch. Weit ragen Herberts Füße über den Bettrand hinaus und ins Zimmer hinein. Fast bis zum Fernseher hinüber, der auf einem schmalen Regal an der gegenüberliegenden Wand steht. Auf einem Tischchen stehen eine Lampe mit grün kariertem Schirm und das Marmeladenglas. Die Lampe gibt ein funzeliges Licht, und im Marmeladenglas fächelt Georg im frischen Wasser herum. Richtig erholt sieht Georg aus, wenn man bei Fischen überhaupt von Erholung sprechen kann. Dann gibt es noch zwei Stühle, zwei Nachtkästchen, zwei Nachtlampen, zwei Aschenbecher und ein Fenster. Die Vorhänge sind zu, wie immer in den letzten vier Tagen und Nächten. Gleich nachdem er das erste Mal das Zimmer betreten hat, hat Herbert die Vorhänge zugezogen. Ein Badezimmer gibt es auch. Mit Klo, Becken und Wanne, Standard eben. Nachdem Herbert am ersten Tag die Vorhänge zugezogen hat, ist er unter die Dusche gegangen und eine halbe Stunde regungslos im warmen Strahl stehen geblieben. Danach hat er sich ins Bett gelegt und ist seitdem bis auf wenige Klobesuche und die Frühstücke im Speiseraum nicht mehr aufgestanden.

Unten rumort es leise. Angeblich lebt im Keller noch eine zweite Frau. Eine Frau Narvik. Zumindest hat das die Hotelwirtin Frau Trummer mit etwas verächtlicher Stimme erzählt. Überhaupt hat diese Frau Trummer ziemlich viel erzählt. Beim Frühstück hat sie sich zu Herbert und Hilde an den Tisch gestellt und ungefragt angefangen zu reden. Von irgendeinem Mann hat sie geredet, einem mit brennender Liebe im Herzen und Hut auf dem Kopf oder so. Der würde irgendwann wieder hier auftauchen, dieser Mann, da sei sie sich ganz sicher, das werde man schon sehen, alle würden das schon sehen, die ganze Marktgemeinde, und vor allem und ganz besonders Frau Narvik im Keller, und dann hätte das Gerede endlich ein Ende, und mit vielem würde es dann endlich bergauf gehen, mit allem eigentlich, aber wirklich steil, sehr steil bergauf! Mit glänzenden Augen und mit der geblümten Kaffeekanne in der Hand ist Frau Trummer am Tisch gestanden und hat gar nicht mehr aufhören können zu reden. Hilde hat oft freundlich genickt und manchmal ja und nein gesagt. Herbert nicht. Herbert hat nicht einmal hingehört und stumm seine Semmeln geschmiert.

Vor ein paar Tagen hat Herbert zum letzten Mal etwas gesagt. »Ja. Versprochen«, hat er gesagt. Da hat die Mutter schon fast nichts mehr gewogen in seinem Schoß. Aus dem Keller rumort es leise herauf. Obwohl es mitten in der Nacht ist. Aber noch ein anderes Geräusch geht Herbert im Kopf herum. Das Geräusch der Erde nämlich, die auf den dünnen Körper gefallen ist. Ein dumpfes und hohles Geräusch war das. Vielleicht, denkt sich Herbert, war die Mama innerlich schon ganz leer, ausgehöhlt vom Tumor oder vom Leben, jedenfalls kaum noch was übrig vom Körper, nur mehr eine leere Hülle. Einmal, denkt er sich weiter, war die Mama noch voll, da hat sie noch Gewicht gehabt, da war er selbst ja noch in der Mama, ist da drinnen, gemütlich zusammengekugelt, herumgeschwebt wie ein kleiner Astronaut in seinem ganz privaten, sternenlosen Universum. Herbert dreht sich auf die Seite, schließt die Augen und zieht die Füße ins Bett hinein. Eine Weile denkt er noch, eine Weile horcht er noch, dann versinkt er im weichen, schwarzen Nichts.

Oder will versinken. Plötzlich nämlich reißt es ihn wieder in die Hotelzimmerwirklichkeit zurück. Die Tür geht auf, und Hilde kommt herein. Kommt einfach herein, setzt sich an das Tischchen mit der Lampe und dem Marmeladenglas, rührt sich nicht mehr und schaut in ihren Schoß. Immer in den letzten vier Tagen oder Nächten macht sie das so. Immer ist sie irgendwo, spaziert in den Feldern herum oder in der Marktgemeinde, sitzt vielleicht bei irgendwelchen Leuten, redet, unterhält sich, politisiert, hat ihren Spaß oder macht sonst etwas für Herbert Unkontrollierbares und Uneinsichtiges. Irgendwann kommt sie dann jedenfalls zurück, zu allen möglichen unpassenden Zeiten, setzt sich an das kleine Tischchen, rührt sich nicht mehr und schaut in ihren Schoß hinein. Als ob es da etwas zu sehen gäbe, als ob es da drinnen in diesem breiten Schoß irgendetwas Relevantes oder Interessantes zu sehen gäbe. Herbert dreht sich auf den Rücken und starrt gegen die Decke. Im Keller hat es zu rumoren aufgehört. Still ist es im Haus. Nicht einmal aus den Wänden knistert es leise heraus. Die Kuhbauern früher haben eben solider gedacht und gebaut als die ganzen angekünstelten Hotelarchitekten heutzutage.

»Sag doch einmal was, Herbert …«, sagt Hilde. Gar nicht einmal in Herberts Richtung sagt sie das. Eher nur so in ihren Schoß hinein. Aber er hat sie schon verstanden. Natürlich hat er sie verstanden, die Hilde. Sagen soll er etwas, damit sie ihre Freude hat oder ihren Spaß oder ihre Ruhe.

»Was soll ich denn sagen?«, fragt Herbert. Seine ersten Worte seit langem waren das jetzt. Seltsam haben sie sich angefühlt im Mund. So, als ob Herbert jedes einzelne zwischen den Zähnen hätte hervorpressen müssen.

»Weiß nicht, Herbert«, sagt Hilde, »irgendwas halt …« Aus den Augenwinkeln kann er sehen, wie Hilde langsam die Schultern hebt. Und noch langsamer wieder sinken lässt. Aber damit kann sie ihn jetzt nicht beeindrucken, die Hilde, und zwar nicht im Geringsten, nicht mit einem derartig lächerlichen, so hilflos daherkommenden Schulterzucken.

»Aha. Irgendwas halt«, sagt er. Aber eigentlich sagt er das gar nicht. Er zischt es.

»Wie geht es denn jetzt weiter?«, fragt Hilde. Herbert ist sich gar nicht sicher, ob sie das jetzt ihn oder ihren Schoß fragt. Aber eigentlich interessiert ihn das sowieso nicht.

»Wie soll es denn jetzt schon großartig weitergehen?«, sagt er. »Es geht immer irgendwie weiter!«

»Ja«, sagt Hilde.

»Ja«, sagt Herbert. »So ist das!« Und eigentlich ist damit ja alles gesagt und getan. Aber auf einmal stört Herbert was. Irgendwas an Hilde. Oder vielleicht sogar alles an ihr. Wie die dasitzt und schaut und leise spricht und blöde Fragen stellt. Das stört Herbert. Und überhaupt rührt auf einmal so eine Unruhe in ihm herum. Die kennt er schon, diese Unruhe, ein Leben lang ist die immer wieder aufgetaucht und hat herumgerührt in ihm, im Kindergarten, in der Schule, zuhause, in den Ärztezimmern, überall und immer wieder. Unangenehm ist diese Unruhe, kaum auszuhalten eigentlich. Hilde kennt das natürlich nicht. Die kennt keine Unruhe, die sitzt einfach nur da, lässt den Kopf hängen und spielt mit ihren Fingern. Ganz genau sieht Herbert, wie Hilde immer wieder mit dem Daumen der linken Hand über den Zeigefinger der rechten Hand streicht. Immer wieder. Ohne Sinn und Verstand. Eine Weile schaut Herbert zu. Eine Weile hält er es noch aus. Aber auf einmal reißt etwas in ihm. Und da springt er auf, springt aus dem Bett und durchs halbe Zimmer, holt aus und haut seine Faust in die Wand hinein. Etwas kracht, etwas knackt. Vielleicht die Wand, vielleicht die Finger, schwer zu sagen. Herbert ist das egal. Der hört nichts, und der spürt nichts. Der will nichts hören und spüren. Stattdessen haut er gleich noch einmal in die Wand hinein, diesmal mit der anderen Faust. Und dann beginnt er zu brüllen.

»Was glaubst du eigentlich, wer du bist?«, brüllt Herbert. »Verrat mir das doch einmal! Wer bist du denn eigentlich?«

»Die Hilde bin ich«, sagt Hilde.

»Ach so?!«, brüllt Herbert. »Und sonst nichts?«

»Sonst nichts«, sagt Hilde und hebt den Kopf. Ganz rot ist sie im Gesicht.

»So ist das also?«, brüllt Herbert. »Kommst einfach von irgendwo daher, auf einem verbauten Klapprad, putzt im Schwimmbad herum, sagst Guten Tag, ich bin die Hilde, und das ist alles?«

»Das ist alles«, sagt Hilde.

»Da scheiß ich aber drauf!«, brüllt Herbert, dass die Spucketröpfchen nur so durchs Zimmer zischen. Und gleich noch einmal, mit aller Kraft, aus voller Kehle und mit überschlagender Stimme: »Da scheiß ich aber drauf!«

Jetzt steht er da, und sein Hals brennt mit seiner Wut um die Wette. Er starrt Hilde an. In seinen Augen bewegt sich nichts mehr. Gar nichts mehr. Wie eingefroren ist das Hellblau. »Vielleicht hat die Mama ja recht gehabt«, sagt Herbert ruhig und leise. Auf einmal muss er nicht mehr brüllen.

»Die Mama hat dir nicht getraut! Von Anfang an nicht. Die hat ein Gespür für so etwas gehabt. Die hat sich schon ausgekannt, die Mama!«

Ein bisschen muss Herbert Luft holen. Weil ihm sonst wieder etwas überschlägt. Die Stimme oder irgendetwas anderes.

»Seitdem du aufgetaucht bist, ist nämlich alles aus«, sagt er, »vorher haben wir es schön gehabt. Unsere Ruhe haben wir gehabt. Aber dann warst du da, und vielleicht …«

Er stockt. Etwas sitzt ihm im Hals. Das will er wegschlucken. Aber das lässt sich nicht so einfach wegschlucken. Ein Gefühl ist das. Unangenehm. Das sitzt da drin-

nen im Hals wie ein Knödel, ist heiß und wird immer heißer. Aber auf einmal löst es sich, steigt irgendwo hinter
Herberts Gesicht hoch und weiter in sein Hirn hinein. Komisch fühlt sich das an. Aber so kann das eben manchmal
sein, wenn ein unangenehmes Gefühl zum noch unange-
nehmeren Gedanken wird.

»Vielleicht …«, sagt Herbert, »würde die Mama ohne
dich noch …« Weiter kommt er nicht. Weiter kann er
nicht. Aber oft muss sowieso nicht alles ausgesprochen
werden, und trotzdem ist alles gesagt.

Hilde schaut. Schaut sich Herbert an, wie der so dasteht, mit den verkrampften Fäusten und den gefrorenen
Augen. Und dann sagt sie auch noch etwas.

»Weißt du, Herbert«, sagt sie, »du bist wirklich ein
Trottel!«

Mehr sagt Hilde nicht. Mehr muss sie auch nicht sagen.
Eine Weile braucht Herbert. Aber dann glaubt er, etwas
kapiert zu haben. Und da will er natürlich was erwidern.
Oder brüllen. Der Hilde will er was ins Gesicht brüllen.
Den Mund kriegt er gerade noch auf. Einmal tief Luft holen kann er. Zu mehr reicht es aber nicht. Weil Hilde ihm
zuvorkommt. Weil jetzt auch in ihr etwas reißt. Und auf
einmal geht alles ganz schnell. Viel zu schnell für Herbert.
Hilde springt auf, nimmt das Marmeladenglas mit Georg
in beide Hände, hebt es hoch über den Kopf und schleudert es mit Wucht gegen die Zimmerwand. Es knallt, es
splittert, es spritzt, das Glas zerlegt sich in tausend glitzernde Einzelteile, ein winziger Komet fliegt durchs Zimmer, rund, gelblich, mit einem blässlichen Streifen an der
Seite und einen Schweif aus glitzernden Tropfen hinter
sich her ziehend, klatscht an einen Bettpfosten, landet auf

dem Boden und zuckt und hüpft sich den Teppichsaum entlang. Und ehe Herbert reagieren kann, ehe er etwas tun, etwas sagen oder sich zumindest rühren kann, ist Hilde aus dem Zimmer gerannt. Die Tür kracht, ihre Schritte poltern, weg ist sie.

HERBERT WIRD FORTGESPÜLT

Herbert steht da. Unten poltert Hilde aus dem Haus. Und aus Herberts Leben. Und jetzt kapiert er wirklich etwas. Einen Schritt braucht er zum Fenster und reißt es auf.

»Hilde!«, schreit er in die Nacht hinaus. Unten auf der Straße sieht er sie. Sieht, wie sie wegrennt, wie sie plötzlich langsamer wird, zögert, sich abrupt umdreht, zurückläuft und wie sie vor dem kleinen, grünen Auto stehen bleibt. »Hilde!«, schreit Herbert noch einmal. Aber Hilde hört nicht. Und schaut auch nicht. Stattdessen reißt sie die Tür vom kleinen, grünen Auto auf und steigt ein.

Hilde hat aufgepasst, im Krankenwagen hat sie aufgepasst, weiß jetzt, wo das Zündschloss ist, weiß auch, wo der erste Gang ist. Und das Gas und die Kupplung. Mehr weiß sie nicht, aber das braucht sie auch nicht. Der Motor heult auf. Etwas rattert, etwas kracht, und Frau Narviks kleines, grünes Auto macht einen Hüpfer nach vorne.

Fast wäre auch Herbert gesprungen. Fast wäre er aus dem Fenster und Hilde im weghüpfenden Auto hinterhergesprungen. Gerade noch so hat er sich zusammenreißen können und den gesünderen Weg durchs Hotel nehmen wollen. Bei der Zimmertür war er schon. Aber da hat er es leise unter dem Bett hervorplatschen gehört. Und da ist Herbert wieder eingefallen, dass irgendwo da unten Georg um sein Leben zuckt.

Und jetzt zerreißt es ihn fast. Hilde will er nach. Georg will er retten. Rennen will er, und bleiben will er. Draußen röhrt der Motor auf. Unter dem Bett platscht es leise. Herbert lässt sich auf die Knie fallen. Und auf den Bauch. Unter das Bett schaut er. Gleichzeitig beginnt er zu schreien. Nach Hilde schreit er. Nach seiner Hilde. Hier bleiben soll sie, bei ihm bleiben soll sie, ihn nicht verlassen, ihn nicht jetzt einfach so alleine lassen, nicht gehen, nicht fahren, nicht abhauen, bitte, bitte, bitte nicht! Unterm Bett ist es dunkel. Herbert greift um sich, tastet mit flachen Händen den nassen Boden ab. Fährt mit den Fingern in den Splittern herum, die Schnitte spürt er nicht, das Blut sieht er nicht. Draußen kracht es im Getriebe. Hilde hält sich nicht weiter auf mit der Suche nach dem zweiten Gang und gibt Gas. Mit heulendem Motor fährt das Auto ab. Auf dem Bauch rutscht Herbert weiter unter das Bett. Die Splitter knirschen hell unter den Hemdknöpfen. Unter der Haut knirschen sie nicht. Wie ein Brustschwimmer rudert Herbert mit den Armen den dunklen Boden ab. Und auf einmal spürt er etwas. Am kleinen Finger zuckt etwas. Etwas Weiches, Glattes, Kühles. Und da greift er zu.

Frau Trummer steckt ihren Kopf unter das Kissen. Natürlich hat sie die Schreierei gehört. Aber was geht sie das an? Ein Hotel ist ein Hotel und kein Kindergarten. Da darf auch schon einmal geschrien werden. Der Gast ist nämlich König. Und ein König darf schreien, so viel er will. Solange er die anderen Könige nicht stört. Das bringt einem auch die provinziellste Hotelfachhochschule bei. Und das weiß auch Frau Trummer, obwohl sie eine Hotelfachschule nicht einmal von außen gesehen hat. Es gibt keine anderen Menschen im Hotel. Abgesehen von Frau Narvik. Aber die zählt ja nicht. Außerdem schläft Frau Narvik sowieso im Keller, neben der Küche, hinter dem Heizraum und kriegt nichts mit. Und das ist auch gut so. Oben klirrt etwas, und jetzt trampelt jemand durchs Haus, die dicke Frau wahrscheinlich, wieder schreit jemand, der dünne Mann wahrscheinlich, die Haustür kracht, und kurz darauf heult ein Auto auf. So ist das eben. In einem Hotel kann manches passieren, da muss man sich nicht aufregen, da muss man gelassen bleiben, den Dingen ihren natürlichen Lauf lassen und nötigenfalls den Kopf unter das Kissen stecken. Gäste haben eben manchmal so ihre Eigenheiten. Und wenn die Gäste eben nachts irgendwelche privaten Dinge zu klären haben, dann ist das ihr gutes Recht. Da kann es ruhig schon mal ein bisschen lauter werden, und da kann auch einmal ein Auto aufheulen. Und wenn dieses Auto zufällig Frau Narvik gehört, nur rein hypothetisch angenommen natürlich, dann ist das ja eigentlich auch kein Drama. So etwas kann eben passieren, wenn man Tag und Nacht im Gottvertrauen den Schlüssel stecken lässt!

Frau Trummer kuschelt sich zusammen. Ein bisschen muss sie kichern. Wohlig ist es im Bett, angenehm ist es, mit dem Kopf unterm Kissen all den gedämpften Geräuschen nachzulauschen und dabei die Gedanken fliegen zu lassen. Sehr wohlig. Und sehr angenehm.

Die Hoteltür kracht auf, Herbert kommt auf die Straße gerannt und schaut sich um. Gegenüber die Bushaltestelle, links die Marktgemeinde, rechts die Straße. Und ganz hinten auf dieser Straße zwei kleine, rote Lichter. Er rennt los. Oft ist Herbert in letzter Zeit losgerannt. Wirklich sehr oft, zu allen möglichen Gelegenheiten, in allen möglichen Zuständen und zu allen möglichen Tages- und Nachtzeiten. Das muss ein Ende haben, denkt er sich, bald muss es ein Ende haben mit dieser ewigen Rennerei, denkt er sich und rennt weiter.

Die Rücklichter werden langsam kleiner. Schließlich sind sie weg. Verschluckt von der Nacht. Herberts Schritte trommeln dem Herzen den Takt. Es geht leicht bergauf, leicht bergab, in eine Linkskurve, dann nach rechts, und plötzlich sind die Lichter wieder da. Dort vorne schweben sie nebeneinander über der Straße. Herbert stolpert. Fallen tut er nicht. Der Motor heult auf. Etwas quietscht. Die Bremslichter gehen an. Vier rote kleine Lichter sind das jetzt. Und die beginnen zu hüpfen. Machen einen Schlenker. Schlingern hin und her. Wieder quietscht es. Dann kracht es, gar nicht einmal laut, nur so dumpf und blechern, und auf einmal sind die roten Lichter weg. Still und dunkel ist die Straße.

In Herberts Kopf rast die Angst. Die paar Jahre bis hierher sind vergangen wie im Sturzflug. Die paar Sekunden bis zum Unfallort ziehen sich wie ein halbes Leben. Und mit jedem Schritt, mit jedem Atemzug, mit jedem Herzschlag hämmert sich ein Wort hinter Herberts Stirn ein. Ein Wort, ein Name, ein Schmerz: Hilde.

Den toten Igel sieht er gleich. Wie ein schwarzer Fleck klebt der mitten auf der Straße, da ist nichts mehr zu machen. Dahinter die Reifenspuren, ein Schlenker nach links, einer nach rechts, noch einer nach links und ab in die Dunkelheit. Herbert steht am Straßenrand. Seinen keuchenden Atem hört er, und sein rasendes Herz. Und dann sieht er dort unten das Auto in der Wiese stecken. Vier Schritte und einen Sturz braucht er die Böschung hinunter. Schräg steckt das kleine, grüne Auto in der Erde, das Hinterteil angehoben. Ein Rad eiert langsam vor sich hin, ein paar letzte Umdrehungen hat es noch.

»Hilde?«, fragt Herbert leise und legt die Stirn an die Seitenscheibe. Schon einmal hat Herbert seine Stirn an eine Scheibe gelegt. Das fällt ihm jetzt wieder ein. Das war vor seinem ersten Schwimmbadbesuch. Aber das waren andere Zeiten. Der Autoinnenraum ist ein einziges dunkles Durcheinander. Die Windschutzscheibe ist angeknackst, der Spiegel baumelt an einem dünnen Drähtchen von seiner Halterung herunter, die Rückbank liegt verdreht und quer über den Vordersitzen und dem Armaturenbrett, ein Gurt hängt da wie eine tote Schlange, daneben ein kariertes Wolldeckenknäuel, überall verstreut liegen Musikkassetten herum, einen dicklichen Tenor kann Herbert erkennen, mit roten Backen, schmalziger Locke und süßlichem Lächeln, *Klassik zum Träumen* steht in silbriger Schrift darüber. Und dann sieht Herbert den Schuh, der da unter der verdrehten Rückbank hervorschaut.

Herbert reißt die Tür auf und versucht vorsichtig, die Rückbank zu bewegen. Sie steckt fest. Eingekeilt zwischen Lenkrad, Sitz und Beifahrertür. Herbert packt fester an, beginnt an der Bank zu ziehen, zu zerren, sich dagegenzustemmen. Mit den Händen, mit den Schultern, mit seinem ganzen Gewicht zieht, zerrt und reißt er an der verklemmten Rückbank herum. Plötzlich gibt es einen Ruck, und die Bank ist frei. Auf der Gummimatte liegt der Schuh, gleich neben dem Gaspedal. Aber ohne Fuß. Und ohne Hilde.

Herbert nimmt ihn in die Hand. Braun ist er, ohne Glanz, ein bisschen dreckig, eben einfach ein Schuh.

Herbert kriecht aus dem Auto und geht los. Dreimal geht er um das Auto herum. Zweimal klettert er die Böschung hinauf und wieder hinunter. Noch einmal geht er ums Auto. Sucht den Boden nach Spuren ab. Geht hin und her. Geht ein Stück weg. Kommt wieder zurück. Einmal schreit er. Einmal haut er mit der Faust auf das Autodach. Einmal murmelt er was. Einmal lässt er sich auf die Knie fallen. Geht wieder ein paar Schritte. Schaut. Sieht nichts. Schaut noch einmal. Kneift die Augen zusammen. Und sieht jetzt doch etwas. Einen hellen Fleck sieht er. Mitten in der Dunkelheit ein heller Fleck.

Kniehoch ist das Gras. Leise knackt und raschelt es unter Herberts Füßen. Mit jedem Schritt wird der Fleck deutlicher, beginnt sich jetzt sogar ein bisschen zu bewegen, löst sich aus der Dunkelheit, wird heller und klarer, und auf einmal ist das kein Fleck mehr, sondern Hilde.

Hilde sitzt auf einem Stein, die Ellbogen auf den Knien, den Kopf in die Hände gestützt. Wie ein Denkmal, denkt sich Herbert, ein kleines, rundes Marmordenkmal in einem nächtlichen Park ohne Laternen. Eine dunkle Linie läuft fast senkrecht über Hildes Stirn, dünn, ein bisschen kurvig und glänzend, wie ein winziger Fluss. Mit dieser Stirn hat sie gerade eben erst die Windschutzscheibe angeknackst. Aber das weiß Herbert nicht. Und Hilde wahrscheinlich auch nicht.

»Ich hab deinen Schuh gefunden«, sagt Herbert leise. Immer noch hängt ihm der braune Schuh in der Hand. Den streckt er jetzt Hilde entgegen.

»Ist nicht meiner«, sagt Hilde.

»Ach so«, sagt Herbert und wirft den Schuh mit einer schnellen Bewegung irgendwohin in die Dunkelheit hinter sich. Eine Weile ist es still. Hilde schaut auf den Boden. Herbert auch. Aber von da unten ist eigentlich auch nichts zu erwarten.

»Komm einmal her …«, sagt Hilde. Einen halben Gedanken und einen Schritt später steht Herbert bei ihr. Hilde schaut ihn sich an. Den ganzen Herbert. Von oben bis unten. Und wieder zurück. Dann steht sie auf, holt aus und haut ihm eine herunter. Einfach so.

Herbert wackelt ein bisschen.

»Entschuldigung«, sagt er und hält sich die Backe. Hilde nickt. Dann holt sie noch einmal aus und haut ihm noch eine herunter.

»Entschuldigung«, sagt Herbert wieder und hält sich die andere Backe. Obwohl die eigentlich gar nicht wehtut. Nicht so richtig. Ein paar Ohrfeigen hat er schon bekommen in seinem Leben, alle waren sie nicht so fest wie die von Hilde. Aber alle haben mehr wehgetan. Ein bisschen druckst Herbert herum, ein bisschen kratzt er sich, zupft sich die Hose zurecht, stupst mit dem Schuh einen unsichtbaren kleinen Stein an. Weil er was wissen will. Weil er was wissen muss.

»Bleibst bei mir?«, fragt er. Eigentlich war das kaum zu hören. Aber Hilde hat es schon verstanden. Wie ein kleiner Bub steht Herbert da. Lang, dünn, eckig, Schuhgröße sechsundvierzig und trotzdem ein kleiner Bub. Hilde schaut. Und auf einmal packt sie ihn am Kragen, haut ihn nach hinten um und schmeißt sich auf ihn drauf.

Zuerst will Herbert sich wehren. Oder schützen. Weil er sich nicht auskennt. Weil er weitere Ohrfeigen erwartet. Einen ganzen Sturmhagel von Ohrfeigen erwartet er. Faustschläge. Tritte. Oder alles zusammen. Wegkrabbeln will er, vergeblich unter Hildes Gewicht. Die Augen kneift er zu. Sein Gesicht versucht er zu schützen, die Backen will er bedecken, in die eigenen Unterarme will er sich hinein verkriechen. Aber das bringt natürlich nichts. Und das merkt er auch bald. Und außerdem merkt er, dass er sich eigentlich ja gar nicht zu wehren oder zu schützen braucht. Hilde will ihn nämlich nicht mehr ohrfeigen. Und treten schon gar nicht. Hilde zieht Herbert aus.

Zuerst bemüht sie sich noch. Eine Weile halten sich Hildes ungeduldigen Finger mit dem Kragenknopf auf. Aber bald reicht es ihr. Mit einem Ruck reißt sie sein Hemd vorne auseinander. Die Hose zieht sie ihm mit ein paar kräftigen Griffen von den Beinen. Die Unterhose auch. Socken und Schuhe sowieso. Nackt liegt Herbert jetzt da und schaut mit weit aufgerissenen Augen zu Hilde hoch. Die beginnt sich jetzt auch auszuziehen. Das Leibchen, den Rock, die Schuhe, die Unterhose. Zum ersten Mal fällt Herbert

Hildes Unterhose auf. Noch nie hat er so eine Unterhose gesehen. Vielleicht hat Hilde ja auch noch nie so eine Unterhose angehabt, vielleicht hat Herbert aber einfach nur nicht hingeschaut. Jetzt schaut er hin. Ganz klein ist diese Unterhose. Viel kleiner als Hildes Hintern. Weiß und dünn und zart, von allerhand zierlich eingefassten Löchern durchsetzt, überhaupt scheint diese Unterhose hauptsächlich aus Löchern zu bestehen, denkt sich Herbert, die Unterhosenhersteller heutzutage sind eben keine Idioten, die wissen schon, wie man Geschäfte macht, nämlich mit schön verzierten Löchern zu überteuerten Preisen. Dann hört Herbert auf mit dem Denken. Die Unterhose ist weg, hängt wahrscheinlich irgendwo an einem Grashalm, zittrig wie Spinnweben. Aber Hilde ist noch da. Und hat noch nicht genug. Noch lange nicht.

Hilde greift in Herberts Haare hinein, zieht seinen Kopf zu sich hoch und küsst ihn auf den Mund. Und auf einmal ist Herbert ganz blöd im Kopf. Weiß überhaupt nichts mehr. Das sind die Hormone. Aber auch das weiß er nicht. Die Hormone und das Hirn leben ja praktisch in natürlicher Feindschaft nebeneinanderher. Und darum greift Herbert jetzt zu. Das Nächstbeste an Hildes Körper nimmt er und drückt er. Und streichelt es. Weich ist das und warm und schön. Herbert kennt das ja schon. Natürlich kennt er das. Aber diesmal ist es was anderes. Auch Hilde greift zu. Nimmt sich einfach, was sie möchte. Hilde bedient sich an Herbert, an allem, was es da so gibt. Und gleichzeitig lässt sie sich langsam fallen, sinkt ab, wie eine weiche, warme Welle überspült sie Herbert. Und der macht einfach die Augen zu. Irgendwo rauscht es. Vielleicht in der Wiese. Vielleicht in Herberts Kopf. Irgendwo pocht es. Vielleicht in seiner Brust. Oder in Hildes Brust. Irgendwo knistert es leise. Auch dieses Knistern kennt Herbert. Hildes Haare sind das. Und auf einmal ist auch der Duft wieder da. Auch den kennt er. Aber beschreiben könnte er den immer noch nicht, den könnte wahrscheinlich niemand beschreiben, diesen Duft, irgendwie so fein, irgendwie so nach Seife, nach Zahnpasta, nach Haut und Haaren und Frau. Herbert stöhnt. Angenehm ist ihm. Überall ist ihm angenehm. Ganz besonders aber zwischen den Beinen. Da ist auf einmal alles so weit. Und trotzdem auch so fest. Als ob das nie anders gewesen wäre. Hilde macht eine Bewegung. Eine kleine Bewegung nur, aber eine mit Folgen. Ihren Hintern ruckelt sie vorsichtig zurecht. Einmal nach vorne, einmal zurück, wieder nach vorne, und dann passt es ihr. Jetzt sitzt sie gut. Und ganz plötzlich weiß Herbert nicht mehr, was da unten eigentlich noch zu ihm gehört und was zu Hilde. Erstaunt schaut er zu Hilde hoch, mit seinem größten hellblauen Blick. Hilde lächelt. Ein paar von den braunen Haaren zittern und flattern leicht. Von weit her rauscht leise die Autobahn herüber. Ein Wind kommt auf.

Und so ist es also passiert, dass sich Herbert Szevko in einer nächtlichen winddurchjagten Wiese von einer weichen, warmen Welle namens Hilde endgültig hat fortspülen lassen.

Dumpf drückt der Wind gegen die Fensterscheiben, ansonsten ist es still im Hotel Zur Aussicht. Die sieben Tische und die achtundzwanzig Stühle im Speiseraum ragen ins Halbdunkel hinein. An die Wand gedrängt steht die Rezeptionstheke, darauf eine staubige Plastikblumenvase, ein Postkartenständer und eine matte Messingklingel. Noch nie hat sich jemand eine Postkarte genauer angeschaut, noch nie hat jemand mit flacher Hand auf die Messingklingel geschlagen.

In ihrem Zimmer liegt Frau Trummer, den Kopf unter dem Kissen, und träumt wahrscheinlich von einem Mann mit Hut.

In der Kellerküche türmt sich Geschirr in der Spüle, im Mülleimer darunter der Rest vom Abendessen. Aus dem kleinen Zimmer hinter dem Heizraum schnarcht es leise heraus. Frau Narvik und ihre Nebenhöhlen.

Im schmalen Hotelflur sind die saftigen Almen und die fröhlichen Kühe auf den Bildern kaum zu erkennen in der Dunkelheit. Auf dem Boden in einer Ecke liegt ein staubiger Kaffeelöffel. Den wird schon irgendjemand finden, irgendwann.

Fast alle Türen zu den kleinen Hotelzimmern sind geschlossen. Nur eine steht weit offen. Drinnen gibt die kleine Lampe immer noch ihr funzeliges Licht. Aus der großen, dunklen Wasserpfütze am Boden glitzern unzählige winzige Marmeladenglassplitter heraus. Im Badezimmer plätschert es leise. Durch ein winziges Fensterchen fällt das bläuliche Nachtlicht auf das Waschbecken, auf die Toilettenschüssel, auf den Duschvorhang und in die Badewanne. Drei Fingerbreit steht das Wasser da drinnen. Das ist nicht tief. Aber Georg reicht das. Leise plätschernd zieht er seine Runden. Freiheit ist eben relativ.

EIN WEISSER HÜGEL BEGINNT ZU RENNEN

Nackt in einer Wiese einschlafen kann schön sein. Nackt in einer Wiese aufwachen nicht. Herbert reibt sich die verklebten Augen frei. Direkt vor seinem Gesicht kriecht ein winziges braunes Tierchen einen dünnen Halm hoch. Kriecht, wackelt, droht zu fallen, krallt sich fest, kriecht weiter, fällt jetzt doch, ist weg. Herbert schließt die Augen wieder. Der Rücken tut ihm weh. Alles tut ihm weh. Gestern Nacht war der Boden noch weicher als jedes Bett. Heute ist er hart, wie ein vertrockneter Wiesenboden eben so ist. Mit spitzen Steinen. Scharfen Halmen. Und harten Grasstoppeln. Herbert blinzelt. Gleich hinter dem dünnen Halm erhebt sich Hildes hohe helle Stirn. Die gestrige Nacht fällt Herbert wieder ein. Nach und nach tröpfeln sich die verschiedenen Details in seinem Hirn zu einem angenehmen Ganzen zusammen. Wobei ja eigentlich gar nicht so viel passiert ist. Und doch einiges. Vor dieser Nacht war Herbert ein Bub. Jetzt ist er ein Mann. So einfach ist das.

Herbert gähnt und streckt sich ein bisschen. So weit das eben geht mit dem Rücken. Heiß ist es. Der Himmel ist bewölkt. Der Wind geht. Leise rauscht die Autobahn herüber. Und noch ein Geräusch ist da. Mehrere Geräusche. Und ein blaues Licht. Ein in schnellem Rhythmus immer wiederkehrendes blaues Licht. Herbert hebt den Kopf. Ungefähr hundert Meter weiter drüben steckt noch immer Frau Narviks kleines, grünes Auto schräg im Boden, daneben stehen vier Polizisten, und dahinter, auf der Straße, stehen zwei Polizeiautos mit rotierenden blauen Lichtsirenen auf den Dächern.

Die Polizisten haben die Mützen aus den Stirnen geschoben, die Arme in die Hüften gestemmt, gestikulieren und reden und nicken wichtig. Einer schreibt etwas in einen kleinen Notizblock. Ein anderer bückt sich und hebt etwas auf, der dritte zündet sich eine Zigarette an, der vierte steht nur so herum und macht nichts.

Herbert lässt den Kopf wieder sinken. Genau auf einen Stein. Aber den spürt er nicht.

»Guten Morgen«, sagt Hilde. Die ist nämlich jetzt aufgewacht, greift zu Herbert hinüber, will ihn an sich ziehen, will vielleicht weitermachen mit irgendwas. Oder von vorne beginnen. Schnell legt ihr Herbert die Hand auf den Mund.

»Psst! Rühr dich nicht, beweg dich nicht, sag nichts, mach nichts!«, zischt er und deutet mit dem Daumen hinüber in Richtung Polizisten. Vorsichtig hebt Hilde den Kopf, kapiert, bleibt liegen, rührt sich nicht. Das Gras ist hoch genug, und irgendwann geht jede Amtshandlung vorbei. Denkt sich zumindest Herbert.

Über die individuellen Motivationen von Wieseninsekten können auch die ehrgeizigsten Naturwissenschaftler eigentlich nur spekulieren. In nächtlicher Einsamkeit Insektenhirne unter dem Mikroskop sezieren ist das eine. Die verschiedenen Insektengedanken einzeln herauslesen ist da schon was ganz anderes.

Aber vielleicht war es ja so: Vielleicht ist das winzige, braune Tierchen, das gerade eben noch vom Halm gepurzelt ist, auf seinem runden Rücken zu liegen gekommen,

hat eine Weile, verzweifelt strampelnd, versucht, sich um-
zudrehen, was ihm schließlich auch gelungen ist, hat dann
aus irgendwelchen winzigen Klappen noch winzigere Flügel ausgefahren, hat damit ein wenig herumgeflirrt, sie
aber doch wieder weggefaltet und sich zu Fuß auf den
Weg gemacht. Vielleicht ist dieses winzige, braune Tierchen dann kreuz und quer auf dem Wiesenboden herum-
gerannt, ist Halmen ausgewichen, über Steine geklettert,
kurz an der Leiche eines anderen Tierchens stehen geblieben, hat noch einmal mit den Flügeln geflirrt, ist dann
aber wieder weitergerannt, weiter und immer weiter, bis
ihm irgendwann ein riesiger, rosiger Berg den Weg ver-
sperrt hat. Am Fuße dieses Berges ist das winzige, braune Tierchen vielleicht eine Weile entlanggelaufen, zuerst
in die eine, dann in die andere Richtung, hat aber irgendwann diese ewige Herumlauferei auf dem Boden sattge-
habt, hat seinen ganzen winzigen Mut zusammengenom-
men, ist diesen Berg beherzt angesprungen und hat begonnen, ihn zu erklettern. Und vielleicht hat sich das Tierchen
gehörig erschrocken, als sich der Berg auf einmal zu bewegen begonnen hat, vielleicht hat ihm auch sonst irgendetwas nicht gepasst, oder aber es hat den Fortgang der Dinge einfach dem Instinkt überlassen; jedenfalls hat das winzige, braune Tierchen zugestochen. Oder zugebissen. Das
ist schwer zu sagen. Und wie gesagt: Das alles kann höchstens Spekulation bleiben. Allerhöchstens.

Hilde hat den Stich oder den Biss auf ihrem Oberschenkel
schmerzhaft gespürt. Und da hat es sie gerissen. »Aua!«,
hat sie gerufen und den kleinen braunen Punkt mit der flachen Hand breitgeklatscht. Praktisch reflexartig.

»Psst!«, hat Herbert wieder gezischt. Diesmal schon mit einem ziemlich panischen Nachdruck in der Stimme. Gleichzeitig hat er zu Hilde hinübergegriffen und sie festgehalten. Damit nichts Reflexartiges mehr passieren kann. Und fast wäre ja auch wirklich alles unbemerkt geblieben.

Aber eben nur fast. Weil nämlich einer der Polizisten von diesen frühmorgendlichen Unfallortsuntersuchungen mittlerweile schon ein bisschen müde geworden ist und weil er außerdem die gleichermaßen wichtigen wie blöden Bemerkungen seiner Kollegen nicht mehr hat hören können, hat er sich möglichst unauffällig vom Geschehen weggedreht, hat seinen Blick über die weite, vom Wind durchwellte Wiese schweifen lassen, hat einem plötzlich aufkommenden Bedürfnis nachgegeben, sich mit einem energischen Ruck die Hose bis fast über den Bauchnabel hochgezogen, sich auf die Zehenspitzen gestellt, die Arme weit über den Kopf ausgestreckt und laut und ausgiebig zu gähnen begonnen. Und dabei hat er etwas gesehen. Zwar nur aus den Augenwinkeln, aber immerhin. Eine kleine Bewegung nämlich, irgendwo dort vorne im Gras. Ein Tier vielleicht, hat sich der Polizist gedacht, hat aufgehört zu gähnen und ist auf die Fersen zurückgeplumpst, wahrscheinlich ein Tier, sicher sogar, was denn sonst? Aber was für ein Tier, welches Tier hockt um diese Zeit in dieser Gegend in einer Wiese herum und ist außerdem groß genug, um kniehohes Gras zu überragen? Da ist ihm keine passende Antwort eingefallen. Und vielleicht hätte er deswegen auch lieber gleich wieder weitergemacht mit dem Amtshandeln, wenn nicht in genau diesem Moment eine

Windböe das Gras durchfegt und für einen kurzen Moment den Blick auf einen runden, weißen Hügel freigegeben hätte. Und so viel hat der Polizist schon verstanden von den Frauen und den dazugehörigen Anatomien, um auch gleich zu erkennen, dass dieser runde, weiße Hügel eben kein Hügel, sondern eine weibliche Hüfte war. Eine sehr weibliche sogar.

»Kollegen!«, hat der Polizist zu seinen Kollegen gesagt. »In der Wiese tut sich was!« Und dann ist er losmarschiert. Die anderen hinterher.

Eine Weile sind Herbert und Hilde noch regungslos und mit geschlossenen Augen im Gras gelegen. Bald aber hat Herbert mit dem linken Ohr am Boden die schweren Polizistenstiefel nähertrampeln gehört. Und da war alles klar. Herbert hat Hilde angeschaut, und Hilde hat Herbert angeschaut.

»Los!«, hat Herbert gesagt. Und fast im selben Moment haben sich die beiden an den Händen genommen, sind aufgesprungen und losgerannt.

Zuerst haben sich die Polizisten noch ein bisschen erschrocken, als plötzlich direkt vor ihnen zwei nackte Menschen, ein dünner Mann und eine pralle Frau, aus dem Gras hochgesprungen und Hand in Hand davongerannt sind. Aber recht schnell haben sie die Lage insgesamt und die eigene Überlegenheit im Besonderen einschätzen können und sind dem flüchtenden Paar, aufgeregt durcheinanderschreiend, hinterhergerannt.

Die Verfolgung war kurz. Vielleicht fünfzig Meter hat es gebraucht, dann waren die Polizisten da. Von hinten haben sich alle vier auf Herbert und Hilde gestürzt. Haben sie gepackt, sie umgeschmissen, ihnen mit Gewalt die Hände auseinandergerissen, haben Herbert versehentlich ein paar Tritte und Hilde zufällig ein paar Ohrfeigen verpasst, haben den beiden Handschellen angelegt, sie quer über die Wiese zum Straßenrand gezerrt und sie mitsamt ihren Kleidern in eines der Polizeiautos verfrachtet. Mit vor Stolz geweiteten Beamtenherzen, mit Blaulicht, Sirene und quietschenden Reifen sind sie schließlich losgefahren.

Im Polizeirevier auf der Marktgemeinde haben verschiedene Amtshandlungen stattgefunden, Telefonate, Verhöre, Feststellungen, Niederschriften, Abschriften, Durchschriften. Herbert und Hilde haben wenig verstanden und noch weniger gesagt. Einmal ist Herbert vom Stuhl gekippt, wegen der Müdigkeit oder dem Kreislauf oder wegen überhaupt allem, einmal hat Hilde einen Polizisten als Deppen bezeichnet, weswegen gleich ein paar Abschriften und Durchschriften mehr angefertigt worden sind. Eine dreiköpfige polizeiliche Abordnung hat sich ins Hotel Zur Aussicht begeben, um die sehr gut gelaunte Frau Trummer und die sehr schlecht gelaunte Frau Narvik zu befragen. Ohne großartige Ergebnisse. Einer von den Beamten hat die Badewanne auslaufen lassen und den Fisch Georg in einem mit Wasser gefüllten Butterbrotbehälter aus Plastik sichergestellt. Unterdessen haben die Befragungen angedauert. Herausgekommen ist aber wenig. Die Personalien waren klar. Sonst war alles verschwommen. Ein nasses Hotelzimmer, ein in den Acker gerammtes Auto, aus der Stadt die Information über einen gestohlenen Krankenwagen und eine verschwundene Mutter sowie zwei offensichtlich verwirrte und übermüdete Tatverdächtige. Auch die Polizisten sind langsam müde geworden. Und dem Polizeikommandanten ist sowieso schon alles auf die Nerven gegangen.

»Jetzt reicht es mir!«, hat er gebrüllt und mit der Faust auf den Tisch gehauen, dass der Radiergummi nur so gehüpft ist. »Und zwar endgültig! Wir sind eine Marktgemeinde und nicht San Francisco! Wir wollen unsere Ruhe, ein warmes Abendessen und klare Aussagen!« Die Kollegen sind wegen dieses Ausbruches aus ihrer Müdigkeit herausgerüttelt worden und haben gleich zustimmend und unterstützend genickt.

»Also, Herr Szevko!«, hat der Polizeikommandant gesagt und den Radiergummi wieder sorgfältig an seinen ursprünglichen Platz gelegt. »Geben Sie einfach zu, was Sie zugeben müssen – und wir alle haben unseren Frieden!« Auf den beiden Holzstühlen ihm gegenüber sind Hilde und Herbert gesessen. Hilde hat die tanzenden Falten im Kommandantengesicht beobachtet, und Herbert hat auf den Boden geschaut. Fast den ganzen Tag schon hat er auf den Boden geschaut. Aber da unten war nichts. Nur ein bisschen Dreck. Und der hat ihm auch nicht weitergeholfen. Nichts hat Herbert jetzt noch weiterhelfen können. Gar nichts. Und da hat er den Kopf gehoben, hat dem Kommandanten direkt ins Gesicht geschaut und etwas gesagt.

»Ich hab den Greiner erschlagen.« Das hat Herbert gesagt. Dann hat er den Kopf wieder sinken lassen. Eine Weile war es sehr ruhig im Polizeirevier. Nur der Wind hat ein bisschen am Dach gerüttelt. Der Kommandant hat sich als Erster wieder bewegt.

»Wer, bitte schön«, hat der Kommandant gefragt, »ist dieser Greiner?«

»Ein Trottel aus dem Dorf«, hat Herbert gesagt, »mit silbriggrauen Nagelkopfaugen.« Wieder war es eine Weile sehr ruhig im Revier. Der Kommandant hat sich gekratzt. Hat Herbert angeschaut. Hat Hilde angeschaut. Hat den Radiergummi ein bisschen zurechtgerückt. Hat geseufzt. Und hat dann zum Telefon gegriffen.

Wenig später ist ein grüner Polizeikastenwagen aus der Marktgemeinde heraus, am Hotel Zur Aussicht vorbei und in die abendlichtüberflutete Gegend hinein gesaust.

Vier Polizisten waren im Wagen, einer ist gefahren, die anderen drei sind einfach so dagesessen, die Mützen im Schoß und die Gedanken in irgendwelchen außerdienstlichen Gefilden. Auf der hintersten Bank hat es Georg im zugedeckelten Butterbrotbehälter hin und her geschüttelt. Links und rechts daneben sind Herbert und Hilde gesessen. Hilde hat beim linken Fenster hinausgeschaut, Herbert beim rechten, beide mit den Wangen an den Scheiben. Ruhig ist die Landschaft vorbeigezogen. Nur manchmal, wenn der Polizeikastenwagen ein Schlagloch erwischt hat, ist alles ein bisschen versprungen wie ein Film in einem alten Kino. Schnell ist die Marktgemeinde zurückgeblieben, kurz noch haben die bunten Punkte vom Autobahnstreifen herübergeblitzt. Ein Bus ist dem Polizeiwagen respektvoll ausgewichen, ganz genau hat Herbert die müden Gesichter hinter den Scheiben sehen können. Über eine Hügelkette ist es gegangen, durch weite Felder, vorbei an ein paar Scheunen, vorbei an ein paar Kühen, an Hochspannungsmasten, an einer Reihe gewaltiger Windräder, einer flachen Truthahnhalle und zwei stinkenden Kläranlagen. In weiter Entfernung hat Herbert eine Erhebung in der Landschaft gesehen, einen Hügel, einen kleinen Berg, felsig und steil. Da hat er kurz die Augen zugemacht.

Die Polizisten haben sich unterhalten, über die Frauen und das Leben. Ihre Mützen haben sie in den Händen gedreht. Über eine Brücke ist der Polizeiwagen gerattert, über einen breiten, trägen Fluss. Eine Weile ist es am schilfigen Ufer entlanggegangen, dann wieder über eine Brücke, vorbei an einem kleinen Wäldchen, an ein paar Häusern, an kleinen Gärten und noch kleineren Garagen. Weit vorne war der gelbe Dunst über dem grauen Stadtstreifen zu sehen. Dort hat aber niemand hin gewollt. Also wieder Felder, Wiesen, Hügel und so weiter. Und auf einmal hat Herbert das Schild gesehen, schon von weitem hat er die schiefen Buchstaben erkannt: *Billig tanken bei Szevkos.*

Die Tankstelle war zu, die Geranien verdorrt, der Verkaufsraum dunkel, der Grünstreifen gelb. Der Polizeiwagen ist vorbeigebrettert, die leichte Steigung hoch, immer auf die Kirchturmspitze zu, die da hinter der Hügelkuppe hervorgeschaut hat.

DER GREINER WAR AUCH SCHON MAL LEBENDIGER

Das Dorf ist keine Marktgemeinde. Das Dorf ist ein Dorf und aus. Und selbst damit kann es eigentlich noch ganz froh sein. Zum Beispiel hat das Dorf kein Hotel, sondern ein kleines Gästezimmer im Dachstuhl von der dicken Frau Kurvac, in dem aber eigentlich noch nie jemand gewohnt hat. Das Dorf hat auch kein Bistro, keinen Eisladen, kein Speiserestaurant und schon gar keine Pizzeria, sondern ein Wirtshaus mit kleiner Karte und zwei Sorten Bier: Flasche und Fass. Im Dorf gibt es keine integrierte Gesamtschule mit Pausenhof und Behindertenklos, im Dorf gibt es nur die alte Grundschule ohne Pausenhof und mit gemischten Klos. Die einzige dörfliche Einrichtung mit Marktgemeindeniveau hätte das Schwimmbad sein können. Aber zu dem Thema ist ja eigentlich schon alles gesagt.

Und natürlich hat das Dorf auch kein Polizeirevier, keinen Polizeikastenwagen und keine nach Sternen und Dienstjahren geordneten Polizisten. Das Dorf hat eine Polizeistube, einen Polizeikleinwagen und den dicklichen Wachtmeister Lerchbaumer.

Wachtmeister Lerchbaumer ist eigentlich gar kein Wachtmeister, sondern ein Obermeister. Das heißt wirklich so und hat schon seine Richtigkeit. Aber im Dorf weiß das keiner. Außerdem interessiert sich im Dorf niemand für solche behördlichen Haarspaltereien. Wer eine Uniform anhat, ist ein Wachtmeister und aus. Egal wie viele Sterne dem da an der Schulter kleben. Oder wie wenige.

Viel gibt es ja sowieso nicht zu tun für Wachtmeister Lerchbaumer. Einmal am Tag die Schulkinder über die Straße führen, einmal in der Woche eine Schlägerei im Wirtshaus, einmal im Jahr das große Schlachtsaufest. Hin und wieder fährt noch jemand mit dem Auto gegen einen Baum, manchmal kippt der besoffene Bademeister in der Hallenbaddusche um, ganz selten hängt jemand bleich am Obstbaum im eigenen Garten. Aber damit hat sich die Sache eigentlich. Praktisch eine lebenslange, dienstlich verordnete Ruhe. Ohne große Erwartungen und Karrieresprünge, aber auch ohne Zukunftsängste und Stress-Syndrome. Wachtmeister Lerchbaumer ist zufrieden.

Heute allerdings nicht. Heute ist Wachtmeister Lerchbaumer sogar ziemlich unzufrieden. Vorbei ist es nämlich mit der Ruhe. Und zwar seit dem Moment, als das Telefon zum ersten Mal geklingelt hat in der Wachstube. Genau in der Mittagspause war das – und ein Kollege von der Marktgemeinde war dran. Personenfeststellung, Identitätsprüfung, Herbert Szevko, ja, bekannt, natürlich, Tankstellenpächtersohn, wohnhaft da und da, abgängig seit dann und dann, mitsamt dieser Schwimmbadputzfrau, Name unbekannt, Wohnort auch, lässt sich aber sicher herauskriegen, genau, und der Mutter, der alten Frau Szevko, aha, soso, jaja, danke, auf Wiedersehen. Routine eigentlich. Obwohl interessant: Der Szevko-Bub ist wieder aufgetaucht! Wie auch immer: Die Mittagspause war vorüber. Also ist Wachtmeister Lerchbaumer langsam zum Schwimmbad hinübergetrottet, hat beim Bademeister ein Bier, den Namen von der Putzfrau und noch ein Bier bekommen und ist langsam wieder zurückgetrottet. Dann das zweite Telefonat, ja, Hilde Matusovsky, mit Ypsilon, Wohnort immer noch unbekannt, alles andere auch, ja, der Herbert Szevko, der hat, wie soll man sagen, praktisch eine Fehlschaltung im Hirn, Epilepsie, genau, ja, nein, ja, auf Wiedersehen. So ist das dann weitergegangen. Dreimal haben die Kollegen von der Marktgemeinde noch angerufen, haben irgendwelche uninteressanten Sachen wissen wollen und Wachtmeister Lerchbaumers heute Morgen noch so gemütlich begonnenen Dienst endgültig zerpflückt.

Beim vierten Anruf hat es ihn fast nach hinten vom Stuhl geschmissen. Gerade noch hat er sich am Schreibtisch anhalten können. Aber recht schnell hat er sich dann auch wieder beruhigt. Mit einer lässigen Ruhe hat er sich die Mütze nach hinten aus der Stirn geschoben, den Hörer zwischen Schulter und Backe geklemmt und den Kollegen von der Marktgemeinde erst einmal die Faktenlage erklärt. Und zwar ausführlich. Manchmal weiß nämlich ein einzelner Dorfpolizist mehr als alle zusammengetriebenen Marktgemeindekameraden miteinander. Den Kollegen jedenfalls sind keine weiteren Fragen mehr eingefallen. Stattdessen sind sie dann eine halbe Stunde später mit Kastenwagen, Blaulicht, Sirene und voller Besetzung ins Dorf eingefahren, haben zwei Passagiere, Herbert Szevko und Hilde Matusovsky, vor der Wachstube abgeladen und waren ganz schnell wieder weg. Und das alles kurz vor Wachtmeister Lerchbaumers eigentlich so verdientem und zu Recht herbeigesehntem Feierabend.

Früher war die Wachstube der Verkaufsraum der dörflichen Fleischerei. Weil aber vor ein paar Jahren der Fleischer wegen eines ungustiösen Vorfalls, betreffend die Fleischlagerung im feuchten Keller, fast gelyncht und schlussendlich aus dem Dorf getrieben worden ist, hat die Polizei die Situation genutzt und die freigewordene Immobilie belegt. Vom Dorf ist nämlich sowieso nichts mehr zu erwarten gewesen, auch keine großartigen Verbrechen, also hat man das Polizeirevier am Marktplatz leergeräumt, die dreiköpfige Mannschaft aufgelöst, zwei Kollegen in die

Stadt und einen in die Fleischerei versetzt. Dieser eine war Wachtmeister Lerchbaumer.

Seitdem sitzt er Tag für Tag am Schreibtisch, schaut entweder in den Computer hinein, auf die Bodenfliesen hinunter oder zu der großen Auslagenscheibe hinaus. Manchmal schaut er auch an die Decke und bildet sich ein, dort oben noch ein paar blasse Blutspritzer zu sehen. Aber das ist natürlich Blödsinn. Irgendjemand wird damals beim Umzug schon gestrichen haben.

Jetzt schaut der Wachtmeister nicht zur Decke hoch, auch nicht in den Computer hinein und schon gar nicht auf die Fleischerfliesen hinunter. Er schaut sich Herbert und Hilde an, die da nebeneinander vor ihm und dem Schreibtisch sitzen. Da haben sich ja zwei gefunden, denkt er sich, und weiß gar nicht, wie recht er damit hat. Müde sehen Herbert und Hilde aus. Sehr müde und immer noch ein bisschen dreckig von den diversen Erlebnissen im Feld.

Wachtmeister Lerchbaumer seufzt. Das war klar, dass das nichts wird mit dem Szevko-Buben. Bei dieser Krankheit. Und dieser Mutter. Und überhaupt. Einmal, vor vielen Jahren, hat er den kleinen Herbert auf dem Marktplatz gefunden. Da ist er zusammengerollt in einem riesigen Betontopf unter den Geranien gelegen, weil er nicht in die Schule gehen hat wollen. Wachtmeister Lerchbaumer hat den Buben aus dem Topf gehoben, ihm die Blumenerde von der Stirn gewischt und ihm ein Stück vom eigenen Leberkäsbrot zugesteckt. Dann hat er ihn ins Auto gesetzt und zur Tankstelle gefahren. Von weitem schon hat er Frau Szevko vor lauter Sorge im Verkaufsraum hin und her rennen gesehen. Fast hätte sie den dünnen Buben erdrückt, als sie ihn aus den Armen von Wachtmeister Lerchbaumer an sich gerissen hat. Gesagt hat sie nichts, nicht danke, nicht Grüß Gott. Aber angeschaut hat sie ihn, mit diesen komisch glänzenden, hellblauen Augen. Und auf einmal ist sie einen Schritt näher gekommen und hat ihm mit dem Handrücken über die Wange gestreichelt. Dann hat sie sich umgedreht und ist mit dem kleinen Herbert im Arm ins Haus gerannt. Wachtmeister Lerchbaumer ist noch eine Weile dagestanden und hat sich nicht ausgekannt. Dann hat er sich wieder ins Auto gesetzt, ist irgendwo hingefahren und hat den Rest vom Leberkäsbrot gegessen.

Das alles ist aber lange her und interessiert eigentlich auch niemanden mehr. Jetzt ist Herbert groß, und Wachtmeister Lerchbaumer sind cholesterinbedingt die Leberkäsbrote verboten worden. Auf dem Computerschirm ziehen kleine, bunte Fische ihre ewig gleichen Runden. Viel frischer sehen die aus als dieser dickliche, gelbe Fisch, der in dem Butterbrotbehälter auf dem Schreibtisch müde vor sich hin fächelt. Wachtmeister Lerchbaumer atmet tief ein und schwer wieder aus, lehnt sich im Stuhl zurück und verschränkt die Arme hinter dem Kopf. So kann das nämlich alles nicht weitergehen.

»So, Herbert!«, sagt er. »Du hast also den Greiner umgebracht.« Herbert nickt.

»Aha«, sagt Wachtmeister Lerchbaumer. Und gleich noch einmal: »Aha.« Draußen geht eine winzige Pensionistin gebückt an der großen Auslagenscheibe vorbei. Eine Weile schaut ihr Wachtmeister Lerchbaumer nach, wie sie mit ihren Einkaufstüten über die Straße schlurft, den Blick immer am Boden, wie sie stehen bleibt, die Tüten kurz abstellt, irgendetwas an ihrer Schürze zurechtzupft, wie sie die Tüten wieder aufnimmt, sich mit langsamen, kleinen Schritten in Bewegung setzt, so, als ob sie sich den Nachhauseweg erst ertasten müsste, und wie sie schließlich hinter der nächsten Ecke verschwindet. Der Wind verwirbelt ein bisschen Staub und Dreck auf dem Beton, ein einsames Papiertaschentuch tanzt auf dem Gehsteig herum, trudelt in einen Hauseingang, ist weg.

Wachtmeister Lerchbaumer verzieht das Gesicht und ächzt leise in sich hinein. Aber wirklich sehr leise. Irgendetwas tut ihm weh unter dem Gürtel. Die Blase vielleicht, die Galle, die Prostata oder irgendetwas anderes Ungustiöses. Da will man gar nicht weiter darüber nachdenken. Also stößt er sich mit den Schulterblättern von der Stuhllehne ab, stemmt sich mit beiden Armen gegen die Schreibtischkante und schaut Herbert direkt ins Gesicht.

»Komm einmal mit!«, sagt er. Dann steht er auf. Und zwar mit dem ganzen, ihm zur Verfügung stehenden Schwung.

Und diesen vorfeierabendlichen Schwung hat Wachtmeister Lerchbaumer auch noch eine Weile mitgenommen. Mit unverhältnismäßig schnellen Schritten ist er voran- und aus der Polizeistube herausmarschiert, hat die Rollläden vor der großen Auslagenscheibe herunterrattern lassen, hat Herbert, Hilde und Georg hinten in den Polizeikleinwagen hineingebeten, sich selbst hinter das Lenkrad gestopft und ist losgefahren. Zügig ist es durchs Dorf gegangen. Die Straßen waren fast menschenleer, hinter den Fenstern, in ihren Zimmern, an ihren Tischen sind die Leute, über ihre Teller gebeugt, beim Abendessen gesessen, ein paar Hunde haben wie verrückt gebellt, ein Schwarm kleiner, brauner Vögel ist am Gehweg aufgeflattert, auf einer Sandkistenabdeckung sind zwei Kinder gesessen und haben schweigend dem Polizeiauto hinterhergeschaut.

Am Kindergarten ist es vorbeigegangen, an der Schule, am Gemeindeamt und an der Kirche. Die laublosen Äste vom Kirchwiesenbaum haben gezittert im Wind. Der Pfarrer hat mit seinem flatternden Gewand langsam die Straße überquert. Wie ein müder Batman nach einem langen Leben voller Abenteuer schaut der aus, hat sich Wachtmeister Lerchbaumer gedacht, kurz zum Gruß gehupt und ist weitergefahren. Im oberen Eck vom gläsernen Schwimmbadkasten hat für einen letzten Moment die Sonne aufgeblitzt. Dann war sie weg, das Schwimmbadglas war wie Blei, der Himmel fahl und dunkelgrau. Die Straße ist holpriger geworden, der Blick freier, und dann ist das kleine Polizeiauto stehen geblieben. Da, wo das Dörfliche aufhört und der Acker beginnt, kurz vor dem letzten schiefen Verkehrsschild, genau über dem dreckigen Rinnsal, das in einer Betonröhre unter der Straße vorbeigluckert, am Dorfhinterausgang nämlich, da ist der Polizeikleinwagen von Wachtmeister Lerchbaumer stehen geblieben.

Ein letztes kleines Haus steht auf der gegenüberliegenden Straßenseite. Ein alter Hof, niedrig und grau, mit schiefen Mauern und noch schieferen Dachziegeln. Die paar Rinder, die paar Schweine, das bisschen Land, das alles trägt sich nicht mehr. Aber eigentlich hat es sich ja noch nie getragen. Wenn die Gemeinde oder der Staat oder Europa oder sonst irgendwer nicht ständig hineinsubventionieren würde in solche kleinen alten Höfe an den hinteren Dorfausgängen, dann wären auch die letzten Kühe und Schweine und Bauern schon längst in riesigen Zuchttierhallen oder Arbeitsbeschaffungsmaßnahmen verschwunden. So aber steht er noch da, der kleine, schiefe Hof.

Jeder im Dorf kennt diesen Hof. Einerseits, weil im Dorf sowieso jeder jeden kennt, mitsamt den dazugehörigen Höfen, Häusern, Kindern, Vornamen und Angewohnheiten; andererseits, weil dieser Hof ein ganz besonders bekannter und berüchtigter ist. Dieser Hof ist nämlich der Greiner-Hof.

Wachtmeister Lerchbaumer quetscht sich aus dem Auto heraus. Herbert und Hilde auch. Unter der niedrigen Wolkendecke ist es schnell dunkel geworden. Der Wind verfängt sich raschelnd in der kniehohen, vertrockneten Hecke am Straßenrand, rüttelt auch ein bisschen an Wachtmeister Lerchbaumers Polizeimütze. Er hält sie fest. Er drückt sie in die Stirn. Er nickt sich selbst zu. Er geht voran. Vier Straßenfenster in einer Reihe hat das greinersche Hofgebäude, nur im letzten brennt Licht.

Wachtmeister Lerchbaumer bleibt stehen und ruckelt sich mit ein paar ungeduldigen Bewegungen die Hose zurecht. Mit den Jahren verlieren nämlich sogar die gutmütigsten Hosen ihre Form. So wie die Körper.

»Was siehst du?«, fragt Wachtmeister Lerchbaumer und deutet mit dem Kinn zum Fenster hinüber. Herbert schaut. Gardinen sieht er, halb zugezogen, vor ewigen Zeiten gehäkelt oder gestickt oder irgendwie anders zusammenge-fädelt. Dahinter ein Zimmer. Ein Wohnzimmer, mit einer ganz normalen, einem dörflichen Hinterausgangshof ent-sprechenden Einrichtung. Vitrinenschrank mit Porzellan-sachen, Tapeten ohne Farben, Wandteppich mit einer ver-gilbt bunten Landschaft, Regal mit zwei silbrigen Pokalen, Luster mit drei matten Glühbirnen, Tisch mit Tuch, Stüh-le mit Polsterbezug, Fernseher und Sofa. Der Fernseher ist an, leise dringen die gut gelaunten Stimmen auf die Stra-ße hinaus.

Auf dem Sofa sitzen eingesunken zwei Menschen. Die kennt Herbert. Jeder kennt die. Das sind die Greiners. Der alte Herr Greiner und die noch ältere Frau Greiner. Kaum heben sie sich ab vom Polsterhintergrund, verschwimmen fast mit den gemusterten Bezügen. Vielleicht, denkt sich Herbert draußen auf der Straße, vielleicht werden man-che Menschen im Laufe der Jahre ihren Möbeln immer ähnlicher, so wie ja auch die meisten Pensionisten irgend-wann genauso ausschauen wie ihre Hunde, vielleicht pas-sen sich manche Menschen eben statt ihren Hunden ihren Tapeten, Stühlen und Sofas an, verwachsen mit ihnen, bis sie schließlich verschwunden sind, eins geworden mit der Zimmereinrichtung.

Im Fernseher schreit jemand hysterisch, ein Saal klatscht, Musik plärrt. Auf dem Sofa kommen die alten Greiners ein bisschen in Bewegung und ruckeln sich ihre Hintern zurecht. Herr Greiner lacht, sagt irgendetwas und fährt sich mit den Fingern durch die paar übriggebliebe-nen Schläfenhaare. Frau Greiner verzieht das Gesicht, sagt auch etwas, zupft an ihrer Schürze im Schoß herum, seufzt.

Und dann dreht sie ihren Kopf und schaut über die Sofalehne und schräg nach hinten in die Zimmerecke. Dort ist es dunkler als beim Sofa, die Kraft der drei Lusterglühbirnen reicht kaum hin, und auch das bläuliche Fernsehlicht flackert sich nur mehr schwächlich an der fasrigen Tapete entlang.

In diese hintere Zimmerecke also schaut Frau Greiner. Und mit ihr Herbert. Da steht etwas. Etwas Großes, Dunkles. Im ersten Moment hat Herbert das für ein weiteres Möbelstück gehalten. Aber eben nur im ersten Moment. Schon im zweiten Moment nämlich hat Herbert gesehen: Da sitzt ein Mensch. Ein bisschen schief, vornüber gebeugt, die Hände im Schoß. An den Seiten glänzen matt die dünnen Streben von großen Rädern. Ein Rollstuhl also, denkt sich Herbert, so ist das eben, warum auch nicht. Aber auf einmal sieht er noch etwas anderes matt glänzen im schwachen Zimmereckenlicht. Die Augen. Zwei winzige silbriggraue Augen, wie Nagelköpfe eingehämmert unter einer niedrigen Stirn und einer blonden Stoppelhaarfrisur. Und da ist alles klar. Der Greiner ist das.

Fast wäre Herbert eingeknickt draußen auf der Straße. Eingeknickt und einfach umgefallen. Aber eben nur fast. Vielleicht hat er sich selbst zusammenreißen können. Vielleicht hat ihm Wachtmeister Lerchbaumer unter die Arme gegriffen, das lässt sich schwer sagen. Jedenfalls ist Herbert stehen geblieben. Ein bisschen zittrig sind die Knie noch, ein bisschen wacklig das Ganze, aber sonst geht es wieder. Da drinnen sitzt der Greiner. Da kann es gar keinen Zweifel geben.

»Hast also den Greiner erschlagen?«, fragt Wachtmeister

Lerchbaumer und bemüht sich, möglichst viel gutmütige Nachsicht in die Stimme zu legen. Praktisch eine väterliche Vertrauensperson in Uniform. Herbert sagt nichts. Was soll er denn auch sagen? Da drinnen sitzt der Greiner und lebt und aus. Obwohl er sich schon sehr verändert hat. So wie der da im Rollstuhl hängt. Die Knie aneinandergelegt, die Hände schlaff auf den Oberschenkeln. Wie zwei schlafende Tiere sehen diese Hände aus. Jetzt erst sieht Herbert, dass der Greiner zur Gänze in einem hellblauen Pyjama steckt. Mit dunkelblauen Bündchen an den Handgelenken. Und kleinen, dunkelblauen Hirschen an der Vorderseite. Und jetzt erst sieht er, dass dem Greiner ein langer, dünner, glänzender Faden aus dem rechten Mundwinkel hängt und unten in einem dunklen Fleck auf der Pyjamahose verschwindet. Und er sieht den Blick. Den vernagelten silbriggrauen Greinerblick. Seltsam leer ist der. Und irgendwo verliert er sich. Irgendwo weit hinter dem Fernseher. Irgendwo weit hinter allem.

»Der Greiner hat einen Unfall gehabt«, sagt Wachtmeister Lerchbaumer und drückt sich die Mütze noch ein bisschen fester in die Stirn hinein, »mit dem Moped hat es ihn zerbröselt.« Aus dem greinerschen Fernseher plärrt sich die Musik ihrem Höhepunkt entgegen und auf die Straße hinaus.

»Einer aus der Fabrik hat ihn auf dem Weg zur Frühschicht gefunden. Schlüsselbeinbruch, Nasenbeinbruch, Jochbeinbruch, Rippenbruch, Herzstillstand, Hirnstillstand – alles Mögliche muss da eine Weile stillgestanden haben beim Greiner, sagen die Doktoren. Vom Moped gar nicht zu reden. Grauslich!« Wachtmeister Lerchbaumer schüttelt es innerlich bei solchen Vorstellungen.

»Aber der Greiner hat einen Sturschädel. Und die Doktoren auch. Ein paar Sachen funktionieren wieder. Einigermaßen zumindest. Jedenfalls hat er jetzt seine Ruhe, der Greiner«, sagt Wachtmeister Lerchbaumer. Und fast hätte er noch gesagt: »Und das Dorf auch.« Aber das hat er sich gerade noch verkneifen können. Das Publikum im Fernsehsaal johlt, Herr Greiner blättert in einer Zeitschrift, Frau Greiner zupft Fusseln vom Sofa, der Greiner schaut hinter die Fernsehbilder. Mittlerweile hat sich der dünne, glänzende Faden endgültig von seinem Mundwinkel gelöst. Nichts glänzt jetzt noch am oder im Greiner. Gar nichts.

»So ist das also«, sagt Wachtmeister Lerchbaumer und gähnt ein bisschen. Aufregend war der Tag, spät ist es geworden. »Im Dorf wird niemand so schnell erschlagen«, sagt er, »schon gar nicht von dir.« In der Röhre unter der Straße gluckert es leise. Irgendwo weit weg knattert ein Traktor über die Felder. Es reicht. Wachtmeister Lerchbaumer hat genug für heute.

»Die Geschichte mit der Marktgemeinde wird dich was kosten, das ist klar«, sagt er. »Ein Hotelzimmer verdreckt, ein Auto in den Acker geparkt und so weiter.« Herbert nickt langsam. Ob die wachtmeisterlichen Worte überhaupt richtig sinngemäß zu ihm durchgedrungen sind, lässt sich schwer sagen. Wachtmeister Lerchbaumer seufzt und schaut sich diesen Herbert Szevko ein bisschen genauer an. Wie der dasteht, mit verbogenem Kreuz, leicht gesenktem Kopf und diesen langen hängenden Armen. Und komisch: Auf einmal wird Wachtmeister Lerchbaumer ganz warm in der Brust, irgendetwas schwingt sich tief drinnen ein, rund um die müde Beamtenseele, auf einmal ist ihm dieser blöde Bub sympathisch.

Er tritt einen vorsichtigen Schritt näher und legt seine Hand auf Herberts Schulter.

»Du weißt, wo deine Mutter ist, oder?«, fragt er leise. Herbert sagt nichts. Nur den Kopf schüttelt er ganz leicht. Eine winzige Bewegung nur. Niemand kann das gesehen haben. Eine Weile lässt Wachtmeister Lerchbaumer seine Hand noch liegen auf Herberts knochiger Schulter. Aber dann kommt er sich irgendwie komisch vor und nimmt sie wieder weg. »Jedenfalls«, sagt er und räuspert sich übertrieben laut, »wenn du eine Vermisstenanzeige aufgeben möchtest, weißt du ja, wo du mich findest!« Herbert nickt. Wachtmeister Lerchbaumer auch.

»Soll ich euch ein Stück mitnehmen?«, fragt er.

»Nein, danke«, sagt Herbert.

»Da braut sich nämlich was zusammen da oben. Das geht bald los«, sagt Wachtmeister Lerchbaumer und schaut hoch in den Spätabendhimmel. Eine gewaltige Herde schwarzer Wolken zieht irgendwo dort oben über einen noch schwärzeren Grund.

»Noch nicht«, sagt Herbert.

»Na ja«, sagt Wachtmeister Lerchbaumer, »wer weiß.« Dann räuspert er sich noch einmal, nickt Herbert zu, nickt Hilde zu, nickt Georg zu, tippt sich an die Mütze, dreht sich um, geht zum Auto, steigt ein und fährt ab.

Eine Weile sind Herbert und Hilde noch dagestanden, am Dorfhinterausgang. Einmal haben sie noch ins Wohnzimmer zum Greiner hineingeschaut. Dann haben sie sich an den Händen genommen und sind zur Tankstelle gegangen.

EIN VERROSTETER ZEREMONIENSTAB

Das Gras auf dem Grünstreifen ist hoch, trocken und braun. Die Verkaufsraumscheiben sind staubig. Die Zapfsäulen auch. Ansonsten ist eigentlich alles beim Alten geblieben. Seit zwei Tagen sitzen Herbert und Hilde nebeneinander auf zwei Bierkisten unter dem Tankstellenvordach und beobachten die Gegend. Herbert hat recht gehabt. Es ist noch nicht losgegangen. Immer dichter haben sich die Wolken zusammengeballt, immer schneller ziehen sie von Horizont zu Horizont. Der Himmel rast. Aber darunter, auf der Erde, vor allem auf der Tankstelle, rast nichts. Der Wind der letzten Tage hat sich wieder beruhigt, ist zu einem Lüftchen abgeflaut und schließlich wieder ganz verschwunden. Die Landschaft ist in ein gelbes, schattendurchzogenes Licht getaucht. Wie eine vergilbte Fotografie liegt sie da; eine Fotografie aus den Zeiten, als die Fotografen noch abenteuerliche Knickerbockerhosen getragen und sich das Kreuz an zentnerschweren Fotoausrüstungskästen verhoben haben.

Nur wenige Leute haben getankt in den letzten beiden Tagen, ein paar Ausflügler, ein paar Traktoren, ein paar Frühschichtler; vier Radfahrer sind stehen geblieben, haben sich Luft geholt, Wasser, Kekse und ein Bier; aus einem Kleinbus ist ein Haufen schreiender Kinder herausgepurzelt und hat die letzten Schokoladen aufgekauft; der Postbote hat Werbung gebracht. Und der Bürgermeister war da. Schon von weitem haben Herbert und Hilde das große, dunkelglänzende Auto auf der Landstraße näherkommen

303

gesehen, gemächlich ist es auf die Tankstelle abgebogen und unter dem Vordach stehen geblieben. Diesmal war der Bürgermeister ohne seine Frau unterwegs, dafür aber mit einem schmalen Herrn im Sommeranzug. Grüß dich, Herbert, hat der Bürgermeister gesagt und breit gegrinst, das ist der Herr Doktor Weninger, Rechtsanwalt, mit Büro in der Stadt, zwei Sekretärinnen, eine jünger als die andere, silberne Kugelschreiber, goldene Türklinken, sauteuer, aber jeden Groschen wert. Der schmale Herr im Sommeranzug hat verkniffen dreingeschaut und eine wildlederne Aktentasche in der Hand gehabt. Und genau diese Aktentasche hat schon ihre Bedeutung und Wichtigkeit, hat der Bürgermeister gesagt, in dieser Aktentasche sind ja die Verträge, die Pachtverträge, die Tankstelle betreffend, nämlich. Wie Herbert ja sicherlich weiß, war ja früher der alte Szevko, also der Herr Papa, alleiniger Pächter, bevor dann, nach dessen Abtreten, die alte Szevko, also die Frau Mama, quasi übernommen hat, so weit kann Herbert doch noch folgen, oder? Jedenfalls, hat der Bürgermeister weiter gesagt, sind jetzt die Verhältnisse aber wieder ein bisschen anders, weil eben diese Frau Mama bekanntlich abgängig, verschwunden, unauffindbar, einfach weg ist. Und somit, hat der Bürgermeister weiter gesagt, somit ist der Pachtvertrag mitsamt allen Rechten und Ansprüchen automatisch beendet, das Grundstück mit allem, was darauf so herumsteht, fällt mit sofortiger Wirkung wieder an die Gemeinde zurück und steht damit unter seiner, des Bürgermeisters persönlichen umsichtigen und verantwortungsvollen Obhut. Und weil ja schließlich auch eine gehörige Ordnung sein muss, gibt es das alles schriftlich, geprüft, beglaubigt, unterzeichnet, besiegelt und abgesegnet von Herrn Doktor Weninger persönlich sowie mehrfach kopiert und abgelegt von dessen beiden jungen und geschickten Sekretärinnen, so sieht es aus, so sind die Fakten und nicht anders. Hat denn Herbert das jetzt auch alles mitgekriegt, einigermaßen kapiert und verinnerlicht?

Während seiner letzten Worte hat sich der Bürgermeister nicht mehr so richtig unter Kontrolle halten können, ist der eigenen Begeisterung gefolgt, hat Herrn Doktor Weninger die wildlederne Aktentasche aus den schmalen Händen gerissen und sie zuerst vor Herberts Gesicht und dann über seinem eigenen strahlenden Kopf wild hin und her geschwenkt.

Herbert ist die ganze Zeit schweigend dagesessen und hat dem Bürgermeister bei seiner ehrlichen Begeisterung zugeschaut. Als der damit aber irgendwann doch zum Ende gekommen ist, ihm obendrein vielleicht auch der Arm wehzutun begonnen hat und er deswegen die Aktentasche wieder zurück in die Anwaltshände gelegt hat, ist Herbert wortlos von seiner Bierkiste aufgestanden, um die Ecke hinter den Verkaufsraum gegangen, hat dort hinten eine Weile herumrumort und ist kurz darauf mit einem angerosteten Heurechen in den Händen wiedergekommen. Diesen Rechen hat er dann dem großen, dunkelglänzenden Auto mit einem unangenehm quietschenden Geräusch über die Kühlerhaube gezogen. Und über den Kotflügel. Und über das Dach. Hilde hat gekichert. Herr Doktor Weninger hat sich hinter eine Zapfsäule zurückgezogen. Der Bürgermeister ist auf und ab gehüpft und hat mit schriller Stimme zu schreien begonnen. Aufhören, hat er geschrien, sofort aufhören! Der Lack! Die Haube! Das Auto! Teuer! Sehr teuer! Ein Nachspiel! Anzeige!

Polizei! Weninger! Zeuge! Das alles und noch viel mehr hat der Bürgermeister geschrien. Herbert hat sich aber recht unbeeindruckt vor ihn hingestellt, den Rechen wie einen verrosteten Zeremonienstab in der Hand. Wenn der Bürgermeister nicht sofort aufhört mit der Hüpferei und der Schreierei, hat er gesagt, und wenn er sich nicht sofort von der Tankstelle herunterbewegt, mitsamt seinem Arsch, seiner Aktentasche und seinem geleckten Pudel im Sommeranzug, dann wird er, Herbert Szevko höchstpersönlich, ihm mit diesem Rechen über die Glatze kämmen, was im Großen und Ganzen wahrscheinlich sowohl der Schönheit als auch der Gesundheit nur beträchtlich schaden kann! Wenige Augenblicke später ist das große, dunkelglänzende Auto mitsamt dem Bürgermeister, dem zitternden Herrn Doktor Weninger, der wildledernen Aktentasche und mehreren Reihen meterlanger Kratzer im Blech von der Tankstelle losgefahren, schnell auf der Landstraße immer kleiner geworden und schließlich hinter der Hügelkuppe neben der Kirchturmspitze verschwunden.

Hilde hat gar nicht mehr aufhören können zu kichern. Oder gar nicht mehr aufhören wollen. Gebogen hat sie sich, gebebt und gewackelt hat sie, Tränen sind ihr in immer neuen, kleinen Verzweigungen über die roten Backen geflossen, bedenklich hat die Kiste unter ihrem Hintern geknirscht, aber gehalten hat sie. Durch ihre verschleierten Augenschlitze hat sie gesehen, wie Herbert dem Bürgermeisterauto ein paar Schritte hinterhergerannt ist, wie er schließlich im Grünstreifen stehen geblieben ist und den Rechen noch einmal hoch und drohend über seinem Kopf wirbeln hat lassen, ein dünner, aber aufrechter

Held. Und da hat es Hilde nicht mehr ausgehalten; da ist sie aufgesprungen, ist auf Herbert zugerannt und ist ihn angesprungen wie eine etwas zu schwer geratene Löwin ein ausgezehrtes Beutetier. Beide sind sie dann über das verdorrte Gras gekugelt, Hilde immer noch kichernd, Herbert immer noch den Rechen in der Hand. Fest hat Hilde ihre Oberschenkel um Herberts Hüften gepresst, so fest es gegangen ist. Herbert hat das aber gar nicht wehgetan. Eher im Gegenteil. Irgendwann sind die beiden immer langsamer hin und her und umeinander herum gerollt, sind ruhiger geworden und noch ein bisschen ruhiger und aus.

Herbert hat Hildes warme Brust auf seiner gespürt und hat hoch in ihr Gesicht geschaut. In ihre braunen Teichaugen. Der Wind hat ihre Haare verwirbelt. Der Himmel dahinter war fahl und dunkelgrau. Und ganz plötzlich haben die weichen Ränder einer kleinen, fast schwarzen Wolke aufgeleuchtet. Nur ein ganz kurzes, helles Blinzeln war das. Aber Herbert hat es gesehen.

»Jetzt«, hat Herbert gesagt, »jetzt geht es los.« Hilde hat nichts gesagt. Die hat auch einfach so wortlos Bescheid gewusst.

In der kleinen Werkstatt war es schummrig. Aus den wackeligen Regalen hat Herbert Drähte herausgekramt, aus den verstaubten Schubladen Werkzeug, Schnüre und Kabel. Im hintersten Eck ist eine verbogene, von Spinnweben zart verhangene Dachrinne gestanden. Im Haus hat er einige Rollen Alufolie und eine alte Fernsehantenne gefunden. Aus einer Nische in der Waschanlage hat er ein paar dünne, halb verrostete Rohre gezogen. Hilde hat sich um die Leiter gekümmert und ist auch ansonsten zur Hand gegangen. Durch die Dachluke sind beide auf das Hausdach geklettert. Die Fernsehantenne hat Herbert mit einer Schnur am Schornstein befestigt und die dürren Antennenarme so hoch wie möglich gegen den Himmel gebogen. Eine Drahtleitung hat er zum Tankstellenvordach hinübergezogen und sie dort mit der Spitze eines seltsamen Zeltes, bestehend aus den zylindrig aufgestellten, mit Alufolie umwickelten Waschanlagenrohren verbunden. Von der Zeltspitze aus hat Hilde wiederum eine weitere Drahtbahn quer über das ganze Vordach, an der hinteren Hauswand entlang, in den Garten hinunter und direkt in das schwarze Wasser des kleinen Teiches geführt. Herbert hat die verbogene Dachrinne in den Grasboden gerammt, wie eine seltsam entrückte Pflanze ist sie leicht wankend im Garten gestanden. Ein paar Rollen Alufolie haben Herbert und Hilde um die Fensterläden gewickelt, um die Gartentür, um die Regentonne, um die Geranienhecken. Eine lange, im stärker werdenden Wind laut raschelnde Folienbahn haben sie an der Häuserwand entlang, über die Betonfläche nach vorne auf die Tankstelle, über die Werkstatt, den Saugautomaten und das Waschanlagendach gezogen. Immer stärker ist der Wind gegangen. Im Garten haben sich zum ersten Mal seit vielen Jahren die kleinen Arme der Plastikwindmühle quietschend zu drehen begonnen, das seltsame Zelt am Hausdach hat sich bedenklich geneigt, Geranienblätter haben sich wie dunkelrote Schwärme aus den Hecken gehoben und sich in alle Richtungen zerstreut, irgendwo hat ein Fenster geknallt, überall hat die Folie geknattert. Nachtdunkel war der Himmel. Mit einem leisen Grollen haben sich die

Wolken ineinander verschoben, und es hat zu regnen begonnen. Zum ersten Mal seit Monaten. Erst waren es noch vereinzelte warme, daumengroße Tropfen, schnell aber sind es mehr geworden, und bald hat es geschüttet.

Mit aller Kraft hat sich Hilde gegen die Leiter gestemmt, ihren Kopf in den Nacken gelegt und irgendetwas gerufen. Herbert hat es nicht gehört. Längst schon hat er die Benzinpreisschilder überklettert, ist ganz oben an der knarrenden Mastspitze gehangen und hat mit Draht den alten Heurechen vom seligen Papa angebracht. Wie eine lachende Zahnreihe haben die metallenen Zinken sich gegen den Himmel abgezeichnet. Und auch Herbert hat gelacht. Auf das »Billigtanken«-Schild hat er sich gesetzt, hat die Beine baumeln lassen, beide Arme weit ausgebreitet, die Augen geschlossen und gelacht. Laut hat er gelacht. Geschrien hat er auch. Aber Hilde hat das nicht gehört. Niemand hat Herberts Lachen und Schreien unter dem ganzen Tosen, Donnern und Heulen gehört. Und niemand hat gesehen, wie Herbert seine Augen noch einmal geöffnet hat und wie sie so seltsam zu leuchten begonnen haben, dort oben in der blitzdurchfurchten Gewitterdunkelheit, wie zwei kleine, glänzend hellblaue Fleckchen Himmel.

WAS DER ALTE STANEK ZU ERZÄHLEN HAT

Alle im Dorf haben die Explosion gehört. In der Kirche hat es den Pfarrer aus irgendwelchen angenehmen Träumen gerissen; in der Amtsstube wäre Wachtmeister Lerchbaumer zum zweiten Mal in dieser Woche fast vom Stuhl gefallen; im Schwimmbad hat sich Frau Horvath einen verrutschten Strich übers Lid gemalt, und der Bademeister hat einen Schluck vom Obstler verschüttet; in ihren Lehnsesseln sind die Pensionisten aufgeschreckt; überall in ihren Wohnzimmern, Esszimmern, Schlafzimmern, Badezimmern, Garagen, Kellern, Hobbyräumen und Dachböden sind die Leute zusammengezuckt. Sogar der Greiner soll sich irgendwie gerührt haben in seinem Rollstuhl. Und im ganzen Dorf haben die Fenster gezittert. In den sehr alten Häusern sogar die Wände. Alle, wirklich alle, haben die Explosion gehört. Gesehen aber hat sie kaum jemand. Einen Blitz soll es gegeben haben, hat ein verirrter Radfahrer später erzählt. Kein normaler, herkömmlicher, austauschbarer Blitz soll das gewesen sein. Dieser Blitz hat den Himmel geteilt. Taghell hat es die ganze Landschaft überzuckt. Und die Tankstelle ist für ein paar Augenblicke dagestanden wie im strahlenden Scheinwerferlicht. Dann ist eine Weile gar nichts passiert, hat der Radfahrer erzählt, dunkel war es und ruhig, vom beständigen strömenden Regenrauschen abgesehen. Aber dann war da plötzlich eine kleine Flamme. Wo genau auf der Tankstelle die aufgetaucht ist, lässt sich schwer sagen, bei der ganzen Dunkelheit, jedenfalls war diese kleine Flamme plötzlich da, hat gezittert im Wind, hat gewackelt, hat zu tanzen begonnen und zu hüpfen, und auf einmal waren es zwei kleine Flammen, dann drei, vier und noch mehr, und schließlich haben sich all diese kleinen, tanzenden und hüpfenden Flammen zu einer einzigen, großen und hoch auflodernden Flamme zusammengetan, und die ganze Tankstelle hat gebrannt. Mehr hat der Radfahrer nicht gesehen. Weil er nämlich begonnen hat, wie ein Irrer in die Pedale zu treten und den Hügel zum Dorf praktisch in Weltklassezeit hinaufgeflogen ist. Ganz hat er es aber nicht geschafft. Hinter ihm nämlich ist die Tankstelle in einem ohrenbetäubenden Inferno aus Krach und Flammen explodiert, und die Druckwelle hat ihn vom Rad geschmissen. Passiert ist ihm aber nichts. Nur die Radspeichen waren ein bisschen verbogen, und die letzten paar hundert Meter hat der Radfahrer, die Hitze im Rücken, den Schock im Bauch und das Rad über der Schulter, zu Fuß ins Dorf rennen müssen.

Der alte Stanek hat das alles ganz ähnlich gesehen. Und doch ganz anders. Wie jeden Nachmittag hat er sich nämlich mit seinen beiden hüftlahmen Dackeln in den Feldern herumgetrieben. Der Regen, der Wind und das beginnende Gewitter haben ihm nichts ausgemacht. Im Gegenteil: Insgeheim sucht der alte Stanek das Abenteuer. Oder den Tod. Das macht ab einem gewissen Alter meistens sowieso keinen Unterschied mehr. Jedenfalls hat er sich über das erste Donnergrollen und Wolkenleuchten gefreut. Als dann gleich darauf der Himmel von Blitzen überzogen war wie von einem bläulichgrellen Aderngeflecht, hat er sogar irgendwo in sich drinnen so etwas wie Lebensfreude aufblühen gespürt. Den beiden Dackeln hat das alles weniger gefallen, die sind zuerst wie die Irren umeinander herum gesprungen, haben sich dann aber bald winselnd in eine Ackerfurche geduckt und versucht, sich möglichst wenig zu rühren. So ist also der alte Stanek im Feld gestanden, die beiden zittrigen Hunde zu seinen Füßen und eine ungewohnte Lebensfreude in den Knochen. Und gerade als er einem inneren Drang nachgeben und laut zu singen anfangen hat wollen, gerade da hat er in einiger Entfernung diesen gewaltigen Blitz in die Szevko-Tankstelle einschlagen sehen. Und zwar genau in den Mast mit den Benzinpreistafeln. Seltsamerweise ist ihm die Mastspitze aber irgendwie verlängert vorgekommen, als ob da jemand etwas dranmontiert hätte, etwas mit Zacken obendrauf, eine Art Besen oder so, aber da kann man sich natürlich auch täuschen auf die Entfernung und mit dem grauen Star in den Augen. Jedenfalls hat in diese seltsame Mastspitzenverlängerung der gewaltige Blitz eingeschlagen. Wobei es ja eigentlich eher ausgesehen hat, als ob dieser Blitz aus der Mastspitze heraus- und hoch oben in der Wolkendecke wieder eingeschlagen hätte. Aber das ist wahrscheinlich Blödsinn, rein naturwissenschaftlich betrachtet.

Die nächsten paar Sekunden war es still, hat der alte Stanek später erzählt, vom beständig strömenden Regenrauschen einmal abgesehen, und dann, ganz plötzlich, hat die Tankstelle zu brennen begonnen. Ziemlich schnell ist die ganze Tankstelle in Flammen gestanden, mitsamt Waschanlage, Werkstatt, Haus und Garten und allem Drum und Dran. Und dann hat es gekracht. Und zwar so gewaltig, dass es den alten Stanek aus dem Stand zu seinen beiden Dackeln in die Furche geschmissen hat. In einem heißen Feuerball ist die Tankstelle aufgegangen. Als ob die

Erde eine neue, kleine, ungezogene und wilde Sonne ausspuckt, so muss das ausgesehen haben, wenn man den Erzählungen vom alten Stanek glauben kann. Taghell ist die ganze Gegend für ein paar Augenblicke dagelegen, und durch den Himmel sind Gegenstände geflogen, mit einer Selbstverständlichkeit, als ob sie dort oben immer schon hingehört hätten. Hat der alte Stanek erzählt.

Der Brand war wütend und nicht zu löschen. Die Tankstellenbrandschutztechnik veraltet, die freiwillige Feuerwehr auch. Aus allen umliegenden Dörfern und Marktgemeinden sind die behelmten Männer in ihren laut heulenden roten Kastenwägen angefahren gekommen. Aufgeregt schreiend sind alle durcheinandergerannt, haben mit Schläuchen, Leitern, Sauerstoffmasken und allen möglichen anderen Geräten herumhantiert. Gebracht hat es nichts. Selbst der immer dichter werdende Regen hat den Flammen nichts anhaben können. Bald haben sich die Feuerwehrmänner darauf beschränken müssen, die vielen schaulustigen Dörfler vom Geschehen möglichst weit weg zu halten. Das war Arbeit genug. Die Schaulustigkeit ist ja bekanntlich penetranter als jedes Sicherheitsdenken. Fast das ganze Dorf war da. Wachtmeister Lerchbaumer, Frau Horvath, der Bademeister, der Schulwart, die dicke Frau Kurvac, der Pfarrer, der Lehrer, die Hausfrauen, die Witwen, die Kinder und die Pensionisten. Alle, die noch einigermaßen gehen, stehen und sehen haben können, haben aus sicherer Entfernung zugeschaut, wie die Tankstelle mitsamt Haus zu einem undefinierbaren, schwarzen Haufen abgebrannt ist. Sogar der Bürgermeister ist irgendwo in der zweiten Reihe herumgestanden. Mit schlechter

Laune übrigens, mit wirklich sehr, sehr schlechter Laune, wie man sich später zu erzählen gewusst hat.

Schnell ist es Abend geworden. Am Himmel sind die letzten Rauchwolken zerflossen. Nur mehr ein paar wenige Glutflecken haben hie und da noch aufgeglimmt wie letzte, zart leuchtende Atemzüge. Dann war auch das vorbei. Der Regen und die Nacht haben sich über alles gelegt wie eine dunkle Decke. Die Dörfler sind nach Hause gegangen und in ihre Betten gekrochen. Nur mehr die Feuerwehrmänner sind noch eine Weile an der ehemaligen Tankstelle zurückgeblieben. Müde waren sie, dreckig und durchnässt. Ein bisschen sind sie so herumgestanden, haben geredet, haben sich was gezeigt, die Köpfe geschüttelt, gelacht, geraucht und eine allerletzte glühende Flocke ausgetreten. Dann haben sie zusammengepackt und sind gefahren.

Interessant war, was der alte Stanek in den nächsten Tagen auf dem Marktplatz und im Wirtshaus immer und immer wieder zu erzählen gehabt hat: Als nämlich auch der letzte Dörfler hinter dem Hügel verschwunden und das letzte Feuerwehrwagenrücklicht in der fernen Dunkelheit verblasst ist, da hat sich der alte Stanek, zittriger noch als die beiden Dackel an seiner Seite, aus der Ackerfurche herausgerappelt, hat sich den Dreck von den nassen Kleidern gewischt und sich mit wackligen Knien auf den Nachhauseweg gemacht. Oben an der Hügelkuppe, das Dorf schon im Blick, hat er sich noch einmal umgedreht. Und da hat er etwas Seltsames gesehen. Ganz weit hinten auf der Landstraße nämlich, gar nicht mehr richtig zu erkennen hinter dem trübdichten Regenschleier, sind zwei

Menschen gegangen. Ein langer dünner Mann und eine kurze feste Frau. Hand in Hand und mitten auf der Straße sind die beiden nebeneinanderher gegangen. Der Mann hat manchmal den Kopf in den Nacken gelegt und zum Himmel hochgeschaut, und die Frau hat ein großes Glas oder einen gläsernen Behälter im Arm gehabt. Da drinnen hat sich etwas Kleines, Rundes, Gelbes bewegt. Eine Weile hat der alte Stanek diesen beiden Gestalten nachgeschaut, immer undeutlicher sind sie geworden, langsam haben sie sich aufgelöst in dem ganzen Regengrau, eine letzte kleine Bewegung, ein letzter, verschwommener Fleck, wie ein Blatt, das in einem Waldteich langsam tiefer und tiefer sinkt, dann waren sie weg.

So oder so ähnlich hat der alte Stanek das später immer wieder erzählt. Aber dem alten Stanek glauben eigentlich nur mehr seine beiden Dackel irgendetwas. Wenn überhaupt. Die Dörfler jedenfalls lassen sich von solchen Erzählungen nicht aus der Ruhe bringen. Da müssen schon andere Sachen daherkommen. Aber wirklich ganz andere.

Robert Seethaler

wurde 1966 in Wien geboren. Er ist ein vielfach ausgezeichneter Schriftsteller und Drehbuchautor. Seine Romane »Der Trafikant« und »Ein ganzes Leben« wurden zu großen Publikumserfolgen und standen monatelang auf der Bestsellerliste. Robert Seethaler lebt in Wien und Berlin.

<u>Mehr von Robert Seethaler:</u>

Jetzt wirds ernst. Roman
Ein ganzes Leben. Roman

GOLDMANN
Lesen erleben

»Großartig!«

Christine Westermann, WDR

Roman, Taschenbuch, 256 Seiten
ISBN 978-3-0369-5909-2

Robert Seethalers gefeierter Bestseller spielt im Wien der 30er-Jahre, wo sich der junge Franz Hals über Kopf in Anezka verliebt und Freundschaft mit Sigmund Freud schließt. Doch als er den bekannten Professor in seinen Herzensangelegenheiten um Rat fragt, stellt sich schnell heraus, dass diesem das weibliche Geschlecht ein ebenso großes Rätsel ist wie Franz.

www.keinundaber.ch

»Dieser Text hat die Kraft und Poesie
von Fellinis *La Strada*.« Eckhart Schmidt

Robert Seethaler
**Die Biene
und der Kurt**

Roman, Taschenbuch, 288 Seiten
ISBN 978-3-0369-5915-3

Das erste Buch von Bestsellerautor Robert Seethaler: ein atmo-
sphärischer Roman über Musik, Freiheit, Sehnsucht, die Provinz
und über zwei einnehmende Außenseiter, deren Suche nach Liebe
so aussichtslos wie überraschend ist. Ein Buch gewordener Film
mit Anspruch auf Kultstatus.

www.keinundaber.ch

Unsere Leseempfehlung

320 Seiten

Eigentlich ist es sein Traum: Er steht auf der Bühne und soll den Apfelbaum spielen, doch dann vergisst er den Text – und stürzt ... Mit liebevollem Humor erzählt Robert Seethaler die Geschichte eines eigenwilligen Jungen aus der Kleinstadt, der Friseur werden könnte wie sein Vater, und doch Schauspieler werden will. Es ist eine Geschichte von Blutsbrüderschaft und Konkurrenz und von der großen Liebe. Von schlechtsitzenden Frisuren und pinkfarbenen Chevrolets. Und sie endet in einem Bus, mit dem ein junger Mann aus der Provinz mutig der Zukunft entgegenfährt.

www.goldmann-verlag.de
www.facebook.com/goldmannverlag

(G) GOLDMANN
Lesen erleben